鲍鹏山新说《水浒》 2

李逵 鲁智深 宋江

鲍鹏山 ◎ 著

复旦大学出版社
长江文艺出版社

目录

鲍鹏山新说『水浒』❷

李逵篇

一　初见宋江　003
二　银子奴隶　011
三　真假李逵　022
四　天降杀星　032
五　人心李逵　042
六　人间正气　053

鲁智深篇

一　搭救金翠莲　065

二　拳打镇关西　075

三　英雄做和尚　083

四　另类和尚　093

五　露出本相　100

六　醉打山门　108

七　命犯桃花　116

八　大闹桃花村　122

九　火烧瓦官寺　131

十　相国寺菜头　139

十一　菜头与教头　148

十二　独闯虎穴　158

十三　大圆满　167

宋江篇

一 侠义江湖 177
二 人为财死 188
三 谁识法度 198
四 行走江湖 209
五 枭雄本色 218
六 江湖串联 228
七 潜伏爪牙 238
八 反上梁山 248
九 谁是领袖 258
十 做大梁山 267
十一 遗言危机 277
十二 牢笼英雄 287
十三 老大归位 297
十四 大结局 307

1. 初见宋江

> 没钱便做不得好汉,可天下有钱人大多不曾做好汉。

口无遮拦,天真烂漫

在《水浒》一百零八人中,性格鲜明的不多,金圣叹说:"《水浒》所叙,叙一百八人,人有其性情,人有其气质,人有其形状,人有其声口。"那是吹牛,《水浒》中,真有性情、气质、形状和声口的,大概也就十来个人。这已经很不简单,足以使《水浒传》成为伟大的小说。

而在这十来个人中,李逵是其中一个,而且非常独特。

他是这个成人世界里的孩子。举凡孩子的天真、单纯以及胡闹闯祸、没准头、欠缺是非判断力,他都有。

金圣叹评论李逵,说他是"一片天真烂漫到底"。不错,李逵心中,有天赋的质朴的是非观,但是,他欠缺鲁智深那样的悲悯情怀,那是成人才有的,李逵实际上一直没有长大。

我在讲鲁智深时曾经说,梁山好汉就其与事的关系而言,有几种类型。

有些人是"人遇事"。如鲁智深。

有些人是"事找人"。如林冲。

有些人是"人找事"。

而"人找事"的,典型代表是李逵。他好像总要找点事,生点事,他是梁山第一盏不省油的灯,梁山好汉,谁都怕和李逵一起出差。盖他随时可以做出来,惹是生非,无事生非,防不胜防,与他在一起,提心吊胆,有擦不完的屁股。

李逵一出场就是闹事。而且,半天的工夫,就闹了五场,简直闹得我们应接不暇,眼花缭乱，又心烦意乱。并且，是当着宋江的面闹的。

先看第一闹。

宋江刺配江州，与戴宗相见，二人在江州临街的一家酒肆吃酒。才饮得两三杯酒，只听楼下喧闹起来，过卖（旧称饭馆、茶馆、酒店中的店员）连忙走入阁子来，对戴宗说道："这个人只除非是院长说得他下，没奈何，烦院长去解拆则个。"

戴宗问道："在楼下作闹的是谁？"

过卖道："便是时常同院长走的那个唤做铁牛李大哥，在底下寻主人家借钱。"

戴宗笑道："又是这厮在下面无礼，我只道是甚么人。兄长少坐，我去叫了这厮上来。"

戴宗便起身下去，不多时，引着一个黑凛凛大汉上楼来。就是李逵了。宋江看见，吃了一惊。宋江也是行走江湖，阅人无数，为什么见了李逵，吃了一惊呢？李逵长相太吓人了：

  不搽煤墨浑身黑，似着朱砂两眼红。

我们知道，宋江自己本来就是很黑的，刚刚被戴宗骂为"黑矮杀才"，自己都这样了，看李逵还吃了一惊，可见李逵的外貌，确实有非同凡人的吓人的地方。

宋江看李逵黑，是心中暗吃一惊，嘴上可没说，这就叫修养。

李逵看宋江黑。可就说出来了。

李逵看着宋江问戴宗道："哥哥，这黑汉子是谁？"

当着人家的面，就称呼对方为"黑汉子"。

什么叫口无遮拦？就是心口如一。口无遮拦，实际上是心无遮拦。

李逵的可爱，主要就得益于这种个性。我们见到的人，绝大多数都是说话经过斟酌的，猛然见到李逵这样的说话不经过大脑的，有一种清新的感觉，还有一种轻松的感觉，在他面前，我们无须设防。

戴宗对宋江笑道："你看这厮恁么粗卤，全不识些体面。"

戴宗自己刚才也才骂过宋江"黑矮杀才"，现在反而笑李逵粗鲁。黑汉子总比黑矮杀才好听。

李逵便道："我问大哥：怎地是粗卤？"

人家说他粗鲁，他竟不知何为粗鲁。这真是鱼在水中不知水，人在道中不知道。李逵可能不明白：我说出我心中所想，怎地就是粗鲁了呢？

心无城府，一眼看穿

戴宗教他：如果你是说"请问这位官人是谁"，这样便不粗鲁。

可是你说的是"这黑汉子是谁？"这便是粗鲁。

原来——

按社会世俗观念，说话时，称呼对方时，赋予对方社会性的身份或头衔，就叫说话文明。

不管是什么人，哪怕是宋江这样的脸上刺字的囚犯，都要称他一声官人。官人就是领导。

相反，按照生理特征，直接说出对方的个体性特点，就叫粗鲁，不尊重人。

比如，称呼一个女人，直接说某某女人，她一定不高兴。要是称她某某女士，她就高兴了。因为，这个"士"，就是一种社会性身份。

知道不知道在语言上尊重人，这中间有很大的差别，既是修养的表现，也体现一个人的世界观。

但是，从另一个方面看，这种文明的说话方式，实际上包含着客观上的虚假和主观上的虚伪。

而所谓粗鲁的说话方式，不过是直指真相而已。

所以，李逵这样的人，在表现出粗鲁和缺乏教养之外，也显示出质朴和真实的一面。而这一点，又是非常可贵的品格。

所以，我相信，不管你戴宗怎么教，李逵肯定永远不明白为什么要那样假惺惺地说话。

李逵是教不好的。从另一角度看，他是教不坏的。

接着，戴宗告诉李逵："这位仁兄，便是闲常你要去投奔他的义士哥哥。"

你看，又是"仁兄"，又是"义士"，戴宗平时也不是这样斯文的人，今天却刻意文绉绉的，以示和李逵的区别。

李逵冲口而出："莫不是山东及时雨黑宋江？"

一句话，就道出了平日里李逵对宋江的向慕之情。但是，即便如此，还是直呼宋江，而且还不忘加上一个黑字。

我们知道,古代人们相称,平辈之间,一般都称字不称姓名,这是礼貌。直呼姓名,要不就是长辈,要不就是老师。比如《论语》之中,同学相称,都是称字;而孔子称呼他们,又一般都是直呼其名(只有一个例外)。

不是师长辈而直呼其名,就是故意冒犯。

所以,戴宗喝道:"咄!你这厮敢如此犯上,直言叫唤,全不识些高低,兀自不快下拜等几时?"

李逵道:"若真个是宋公明,我便下拜;若是闲人,我却拜甚鸟!"

李逵改称宋江的字宋公明了,看起来很文明了。

可是,下面却赫然出来一个"鸟"字。这个人,若是宋江,便是哥哥;若不是宋江,便是鸟。

大丈夫不能随便下拜,是哥哥,当然拜;是鸟,却拜甚鸟!

完全正确。

但是,当着对方的面,说这样的话,对方如果是宋江,当然问题不大。如果对方不是宋江,那该是何等的唐突,何等的尴尬!

从逻辑上说,李逵这样想,他就必不能断定对方是宋江。那么,就必存在这样一种可能性:他当着人家的面,说人家是不值得他拜的鸟!

李逵确实不知道,对他人应该有起码的尊重。

至此,宋江自己站出来,说明自己是宋江,不是鸟。

宋江便道:"我正是山东黑宋江。"

也顺便在自己的姓名前加一"黑"字。

这可能是宋江唯一的一次幽默。

是李逵天性中的自然和天真,焕发出了宋江的幽默。

幽默需要三个条件:

一、智慧。能在瞬间化严肃为轻松,逆来顺受,并将对方的锋芒化解于无形,必要智慧;

二、自信。能自嘲者必有自信;

三、心态。自由放松。

宋江当然不乏智慧,他也有足够的自信。

但他一直缺少这样的放松。是李逵给了他。

李逵为什么能让人放松?因为他自己完全敞开,毫无城府,令人有安全感。

演对手戏,只要有李逵在,其他人必黯然失色,让李逵一人独占风光。连宋江、燕青这样出色的人也不例外。就因为他是纯本色的,而且是毫无心机的,偶有一点小算盘,也愚拙得可笑,让人一眼看穿。

李逵拍手叫道:"我那爷!你何不早说些个,也教铁牛欢喜。"扑翻身躯便拜。

你看这动作、语言、心态,是不是一个孩子?

李逵自己毫无艺术细胞,毫无艺术欣赏的意识和能力,但是,出人意料的是,他自己的一举一动,则是极好的艺术。

为什么呢?因为他完全出于自然,美丑妍蚩(yánchī),全在天性,全无意识。全凭那最初一念之本心,完全符合李贽对艺术的最高定义:童心。所以,李贽也特别喜欢他。

有钱才能做好汉

李逵拜,宋江连忙答礼,大家坐下吃酒。

宋江问道:"却才大哥为何在楼下发怒?"

听到李逵说是为了向别人借十两银子,宋江马上便去身边取出十两银子,把与李逵。

拿银子买人心,是宋江的专长。宋江专用银子笼络人,李逵偏偏在缺银子时碰见宋江。这不是李逵运气好,而是宋江运气好,总是碰到缺衣少食的好汉,然后很便宜就买到好汉的忠心了。金圣叹批曰:"以十两银买一铁牛,宋江一生得意之笔。"

李逵接得银子,道:"我去了便来。"推开帘子,下楼去了。

这个行为,大出我们意外。

金圣叹在这里有一段精彩的分析:

> 我读至此处,不觉掩卷而叹:嗟(jié)乎!世安得有此人哉!下之,则骤(zhòu)然与我十两银子;上之,则斯人固我闲常无日不念诵,无日不愿见之人也。乃今突然而来,突然而去,不惟今日之恩惠不能留之少坐,即平日之爱慕亦不必赘以盘桓,要拜便拜,要去便去,要吃酒便吃酒,要说谎便说谎。嗟乎!世岂真有此人哉!

此人的本质是什么:真。

刚才宋江给李逵银子时，戴宗有一个没有完全做出的小动作：阻挡。为什么呢？戴宗对宋江说了三点：

第一，李逵虽是耿直，只是贪酒好赌。

第二，他慌忙出门，必是去赌。

第三，若是输了，没法还宋江的钱。那时，戴宗面上须不好看。

不出戴宗所料，李逵得了这个银子，马上去赌钱了。

不过，他还是有他质朴忠厚之处，他寻思道："宋大哥如今来到这里，我没一文做好汉请他。如能赢得几贯钱来，做主请宋大哥一顿，也好看。"

金圣叹就此发挥道："没一文便做不得好汉，此宋江一路来所以独做成好汉也。"

意思是，有钱才能做好汉，宋江有钱，所以做得好汉。宋江做得好汉，全仗有钱。

李贽的批注也好："没钱做不得好汉，真真真！然有钱的又不肯做好汉，嗟哉！"

我们简单分析一下，这句让李贽和金圣叹都发感慨的话，有三层意思，并且层层让我们感慨。

第一，写出李逵可怜。

李逵岂不是好汉？李逵岂不是慷慨之人？只是闲常没银子，就只好做做赖汉了。我们刚才看到的李逵，有些赖，有些蛮，放刁行骗，都是没钱逼的。

第二，写出宋江成名秘诀：不过是有钱撒而已。

但是，有钱而愿意撒，也是不错的。说宋江有钱，所以做得好汉，对。但是要说宋江做得好汉，全仗有钱，就不对了。

因为，有钱，还要愿意撒钱。因为——

第三，有钱之人，还真是很少有舍得撒钱的好汉。

宋江毕竟比这些人高出很多。

李逵当然想做好汉，但是没有钱。

如果有了钱，他一定会做好汉。

所以，他太想有钱了。

可是，他今天的手气实在是差，在小张乙赌房里，只两把，就把这十两银子输掉了。

傻眼了。

输掉自己的，也算了。输掉别人的，算不了。因为，这里有别人的信任，和对别人的情谊。

而且，原先还想着赢钱请人吃酒做好汉呢。所以，输掉的，就不仅仅是十两银子，而是做不成好汉了。这个后果太严重。

输不起了。

怎么办呢？

李逵马上告饶："我这银子是别人的。"

这是真话，也是软话，腔调很可怜。

小张乙道："遮莫是谁的，也不济事了。你既输了，却说甚么？"

愿赌服输，这是赌场规矩。小张乙说得完全对。

可是，李逵今天情况太特别了，用他自己的话说是——没奈何了。

李逵道："没奈何，且借我一借，明日便送来还你。"

更是可怜腔调可怜相。

小张乙啊，你知道吗，你赢的是十两银子，可是，随着这十两银子一同被你剥夺的，还有李大哥做好汉的机会啊。

但是，小张乙哪里知道这么多呢？他又哪里要管这么多呢？

小张乙道："说甚么闲话？自古赌场无父子。"

他说得对，这是赌场，可怜相不能打动人。

看来软的不行，那就来硬的。

李逵把布衫拽起在前面，口里喝道："你们还我也不还？"

这个动作很搞笑。拽起布衫，做成一个兜子，先把盛放银子的地方做好，然后，让别人把钱往里放。

小张乙道："李大哥，你闲常最赌的直，今日如何怎么没出豁？"

看来李逵平时在赌场上的赌风，还是很好的，大家承认的。

那今天为什么这样没风度没名堂呢？

李逵也不答应他，他没法回答。

因为他也知道对方有理，自己没理。

他就地下掳了银子，又抢了别人赌的十来两银子，都搂在布衫兜里，睁起双眼，道："老爷闲常赌直，今日权且不直一遍。"

硬的还不行，他就来了横的。

银子被抢，谁不急啊？小张乙向前夺，被李逵一指一交。十二三个赌博的一齐上，被李逵指东打西,指南打北,打得这些人没地躲处。一脚踢开了门,便走。

那伙人随后赶将出来,都只在门前叫喊,没一个敢近前来讨。

他们都怕李逵啊!

正在这时,李逵却突然满脸惶恐,非常害怕。

他的面前出现了两个人。

2. 银子奴隶

笼络小人,很容易,给点好处就行;笼络英雄,光靠银子,不行。

忍受苦难易,拒绝诱惑难

李逵在赌场抢了小张乙赌场的银子,跑出门外,却突然看见两个人,李逵一下子满脸惶恐。

在江湖人士看来,宁犯朝廷之法,不犯江湖之义。李逵在宋江面前犯了江湖之义,他不能不惶恐。

原来,他碰见了从酒楼出来的戴宗、宋江。李逵惶恐满面,便道:"哥哥休怪,铁牛闲常只是赌直,今日不想输了哥哥的银子,又没得些钱来相请哥哥,猴急了,时下做出这些不直来。"

对李逵如此糟糕的表现,连介绍他给宋江的戴宗都非常自责,宋江怎样呢?

宋江听了,大笑道:"贤弟但要银子使用,只顾来问我讨。"

笑声大,口气大。

笑声大,让周围的人听,显示自己。

口气大,是要把自己说得很有身份。

那就显得李逵很没有身份。

这句话,明显地已经显示出宋江在李逵面前的心理优势。

这个优势建立在什么基础上?银子。

宋江又说:"今日既是明明地输与他了,快把来还他。"

你看这口气,是命令,又是哄他。

双方的身份关系出来了:我是头儿,我是老大。

李逵一下子特别乖,从布衫兜里取出银子来,都递在宋江手里。

这是一个特别有意思的细节。

李逵应该把钱还给小张乙,为什么反而是交给宋江,再由宋江交给小张乙?

在心理上,李逵已经完全臣服宋江,把他看作自己的主人了。

李逵一下子就变成奴隶了。

铁牛,变成小猫了。

宋江凭十两银子,就买到了自己的主导地位,买到了自己的心理优势。

同样,李逵也因为这十两银子,就丢掉了自己的身份。

烫手的山芋,还可以吃。

烫手的银子,万万接不得。

多少英雄,贫贱不能移,威武不能屈。

但是,富贵可以淫。

人,忍受苦难易,拒绝诱惑难。

宋江便叫过小张乙前来,把银子给他。小张乙只拿了自己的,把原先李逵的十两银子不要了,他怕李逵报复。

宋江坚持给了小张乙,道:"兄弟自不敢来了,我自着他去。"

这实际是当众宣布,他宋江可以支配李逵。

他说李逵不敢来了,意思是,有我在,他不敢。

如果一个人有自尊心,有平等意识,如此被人在人前埋汰挤兑,一定很不高兴,但李逵却毫不知觉。

他可能甚至还觉得很温暖:有人罩着他了。

人是多么容易成为奴隶啊。

接下来,宋江道:"我们和李大哥吃三杯去。"

三人去靠江的琵琶亭酒馆坐定,李逵便道:"酒把大碗来筛,不耐烦小盏价吃。"

戴宗喝道:"兄弟,你不要做声,只顾吃酒便了。"

戴宗今天被李逵弄得头大了。现在一看他就烦,一听他,也烦。

但宋江却还是一如既往。他吩咐酒保道:"我两个面前放两只盏子,这位大哥面前放个大碗。"

于是,三人中,宋江、戴宗用盏子喝,李逵用大碗。

宋江确实善于笼络人。李逵更加佩服宋江了。

笼络小人易，折服英雄难

宋江忽然心里想要鱼辣汤吃，三分鱼汤上来了，宋江却嫌不新鲜，略喝点汤，不吃了，戴宗也不吃。李逵却连筷子也不用，便把手去碗里捞起鱼来，和骨头都嚼吃了。又伸手去宋江戴宗碗里捞将过来吃了，滴滴点点淋一桌子汁水。

宋江看见这样，便叫酒保来吩咐道："我这大哥想是肚饥，你可去大块肉切二斤来与他吃，少刻一发算钱还你。"

金圣叹说宋江专用银子笼络人，这是委屈了宋江。我们看看宋江今天对待李逵：

第一，李逵缺钱，他把出银子。

第二，李逵赌场闹事，他出面平定。

第三，不仅出面平定，而且，不论是当时，还是事后，一句责怪批评的话都没有。

第四，不仅没有一句责怪批评，还马上请他喝酒。

第五，在酒店，李逵提出大碗喝，被戴宗斥责为乡巴佬。但是宋江却依之顺之，就让他用大碗。

第六：李逵吃相太丢人，宋江不但不恼不怒，还一直用欣赏的眼光看着。

第七，不光不恼不怒，还觉察出李逵肚子饿，马上要酒保切二斤大块肉来给他吃。

做到这样，不容易啊。

我们知道，笼络小人，很容易，给点好处就行。

笼络英雄，光靠银子，不行。

你至少还得做到三点：

第一，你得欣赏他，至少你得让他感觉你欣赏他；

第二，你得尊重他，至少你得让他感觉你尊重他；

第三，你得宽容他，英雄有个性，对这种个性，哪怕你不喜欢，但你得容忍，而且还要让他不觉得。

一句话，英雄需要尊重。而这几点，宋江都做到了。

那么，既然宋江如此关照看顾他，李逵总该有所收敛吧？

不，他又要闹事了。

酒保道："小人这里只卖羊肉,却没牛肉,要肥羊尽有。"

李逵听了,便把鱼汁劈脸泼将去,淋那酒保一身。

戴宗喝道："你又做甚么!"

李逵道："叵耐这厮无礼,欺负我只吃牛肉,不卖羊肉与我吃。"

人家酒保有这个意思吗?

如果说,前两次闹事,还有一些因果,李逵也还有一些可爱,这一次,完全莫名其妙,非常可恨。

一个人,道德高不高,看大事。

气质好不好,看小事。

李逵的气质不够好。

但宋江仍然泰然处之,毫不在意。对酒保道："你去只顾切来,我自还钱。"

酒保忍气吞声去切了二斤羊肉,李逵大把价揸(zhā)来只顾吃,拈指间把这二斤羊肉都吃了。

宋江看了道："壮哉,真好汉也!"

一会儿功夫,闹了三场,说谎、耍赖、行蛮、放刁,都有了,宋江没有一句批评,最后,倒给了这样一句赞扬!

架也打过了,赖也耍过了,酒也喝够了,肉也吃饱了,该安分了吧?

不,更大的闹还在后头呢!

对铁牛弹琴

宋江想吃新鲜鱼汤,李逵要逞能,跳起来道："我自去讨两尾活鱼来与哥哥吃。"

戴宗生怕他再惹事,不让他去。

李逵道："船上打鱼的,不敢不与我,值得甚么!"

你听他讲这话,就是强拿硬要,定会惹事。

戴宗拦挡不住,李逵径自去了。

戴宗对宋江说道："兄长休怪小弟引这等人来相会,全没些个体面,羞辱杀人!"

宋江道："他生性是恁的,如何教他改得?我倒敬他真实不假。"

事实上,能否赏识李逵,能否看出此人的价值,认识到此人粗鲁背后的可贵与可爱,确实需要眼光。这个眼光戴宗没有,宋江才有。作者把这三个人放到一起写,让李逵尽情表演,让宋江和戴宗两个观众观看,然后,通过他们的不同反应,鉴定他们的境界高低。

李逵就像是一个秤砣,称出了宋江和戴宗的不同斤两。

果然,李逵走到江边,不但没有弄到鱼,反而和别人打起来了。

和谁打起来了呢?鱼牙(即鱼行)主人张顺。张顺绰号浪里白条,水上功夫一流,在岸上打不过李逵,吃了亏,便引诱李逵上了船,撑到江心,两只脚把船一晃,船底朝天,两个好汉"扑通"地都翻筋斗撞下江里去。张顺把李逵提将起来,又淹将下去,又提起来,又捺下去,何止淹了数十遭。

眼看李逵性命难保,宋江在岸上急得跳脚,后来得知此人叫张顺,突然想到自己正带着张顺哥哥张横给张顺的家书,凭着这个交情,戴宗央求张顺放了李逵。张顺也认识戴宗,又听说有家书,便放了李逵,并把已经淹得两眼翻白、晕头转向的李逵托上岸来。

这是李逵一天中的第四次闹事,并且终于闹出了高潮,差点闹掉了自己的小命。

但是,李逵还是没有闹够。他还有第五闹。

张顺得知这个带来哥哥家信的人就是江湖上大名鼎鼎的宋江,纳头便拜,和李逵也是不打不相识,大家都是兄弟了,四人又去饮酒。

正饮酒说话之间,只见一个女娘,年方二八,来到跟前,深深地道了四个万福,顿开喉音便唱。

李逵正说到兴头上,被她唱起来一搅,三个且都听唱,打断了他的话头。李逵怒从心起,跳起身来,把两个指头去那女娘额上一点,那女子大叫一声,当场昏倒在地。

我们上面说过,李逵是一个毫无艺术细胞、毫无艺术欣赏兴趣的莽汉。这样的人,天生会憎恨艺术。女娘对他唱歌,是典型的"对牛弹琴"——他的小名就叫"铁牛"。他不但不懂音乐,他更不知道什么叫怜香惜玉。

还不仅如此,当其他三人都兴致勃勃地听这个女子唱歌时,几乎把他一个人摒弃在外。他马上感受到了自己和他人的差距。他有一种被冷落、被抛弃的愤怒。甚至,我们说,这是一种嫉妒,一种吃醋。

妒火中烧的李逵,出手伤人了。

我们看到这个情节,总是情不自禁地联想到鲁达鲁智深在渭州酒楼上见到金翠莲父女时的情景。

同样面对楚楚可怜的女子，李逵出手相伤，鲁达出手相救，这就是李逵和鲁达的差别。

鲁达的内心，有极高贵的东西。

李逵的个性，有极自然的东西。

好在，在大家的紧张抢救下，女孩子慢慢苏醒过来。女孩的爹娘听说打人的是黑旋风，先是惊得呆了半晌，哪里敢说一言？

宋江对女子爹娘道："你着甚人跟我到营里，我与你二十两银子，将息女儿，日后嫁个良人，免在这里卖唱。"那夫妻二人拜谢道："深感官人救济。"

戴宗埋怨李逵道："你这厮又教哥哥坏了许多银子。"

酒席结束，张顺、戴宗、李逵带了那个歌女的父亲，都随宋江来到牢城营里宋江住处，宋江先取两锭小银二十两，与了那个歌女的父亲，那老儿拜谢了去。又取出五十两一锭大银对李逵道："兄弟，你将去使用。"

一天下来，宋江花了至少八十两银子，端的是挥金如土。但是，李逵，从此就是他的铁杆心腹了。如果这些银子是投资，他马上就可以有所收获，我们马上就可以看到，他的这些银子花得多么值。

万千谋反的，倒做了大官

不久，宋江一人到浔阳楼吃酒，酒后感慨平生，写下反诗。被黄文炳告发，吃拷打不过，只得认罪。带着二十五斤死囚枷，推放大牢里收监。戴宗被差遣上东京太师府送信，请示如何判决此案。

戴宗不敢不依。临行只得吩咐李逵照看宋江。戴宗叫过李逵，吩咐道："你哥哥误题了反诗，在这里吃官司，未知如何。我如今又吃差往东京去，早晚便回。哥哥饭食，朝暮全靠着你看觑他则个。"

开口是你哥哥，闭口是哥哥。开口提醒你哥哥者，是提醒李逵，这个可是你的哥哥，你不照顾，谁照顾？你不上心，谁上心？

闭口是哥哥者，这也是我的哥哥，你不照看好，我也要你好看。

一句话，戴宗不放心李逵。

事实上，我们也不放心李逵。

但没想到,李逵这次还真让我们刮目相看。

李逵应道:"吟了反诗,打甚么鸟紧!万千谋反的,倒做了大官。你自放心东京去,牢里谁敢奈何他!好便好,不好,我使老大斧头砍他娘!"

这番话,说得有胆量,有见识,有情谊。

"吟了反诗,打甚么鸟紧!"这是何等举重若轻的气概!这就是胆量。

自从黄文炳深文周纳,危言耸听,构陷宋江谋反大罪到现在,从蔡九知府到戴宗到宋江本人,甚至,到我们读者,都觉得这是一件天大的祸事,我们都被吓坏了。到李逵大哥这里,我们才松了一口气,"吟了反诗,打甚么鸟紧!"鸟事一桩!当一般人面对着神圣皇权诚惶诚恐的时候,李逵,却根本蔑视它的威严。有什么反不得的!

在大家都十分恐惧慌张的时候,有一个人不怕,就可以给我们壮胆,就可以缓解紧张空气,让我们松弛。

为什么又说他有见识呢?

"万千谋反的,倒做了大官。"这又是何等透彻的见识!

我常常感慨,无论是对历史,还是对现实,那些真正的有见识之言,一针见血之语,直揭真相之论,往往不是出自饱学的学究,出自拿着项目经费做项目的学者,而是出自乡野草民,出自那些没有什么文化,斗大字不识一箩的粗野之人。

李逵,就是一个例证。

哪一句又有情谊呢?

"牢里谁敢奈何他!好便好,不好,我使老大斧头砍他娘!"

黄文炳要奈何他,蔡九知府要奈何他。以至于被奈何地滚了屎尿,还被打得皮开肉绽。这时,谁护着他?李逵。

但是,李逵会照顾人吗?

我们固然相信,谁要为难宋江,李逵一定会用板斧砍他。但是,我们实在不能相信,像他这样的没头神,没有家,连一个固定住处都没有的人,他会照顾好宋江的生活,会按时给宋江送饭食。不仅我们不信,戴宗也不信。

所以,戴宗临行又嘱咐道:"兄弟小心,不要贪酒,失误了哥哥饭食。休得出去醉了,饿着哥哥。"

李逵道:"哥哥,你自放心去。若是这等疑忌时,兄弟从今日就断了酒,待你回来却开。早晚只在牢里伏侍宋江哥哥,有何不可?"

我们可能谁都不会相信李逵真会做到，但是，他还真的做到了！从此李逵真个不吃酒，早晚只在牢里服侍宋江，寸步不离！

这李逵，竟然有这样的毅力，对人，竟然有这样的深厚情分！

毛泽东曾经说李逵这个人"有大忠大义大勇"（于俊道、李捷《毛泽东交往录》）。

李逵此处表现的，就是"大忠大义"。

他当然还有大勇。

戴宗串通梁山谋救宋江，被黄文炳看出破绽，与宋江一同被判斩首。

一副板斧，挑战江州

行刑的日子到了。宋江、戴宗被押赴江州城十字路口。

午时三刻到了！行刑之人，执定法刀在手，眼看戴宗、宋江就要人头落地。

只见十字路口茶坊楼上一个虎形黑大汉，脱得赤条条的，两只手握两把板斧，大吼一声，却似半天起个霹雳，从半空中跳将下来。手起斧落，早砍翻了两个行刑的刽子手，接着便望监斩官马前砍将来。众士兵哪里拦挡得住？众人簇拥蔡九知府逃命去了。

刚才是宋江、戴宗要丢命，转瞬之间，竟然变成蔡九知府要丢命了！

这个突然从天而降的虎形黑大汉是谁？我们一定猜得着：他就是李逵！

我们想想这几日，宋江、戴宗被关进死囚牢，他李逵一人在仓猝之间，突然面临这样大的变故，面对这样严峻的局面，这个头脑简单的人，一定是六神无主手足无措——

怎么办？断无可以商量之人；

劫法场，断无可以相助之人；

救人后，断无可以接应之人。

我们可以想见，他是多么寂寞，多么无助，多么恐惧，多么绝望！

但是，他没有逃走，没有旁观，没有犹豫，他就凭着他的一腔血性，一腔忠诚，杀出来了！

一个人，一副板斧，他要挑战江州五七千军马！

他一定知道他断断不会成功。但是，此时，他求的，不是成功，是成仁！

这是知其不可为而为之的精神。

孟子曾经描写一个叫孟施舍的勇敢的人。

孟施舍之所以养勇也,曰:"视不胜犹胜也;量敌而后进,虑胜而后会,是畏三军者也。舍岂能为必胜哉?能无惧而已矣。"………(《孟子·公孙丑上》)

孟施舍培养勇气的方法是:"看待不能战胜的敌人如同能战胜的敌人一样(无所畏惧);(如果)先估量敌军的力量然后才进军,考虑能打胜仗然后才交战,那是害怕敌军强大的人。(其实)我哪能做到每战必胜呢,只不过是能够无畏罢了。"

孟子认为,孟施舍抓住了勇的本质要领。什么是勇的本质?就是不顾后果,不量敌之众寡,一句话,不能有算计之心。

真正的勇敢,不能考虑胜败。

因为,有必胜的把握,懦夫也敢出手。

而真的勇士,没有必胜的把握,也敢出手。

勇分两种:

一、血性之勇;

二、义理之勇。

血性之勇往往出于性格。

义理之勇只能出于品格。

明知必败,只要大义所在,也毫不犹豫地出手,这就是义理上的勇敢。这种义理上的勇敢,就是一种高贵的精神。

李逵,此时体现的,就不仅仅是勇敢,而是一种精神。

孟子还转述过孔子对勇敢的定义:

自反而不缩,虽千万人,吾往矣!

面对江州五七千军马,李逵往矣!

他不会算计,他不知道什么叫无谓的牺牲,他只知道,此时,只有牺牲,才是好汉的勾当!

李逵万万没有想到的是,梁山好汉们在晁盖率领下,早已到了江州,埋伏在法场周围。这时,一起发作,把官兵杀了个七零八落,救出了宋江。

接下来,宋江报仇心切,在他的要求下,梁山好汉们又打破无为军,杀了黄文炳及其一家。

宋江报了仇,大家都来与宋江贺喜。

这时,突然只见宋江对大家跪下去了。

这又是为什么呢？

真造反，假革命

突然见宋江跪下，众头领慌忙都跪下，齐道："哥哥有甚事，但说不妨，兄弟们敢不听。"

宋江便道："感谢众位豪杰相救，还帮我报了冤仇。如此犯下大罪，闹了两座州城，不由宋江不上梁山泊投托哥哥去。未知众位意下若何？如是相从者，只今收拾便行；如不愿去的，一听尊命。只恐事发，反遭负累，烦可寻思。"

实际上，此时除了晁盖带来的梁山十七个好汉，其他的宋江、李逵、戴宗、张横、张顺带来的九人，后来加入的侯健共十三位除了上梁山，已经没有别的退路。杀死了许多官军人马，闹了两处州郡，朝廷必然起军马来擒获。梁山是他们唯一的容身之地，这是众位好汉都心知肚明的。

但李逵却有独特的表现，宋江说言未绝，他早跳将起来，便叫道："都去，都去！但有不去的，吃我一鸟斧，砍做两截便罢！"

我们常说，逼上梁山。对林冲而言，是别人逼他上山。对李逵而言，是他逼别人上山。

从此，李逵就上了梁山。可以说，他是在上梁山前最为顺利的一个，也是最心甘情愿的一个。

别人上山，都经过了一番磨难，都有一番曲折，一番思想上的斗争。在万不得已时，才走上这条路。

一句话，都要抛弃很多东西，损失很多东西，包括抛弃此前的做人准则。

而李逵，在这两点上，他都没有顾虑。

他是一个流氓无产者，没有物质的东西可以损失。

上梁山，对他而言，丢掉的只是锁链，得到的却是无法无天快活的生活。

更重要的是，他也没有什么造反有罪、落草丢人的观念，所以，也不会有思想上的障碍。

那么，李逵是否像有些学者所说，是最为坚决最为彻底的革命者呢？

显然不是。

革命者与一般的反叛者的一个大区别在于：

一般的反叛者，其反叛，可能出于自然的欲望，出于某种现实中的不得已。

革命者的革命，其要革命，则是出于社会的理想，出于一种理想上的追求。

而李逵，显然，自然的生理上的追求享乐的欲望，才是他行为的动力。

上梁山后，宋江说起江州蔡九知府捏造谣言诬陷他造反一事，李逵跳将起来道："好哥哥，放着我们有许多军马，便造反，怕怎地？晁盖哥哥便做了大皇帝，宋江哥哥便做了小皇帝，吴先生做个丞相，公孙道士便做个国师，我们都做个将军，杀去东京，夺了鸟位，在那里快活，却不好？不强似这个鸟水泊里？"

我们看他这地方说的"杀去东京，夺了鸟位"，以为他反皇帝，其实他的思想里，不过是换个皇帝罢了。皇帝轮流做，明天到我家。"夺了鸟位"句后还有最关键的一句："在那里快活，却不好？"

比起东京的繁华，梁山在他眼里已经成为"鸟水泊"了。

李逵的行事，主要遵循的就是快活原则，黑旋风最常挂在嘴边的词，就是"快活"！他生割了黄文炳后称"吃我割得快活"，他后来屠了扈三娘一家后道"吃我杀得快活"，杀人不是为了复仇，不是出于战阵厮杀的需要，而竟仅仅是为了快活！

真造反，假革命。

宋江上梁山不久，宋江的父亲宋太公被接上山来，一同快活了。公孙胜心思一动，也要回乡看望老母，晁盖欣然放行，并安排了筵席，与公孙胜钱行。

席刚散，李逵突然放声大哭起来。

这是怎么回事呢？

3. 真假李逵

> 屎壳郎过马路,不滑稽,但是,它要冒充吉普车,就滑稽了。

人生在世,"不怕"是个宝

宋江连忙问道:"兄弟,你如何烦恼?"

李逵哭道:"干鸟气么!这个也去取爷,那个也去望娘,偏铁牛是土掘(jué)坑里钻出来的!"

我统计了一下,李逵一生,哭过三次:这是第一次,还有一次就是他的老母被老虎吃了时,第三次是他吃了宋江的药酒,自知必死之时。如果说还有一次,那就是一百二十回本的九十三回,李逵梦见老娘,在梦中哭过一次。我们看,后面的那三次哭,无论是醒着还是梦中,都出于真情,情不自禁,不得不哭。而这次在酒席上放声大哭,就有些做作,要回家接老娘来,至于哭吗?我们说,这是撒娇的哭,装憨(hān)的哭。必须指出的是,李逵是很会撒娇的人,他常常很乖巧地撒娇。他一撒娇,不仅晁盖、宋江和众兄弟们都随顺了他,就是李贽、金圣叹这样的大家也很受用,他们都很欣赏他,我们读者也一样,都喜欢他。可以说,李逵的撒娇,与他的板斧一样有威力。**板斧与撒娇,是李逵的两大法宝:板斧对付敌人,撒娇征服朋友。**

晁盖便问道:"你如今待要怎地?"

你看这口气,就是家长对孩子的口吻。

李逵道:"我只有一个老娘在家里。我的哥哥,又在别人家做长工,如何养得我娘快乐?我要去取他来这里快乐几时也好。"

晁盖觉得李逵说得在理,便要放行,宋江却不同意。

为什么呢?

因为李逵莽撞，又被官府缉捕，此去凶多吉少。

李逵焦躁，叫道："哥哥，你也是个不平心的人。你的爷，便要取上山来快活，我的娘，由他在村里受苦。兀的不是气破了铁牛的肚子！"

你看这样的话，如果换一个人说，比如林冲，比如武松，就非常不合适，就会引发矛盾。但是李逵说，就非常自然，不但宋江不会计较，其他人听了，也不觉得刺耳。为什么？因为他是撒着娇说的。人们为什么对撒娇不计较，反而很受用呢？因为，撒娇不光是一种对对方说话表达的方法，更是一种说话表达的态度：撒娇者总是主动地把自己放在依附的位置上，通过一种人格上的屈尊来换取对方的恩宠。达到的是自己的目的，却满足了对方的心理需求。

这番话说得宋江无话可说。取宋江的老子来，梁山是下了大功夫的，而且也是险象环生。现在就因为不安全，不让李逵回去取老娘，确实有些厚此薄彼。

宋江无奈，只好同意，但是对李逵提出了三点要求：

第一，不吃酒。为什么？李逵酒品不好，吃酒会闹事。

第二，没有伴。为什么？李逵脾气不好，没人会跟他。

第三，不带斧。为什么？板斧是李逵的标志性物件，一看到板斧，就认出李逵。看来，不光李逵出名了，连他的板斧都出名了。

李逵道："这三件事，有甚么依不得！哥哥放心，我只今日便行，我也不住了。"

果然性急。

当下李逵拽扎得爽利，只挎一口腰刀，提条朴刀，带了一锭大银，三五个小银子，吃了几杯酒，唱个大喏，别了众人，便下山来，过金沙滩去了。

宋江毕竟谨慎，回到大寨，总是放心不下，便在第二天差李逵的同乡朱贵随后赶去，暗中保护。

李逵独自一个离了梁山泊，取路来到沂（yí）水县界。行至沂水县西门外，见一簇人围着榜看，李逵不识字，立在人丛中，听得有人读道："榜上第一名正贼宋江，系郓城县人；第二名从贼戴宗，系江州押狱；第三名从贼李逵，系沂州沂水县人。"李逵在背后听了，正待指手画脚，没做奈何处，只见一个人抢向前来，拦腰抱住，叫道："张大哥，你在这里做甚么？"

李逵扭过身看时，却是早地忽律朱贵。朱贵带着李逵来到西门外近村一个酒店内，直入到后面一间僻静房中坐了。原来，这是朱贵兄弟朱富的酒店。朱贵指着李逵道:"你好大胆!那榜上明明写着赏一万贯钱捉宋江,五千钱捉戴宗,三千钱捉李逵,你却如何立在那里看榜?倘或被眼疾手快的拿了送官,如之奈何?"

得知自己不如宋江、戴宗值钱,不知李逵是否愤愤不平。

但朱贵有一件事很糊涂:

"我迟下山来一日,又先到你一日,你如何今日才到这里?"

李逵道:"便是哥哥分付,教我不要吃酒,以此路上走得慢了。"

原来是这样!竟然还有不吃酒走不动路的!

我们知道,陶渊明晚上不吃酒,睡不着;早上不吃酒,起不来。

李白呢?不吃酒,写不出诗。

现在,李逵是不吃酒,走不动路,三者同是极高境界。都算是酒中圣人。

既然好几日没有吃酒,以至于精神萎靡,现在到了朱富的店里,又有朱贵款待,不用自己买单,那就放开吧。李逵道:"哥哥分付,教我不要吃酒,今日我已到乡里了,便吃两碗儿,打甚么鸟紧!"

已到乡里,就成了他开戒的理由了。但是,一旦开戒,可就不是两碗儿了。

朱贵不敢阻挡他,由他吃。

当夜直吃到四更时分,安排些饭食,李逵吃了,趁五更晓星残月,霞光明朗,便投村里去。

不吃酒,走不动路;吃了酒,连觉也不用睡,吃到四更,五更便行。

这样的精力,简直令人咋舌。

朱贵吩咐道:"休从小路去,小路走,多大虫,又有乘势夺包裹的剪径贼人。"李逵应道:"我却怕甚鸟!"

一个"我"字,特别有精神。

这句话我们听着特别熟悉。原来当初武松听说景阳岗上有大虫时,也是这句话。

李逵和武松,都是特别自信有精神的人。

人生在世,"不怕"是个宝。

不怕,是实力的体现,也是精神的体现。

有了"不怕"的精神,才能有"不悔"的人生。

那么,李逵走在偏僻小路上,真会遇到什么吗?

黑旋风碰上黑旋风

约行了数十里,天色渐渐微明,去那露草之中,赶出一只白兔儿来,望前路去了。

大虫没碰到,碰到一只兔子,却也好笑。

但接着,李逵还真就碰上了强人。

正走之间,突然大树背后转过一条大汉,喝道:"是会的留下买路钱,免得夺了包裹。"

你听这个强人,口气都不像,一点也不吓人。

为什么?因为他给人出的这道选择题有问题。

他给人的两个选项是:A. 留下买路钱;B. 夺了包裹。

这两者有什么不同吗?即使不留下买路钱,不过也是夺了包裹。那我们肯定选择对抗,而不是合作。

他至少要学会这样说:"是会的留下买路钱,免得丢了性命。"

这样的选择题,轻重悬殊,人家做起来才不会出错。

显然这是个刚刚做此项生意的菜鸟。他还要别人"是会的",自己就是一个不会的。

李逵看那人时,手里拿着两把板斧,把黑墨搽在脸上。

《水浒》笔下的李鬼,就是一个搞笑的角色。为了提高自己的威慑力,让自己显得凶悍有力一些,故意把自己的脸涂黑。这已经很可笑,可是还搽得不专业,让人看出来了。

看来,小白脸连剪径打劫都不行。

当然,我们马上就会知道,他把脸上搽黑,是要假冒李逵。因为李逵黑。

手拿两把板斧,也是学李逵。

李逵见了,大喝一声:"你这厮是甚么鸟人?敢在这里剪径!"

那汉是喝,李逵是大喝。这被劫的竟然比打劫的还要有气势。

狭路相逢,勇者胜。

那汉道:"若问我名字,吓碎你心胆,老爷叫做黑旋风。你留下买路钱并包裹,便饶了你性命,容你过去。"

还真是见了鬼了。黑旋风碰上黑旋风。李逵大笑道:"没你娘鸟兴!你这厮是甚么人?哪里来的?也学老爷名目,在这里胡行。"

大喝又变成了大笑了。

为什么?因为,这个自称黑旋风的打劫者,当他面对着真的黑旋风发飙的时候,就是在搞笑。

什么叫滑稽?什么样的行为让我们感到滑稽?

形式和内容不相称。

愿望和能力不相称。

行为和目的不相称。

屎壳郎过马路,不滑稽。

但是,它如果冒充吉普车,就滑稽了。

所以,李鬼本来也不滑稽,但是,当他冒充李逵时,尤其是在李逵面前冒充李逵时,就滑稽了。

《水浒传》作者,是很有幽默感的。

李逵,虽然是个粗人,也是有幽默感的。

所以,我们读者,也要有幽默感。到这个地方,要停下来,会心一笑,不要匆匆就过去了。

李逵笑归笑,损害自己名誉权,不能不追究。

于是他挺起手中朴刀,来奔那汉。

你有没有感觉到这个毫不幽默、杀气腾腾的举动也充满了幽默感?

不是打劫的人冲过来,反而是被劫的人冲过去。

李逵先动手了,而那汉在抵挡。

可是那汉哪里抵挡得住,却待要走,早被李逵腿股上一朴刀,搠翻在地,一脚踏住胸脯。

是真是假,练练就知道了。

李逵喝道:"认得老爷么?"那汉在地下叫道:"爷爷,饶孩儿性命!"

刚才自称老爷,现在喊人爷爷。真是令人又好笑,又好气。

这世界上,总有一些人,要不做大老爷,要不做龟孙子,在比他弱的人面前,他做大老爷;碰到比他狠的、强的,他马上甘愿做龟孙子。

假如一个社会,还是权力以及所谓的实力等等决定一切,这种人就不会改良,人类的这种丑陋人性就会继续存在下去。

李逵道:"我正是江湖上的好汉黑旋风李逵,便是你这厮辱没老爷名字。"

那汉道:"为是爷爷江湖上有名目,提起好汉大名,神鬼也怕,因此小人盗学爷爷名目,胡乱在此剪径。但有孤单客人经过,听得说了黑旋风三个字,便撇了行李,逃奔了去,以此得这些利息,实不敢害人。小人自己的贱名叫做李鬼,只在这前村住。"

还果真是见了鬼。

李逵道:"叵耐这厮无礼,却在这里夺人的包裹行李,坏我的名目,学我使两把板斧,且教他先吃我一斧。"

为什么要杀他?理由有三:

一、剪径打劫;

二、坏我名目;

三、学我使两把板斧。

但是这三项都不是死罪,而李逵更没有资格以此杀他。因为——

第一,剪径打劫。此举固然为法律所不容,但是,梁山好汉中,剪径打劫出身的不在少数。更何况还有比剪径打劫更严重的。李逵自己在江州大开杀戒,杀死军民五百余人,带伤中箭者不计其数。这是多么大的罪行!李鬼只是图财,尚未害命。

第二,坏我名目。你李逵犯下滔天大罪,还有什么名目?你的名目在通缉榜上呢。哪里还算清白?哪里还有值得维护的清白?

当然,李逵会认为,我干的那是惊天动地的英雄事业,你干的,却是鬼鬼祟祟的小人勾当。但是,这种观点,经不起推敲的。

第三,学使板斧,这更没有道理。使两把板斧,别人应该也有这样的权利。但是,李逵认为这是他的标志性行头,不允许别人再用。你使两把板斧,就是学我模仿我,就是让人联想到我,你是故意混淆商标误导消费者。这也是强盗逻辑。

当然,我上面的三条道理不可能和李逵说,因为,你要和他讲道理,小心他一斧头把我们也劈了。我们一定要记住他的名言:"前打后商量。"

我刚才讲到了一个词,叫"强盗逻辑",事实上,梁山好汉,很多人都奉行强盗逻辑。宋江主政以后的梁山,也常常是强盗逻辑。这逻辑的基本原则就是,一切以是否有利于我为中心。有利于我的,是朋友;不利于我的,是敌人。

当然，我不是说李鬼不该受惩罚，我只是说，李逵没有资格惩罚他。

但是李逵却不管这么多，他劈手夺过一把斧来便砍。

李鬼眼看就要真的成鬼了。

胡说屁谎，歪打正着

李鬼慌忙叫道："爷爷杀我一个，便是杀我两个。"

这小子倒有急智，说出这样让人蹊跷的话来。李逵本来就脑子一根筋，不好使，听这样的话根本听不懂，偏偏好奇心还重，就住了手问道："怎的杀你一个，便是杀你两个？"

李鬼道："小人本不敢剪径，家中因有个九十岁的老母，无人养赡，因此小人单题爷爷大名唬吓人，夺些单身的包裹，养赡老母。其实并不曾害了一个人。如今爷爷杀了小人，家中老母，必是饿杀。"

为什么不能杀他？理由也有三个：

一、剪径只为养老母，动机可悯；

二、只图财没害命，罪不至死；

三、杀了我，老母必饿死，所以，杀一个就是杀两个。就算我该死，我老母却不该死。

别说，这几条还都在理，尤其是最后一条，特别打动李逵。李逵虽是个杀人不眨眼的魔君，但却是孝子。听了这话，自肚里寻思道："我特地归家来取娘，却倒杀了一个养娘的人，天地也不容我。罢，罢！我饶了你这厮性命。"

《诗经·大雅·既醉》："孝子不匮，永锡尔类。"意思是说，孝子的孝，不仅到自己为止，还要把这种孝心推广到自己的同类那里去。这李逵，还真做到了。

李逵把李鬼放起来，李鬼纳头便拜。李逵道："只我便是真黑旋风，你从今以后，休要坏了俺的名目。"

李鬼道："小人今番得了性命，自回家改业，再不敢倚着爷爷名目，在这里剪径。"

李逵今天还要把好人做到底，他说："你有孝顺之心，我与你十两银子做本钱，便去改业。"李逵便取出一锭银子，把与李鬼，李鬼拜谢去了。

这小子今天运气不好，碰到了真李逵。

这小子今天运气又很好,他碰到的不是满腹杀心的李逵,而是正要回家搬取老母满腔孝心的李逵。而他一番胡说屁谎正打动李逵的孝心,几乎是歪打正着。

李逵自笑道:"这厮却撞在我手里。既然他是个孝顺的人,必去改业,我若杀了他,也不合天理。我也自去休。"拿了朴刀,一步步投山僻小路而来。

这李逵,哪里是什么坏人?他不但不是坏人,他还劝坏人向善。

但你要说,李逵是一个在道德上非常自觉的善人,那又不一定。为什么呢?

因为他有时候好得很,有时候又坏得很。

怎么会有这样的人呢?

实际上,道德的境界有三层:自在的境界、自为的境界、自觉的境界。

自在的境界,就是无善恶观,没有道德意识。

自为的境界,有着出于本性的自然的善。

自觉的境界,有着出于理性的自觉的善。这是道德的最高境界。

那么,李逵在哪一个境界呢?在第二个境界,即他是"自然的善",还不是"自觉的善"。正因为他是自然的善,所以,那种淳朴、本然,出自内心的真诚,非常能够感动人。

但又正因为他还不是自觉的善,所以,当他的本心被其他念头遮蔽了时,也就不免于恶。比如,赌输了时,他不免抢人的钱,还打人。在江州大开杀戒,两把板斧排头砍去,砍杀的都是平民,后面我们还要专门讲到李逵本性中的大恶。

山寨美人,蛇蝎心肠

到巳(sì)牌时分(早晨9点到11点),李逵肚里又饥又渴,只见远远在山坳里露出两间草屋。李逵见了,奔到那人家里来,只见后面走出一个妇人来,髻鬓边插一簇野花,搽(chá)一脸胭脂铅粉。

不想在此却碰上一个山寨版美人。

李逵放下朴刀道:"嫂子,我是过路客人,肚中饥饿,寻不着酒食店,我与你一贯足钱,央你回些酒饭吃。"

你看这话,说得多么客气文明,并且说时还不忘先放下朴刀,免得吓坏了人家小女子,李逵何时也会怜香惜玉了?

那妇人见了李逵这般模样,不敢说没,只是答道:"酒便没买处,饭便做些与客人吃了去。"

李逵道:"也罢。只多做些个,正肚中饥出鸟来。"

没想到第二句话就露馅了。说得如此粗鲁难听。

这李逵的肚中饥出鸟,与鲁智深的口中淡出鸟,都是名言。

但是,鲁智深是自言自语,而李逵却是在荒山野岭,对一个女人家,说出这样的话来!

不过,这并不说明李逵心存淫邪,恰恰相反,他是完全没有把对方看作女人。在他的心目中,他几乎没有异性的概念。

梁山好汉,张口闭口都是鸟的人很多,但以李逵为最,他几乎到了句句不离鸟的境界,好像他就长了一张鸟嘴,张口闭口,全是鸟字,假如我们和李逵做个试验,叫他说话不带鸟字,我相信,他一定不会说话了,鸟已经成为他的万能词。以至于他只能讲鸟话。

那妇人做饭。李逵却转过屋后山边来净手,只见一个汉子撷手撷脚从山后归来,谁呢?李逵没看清楚,但他听清楚了。

他听见那个汉子对这个女人说:

"大嫂,我险些儿和你不厮见了,你道我晦鸟气么?指望出去等个单身的过,整整等了半个月,不曾发市,甫能今日抹(mǒ)着一个,你道是谁?原来正是那真黑旋风。却恨撞着那驴鸟,我如何敌得他过?倒吃他一朴刀,搠翻在地,定要杀我,吃我假意叫道:'你杀我一个,却害了我两个。'他便问我缘故,我便告道:'家中有个九十岁的老娘,无人养赡,定是饿死。'那驴鸟真个信我,饶了我性命,又与我一个银子做本钱,教我改了业养娘。我恐怕他省悟了,赶将来,且离了那林子里僻静处睡了一回,从后山走回家来。"

这个李鬼,说到李逵,一口一声称"驴鸟",听得我们心花怒放。好!好!好!李大哥,你也有今天!

为什么李鬼不骂李逵鸟,或者"撮鸟"等等,而是骂他驴鸟呢?

第一,符合李逵的外貌特征,李逵长得粗蠢。

第二,驴子是愚蠢傻帽的象征啊,李鬼以此形容李逵愚蠢。

李鬼的骂,全让李逵听着了。在暗处,听人家一口一声称呼自己是驴鸟,是什么感觉?

并且,刚才,李逵不但放了李鬼,原谅了他对自己品牌的冒用,而且,还信了李鬼的鬼话,被他鬼话中的孝心感动,送了他银子。

此时,恍然大悟明白受骗的他,可不就觉得自己就是一头大笨驴!人家骂自己是驴鸟,对着呢!

而且,李鬼的这番话,不仅告诉了李逵,他此前所说的什么家有老母的话全是骗人的,而且,他还根本没有悔改的意思,他不但没有被李逵感动,反而觉得李逵愚蠢,自己聪明。

小人不就是这样么?小人总是把高尚当愚蠢,把奸诈当聪明。

李逵正要发作,却又听见那个妇人的话。

那妇人道:"休要高声。却才一个黑大汉来家中,教我做饭,莫不正是他。如今在门前坐地,你去张一张看。若是他时,你去寻些麻药来,放在菜内,教那厮吃了,麻翻在地,我和你却对付了他,谋得他些金银,搬往县里住,去做些买卖,却不强似在这里剪径!"

原来这李鬼的老婆,比李鬼还要可恶。

这一对鬼夫妻,还真是王八看绿豆,对上眼了!

这个山寨美人,竟然如此蛇蝎心肠!

俗话说,妻贤夫祸少,如果李鬼的老婆,听到李鬼的叙说,感动于李逵的饶恕和勉励,劝劝自己的丈夫,夫妻二人善待李逵,真心洗心革面,是会得到李逵的原谅的,甚至还能得到李逵的帮助。

剪径打劫,撒谎骗人,可能还不是取死之道,还可能被宽恕。但是李鬼老婆的这几句话,一定是取死之道,一定不会被宽恕!

更何况他们碰到的是李逵。

此时的李逵,就是满腹杀心了。

4. 天降杀星

> 他拔出腰刀,便去李鬼腿上割下两块肉来,一面烧,一面吃。人的尸首在他眼里,竟然是好肉!

专制社会,带气生存

李逵想:"叵耐这厮,我倒与了他一个银子,又饶了性命,他倒又要害我。这个正是情理难容!"一转踅(xué)到后门边。这李鬼恰待出门,被李逵劈头揪住,按翻在地,身边掣出腰刀,早割下头来。

一句话也没有就杀了。

不用说了。已经听明白了。

不能说了。一说又是鬼话。

杀完李鬼,拿着刀,却奔前门寻那妇人时,那妇人早自望前门走了。

却去锅里看时,三升米饭早熟了,只没菜蔬下饭。李逵盛饭来吃了一回,看看自笑道:"好痴汉,放着好肉在面前,却不会吃。"

拔出腰刀,便去李鬼腿上割下两块肉来,把些水洗净了,灶里抓些炭火来便烧。一面烧,一面吃。

人的尸首在他眼里,竟然是好肉!

真正的恐怖!

《水浒传》里,一再写到吃人肉的情节,并且还特别故意写得非常轻松,非常自然,好像极其常见,从而毫无芥蒂。

这是为什么呢?作者为什么要这样写呢?

第一,这有一定的事实依据。在中国历史上,每次遇到大的社会动乱和饥荒,"人相食"的记载在历代正史和野史笔记中比比皆是。这是中国封建社会黑暗的铁证。而且,就我的观察,吃人最严重的时期,就是《水浒传》产生的年代——元明易代之时。元人陶宗仪所著的《南村辍耕录》,就记录了朱元璋的"淮右之军"吃人的事实:"天下兵甲方殷,而淮右之军嗜食人……"惨毒之状,不堪言表。

第二,在长期的封建专制统治下,在长期的政治压迫、经济压迫、文化压迫下,或者用毛泽东的话说,在"君权、神权、族权、夫权"这样"套在农民头上的四大枷锁"的束缚下,古代中国的民间,实际上处于长期的压抑状态,人人内心都积压着太多的怨气。我把这种生存状态称之为"带气生存",在大多数人的生存状态都是"带气生存"的情况下,全社会都充斥着一股可怕的暴戾之气。所以,《水浒》中一再出现的吃人肉情节,是作者内心压抑的表现,更是全社会压抑心理的非理性释放。专制使人变态,《水浒》的这种描写,是《水浒》作者以及更为广泛的读者集体变态心理的表现。

马克思说:"君主政体的原则总的来说是轻视人,蔑视人,使人不成其为人。""专制制度必然具有兽性,并且和人性是不相容的,兽的关系只能靠兽性来维持。"(《马克思恩格斯全集》第一卷,第411、414页)

那么,专制政体及其对人性的兽性化改造,是《水浒传》中人的兽性大发作的根本原因。

第三,约翰·密尔说:"专制使人冷嘲。"他的意思是,在专制制度下,要表达真实的思想,尤其是要表达对社会的批判殊为不便,为了保护自己,只能以冷嘲的方式表达观点和立场。所以,《水浒传》作者的这种描写,也是带了冷峻的神态,有些恶作剧的心理。

第四,作者要建立一种独特的美学风格。我们可以把它称为"野蛮美学"。其基本特征就是,事实本身极其恐怖,但读者却并不觉得恐怖,因为作者在描写这样的场景时,总是渲染着热烈阳光的氛围,从而冲淡读者在阅读时的恐惧,在不知不觉中,让读者接受这样血淋淋的描写,欣赏这样血淋淋的描写,直至接受这样血淋淋的世界。这样,读者对这类杀戮吃人事件的道德判断消失了,而代之以审美判断。

这是它和一般恐怖文学的最大区别。

《水浒》"野蛮美学"的代表人物,就是李逵。

李逵一家一直生活在社会的最底层,而且,除了感受到贫困、压迫、凌辱和歧视,从来没有得到过社会的温暖。他的大哥倒是良民,甚至配合官府捉拿兄弟,但是,官府对他大哥的报答却是叫他"披枷戴锁,受了万千的苦"。

我以前在讲武松的时候,说到在封建社会,只有两种人:良民(顺民)和暴民。

在武松家里,武大是良民,武松是暴民。

在李逵家里,李逵是暴民,李逵母亲和大哥李达是良民。

问题在于,良民在这个社会里,得到了什么?

武大被害了。李逵母亲穷困潦倒,眼睛哭瞎了,最后还被老虎吃了。

李达呢?帮人打长工,受尽欺压。

暴民乃是良民变的,是什么力量让良民变成了暴民?这是我们今天读《水浒传》需要思考的。

斩尽杀绝,嗜血如命

我说李逵是《水浒传》"野蛮美学"的代表人物,大家可能不愿意接受,因为,《水浒传》读者,很少有不喜欢李逵的。我要说明一下的是,我也很喜欢李逵,李逵也确实有特别的魅力,让我们不得不喜欢。但是,这一点,我将在下一讲再讲,现在,我就要专门讲讲他的野蛮残忍问题。

作者曾经借罗真人的口,说李逵是上界天杀星。因为下土众生作业太重,故罚他下来杀戮。可是,我们知道,李逵杀掉的人中,无辜的远远超过罪有应得的。

李逵杀人,有六大特点:

第一,杀得快;

第二,杀得多;

第三,谁挡我路我杀谁;

第四,多杀无辜;

第五,毫不歉疚;

第六,手段残忍。

先看第一点,杀得快。

我们刚才讲到他杀李鬼,一把揪住,按倒,割头,其疾如风。

在三打祝家庄中,祝龙斗林冲不住,望北而走。猛然撞着黑旋风,踊身便到,抡动双斧,早砍翻马脚。祝龙措手不及,倒撞下来,被李逵只一斧,把头劈翻在地。

祝彪投奔扈家庄,被扈成叫庄客捉了,绑缚下,正解将来见宋江。恰好遇着李逵,只一斧,砍翻祝彪头来。

李逵再抡起双斧,便看着扈成砍来。扈成见局面不好,投马落荒而走,弃家逃命去了。

到此,他已经杀红了眼,住不了手,直接又抢入扈家庄里,把扈太公一门老幼,尽数杀了,不留一个。

你看这一会儿,李逵杀人,简直令人目不暇接。他的绰号"黑旋风",我们到此也算真正领教了,他杀起人来,确实如同一阵旋风,不但我们看得糊里糊涂,可能被杀的人,也还没明白是什么事,没看清眼前来的是什么人,头就掉到地上了。阎王爷问起来,怎么死的?一定懵懵懂懂:不知道。谁杀的?一定回答"没看清",就见一阵黑旋风着地卷来,就到了阴曹地府了。

第二个特点:杀得多。

江州劫法场一役,被杀死的军民达五百多人,这里有不少就是李逵板斧下的冤魂。这些士兵也好,百姓也好,都是无辜的。

在沂水县,李逵被李鬼的老婆告发,被缉拿,好在朱贵的兄弟朱富是本县沂水县都头青眼虎李云的徒弟,他设计用蒙汗药麻翻了前来羁押李逵的李云一干人等,救了李逵。李逵已然脱险,但他却"夺过一条朴刀,……手起一朴刀,先搠死曹太公并李鬼的老婆,续后里正也杀了,性起来,把猎户排头儿一味价搠将去,那三十来个士兵都被搠死了"。

这一次,他杀掉的人,李鬼老婆、里正、曹太公三人,三十多个士兵,外加一批猎户,李逵在曹太公家接受乡民的招待的时候,来的猎户数量在三十到五十之间,此次相随而来的数量不清,以七八个算,几项相加,人数至少四十个之多。

三打祝家庄,杀祝龙、祝彪,扈太公一门男女老小,有多少人口?我们可以做一个类推。宋江打破无为军时,杀了黄文炳一家老小四五十口。扈太公家里应该与此不相上下。

这还是举些例子而已。

第三个特点:谁挡我路我杀谁。这是典型的强盗逻辑。

为了对付高唐州会妖法的高廉,李逵和戴宗去蓟州寻找公孙胜来帮忙。没想到公孙胜的师父罗真人不允许公孙胜下山。

天降杀星 035

当夜睡到五更,李逵悄悄地爬将起来,摸了两把板斧,乘着星月明朗,一步步摸上山来。见罗真人独自一个坐在云床上朗朗诵经。李逵推开房门,抢将入去,提起斧头,望罗真人脑门上就劈将下来,当时就砍倒在云床上,流出白血来。李逵再仔细看时,连那道冠儿劈做两半,一颗头直砍到项下。

转身奔将出来,一个青衣童子拦住李逵,李逵道:"你这个小贼道,也吃我一斧!"手起斧落,把头早砍下台基边去。二人都被李逵砍了,李逵笑道:"只好撒开。"

李逵杀了人,总是眉开眼笑,一身轻松。

为了自己的目的,不惜杀人,谁挡自己的路,就杀掉谁,李逵的这种个性,真是非常糟糕。问题是,这也是宋江主政以后梁山的政策和策略。

金圣叹说施耐庵故意把李逵和宋江对照着写,以李逵的质朴自然反衬出宋江的奸诈做作。这也对。但是,金圣叹似乎没有看出,宋江和李逵在本质上的相同相通之处。

第四个特点:不分青红皂白,多杀无辜。

在沂水县,除了李鬼的老婆该杀,里正、曹太公虽不能算好人,但也罪不至死,他们捉拿李逵,也是职责所在。而李云带去的三十来个土兵,以及那些猎人可以说都是完全无辜的人!

三打祝家庄,除了杀祝龙,还算战场上杀敌;其他都是不该杀的。杀祝彪,是杀俘,不仅没有必要,也违背基本的战争规则。至于他直抢入扈家庄,杀了扈太公一门老幼,简直是形同禽兽!

实际上,他根本不知道为什么要打仗,他根本不知道打仗的目的是什么。在他看来,打仗就是杀人,就是杀人的狂欢:可以肆无忌惮地杀人,可以合法合理地杀人,不受约束地杀人,不受惩罚地杀人。不仅杀对立的一方,甚至,只要是在现场的人,一律都是杀人狂欢的材料。

在江州劫法场,他抢起板斧,一路砍过去,一直砍到江堤上,那儿全是百姓,他也是一斧头一个,排头砍过去。晁盖大叫制止:"不干百姓的事,休只管伤人!"但是他哪里能听得见。

在沂水县杀掉曹太公等三四十人后,李逵又要追杀旁边看的人,又是朱贵大叫制止:"不干看的人事,休只管伤人!"慌忙拦住,李逵方才住了手。

杀不相干的人,是他的一贯行为。

有一个很沉重的问题,那就是《水浒传》的批注者李贽、金圣叹对梁山好汉的滥杀无辜往往缺乏判断力,尤其是金圣叹。比如,金圣叹在李逵杀曹太公、李鬼老婆、里正、众位猎户、三十来个士兵下面,连续批了五个"杀得好!"

这可以证明我前面说的话:《水浒传》的作者和很多读者,包括金圣叹,都是有严重的心理变态的。

第五个特点:杀得毫不愧疚,毫不心软。

李逵对于死于他板斧下的冤魂,他毫无歉疚。他在杀完扈家庄男女老幼之后,叫小喽啰牵了马匹,把庄里一应有的财物,捎搭有四五十驮,将庄院门一把火烧了,大咧咧来宋江处请功领赏。他大概以为,立功就是杀人,杀人就是立功。

他一身血污,腰里插着两把板斧,直到宋江面前,唱个大喏,说道:"祝龙是兄弟杀了,祝彪也是兄弟砍了。扈成那厮走了。扈太公一家都杀得干干净净。兄弟特来请功。"

何等潇洒,何等冷血!

说他冷血,可能有些误解:因为,他一旦抡起板斧开始杀人,马上热血沸腾,斗志昂扬,不斩尽杀绝,绝住不了手。

宋江喝道:"你这厮,谁叫你去来!你也须知扈成前日牵牛担酒,前来投降了。如何不听得我的言语,擅自去杀他一家,故违了我的将令?你这黑厮拿得活的有几个?"

李逵答道:"谁鸟奈烦!见着活的便砍了。"

这是典型的李逵式语言,更是典型的李逵式风格。

这是他的性格,更是他的品格。

仅仅因为不耐烦,怕麻烦,就把别人的性命当草芥。

如果说这还不是恶,那还有什么比这更恶的吗?

如果这种人不可恶,还有比这更可恶的人吗?

宋江道:"你这厮违了我的军令,本合斩首。且把杀祝龙、祝彪的功劳折过了。下次违令,定行不饶。"

黑旋风笑道:"虽然没了功劳,也吃我杀得快活。"

连功劳都不要,更不在乎,杀人本身就是快活,让我杀人就是奖赏。

李逵,是一个嗜血的人。

《水浒》中最残忍之人

还有第六点,他杀人极其残忍。

如果说,上面的事已经足够显示出李逵的残忍,那么,下面的这件事,就更加令人发指。而且,这件事最好不过地揭示了李逵和宋江为人处世的相同之处。

雷横打死了郓城县知县的相好白秀英,知县怀恨,一心要雷横死,派朱仝押解雷横去州里判决。朱仝在路上私自放了雷横,自己去顶罪,被断了二十脊杖,刺配沧州牢城。沧州牢城曾经是林冲呆过的地方,我们领教了那里的黑暗和无道,但是我们不必为朱仝担心,因为朱仝碰到了一个好人,这个好人就是沧州知府。

沧州知府见朱仝仪表非俗,貌如重(zhòng)枣,美髯过腹,并且知道他是因为私放雷横而得罪,内心对朱仝便有了一份敬重,于是不让他去服刑受苦役,而是留在本府听候使唤。知府的亲生儿子小衙内方年四岁,生得端严美貌,也很亲近朱仝,知府便吩咐朱仝早晚抱小衙内玩耍。

此时的朱仝,一心想的就是挣扎回乡,和家里妻儿团聚,重新回归正常生活。有了这样一个内心中敬重他并实际上关照他的知府,他的这个愿望应该能实现并且不会等太久。

朱仝碰到沧州知府是运气,但沧州知府碰到朱仝却是天大的晦气。

刚刚半月,宋江、吴用要逼朱仝上山。顺便说一下,自从宋江上山之后,常常会逼迫一些人上山。虽然他们打着有福同享的旗号,实际上不过是拉更多的人下水,壮大自己。

在大街上,吴用、雷横稳住朱仝,和朱仝说话,而李逵则趁机抱走了小衙内,李逵在小衙内的嘴上抹上了蒙汗药,然后一直抱到城外树林里,在僻静无人之处,一板斧把孩子的头劈作两半个!

如果要在《水浒传》中选最下流的人,我选董平。

要选最残忍最无人性的人,我一定选李逵!

朱仝在树林里找到小衙内,李逵在一边拍着腰里的板斧洋洋得意。朱仝大怒,要和李逵拼命。李逵前面走,朱仝后面追,一直追到柴进庄上。柴进告诉朱仝:原来是宋江故意教李逵杀害了小衙内,先绝了朱仝归路。

朱仝对众人说道:"若要我上山时,你只杀了黑旋风,与我出了这口气,我便罢。"

李逵听了大怒道:"教你咬我鸟!晁、宋二位哥哥将令,干我屁事!"

杀一个四岁的孩子,也就是一件屁事,而且还是与自己不相干的屁事!

李逵这样的人,只要有一个团,就可以征服世界。

因为他们毫无是非观,只会服从。

李逵这里用他只是服从命令来为自己推脱,这只能说明他毫无主见,毫无是非观,却不能减轻他的罪责。因为:

一、即使是宋江、吴用的将令,对于这样一个完全灭绝人伦的命令,完全不加拒绝,而是不折不扣的实施,这就是李逵的不可饶恕的罪责。

二、这样残忍缺德的事,宋江、吴用为什么不叫他人去做,偏偏叫李逵去做?就是因为,这样非人道的命令,如果命令他人去做,会遭到拒绝,或者会被打折扣。而只有李逵才会毫无感觉,并不折不扣地去完成。这本身就说明了李逵在别人的心目中,是什么样的人。

我们可以说,李逵是一个缺少良知的人。他是一个自然人,所以,他有时候很可爱,因为他自然,毫无做作,毫无心机,简直是赤子之心。这样的时候,他的魅力几乎不可抗拒,我们对他的喜欢简直无以复加,这也是金圣叹、李贽这样的大家也极力称赞他,成为他的铁杆粉丝的原因。

但是,我们千万不要忘了,有时候他又非常可恨,非常可怖。

无路可走,逼上梁山

朱仝怒发,又要和李逵厮并,三个又劝住了。朱仝道:"若有黑旋风时,我死也不上山去!"

如果要我在梁山好汉中选一个最为正派、正气而为人厚道的人,我一定选朱仝。

他救过晁盖、吴用等打劫生辰纲的七人,救过宋江,刚刚不久,更是以自己的前途为牺牲,救了雷横。

《水浒》中救人最多的,是朱仝;明明白白地用毁掉自己的方式去救人的,也是朱仝。

《水浒》是歌颂义气的,而论讲义气,首屈一指之人,非朱仝莫属。

但是，他救过的宋江、吴用，还有雷横，是怎么报答他的呢？

就是逼得他无法做人，逼得他无法按照自己的意愿生活，无法按照自己的为人处世的原则生活。

他们这样逼着朱仝上山，还美其名曰是报答对方，他们这样做，对朱仝公正吗？

更糟糕的是，他们这样做，对一个活泼可爱的孩子公平吗？对孩子的父亲，一个对朱仝颇为关照、心地颇为正派善良的地方官员——沧州知府公正吗？

后来沧州知府亲自到城外树林中来看儿子的尸首，痛哭不已，备办棺木烧化。

这是何等的人间惨剧！

这出惨剧的导演，是宋江；副导演，是吴用。

而主演，则是李逵！

朱仝说，若有李逵在山上，他死也不上山去。

但是，确实如宋江吴用设计的，此时的朱仝，还真是无路可走了，除了死。

可是，大丈夫哪里能如此自经于沟壑呢？

朱仝屈服了。

这是一个令人难以释怀的事件。

它照出了梁山阴暗的一面，残忍的一面。

也显示了朱仝这样被逼上梁山的好汉们内心的巨大创伤。他们在走投无路之时的无奈与隐忍。

马幼垣先生说，朱仝上梁山后，把这一切都宽恕了。说他是"惟大智慧能饶恕，独仁厚能刚大"（《水浒人物之最》）。

但是，我则认为，朱仝未必有这么高的精神境界，他只是有着无法言说的忧伤与无奈。

大概作者也觉得朱仝实在委屈，所以，特别安排了他一个光明的结果：在宋江、吴用、雷横、李逵俱不得善终以后，独独朱仝在保定府管军有功，后随刘光世破了大金，直做到太平军节度使。

这个人生结局，迥异于梁山大多数人的凄凉结局。

这是施耐庵对朱仝的补偿，也是对我们读者的一个安慰。

说李逵说到这里，大家一定觉得很难受。这个历来颇令读者喜欢的人物，怎么被你说成这个样子呢？

我说,不是我把他说成这个样子,他本来就是这个样子。

那他是这个样子,为什么历来的读者还喜欢他呢?

因为,正如李贽说的,在这个世界上,"如何少得李大哥"?!

是的,在中国古代,人们还真需要他。

这就是古代读者的两难。

那么,这个世界到底怎么了,为什么还需要李逵呢?

需要李逵的世界,会是个什么样的世界呢?

5. 人心李逵

> 我们为什么喜爱李逵？因为这个世界上常有殷天锡。

生气的人多了，社会就有救了

李逵是个杀星，非常残忍。但是，这个世界有时候还需要这样的杀星。为什么呢？

因为，这是一个恶的世界。是一个凶徒横行、弱者受欺、权力主宰、小民易虐的时代。

我在上一讲提到的一个概念：带气生存。

什么叫"带气生存"呢？

我们知道医学上有一个词叫"带瘤生存"，就是一个人，在体内出现癌细胞后，无法彻底清除癌细胞，只好退而求其次，带着癌细胞生存下去。

同样，假如一个社会，总是处于一种无序的状态，总是有人压迫人，人剥削人，总是强者暴弱，众者欺寡，总是强者制定规则，弱者被动接受，强者通吃，弱者无告，那么，弱者在无法反抗的情况下，也就只能压抑着怒火，带着满腔的怨气，很压抑地生存。这就是我说的"带气生存"。

问题是，一个社会，"带气生存"的人多了，"带气生存"的时间长了，这个社会就危险了。因为，这么多压抑的气，总有爆发的一天。

《水浒传》所反映的，就是这样的社会。

我们看看：在家里，武大也好，杨雄也好，受老婆的气；

出门为官为吏，如花荣，如雷横，受上司的气；

在朝廷，有高俅，于是王进不得不逃，林冲九死一生；

在市井，有镇关西，有泼皮牛二，于是金翠莲暗无天日，杨志再入囚牢；

在国内,受皇帝和朝廷的气;

在国外,还要受大金、大辽的气。

开门七件事,柴米油盐酱醋茶,生而为人类,衣食住行老病死,处处得求人,时时在受气。

堂堂大宋,皇皇华夏,

皇帝欺压我们。

贪官污吏欺压我们。

流氓地痞欺压我们。

甚至,身边的人,枕边人,也欺压我们!

而我们,却叫天天不应,叫地地不灵。我们又不能气得一头撞死,只能百般忍耐,带着满腔的怨,满腔的恨,满腔的气,满腔的愤,满腔的不平,满腔的无奈,隐忍生存,带气生存。

有了这么多的气积压在心头,年长日久,越积越多,我们的心理健康也就自然受到严重影响。以至于全社会都充满火气,充满一股可怕的暴戾之气。而这样的暴戾之气,是需要释放、需要发泄的。

有镇关西,我们就盼着有鲁提辖;有镇关西的欺男霸女,我们就会盼着鲁提辖的三拳头。

有西门庆与潘金莲之杀武大郎,我们就会快意于武二郎杀嫂杀西门庆;

有毛太公父子的陷害,我们就会盼望着顾大嫂夫妻的搭救。

有牛二的欺人太甚,我们就心里急吼吼地盼着杨志抽刀宰了他。

在不知不觉中,我们全都赞成以暴制暴,全都倾向于暴力解决问题。《水浒传》作者,如此成功地使我们全都成了暴力崇尚者。

再看下面这样的一件事。

这件事很好地说明了,我们为什么需要李逵。

柴进要告,李逵要打

杀死小衙内,逼得朱仝上梁山后,李逵在柴进庄上住了一个来月。

忽一日,见一个人赍(jī)一封书火急奔庄上来,原来,柴进有个叔叔柴皇城,无儿无女,现在高唐州居住。

高唐州的知府是高廉,高廉是东京高太尉的叔伯兄弟,倚仗他哥哥的权势,在这里无所不为。

而且,还不是他一个坏,他是一窝坏,他带将一个妻舅殷天锡来,年纪虽小,却倚仗他姐夫高廉的权势,在此间横行害人。

太尉作恶于朝廷。

知府作恶于州府。

衙内作恶于市井。

听说柴皇城家宅后有个花园水亭,盖造得好。那厮带将许多奸诈不及的三二十人,径入家里来宅子后看了,便要赶柴皇城一家老小出去,他要来住。

这真是岂有此理。但是却竟有此事,偏有此事,常有此事!

皇城对他说道:"我家是金枝玉叶,有先朝丹书铁券在门,诸人不许欺侮。你如何敢夺占我的住宅,赶我老小那里去?"

殷天锡不容所言,把柴皇城推抢殴打,柴皇城受这口气,一卧不起,早晚性命不保,特来叫柴进去,有些遗嘱吩咐。

我们看看,这柴皇城也是有依仗的,他的依仗就是所谓的先朝的丹书铁券。

但是,年纪小小的新生代、新新人类殷天锡也是有依仗的,他的依仗就是他的姐夫,高唐州的知府高廉。

而高廉又是有依仗的,他的依仗就是东京的高太尉。

所以,你别看殷天锡只是一个小流氓,但是,他可是一个手眼通天的小流氓,因为,他的上面,有着中流氓高廉,大流氓高太尉。

这个事件很有典型意义:连拥有丹书铁券的柴皇城都保护不了自己,一般小民在这样的社会里,是什么样的状况,也就不言而喻了。

叔叔被人殴打要死,柴进当然要去,李逵要求同去,柴进同意了。次日五更起来,柴进、李逵并从人,都上了马,离了庄院,望高唐州来。

来到高唐州,入城直至柴皇城宅前下马,柴进径入卧房里来看视,叔叔已经是悠悠无七魄三魂,细细只一丝两气了,柴进放声恸哭。柴皇城的继室来劝,柴进答道:"尊婶放心,只顾请好医士调治叔叔,小侄自使人回沧州家里,去取丹书铁券来,和他理会。便告到官府今上御前,也不怕他!"

柴进有丹书铁券，他不怕。

柴进出来和李逵一说，李逵跳将起来说道："这厮好无道理！我有大斧在这里，教他吃我几斧，却再商量。"

李逵有大斧，也不怕。

柴进不怕，要告。

李逵不怕，要打。

柴进道："李大哥，你且息怒，没来由，和他粗卤做甚么？他虽是倚势欺人，我家放着有护持圣旨，这里和他理论不得，须是京师也有大似他的，放着明明的条例，和他打官司。"

殷天锡倚势欺人，柴进也要找一个权力更大的来给自己撑腰。虽然这不能说是在法律框架内解决问题，但他还是倾向于在体制之内解决问题。

李逵要让殷天锡吃板斧，柴进要和他理论。

简言之，一个要动手，一个要动口。

到底谁才管用呢？

柴进很自信，因为他有"护持圣旨"。

什么是丹书铁券，护持圣旨呢？

根据叶梦得的《避暑录话》中记载：建隆三年（962年）宋太祖密镌（juān）一碑，立于太庙寝殿之夹室，谓之誓碑。

平时门钥封闭甚严，唯太庙四季祭祀和新天子即位时方可启封，届时只有一名不识字的小黄门跟随皇帝，其余皆远立庭中，不敢仰视。皇帝行至碑前拜，跪瞻默诵，然后再拜而出，群臣及近侍皆不知所誓何事。

北宋的各代皇帝"皆踵故事，岁时伏谒，恭读如仪，不敢泄漏"。

直到靖康之变，金兵攻占开封，将太庙和宫廷的祭祀礼器席卷而去，太庙之门洞开，人们方得看到此碑。

誓碑上刻誓词三行：

一为"柴氏子孙有罪不得加刑，纵犯谋逆，止于狱中赐尽，不得市曹行戮，亦不得连坐支属"；

一为"不得杀士大夫，及上书言事人"；

一为"子孙有渝此誓者，天必殛（jí）之"。

誓约的第一条即是对柴氏子孙特殊优待,除了谋大逆外,其他任何罪行均赦免,即使谋大逆,也只能在狱中赐死,且不能连累亲属。

为什么宋太祖要后来的继任者不杀柴氏子孙呢?

所谓柴氏子孙,就是后周皇帝周世宗柴荣的子孙,赵匡胤曾是其手下大将,在其死后第二年发动陈桥兵变,夺了皇位,建立宋朝。他一方面感念周世宗对他的信任恩宠,一方面又心怀愧疚,所以,才立下这样的誓碑。

只不过需要说明的是,赵匡胤的誓碑是极其秘密的,除了皇帝之外没有人知道。为什么要这样呢?

很简单,不能公开。如果公开,简直就是纵容柴氏子孙和士大夫去犯法。

既然如此,就不可能有什么"誓书铁券"赐给柴世宗的子孙。

所以,所谓的"誓书铁券",只是《水浒传》作者的"小说家言"而已。

是什么乱了天下?

有了这样的所谓"护持圣旨",柴进有信心在法律框架内解决问题。

但是,李逵这样的人,从来目无王法,更不信王法。

目无王法,是个人的问题。

不信王法,一定是社会的问题。

一听柴进说什么"明明的条例",李逵说了两句话。

第一句话是:"条例,条例,若还依得,天下不乱了!"

我们前面曾经讲过,李逵有时能说出特别针砭时弊的话,而且一针见血,特别深刻,而专家学者则往往欠缺这种深刻明晰的认识。

不是李逵聪明,而是专家学者太迂腐:他们往往在所谓的"学术"的圈子里绕来绕去,最后把自己绕糊涂了,绕成了上海话说的"戆大"。

其实,很多判断不需要太多的学问,而仅仅需要一些尽人皆知的常识。

李逵不是有什么过人之处,他只不过是做到了两点:

第一,不回避现实;

第二,有真实感受,并敢于说出真话。

而这两点,恰恰是很多人,尤其是学者专家往往欠缺的。

条例为什么依不得了?

因为条例之上有权力。

只要权力大于条例,条例等等,就永远是一纸空文。

当然,柴进的条例是铁券,但是,一铁空文也不行。

而条例依不得了,社会也就失序了,天下也就乱了。

所以,是什么乱了天下?

是权力。

权力是一切动乱的根源。

既然条例已经不能约束,那就只好上板斧了。

所以,紧接着的李逵的第二句话是:

"我只是前打后商量。那厮若还去告,和那鸟官一发都砍了!"

李逵是崇尚暴力的。

这从他自己导演的一出闹剧可以看得很清楚。李逵陪燕青泰安州相扑,打死了自号擎天柱的任原,大闹泰安州。后来竟然手持双斧,跑到寿张县去了。寿张县知县看到李逵杀来,早不知跑到哪里去了。李逵便把县令的官服穿上,走出厅前,大叫道:"吏典人等都来参见!"一定要过把县令瘾。众人没奈何,只得上去答应。

李逵呵呵大笑,又道:"你众人内也着两个来告状。"吏人道:"头领坐在此地,谁敢来告状?"李逵道:"可知人不来告状,你里自着两个装做告状的来告。我又不伤他,只是取一回笑耍。"

公吏人等商量了一会,只得着两个牢子装作厮打的来告状,县门外百姓都放来看。两个跪在厅前,这个告道:"相公可怜见,他打了小人。"那个告:"他骂了小人,我才打他。"

李逵道:"那个是吃打的?"

原告道:"小人是吃打的。"

又问道:"那个是打了他的?"

被告道:"他先骂了,小人是打他来。"

李逵道:"这个打了人的是好汉,先放了他去。这个不长进的,怎地吃人打了,与我枷号在衙门前示众。"

一个打人,一个骂人。

打人的人是好汉。

被打的人不长进,活该。而且,黑旋风爷爷还要加以责罚。

李逵的这种思想,和传统文化完全对立。

不僧不道不儒。

因为佛家讲忍,道家讲柔,儒家讲让。

儒释道当然有道理。

但是,李大哥就完全没有道理吗?

显然不是。

李大哥有他的道理。

在《水浒传》中,讲到林冲,我们要思考的问题是:

一个人,为什么如此懦弱?是什么让人如此惧怕以至于交出尊严?

而讲李逵,我们要思考的问题是:

一个人,为什么如此暴力?是什么让人如此残暴以至于兽性发作?

实际上,这些问题的答案,就在《水浒传》中。需要我们做的,就是把它找出来。

比如,李逵为什么如此崇尚暴力?李逵自己就告诉了我们:那就是因为对条例的失望。

作为一个底层的民众,他从来没有感受到国家法律、条例对他的保护,他看到的就是谁有权力,谁就可以胡作非为。而没有权力的人,只能任人宰割。

所以,像李逵这样的人,是不道德的,但是,他的出现,却偏偏有着十分道德的起因。因为他是对国家暴力的反抗。

于是,对李逵的评价就非常矛盾:

有人说他好。

有人说他坏。

我说,李逵确实坏。

从道德角度看,他是一个草菅人命的恶人。

从法律角度看,他是一个践踏法律的罪人。

从个人品性上说,他毫无怜悯心,是个极端残忍的人物。

从社会秩序上说,他目无法纪,是个极端危险的人物。

但是,这种人,是在什么样的土壤中生长出来的?为什么他又让几百年来的读者喜欢?

因为,他是一种恶,但是,他是作为另外一种更大的恶的对立面出现在我们面前的。

这种更大的恶,就是封建专制制度及其塑造的权力社会。简单地说,就是权力。

我们看,此时,李逵就是作为殷天锡这个恶的对立面而出现的。而殷天锡的实质,就是权力。这样一个小混混般的人物,背后依仗的,就是权力。

有了权力,他就是吃人的老虎。

没有权力,这样的人连纸老虎都算不上,就是一张纸,一张卫生纸。

但是,当他依仗权力为非作歹时,连柴进这样的金枝玉叶都无法抗衡,何况普通小民?

人民因为更恨殷天锡,所以,他们就喜欢李逵了。

因为人民更恨这种专制权力,所以人民选择暴力。

这是一个怪圈,因为这两种东西都不好。

有殷天锡,就一定有李逵

李逵和柴进正在为依条例还是靠拳头争论,里面侍妾慌忙来请大官人看视皇城。

柴进走到里面卧榻前,柴皇城含泪让柴进亲赍书往京师拦驾告状,为他报仇,言罢,便咽了气。柴进痛哭了一场,便做主操办丧事。

李逵在外面听得堂里哭泣,自己摩拳擦掌价气,问从人都不肯说。

为什么大家都不肯对他说?

因为怕他闹事。

但是,他不闹事,就太平了吗? 这事从头至今,又不是他闹出来的。

那个真正的闹事人,又来了。

至第三日,只见这殷天锡骑着一匹撺行的马,将引闲汉三二十人,带五七分酒,佯醉假癫,径来到柴皇城宅前,勒住马,叫里面管家的人出来说话。柴进听得说,挂着一身孝服,慌忙出来答应。

那殷天锡在马上问道:"你是他家甚么人?"柴进答道:"小可是柴皇城亲侄柴进。"殷天锡道:"前日我分付道,教他家搬出屋去,如何不依我言语?"

柴进道:"便是叔叔卧病,不敢移动,夜来已自身故,待断七了搬出去。"

柴进只想息事宁人。

你说人都死了,是的,死人也要安宁。

所以,有些人总是步步退却。

可是,另外一些人,总是步步紧逼,死了也不让你安宁。

殷天锡道:"放屁!我只限你三日便要出屋,三日外不搬,先把你这厮枷号起,先吃我一百讯棍!"

柴进道:"休恁相欺!我家也是龙子龙孙,放着先朝丹书铁券,谁敢不敬?"

至此,柴进的脾气也有了。我们知道,柴进也不是一个任人捏的软柿子。

殷天锡喝道:"你将出来我看!"柴进道:"现在沧州家里,已使人去取来。"

殷天锡大怒道:"这厮正是胡说!便有誓书铁券,我也不怕,左右与我打这厮!"

前面柴进说他有誓书铁券,所以不怕。

现在,殷天锡说你纵有誓书铁券,我也不怕。

谁才是真的不怕呢?

就在殷天锡的手下七手八脚要动手打柴进的时候,李逵在门缝里都看见,听得喝打柴进,便拽开房门,大吼一声,直抢到马边,早把殷天锡揪下马来,一拳打翻。那二三十人却待抢他,被李逵手起,早打倒五六个,一哄都走了。

李逵拿殷天锡提起来,拳头脚尖一发上,柴进哪里劝得住。看那殷天锡时,呜呼哀哉,伏惟尚飨。

这殷天锡,我们前面说到,他背后有知府,又有太尉,何其强大。

但是,碰到了李逵的拳头——注意,李逵还没有出板斧——他一声未吭就呜呼哀哉,何等渺小。

平时仗势欺人,语言蛮横,和柴进说话,何等张狂,似乎天地都比他小。而在李逵的拳脚面前,竟然死得连一声呻吟都没有。

甚至,我怀疑,他至死都没有看清是谁在打他。

这世界上,确实有一些人,只认得拳头。

这世界上,确实有一些人,只要李逵这样一个粗人的拳头,就可以称出他的斤两。

就这样一副经不起三拳两脚的臭皮囊,一旦背靠权力,竟然可以不可一世,欺压天下人。

反过来,就这样不可一世的癫狂小儿,要打出他的原形,让我们看出他不过就是一堆烂肉,需要的,不过就是李逵的三拳两脚!

不受约束的权力,最后招来的,一定是暴力。

为什么我们喜欢李逵?就是因为这世界上太多殷天锡这样的人,太多完全不可理喻、只可拳打脚踢的人。

他们自己在这个世界上横行霸道,靠的是强权,是暴力,所以,他们也只认识强权和暴力,只服从强权和暴力。

李贽在此处批曰:如何少得李大哥!

这句话的意思是:这样的世界,如何少得李大哥!

我们说,世上的事物,往往是成对出现的:

有殷天锡,就一定有李逵。

有殷天锡,就必须有李逵。

我们为什么喜爱李逵?因为这个世界常有殷天锡。

我们心中,都有一个李逵

李逵将殷天锡打死在地,柴进只叫得苦,道:"我自有誓书铁券护身;你便快走,事不宜迟。"李逵取了双斧,带了盘缠,出后门,自投梁山泊去了。

到了梁山,李逵把情况一说,宋江失惊道:"你自走了,须连累柴大官人吃官司。"晁盖道:"这个黑厮又做出来了,但到处便惹口面。"

李逵道:"柴皇城被他打伤,怄气死了,又来占他房屋,又喝教打柴大官人,便是活佛也忍不得!"

李逵这话,说得好。

好在哪里呢?

好在他说明了,无论是佛家的忍、道家的柔,还是儒家的让,碰到殷天锡,碰到有权力的殷天锡,全都干瞪眼!全都抓了瞎!

这个时候需要的,是侠!

所以,我们看,中国古代的老百姓,有信佛的,有崇道的,有尊儒的,但是,大家又都向往侠!喜爱侠!在被压迫得喘不过气来的时候,盼望侠!

正如李逵说的,活佛也有忍不得的时候,活佛忍不得的时候,就成了侠。大家熟悉的,中国老百姓特别喜欢的一个活佛,就是济公,济公就是佛侠。

老子说:"民不畏死,奈何以死惧之?!"老子不畏死的时候,老子也就是侠,老子是道侠。

儒家的圣人孔子也有忍不得的时候,孔子说:"是可忍,孰不可忍?!"当孔子不忍的时候,他也就是侠,孔子是儒侠。

孟子说:"予不得已也!"孟子不得已的时候,他也就是一个侠,儒侠。

老子、孔子、孟子不仅是侠,而且是侠之大者,他们为人民向为非作歹的统治者讨还公道。

如此看来,济公也好,老子也好,孔子也好,孟子也好,他们的心中,不都有一个李逵?

我们喜欢《水浒传》,是因为,我们心中,都有侠。

我们喜欢李逵,是因为我们心中,都有一个李逵。

李逵走了,柴进却走不了。高廉根本不把柴进说的什么"誓书铁券"放在眼里,喝令手下把柴进毒打一顿,打得皮开肉绽,鲜血迸流,下在牢里。柴皇城一家人口家私,尽都抄扎了。房屋园子,当然被高廉的殷夫人占了。

梁山为了救出身陷缧绁的柴进,发兵攻打高唐州。但是没想到这个高唐州知府高廉却是一个会行妖法的人,手下有三百飞天神兵,打得梁山军队溃不成军。为了打破高唐州,必须借重公孙胜。于是李逵和戴宗一起前往蓟州找寻公孙胜。

那么,李逵还会闹出什么事呢?

6. 人间正气

> 李逵一听刘太公的话,就得出结论:宋江不是好人。敢于怀疑山寨最高领导不是好人,这种精神和勇气,梁山没有第二个。

赤胆忠心,肝脑涂地

李逵为了救柴进,要和戴宗去蓟州寻找公孙胜。在路上,因为忍不住嘴馋偷吃酒和牛肉,被戴宗用神行法折腾得七荤八素,从此他对戴宗言听计从,服服帖帖。

到了蓟州,找到了公孙胜,公孙胜的本师罗真人却不放公孙胜下山。李逵杀心又起,连夜砍杀罗真人。

当然,李逵不知道的是,他砍杀的罗真人和道童,乃是罗真人用法术将两个葫芦变的。第二天一早,公孙胜带着戴宗、李逵再来山上,李逵见到罗真人好好的,自然是大为吃惊。而真人要教训李逵了。

真人把一条白手帕铺在石上,唤李逵踏上。然后,把手一招,喝声:"去!"一阵恶风,把李逵吹到蓟州府厅屋上,又骨碌碌滚将下来。

李逵跌得头破额裂,半晌说不出话来。蓟州知府正在升堂,见半空中滚下一个如此丑陋的人来,道:"必然是个妖人。"牢子节级将李逵捆翻,驱下厅前草地里,一个虞候,掇一盆狗血,没头一淋;又一个提一桶尿粪来,望李逵头上直浇到脚底下。李逵口里、耳朵里,都是屎尿。

府尹又命令牢子加力打李逵,众人拿翻李逵,打得一佛出世,二佛涅槃。马知府喝道:"你那厮快招了妖人,便不打你。"李逵只得招做"妖人李二"。取一面大枷钉了,押下大牢里去。

李逵上蓟州,先是戴宗用神行法教训他,后世罗真人用法术教训他。这个历来无法无天草菅人命的家伙,是该有人教训教训他了。

这实际上是作者施耐庵在教训他。

有一个细节值得我们注意:梁山好汉中,受人生磨难的不少。但是,被屎尿污秽的,则只有两个人:宋江和李逵。也许,作者想借此表现一点什么。

实际上,宋江和李逵,这两个看起来差异十万八千里的人,其实骨子里有很多相同处。我们往下看。

李逵在蓟州大牢羁押,这边戴宗一连五日,每日磕头礼拜,求告真人,乞救李逵。罗真人道:"这等人只可驱除了,休带回去。"

戴宗告道:"真人不知:李逵虽是愚蠢,不省理法,也有些小好处:第一,耿直,分毫不肯苟取于人;第二,不会阿谀于人,虽死,其忠不改;第三,并无淫欲邪心,贪财背义,敢勇当先。因此宋公明甚是爱他。不争没了这个人回去,教小可难见兄长宋公明之面。"

于是,罗真人又把李逵弄回来了。并且,也允许了公孙胜下山去救宋江。

我们要注意的是,戴宗对罗真人说的话里,透露出了一个秘密:

那就是宋江很爱李逵。

宋江爱李逵的理由,我们前面有过一些说明。戴宗这里也说了三点。但戴宗这里说的李逵的三点,乃是李逵的公德,而宋江之爱李逵,还有李逵和他的私人关系。

我们前面说到,当宋江在江州第一次见到李逵时,就刻意加以笼络。

江州劫法场一役,李逵表现出来的对宋江的肝脑涂地的赤胆忠心,给宋江留下了难忘的印象。

更何况此前,宋江在狱中时,李逵还能克制自己的散漫与嗜酒恶习,对他悉心关照,送茶送饭。

劫法场后,打破无为军,活捉黄文炳,是李逵亲自主刀,割了黄文炳,为宋江报仇雪恨。

当时宋江很想笼络众位好汉上山,壮大梁山的力量,也增加自己的资本,是李逵不失时机地跳出来,挥动他那双令人生畏的板斧,大叫:"都去都去!但有不去的,我一斧头砍做两截便罢!"一个唱红脸,一个唱白脸,配合得天衣无缝。

所以,宋江私下里,是把李逵看作心腹人的。

我在讲林冲时曾经讲到"心腹人"这个词,讲到这种角色的重要。王伦在被林冲火并时,大叫:"我的心腹在哪里?"他没有心腹,因此,下场很惨。卢俊义称呼燕青是

"我的那个人",因为有了燕青这个心腹,卢俊义虽九死而终于一生。

那么,宋江有没有心腹人?当然有。宋江的心腹人,就是李逵。

这从宋江自己的话也可以证明。

元宵佳节,宋江同柴进、燕青、戴宗、李逵到李师师家。李逵看见宋江、柴进与李师师对坐饮酒,自肚里有五分没好气,圆睁怪眼,直瞅他三个。

李师师便问道:"这汉是谁?恰像土地庙里对判官立地的小鬼。"众人都笑,好在李逵听不懂东京口音,宋江答道:"这个是家生的孩儿小李。"

什么叫家生的孩儿?就是家中的奴仆的孩儿。

这一句话透露出李逵在宋江心目中的地位:

宋江不会敬重他,但是却亲近他。

宋江知道他忠心而无头脑心计,更无自己的野心。这样的人,是最好的手下。

李师师笑道:"我倒不打紧,辱没了太白学士。"

李师师错了,宋江要的不是能够对等交谈的朋友,他要的,是赤胆忠心随时可以肝脑涂地的保镖。

宋江道:"这厮却有武艺,挑得三二百斤担子,打得三五十人。"

宋江称呼李逵,不过就是"这厮"、"黑厮"等等。宋江在骨子里,对李逵是缺少敬重的。

宋江的心腹

但是,李逵的可爱可敬之处,恰恰在于,他自己并不妄自菲薄,他并不把自己摆在奴仆的位置上。戴宗说他"不会阿谀于人",这确实是他的大优点。

有一个现象我们需要指出,《水浒传》中的众多英雄,在没上梁山之前,都是活色生香,生龙活虎,个性鲜明,栩栩如生。但是,一上梁山,加入梁山大集体,马上就淹没在集体之中,不再有突出的个性和个人表现。这个现象非常值得我们思考:

这些极具反抗性的人物,为什么在新的组织里,就不再反抗,恰恰相反,表现出的,是极端的服从?

这些在原来的生活里,不受一点欺压和委屈的人,为什么在梁山,个个都委曲求全,唯命是从?

事实上，当一个集体声称是道德的化身，是我们自己的集体，代表我们的利益，保护我们的利益，尤其是声称保护我们的最终的和长远的利益时，我们就会对这样的集体失去警惕，我们在得到集体给我们安全与保护的同时，也放弃了我们的权利，取消了我们的个性，用服从换来接纳。

但是，在梁山，我们还是惊讶地发现了一个特殊的现象，一个特殊的人物，那就是——李逵。

李逵是在集体之中，却又不被集体同化，顽强地保持自我个性的人物。

他是一个很难被体制化的人物。

这并不是因为李逵比其他的人更富有自我意识，而是因为，李逵是一个社会化不完全的人，就是我们前面说到的，他还是一个很大程度上的自然人。

在一个组织严密、纪律严明的集体里，有一个完全不理解社会规则的自然人，是很有趣的，一定会发生很多有趣的事。实际上，《水浒传》后半部，一大半的可读性都来自于李逵。

在《水浒传》后半部沉闷的集体宏大叙事里，李逵的出场，是我们读者的节日。只要李大哥出来了，他一举手，一投足，一说话，马上就会让我们开心一笑。

完全不懂社会规则的李逵常常会给宋江一些难看，比如，此时宋江在李师师这样的美女面前，有些失态，李逵就"肚里有五分没好气，圆睁怪眼，直瞅他三个"，弄得大家都不自在。

我发现，头脑简单的人，往往在男女之事上特别敏感，并且特别反感。

李逵就特别关注宋江的男女之事。

实际上，如果李逵懂事一些，领导的这点爱好，不但不会见怪，反而要帮忙才对。为领导拉皮条，是懂事的下属的基本素质。

李逵偏偏完全不理解。最后还大闹东京城，吓得宋江赶紧逃出东京。

这种事以前就发生过。宋江批评他追杀扈三娘的哥哥扈成，擅杀扈太公一家。李逵怎么说？

李逵道："你又不曾和他妹子成亲，便又思量阿舅丈人！"

李逵，这个看起来没有什么头脑的人，竟然想到这种地方去了！

实际上，当宋江把一丈青送上山，交给自己的父亲宋太公，我相信绝大多数人都认为宋江自己想要，但是只有李逵说破他。

在《水浒传》一百零八人中,最有心机者大概非宋江莫属,而最无头脑者大概非李逵莫属。但是,有意思的是,《水浒传》偏偏老是写李逵打量宋江,猜测宋江,怀疑宋江,一个最戆(gàng)头戆脑的人,偏偏老是用他那愚笨的头脑,把一个城府极深、机谋极多的人往坏里想,往歪里想,这够有意思的了。

但是,谁知道他是真的常常想歪了,还是常常歪打正着,正戳着宋江的痛处?

上面都是无关大体的小事,下面的可就是一件闹大了的事,李逵差点把自己的脑袋闹丢了。

李逵大闹东京城后,和燕青回梁山途中,在刘太公庄上投宿。刘太公告诉他们:"两日前梁山泊宋江和一个年纪小的后生,把女儿夺了去。"

李逵一听,便叫燕青:"小乙哥,你来听这老儿说的话,俺哥哥原来口是心非,不是好人了也。"

李逵一听刘太公的话,就得出结论:宋江不是好人了。

敢于怀疑山寨最高领导不是好人,这种精神和勇气,梁山没有第二个。

不但敢于怀疑,还敢于说出来。

不但敢于说出来,他还敢于做出来。

他对太公说道:"我便是梁山泊黑旋风李逵,这个便是浪子燕青。既是宋江夺了你的女儿,我去讨来还你。"

他敢讨吗?他如何讨?

能生气的人,是有生气的人

李逵、燕青径往梁山泊来,直到忠义堂上。

宋江见了李逵、燕青回来,还在殷勤问候,李逵哪里答应,睁圆怪眼,拔出大斧,先砍倒了杏黄旗,把"替天行道"四个字扯得粉碎,众人都吃一惊。

一句话不说,先砍杏黄旗,扯碎"替天行道"四个字,为什么?

因为要先砸了你的招牌。

淳朴的李逵,心中最为珍重的,就是这"替天行道"四个字。他容不得别人玷污了这四个字。哪怕你是宋江。

宋江莫名其妙,喝道:"黑厮又做甚么?"

李逵拿了双斧,抢上堂来,径奔宋江。

幸好宋江身边有关胜、林冲、秦明、呼延灼、董平五虎将,慌忙拦住,夺了大斧,揪下堂来。

这下宋江真是生气了,大怒,喝道:"这厮又来作怪!你且说我的过失。"

李逵气做一团,哪里说得出!

一个人有无道德感,如何检验?

我提出一个方法:就是看他会不会生气。

面对黑暗、邪恶,一句话,面对社会上的一切不平和不公,你还生不生气?

生气,并且很生气,道德感就强。

不很生气,甚至不生气,那就后果很严重,因为,几乎可以断定:你的道德感已经麻木了,甚至同流合污了。

一个民族有无生气,如何判断?

我也提出一个方法:就看这个民族还有多少人在生气。

对邪恶不公还有很多生气的人,这个民族就还有生气。

生气的人少了,民族的生气也就少了。

所以,能生气的人,是有生气的人。

能生气的民族,是有生气的民族。

反过来,要戕害一个民族的生气,最阴险也最有效的办法,就是去迫害那些还能生气的人。

此时,气做一团,连话也说不出来的李逵,显得多么的可爱、可敬。

有人生气,就会有人得救。

镇关西欺压金翠莲,鲁达生气了,金翠莲就得救了。

毛太公陷害二解(xiè)兄弟,顾大嫂生气了,二解兄弟就得救了。

殷天锡要打柴进,李逵生气了,柴进就得救了。

此时,李逵又生气了,刘太公的女儿又有救了。

生气的人多了,社会就有救了。

李逵气得说不出,燕青上前说明了前因后果。

宋江听罢,便道:"这般屈事,怎地得知?如何不说?"

李逵道:"我闲常把你做好汉,你原来却是畜生!你做得这等好事!"

宋江喝道："你且听我说！我和三二千军马回来，两匹马落路时，须瞒不得众人。若还抢得一个妇人，必然只在寨里！你却去我房里搜看。"

宋江在这儿的表现，也很可爱。因为他此时一点也不像有着好几万人马，一百零七位好汉下属的山寨之主，一点架子也没有，完全是一个被人委屈，万分冤枉的倒霉蛋。

李逵道："哥哥，你说甚么鸟闲话！山寨里都是你手下的人，护你的多，那里不藏过了？我当初敬你是个不贪色欲的好汉，你原来是酒色之徒：杀了阎婆惜，便是小样；去东京养李师师，便是大样。你不要赖，早早把女儿送还老刘，倒有个商量。你若不把女儿还他时，我早做早杀了你，晚做晚杀了你！"

宋江道："你且不要闹嚷，那刘太公不死，庄客都在，俺们同去面对。若还对番了，就那里舒着脖子，受你板斧；如若对不番，你这厮没上下，当得何罪？"

这宋江是被李逵逼得毫无分寸了，这样的话，哪里像一寨之主的话？他被李逵弄得失去方寸了。

李逵道："我若还拿你不着，便输这颗头与你！"

宋江道："最好，你众兄弟都是证见。"

便叫铁面孔目裴宣写了赌赛军令状二纸，两个各书了字，宋江的把与李逵收了，李逵的把与宋江收了。

李逵又道："这后生不是别人，只是柴进。"

又牵连进去一个人。

柴进道："我便同去。"柴进也很利索。

李逵道："不怕你不来。若到那里对番了之时，不怕你柴大官人，是米大官人，也吃我几斧。"

一个都不饶恕。对谁都没有情面可讲。

李逵曾经在殷天锡要打柴进时，怒不可遏，冲上去三拳两脚打死了殷天锡。后来为了救柴进，他去找公孙龙，吃了万千的苦，打下高唐州后，又是李逵下到井里，救出柴进。李逵对柴进不是不爱，不是不敬，不是不亲。

但是，一旦你为非作歹，那李逵可就翻脸不认人了。

金圣叹先生特别赞赏说："李逵是上上人物，写得真是一片天真烂漫到底。……《孟子》'富贵不能淫，贫贱不能移，威武不能屈'，正是他好批语。"（《读第五才子书法》）

金圣叹确实发现了李逵身上的非常可贵的一面，那就是，他只讲道理，不讲情面。

如果你不是好人了，哪怕你是宋江，我也要拿板斧砍你。

吾爱吾兄，但，我更爱正义。

爱到此处，方为大爱。

所以，《水浒传》在此，有诗曰：

> 梁山泊里无奸佞，忠义堂前有诤臣。留得李逵双斧在，世间直气尚能伸。

李逵、燕青先到刘太公庄上，告诉刘太公："宋江来时，你仔细认他。若还是时，只管实说，不要怕他，我自替你做主。"

宋江、柴进来了，李逵屯住了人马，只教宋江、柴进入来。李逵提着板斧立在侧边，只等老儿叫声"是"，李逵便要下手。

那刘太公近前来拜了宋江。李逵问老儿道："这个是夺你女儿的不是？"

那老儿定睛看了道："不是。"

宋江对李逵道："你却如何？"

李逵道："你两个先着眼瞅他，这老儿惧怕你，便不敢说是。"

宋江道："你叫满庄人都来认我。"

李逵随即叫到众庄客人等认时，齐声叫道："不是。"

宋江丢下一句狠话："这里不和你说话，你回来寨里，自有辩理。"和柴进回大寨里去了。

燕青道："李大哥，怎地好？"

李逵道："只是我性紧上，错做了事。既然输了这颗头，我自一刀割将下来，你把去献与哥哥便了。"

很简单，很爽直。

燕青道："你没来由寻死做甚么？我叫你一个法则，唤做负荆请罪。"

李逵道："好却好，只是有些惶恐，不如割了头去干净。"

后来，李逵将功补过，帮刘太公找到了女儿，杀死了掳掠刘太公女儿的两个贼徒。

李逵不负宋江，宋江不负朝廷，朝廷……

这是在私生活上，李逵对宋江不给情面。

在政治路线上，他也敢和宋江唱对台戏。

我们知道，宋江是一力主张招安的，而从骨子里讲，李逵是不愿意招安的。这可能是李逵和宋江之间的最大矛盾。他可能本能地意识到,在梁山宋大哥手下比较自由散漫,一旦招安,做了皇帝的手下,他的这个脾气,未必能够适应,一旦不适应,那就不快活了。

所以,当宋江在重阳节上乘着酒兴作《满江红》一词,令乐和演唱,唱到"望天王降诏早招安,心方足"时,李逵便睁圆怪眼,大叫道:"招安,招安,招甚鸟安!"只一脚,把桌子踢起,颠做粉碎。

朝廷派陈太尉招安梁山,萧让刚读罢诏书,只见黑旋风李逵从梁上跳将下来,就萧让手里夺过诏书,扯得粉碎,揪住陈太尉,拽拳便打,幸好宋江、卢俊义横身抱住。

恰才解拆得开,高太尉府上派来的李虞候喝道:"这厮是甚么人,敢如此大胆!"

李逵正没寻人打处,劈头揪住李虞候便打,喝道:"写来的诏书,是谁说的话?"

蔡京府上派来的张干办道:"这是皇帝圣旨。"

李逵道:"你那皇帝,正不知我这里众好汉,来招安老爷们,倒要做大!你的皇帝姓宋,我的哥哥也姓宋,你做得皇帝,偏我哥哥做不得皇帝?你莫要来恼犯着黑爹爹,好歹把你那写诏的官员,尽都杀了!"

在李逵的带动下,梁山一帮好汉,人人愤怒,个个不平,直接导致了这次招安的流产。

当然,李逵还是有他狡狯的地方。

他知道如何和宋江保持关系。他一面冲撞宋江,一面却很善于表现他对宋江的服从。正是这一点,让宋江一直把他当作心腹。

你看这次,他一边骂大宋皇帝,一边却抬举宋江。

一面表示对皇帝的不忠,一面他又表示对宋江的忠义。

当他在重阳节大叫:"招安,招安,招甚鸟安!"一脚把桌子踢做粉碎,宋江大怒,要监押他时,李逵道:"你怕我敢挣扎。哥哥杀我也不怨,剐我也不恨,除了他,天也不怕。"说了,便随着小校去监房里睡。

我们注意这最后一句:"除了他,天也不怕。"这是当众表忠心,也是当众做榜样,还是当众立威风。谁不服宋江,我李逵就放不过谁。

一句话,不但消了宋江的气,反而让宋江念起他的好。

次日清晨,众人来看李逵时,故意吓唬他:"你昨日大醉,骂了哥哥,今日要杀你。"

李逵道:"我梦里也不敢骂他,他要杀我时,便由他杀了罢。"

这样的人,宋江舍得杀吗?

大家一定会说:舍不得。

但是,宋江还真的舍得,他还真的杀了李逵。

这是怎么回事呢?

招安之后,宋江率领梁山好汉,征大辽,讨王庆,最后灭了方腊。对大宋王朝忠心耿耿,为大宋王朝立下赫赫战功。

宋江授楚州安抚使,李逵授镇江润州都统制。

而蔡京、童贯、高俅、杨戬四个贼臣,却并不放过他们,他们先设计毒死了卢俊义,又奏请徽宗皇帝降御酒二樽,赐予宋江,他们在酒中下了毒。

宋江自饮御酒之后,觉道肚腹疼痛,已知中了奸计,连夜使人往润州唤取李逵星夜到楚州,别有商议。

李逵到来,宋江请进后厅,吃了半晌酒食。

原来那接风酒内,已下了慢药。

次日,具舟相送。

宋江道:"兄弟,你休怪我!前日朝廷差天使,赐药酒与我服了,死在旦夕。我为人一世,只主张'忠义'二字,不肯半点欺心。今日朝廷赐死无辜,宁可朝廷负我,我忠心不负朝廷。我死之后,恐怕你造反,坏了我梁山泊替天行道忠义之名。因此,请将你来,相见一面。昨日酒中,已与了你慢药服了,回至润州必死。你死之后,可来此处楚州南门外,有个蓼(liǎo)儿洼,风景尽与梁山泊无异,和你阴魂相聚。我死之后,尸首定葬于此处,我已看定了也!"言讫,堕泪如雨。

李逵见说,亦垂泪道:"罢,罢,罢!生时伏侍哥哥,死了也只是哥哥部下一个小鬼!"言讫泪下。

这是李逵的第三次流泪。

回到润州,果然药发身死。

谁能管教李逵?

李贽说:张顺的水,戴宗的腿,罗真人的云里鬼。

我还要加两项:燕青的跌,宋江的药。

唯宋江的药,一了百了,彻底解决。

李逵临死之时,嘱咐从人要把他的灵柩与宋江一处埋葬。

李逵不负宋江,宋江不负朝廷,可是,朝廷,却负尽天下人。

1. 搭救金翠莲

鲁达是有法眼的，能一眼识出英雄。而且他骨子里有大慈悲，能体察英雄的缓急。

大英雄能本色，真名士自风流

鲁达，我们大多数人叫他鲁智深。鲁达是他的姓和名，他原来是在渭州小种经略相公手下做提辖官，所以，又称鲁提辖。"鲁智深"是他后来到了五台山当和尚，五台山主持智真长老赐他法名叫"智深"，从此，就叫鲁智深。

鲁达的第一回出场在贯华堂本第二回。那一天，他先是碰上了两个人，然后就遇到了一件事。

人是何人，事是何事呢？

史进在大闹史家村后，辞别少华山（在陕西华阴县西面）朱武等，去关西经略府寻找他的师父王进，他对少华山的三位头领说，"也要那里讨个出身，求半世快乐。"于是他饥餐渴饮，夜住晓行，独自一个行了半月之上，来到渭州（今甘肃平凉。或说今宁夏回族自治区隆德县东南）。

说到此处，顺便说一个问题。少华山在陕西华阴县西面，史进要去的地方延安府（今延安）几乎在少华山的正北，而渭州，无论是平凉还是隆德，都在少华山的西面，而且相距千里之遥。史进要去延安府，却在半月之后来到渭州，他几乎错走了一千多里地。这当然不是史进错了，而是《水浒传》的作者错了。但问题是，《水浒传》的作者实际上并不在意这样的错误，此类错误后面还有很多。有人说，这是《水浒传》作者不懂地理，但是，问题是，如果《水浒传》作者在地理上认真，很多事情就无法发生了。所以，我们的态度是，既然《水浒传》的作者不认真，我们又何苦那么认真，它就是一部小说，只要其中的人物、事件符合艺术真实，不影响我们欣赏，就可以了。事实上，《水浒传》流传至今,深得普通百姓喜爱,老百姓从来不在这些问题上较真。

当史进在渭州的茶坊里打听师父王进时,一个大汉大踏步走进店里来。这人就是鲁达。

为了向鲁达打听王进的下落,史进赶紧起来向他施礼,而鲁达见史进长大魁伟,像条好汉,也就走过来与他施礼,两个坐下。

在鲁达眼里,史进是"长大魁伟",在史进眼里,鲁达是什么样的长相呢?

面阔耳大,鼻直口方,腮边一部络腮胡须,身长八尺,腰阔十围。

金圣叹说鲁达是上上人物,《水浒传》把他写得"心地厚实,体格宽大"。

于是二位英雄相惜,互通姓名。史进初出道,此前一直在家,江湖上的事情知道得少,对鲁达,他并未听闻过。但两人一通姓名,鲁达却竟然知道"史家村甚么九纹龙史大郎",令这个彷徨无措、初闯天下的小青年心中陡增一丝温暖。这个所谓的史大郎年龄、资历以及江湖上的功业与名望,不过一个"史小郎"吧了,而三十五六岁、颇有人生阅历与傲人资本的鲁达,竟有些夸张地说史进这个小兄弟"闻名不如见面,见面胜似闻名"!让年少的英雄陡增自信。这是他初涉江湖感受到的第一缕赏识的阳光。

鲁达是有法眼的,能一眼识出英雄。

而且他骨子里有大慈悲,能体察英雄的缓急。他知道,此时的史进,找师父不见,心里一定是惶恐的,是慌张的,是没有着落的,所以,虽然是偶遇,且是初次见面,鲁达表现出了十足的亲热:他挽了史进的手,"多闻你的好名字,你且和我上街去吃杯酒"。

他为什么对这个无论在年龄、资历、地位上都比他有较大差距的史进表现出如此的敬意与关怀?因为,在鲁达心中,上述一切并不重要,重要的是,他觉得史进"像条好汉"。鲁达有很多优秀品质,对人作判断和评价时,不看外在的东西,不势利,不看体制中的地位,注重内在的品质和才华,这是鲁达众多优秀品质中的一种。要知道,大多数人做不到这一点啊。

当然,鲁达欣赏史进,还因为,性格上,鲁达、史进是属于一个大类:遇事敢作,作后敢当;遇好人敢救,遇坏蛋敢杀;粗糙爽利,勇直英雄。

试想一想,一个十七八岁的懵懂青年,为了救人,一把火烧掉自家的庄园,烧掉自己安身立命的家,土地田宅全都不要了,烧掉自己本来的富足而安逸的生活,然后,背上行囊,独闯天下,不是英雄,安能如此舍得?

古人说,唯大英雄能本色,是真名士自风流。我也模仿一句:小人计较庸人贪,是大英雄真舍得。

因此，鲁达对史进，有"后生可畏"之感。这样浩浩落落的后生，当然值得敬畏。

人可以穷困，但不可以潦倒

于是，鲁达挽着史进的手，亲亲热热要去酒楼喝一杯。在街上，却看见一群人围着看。史进少年好奇，对鲁达说："兄长，我们看一看。"分开众人看时，竟然是史进的开手师父打虎将李忠在那里耍枪弄棒卖膏药！

史进就人丛中叫道："师父，多时不见！"

李忠也吃惊："贤弟，如何在这里？"

鲁达大手一挥，道："既是史大郎的师父，也和俺去吃三杯。"

很有派头，很有风度，很自负。简直是普度众生。这就是鲁达。

但我们要明白，鲁达也邀请李忠，并不是看上了李忠，而是因为他是史大郎的师父，是看在史进的面子上，给李忠一个面子。

嗨，人生在世，江湖也好，官场也好，人家给面子，就一定要这个面子，不能给你脸你不要脸。

但这李忠偏就不识抬举不要这个面子，一心只在卖膏药上，他要让鲁达、史进等他卖了膏药，讨了回钱，再去吃酒。

鲁达道："谁奈烦等你？去便同去！"

鲁达不耐烦的，不是等一会儿讨钱的时间，而是这种讨钱的营生与举动他看不上眼，鲁达哪里看得上这种蝇营狗苟的生活状态？——这哪里是好汉的勾当呢。更何况还要让他在一边等，简直就是让他也参与其中！

刚才我们讲到他对史进，是觉得"后生可畏"，这话是孔子说的。但是，孔子在这句话的下面，紧接着又说了一句话："四十、五十而无闻焉，斯亦不足畏也已。"李忠此时的年龄，与鲁达不相上下，约在三十四五之间，还在街上耍枪棒，卖狗皮膏药，实在是没有什么出息。

当然，这也可以，英雄也可以失路，好汉也可以落魄。但是，人可以穷困，但不可以潦倒。穷困，可能有各种客观原因，有命运；潦倒，就是主观上的败落了。一个人潦倒了，就是精神溃散了，就是气质委琐了，此时的李忠，就有这么一点。

当然，他有他的理由："小人的衣饭，无计奈何。"

唉，多少英雄，被衣饭所困！被衣饭逼成了庸庸碌碌的凡夫俗子！读这样的文字，真让人下泪！多少英雄齐下泪，一生困死衣饭中！

毛泽东说，不打破坛坛罐罐，就不能干革命。不冲破衣饭的牢笼，我们就终身是个衣饭囚徒，就是一个移动的饭桶！

李忠本来要让鲁达、史进等他。现在一看肯定不行，一个不耐烦的人在旁边呢，便退一步："提辖先行，小人便寻将来。"又关照史进："贤弟，你和提辖先行一步。"

总之，他是舍不得那些看客的赏钱的。史进的舍得和李忠的舍不得，比较出来了。

鲁达又哪里看得上这种委委琐琐的人？他一生最不在意的，就是谋生，就是衣饭，最看不上的，也是为衣饭经营的人生。于是，他越加焦躁，把周围看的人一推一跤，众人见是鲁提辖，一哄都走了，把李忠的场子给搅了，没了顾客了。

你看他的语气行为，是何等自信自负，取舍只在自己，决定权尽在自己。邀人吃酒，不是征求别人意见，而是：我给你面子，你哪有不要之理？

因为鲁达心地光明，所以，他有心理优势。

鲁达的这种气势、派头，当然压了李忠一头。李忠见鲁达凶猛，敢怒而不敢言。只得陪笑道："好急性的人。"

如果说，此时的史进是一个讨出身的人，那么，李忠就是一个讨生活的人。

李忠的这种谋生手段，当然无可厚非，但不潇洒，而且还显得委琐。一个好汉，哪里能长期这样生活呢！事实上，一种生活态度，往往决定了一种生活状态，一种生活状态，也就塑造出一种性格。整天锱铢必较，分毫必争，一丝难舍，像李忠这样，到江湖上耍一通花拳绣腿的假功夫，讨一些赏钱；卖一些狗皮膏药的假药，骗一些药钱，这种营生，实足以坏掉一个人的境界，坏掉一个人的气质。

所以，孟子说，"术不可不慎"（《公孙丑章句上》）。选择生活方式非常重要。

李忠的武艺不高，他教的史进，让王进一棒就搠翻了，不但王进评他的棒法是"有破绽，赢不得真好汉"，就是他的徒弟史进，也说"我枉自经了许多师家，原来不值半分"，把他和另外一些师家加在一起，还不值半分。

这问题还不大，本事可以有大小。大问题在于境界的高低。如果我们让一种生活状态限定了我们的境界，那就很糟糕了。李忠因为这种生活状态，因为他是这样一种挣钱的方式，严重地影响了他的境界与性情，他变得委琐，小气，悭吝，算计，整天盘算着自己的营生,想着自己的衣饭。试想,一个整天操心自己的衣饭的人,怎么可能有境界呢?怎么可能是英雄,是好汉呢?

史进如果整天想着自己的衣饭,他怎么会为了救少华山的朱武等人,一把火烧了自家的庄园,流落江湖?所以鲁达喜欢史进。

如果说心地厚实,体格宽大的鲁达,从里到外都体现一个"大"字,他李忠就是从言语到行为,从思想到气质,典型的一个"小"字。

所以,李忠是作者有意安排的一个对比。

一个史进,一个李忠,正面的烘托有了,反面的对比也有了。英雄的鲁达和鲁达的英雄将淋漓尽致地展现在我们面前。

苦命父女,流落异乡

到了潘家酒楼,一开始,结识新朋友,大家喝得高兴,谈兴也浓。但是,喝着喝着,就出事了。

原来,这边他们正喝到高兴处,却听见隔壁有人"哽哽咽咽啼哭"。

真是"几家欢乐几家愁"。

这是谁呢?为什么哭呢?

鲁达急于了解情况,很焦躁,便把碟儿盏儿都丢在楼板上。

乒乒乓乓的响声惊动了楼下的酒保,他赶紧上来。看时,只见鲁提辖气愤愤地。

酒保很紧张,抄手道:"官人,要甚东西,分付卖来。"

鲁达道:"洒家要甚么?你也须认得洒家,却怎地教甚么人在间壁吱吱的哭,搅俺弟兄们吃酒?洒家须不少你酒钱!"

余象斗在此节下点评道:"智深闻哭便问店主,则心有怜宥(yòu)之意,非因焦躁,实恐中有冤屈。"

非常好!你看,如果鲁达只是焦躁,怪人搅了他们的兴,他只要说赶走他们便了,或者更干脆:对着隔壁大喝一声,让他们安静即可。但他却是招来酒保,并说了这样一番话。为什么呢?

仔细琢磨,这几句责怪酒保的话里,可以发现三点:

一、此节写隔壁有人哭,是"哽哽咽咽啼哭",鲁达说是"吱吱的哭"。这种哭,在哭者来看，必有伤心冤屈的事，而且，是胆小怕事的人；

就听者鲁达来说，必是有一番细心聆听，因为只有这样方能隔墙听见那边并不大声的哭，听得出那哭声中的哽哽咽咽。所以，鲁达在焦躁叫酒保前，必有这一番细心的私听和疑心的估猜。

二、鲁达责怪酒保很是无理。有人在隔壁哭，怎见得就是酒保"教"的？无端责怪酒保，让酒保觉得冤屈，就是要让酒保为求自己解脱，作详细解释。可见鲁达正是担心有什么冤屈，要让酒保来说个端详。

三、退一步说，就算鲁达要责怪酒保，最简单的方法是，不问什么三七二十一，叫酒保去赶走那哭的人即是。刚才，他要拉李忠一起吃酒，李忠却要等卖完了药，他一焦躁，不仅骂李忠，还把那些围住李忠看的人一推一跤，骂道："这厮们夹着屁眼撒开！不去的洒家便打！"但这次鲁达偏曲曲折折委屈一番酒保，再耐心地听酒保一番解释。我们看这一句话："却恁地教甚么人在间壁吱吱的哭"，如果鲁达没有对哭者的同情心，他只需说："却恁地教人在间壁吱吱的哭"，加上一个"甚么"，就是关心那个哭的是"甚么人"，就是要酒保告诉隔壁哭的是"什么人"。他一定是在那哽哽咽咽的啼哭中，听出了里面无处申诉的冤屈。

果然，当酒保说出这是卖唱的父女两人"一时间自苦了啼哭"时，鲁达便道："可是作怪！你与我唤得他来！"

对搅了他的兴致的啼哭者，他说的话不是："你与我赶得他去！"而是"唤得他来！"为什么呢？他将怎样对待这对哭泣的父女呢？

鲁达唤来了金翠莲父女，刚才那么焦躁的鲁达，此时不但不骄不躁，反而十分耐心，他几乎是温存地询问了两个问题：

你两个是哪里人家？

为甚啼哭？

是啊，这也是我们读者想明白的。这对躲在酒楼的一角偷偷地哭泣的父女，到底有什么不幸或冤屈呢？鲁达又会怎样对待他们呢？

我们先看看对金老问的两个问题。在这两个问题中，如果说与他鲁达有关，也只是后一个问题。而金老父女是哪里人家，真是与他无关。但就是他的这一问里，显示了鲁达对他们的关心，他几乎是十分的温柔。

原来，这个金老是东京人（今天的河南开封），携妻女来渭州投奔亲眷，没想到这亲眷搬到南京(北宋都开封,则以应天府即今河南商丘为南京,河南府即今洛阳为西京,大名府为北京,与东京开封府合称四京)去了。妻子在客店染病病故,剩下父女二人在此间磨难。此间的一个财主,叫做什么郑大官人,绰号"镇关西"的,一日见了金翠莲,贪恋金翠莲美色,便强媒硬保,要金翠莲作妾。金老父女,流落异乡,势单力薄,无力反抗,而镇关西虚写了一张买妾契约,写了三千贯,却并不付钱,即抢走了金翠莲。三个月以后,金翠莲被郑屠的大老婆打出家门——实际上很可能是镇关西的指使,玩弄够了,厌倦了,就赶出家门。而且,更为可恶的是,他竟然向金老父女追要那并没交付的所谓三千贯典身钱,并着落金老父女投宿的客店主人,要他代为监管、禁锢二人,逼二人每天上街在酒店茶坊里卖唱,用卖唱所得来一点点还他的所谓三千贯典身钱。金翠莲,因此从这个流氓恶霸的泄欲工具变成了赚钱工具,成了这个郑大官人的奴隶,包括三个月的性奴隶。

这两天,酒客稀少,点唱的客人少,没有挣上钱,违了郑大官人的还钱期限,担心又要受他羞辱,父女二人又怕又伤心,又无处告诉苦楚,忍不住了啼哭。

放不过坏人,放不下好人

鲁达,遇到事了。

他遇到了不平事。

鲁达,遇到人了。

他遇到了这样的人:受尽屈辱与压迫的可怜人和不明道德欺压良善的可恨人。

他将如何对待呢?

当然,这是别人的事。他完全可以袖手旁观。——实际上,观都不必,他可以闭上眼,做他的提辖,每日到茶馆品他的茶,到酒楼喝他的酒,和他的新朋老友,较量枪法,谈天说地,说些大快人心的事。

大多数人不都这样做的吗?

他完全可以挥挥手,让这对父女走开,转过身来,继续和朋友喝酒。

但是,他接下来问了金翠莲父女四个问题:

你姓什么?

在哪个客店里歇?

哪个镇关西郑大官人？

在哪里住？

前两个问题关心眼前的这两个可怜人，他放不下。

问金老父女在哪个客店里歇，已经在盘算着搭救他。

后两个问题打听所说的那个可恨人，他放不过。

问那个郑大官人在哪里住，已经在算计着收拾他！

果然，当他得知了这个所谓的郑大官人就是那个"投托着俺小种经略相公门下做个肉铺户"的郑屠，肉铺就在状元桥下时，他对史进、李忠说："你两个且在这里，等洒家去打死了那厮便来！"

在鲁达眼里，这种人，一刻也不该活在世上，这种事，一刻也不该存在！

正派正直的人，绝不能和这样的人、这样的事和平共处！

事出突然，史进、李忠根本没有思想准备，赶紧抱住他："哥哥息怒！明日却理会。"两个三五回劝得他住。

像鲁达这样的人，岂是能劝得住的？但他终于按捺下来，这是为什么呢？

因为，他要先救人！

先救出眼前这可怜人，再去收拾那状元桥边的可恨人，这是正确的次序。这样的次序，可以让两个目的都达到。

如果先收拾人，就不能再救人，没有时间救人。不仅不能救人，反而可能连累这两个苦命人。

于是，他决定先救这对可怜的父女出苦海。

而要让他们出苦海，必须让他们离开渭州，离开这片给他们太多苦难和屈辱的土地，送他们回乡。

为什么呢？

因为，一、这是这父女二人的愿望。无依无靠，又无生计的他们，只有回乡，才有可能重新开始生活。

二、渭州对他们来说，已经无法待下去。他们无法摆脱郑屠的纠缠与欺压，鲁达无法时时保护他们。

所以，要救金老父女，只有让他们逃出渭州。

而要让他们逃出渭州，首先必须为他们筹款，准备盘缠。

他掏出身上仅有的五两银子,显然不够,他便向史进"借",史进从包裹中一下子拿出了十两银子,比鲁达的多一倍。为什么?因为鲁达偶尔出门,身上没带,而史进则是盘缠尽在身边,鲁达出五两,他出十两,这是他英雄本色的表现,要知道,小青年史进现在浪迹天涯,就是一个漂人,连工作都没有,一下子拿出十两银子,从鲁达眼中看来,就入了他的青眼。鲁达一下子就看好了史进,终身认他为兄弟。

旁边一个人到现在还没有动静,太没眼色啦。他将讨来鲁达的白眼。

李忠见鲁达拿钱,可以不动,见史进拿钱,就该动了,但他仍不动,等到鲁达点名:"你也借些出来与洒家。"

这才不得已动手在包裹里摸钱。可是,摸索了半天,却只摸出二两来银子。注意这个"摸"字,注意这个摸的动作,这是割他的肉啊。本来以为可以白吃一顿,没想到折本折大了。但是,鲁达还不高兴。

鲁达一眼望去,那眼仁里面就变了白眼,嘴上也不留情:"也是个不爽利的人!"

白眼和讥嘲已经很让人难堪,但鲁达做得更绝:他还有手中的"丢"。

他只把他自己的五两和史进的十两共十五两给了金老,却把李忠的二两多银子丢还了李忠。

金圣叹在此下批了四个"胜"字:

胜骂,胜打,胜杀,胜剐。

再加四个字:*真好鲁达。*

鲁达是舒张的,所以他看不惯缩手缩脚不爽利的人;鲁达是慷慨的,所以,他看不惯悭吝小气的人;鲁达甚至也是善解人意的人:李忠挣钱不容易啊,要卖多少狗皮膏药,才能积攒二两多银子啊。这二两来银子,割他的肉啊,算了,还给他吧。丢给他了。

《水浒传》中潘家酒楼这一段,就写出了三个人,尤其是既写出了李忠,更衬出了鲁达。同是初次见面,鲁达后来认史进为生死兄弟,而李忠一直入不了他的法眼。

就是一件小事,不同的人,被分别出来。史进十两,李忠二两,这个区别,就是境界的斤两。

鲁达收下了史进的银子,就是接受了史进,鲁达丢还了李忠的二两银子,也就拒绝了他的人。

他的二两银子没有与鲁达的五两、史进的十两凑数,他本人也就被鲁达排斥在他的兄弟之外。

所以，我们不能老是要别人理解自己，假如像李忠那样，铿吝小气，却希望别人理解，但是，当别人理解你时，也就看扁你了，至少是看轻了自己，又哪里值得呢？所以，做人，应该是这样：给予别人的，尽量多理解；从别人那里获得的，应该敬重。

但是，光有了盘缠，金老父女还是走不了。为什么？因为走不脱。金老说："店主人家如何肯放？郑大官人须着落他要钱。"

这个郑屠，还真有势力啊。连店主人都成了他的帮凶。

所以，要救金老父女，还要鲁达亲自去一趟金老借住的东门里鲁家客店，吩咐他们离开。

于是，鲁达把银子递给金老时还告诉他："你父子两个将去做盘缠，一面收拾行李，俺明日清早来发付你两个起身。看哪个店主人敢留你！"

2. 拳打镇关西

> 人人不生气，一个民族就没有生气，就是被人宰割的奴隶之邦。鲁达一生气，后果很严重。

助纣为虐，为虎作伥

第二天一早，金老寻好了车子，算还了房钱，五更天就起来，收拾好了行李，甚至吃好了饭。

我们可以想象这对受尽欺压的父女那一颗充满渴望而又忐忑不安的心。

他们在天光熹微中等待。等待一个人来救他们脱离苦海。

这个人会来吗？

在他们翘望的眼神里，鲁达大踏步走入店里来。

我们要记得，鲁达第一次出场，史进还没认识他这个人时，就先看到他的标志性的动作：大踏步。那时，史进在茶坊里打听师父王进，就看到一个人大踏步走进来。

此时，在金老父女眼中，他又是大踏步走进店里来！

大踏步，地动山摇，大踏步，堂堂正正，大踏步，体格宽大，大踏步，心地厚实！大踏步，自大自信！

大踏步走来的这个人，让恶人心惊！大踏步走来的这个人，让好人心安！

一进门，鲁达就高声叫道："店小二，哪里是金老歇处？"

他知道店主人和小二会阻拦金老离开，但他偏光明正大、大摇大摆地来发付金老离开。这是对弱小者的同情，对邪恶的蔑视。而且，他这样的英雄，不屑于偷偷摸摸，他做事的方式就是这样堂堂正正。

店小二也认识鲁提辖。但是，他不知道鲁提辖一大早就来寻金老干什么。待到看到鲁达催促金老走路，金老引了女儿，挑了担儿，作谢提辖，便待出门。小二紧张了，赶紧拦住。

店小二拦住道:"金公,那里去?"

不待金老作答,鲁达问道:"他少你房钱?"

小二道:"小人房钱,昨夜都算还了;须欠郑大官人典身钱,着落在小人身上看管他哩。"

鲁提辖道:"郑屠的钱,洒家自还他,你放这老儿还乡去!"

金圣叹说,看这"还乡去"三个字,令人泪下。是啊,一声还乡去,双泪落君前。多少人还不得乡,只为没遇鲁提辖!

那店小二怕郑屠,不敢放行。可见郑屠平日里鱼肉百姓作威作福。

鲁达大怒,扠开五指,去那店小二脸上只一掌,打的那店小二口中吐血;再复一拳,打下当门两个牙齿。小二爬将起来,一道烟跑向店里去躲了。店主人那里敢出来拦他。

这个小二着实该打!助纣为虐,为虎作伥,不打你打谁?哪怕你此前是屈于强势,也该有同情心。到此时鲁提辖发落金老走,郑大官人问起来,完全可以推给鲁达,自己也正好做个顺水人情。到此时还要强拦金老,该打!

金老父女两个忙忙离了店中,出城自去寻昨日觅下的车儿去了。

鲁达救人,到此时,按说已经完成。但是,更加让人感动的是下面的一个小动作。

鲁达寻思,恐怕店小二赶去拦截他,就向店里掇条凳子,坐了两个时辰。约莫金公去的远了,方才起身。

这个粗鲁人,此时比我们还要细心:此时我们才想到,一旦鲁达离开,这店主人一定会一边给郑屠报信,一边去追金老父女。

这个不耐烦人,此时偏偏特别有耐心。两个时辰,就是四个小时啊!四个小时的冷板凳,他这个性急焦躁的人,他硬是坐下来了!

鲁达为人时,何等用心啊,因为用心了,所以才有此细心和耐心。

为他筹款,帮他离开,等他走远,这是鲁达救人的三步曲。——救人救彻!

我们回过头来看看,昨天,他和史进、李忠在潘家酒楼分手后,《水浒传》接着写道:

"鲁提辖回到经略府前下处,到房里,晚饭也不吃。气愤愤地睡了。"

不但酒不喝了,并连饭也不吃了!

按说,谁也没惹他。他在渭州,有身份,有地位,有名望,酒店茶坊,到处都可以赊账,他为谁气愤?甚至气愤得不吃饭?

但是他生气了。很生气,我们知道,鲁达一生气,后果很严重。

一个人不会生气怎么行啊。不生气就没有生气啊。人人都不生气,一个民族就没有生气。

就是任人宰割的奴隶之邦。

这种愤怒,就是我们常常说的道德愤怒。具有道德愤怒的人,是高贵的人,具有高贵的品格。

有了这种愤怒,邪恶就不会高枕无忧,就不会在肆虐过后,毫无顾忌!

好了,现在他要救的人已经安全脱身了。他从那条凳子上站起身来。我们心惊肉跳地看着他的神情,看着他的去向。果然,他站起来——

径到状元桥来!

鲁达一生气,后果很严重

金圣叹在此句下注道:"陡然接此一句,如奇鬼肆搏,如怒龙肆攫,令我耳目震骇。"

此时的鲁达,不动声色,脸色冷峻,如凶神恶煞,挟裹着一团煞气,径到状元桥来。

鲁达要如何惩罚这个恶人?

他一夜愤怒,一夜辗转,他到底拿定了什么主意?

郑屠,这个恶人,将要面临什么下场?

这个人他以前也认识,在他眼里,也就是一个肉铺户,叫郑屠,连名字也不知道。

他哪里想到,就这么一个腌臜(ā zā)人,竟然在外面自称郑大官人,还号称"镇关西"?一个杀猪的屠户,大概有了一些钱,又投靠小种经略相公,就自称"镇关西",鲁达一定觉得好笑又好气。

到了状元桥郑屠的肉铺前,鲁达看到了什么呢?

郑屠开着两间门面,两副肉案,悬挂着三五片猪肉。——注意这些数目字。这就是大官人的排场。写得可笑。

但是,他的派头却实在很大:

郑屠正在门前柜身内坐定,看那十来个刀手卖肉。

你看他自己给自己的大官人的身份啊。写得可笑。人世间这种人还少吗?弄一个门面,雇两三个员工,也都自称老板啦!

他们最好都能碰到鲁达,因为鲁达偏不喊他老板,喊什么呢?也实在是扫人浓兴,泼人凉水:

鲁达走到门前,叫声:"郑屠!"

金圣叹批曰:"人人称大官人,彼亦居然大官人矣。偏要叫他一声郑屠。"

这是还他屠夫本色。是啊,不就是一个屠夫么?什么大官人啊,镇关西啊?除了平时欺压百姓,也就镇镇几头肥猪啊。

这一段写得很幽默。

这个幽默的构成包含这样两个元素:

一、是郑屠的没有现实感。他忘记了自己的真实的社会身份与地位,以虚假的面具面世,而且已经习惯。可笑的是,周围的环境对他的虚假面具给予了足够的认可,这同时是可悲的。

二、偏偏鲁达不给他这个面子,偏要撕破他的这个虚假面具。

什么叫喜剧?喜剧就是把丑陋的东西撕破给人们看。

这有些像安徒生的童话《皇帝的新装》。当所有的人都对事实视而不见,并对并不存在的所谓皇帝的新装大加赞赏时,只有一个内心中无所畏惧无所惭愧的孩子,说出了真相:"可是他什么衣服也没有穿呀!"

当真相被大家一起掩盖时,这个世界是可悲的,因为,这个世界一定是被暴力统治着。这种暴力或者来自皇帝,或者来自郑屠这样的市井恶霸。

而当假象被撕破时,这个世界就会爆发出大笑:就像一首诗写的:"魔鬼的宫殿在笑声中动摇。"

是的,有时候,笑声就是最好的武器。

鲁达就是要制造笑声,让郑屠这个恶霸在大家忍俊不禁的笑声中原形毕露。

郑屠一见是鲁提辖,慌忙出柜身来唱喏道:"提辖恕罪!"

在渭州,谁人不识鲁提辖?这是借郑屠之口,写鲁提辖的威风。

也一笔写出了郑屠的两面性:一边是奴隶,一边是奴隶主。这种双重人格,是这类人的基本特征。在金翠莲面前,他是恶霸;在鲁达面前,在比他更有力量或权势的人面前,他一定是奴才。

但马上这个大官人就又显示了自己的派头,显示了自己支配别人的强烈爱好:

便叫副手:"掇条凳子来!"——这是对手下人,颐指气使。

"提辖请坐!"——这是对鲁达,毕恭毕敬。

整个一个变色龙。

鲁达也不计较,大咧咧地一坐,说:

"奉着经略相公钧旨:要十斤精肉,切做臊子,不要见半点肥的在上面。"

郑屠是相公肉铺户,鲁达便处处以相公钧旨压他,让他非常难受却又无法表现。十斤精肉臊子,倒不稀奇,稀奇在于不要见半点肥的在上面。这是增加难度啊。既是消遣他,当然要为难他。也看看你小子的专业水平呢。

郑屠道:"使头!——你们快选好的切十斤去。"

好大的大官人派头啊。鲁达吩咐他一句,他就吩咐下面一句,他的意思,就是,这事有孩儿们做去。鲁提辖,我们哥两个喝喝茶,叙叙话。他有身份啊。

还要特别注意,他称呼手下人什么?使头。什么叫使头啊?你不知道,我不知道,给《水浒传》做批注的李卓吾也不知道,所以,他调侃地注了四个字"使头名新"。是的,这个官名真是新名字,此前历代中国从朝廷到地方,都没有这个官守,是空前的。同时,又是绝后的。为什么呢?这是郑屠的大官人肉食品公司创新的官名,后来总经理郑大官人不幸被鲁达打死,大官人肉食品公司解散,这个官名也就没有传下来。

你看这个郑屠,一个屠夫啊,他也要对手下封官加爵哩。他有身份啦,他要自立一套体制,然后自居最高端。这样的人,有机会的话,一定会制造一件龙袍,自己穿上的。权力欲几乎可以说是人性中最丑陋的部分,也是给人类带来最多伤害和悲剧的东西。

而且,往往越是邪恶的人,越有权力欲。

郑屠就是一个例子。他欺男霸女,欺行霸市,控制店主人,迫使别人成为他的泄欲工具和赚钱工具,都是他邪恶的人性和膨胀的权欲相结合的结果。

但鲁达偏要煞他的风景,打击他过分膨胀的虚荣心和权力欲。

鲁提辖道:"不要那等腌臜厮们动手,你自与我切。"

刚才喊他一声郑屠,是让他记住自己的名字。现在让他自己动手,是要他不要忘了自己的专业。该干什么干什么去吧!别丢人现眼了。

只是,郑屠不腌臜吗?鲁达也好笑。

拳打镇关西 079

郑屠道："说得是，小人自切便了。"

郑屠怕鲁达，被吓住了。鲁达脸色一定难看，语气一定可怕。郑屠一定看出了什么苗头，看出了鲁达这次来者不善，但他不知道到底有多严重。

自去肉案上拣了十斤精肉，细细切做臊子。

郑屠很乖啊。我们简直要同情他啦。是的，在鲁达面前，他语言得体，谦恭有礼，很让人同情。

火药味越来越浓

这郑屠整整的自切了半个时辰。

切好了，还用荷叶包好，郑屠小心翼翼地说：

"提辖，教人送去？"

话说得得体，工作也很到位，又讨好又奉承，却不知道他根本开口不得。

鲁达道："送甚么！且住！再要十斤都是肥的，不要见些精的在上面，也要切做臊子。"

郑屠道："却才精的，怕府里要裹馄饨；肥的臊子何用？"

被弄得一头雾水的郑屠一定有这一问，再说，他也被戏弄得有些不耐烦了。

金圣叹批曰："实不可解。"哪里可解？不独郑屠不解，我们也想不到，鲁提辖竟然想出这样有创意的消遣。

肥的臊子何用？——消遣你丫用。

鲁达太有才了。

鲁达睁着眼道："相公钧旨分付洒家，谁敢问他？"

这话说白了，就是，谁敢问我？

郑屠道："是合用的东西，小人切便了。"

一触即发之时，郑屠又及时避让了。

合什么用呢？谁也不知道。但郑屠很肯定地说，合用。

这一场消遣大戏，如果说鲁达是最佳导演，有绝妙的创意；郑屠就是最佳演员，他完全听从导演，充分体现导演意图，演出了绝佳的效果。

又选了十斤实膘的肥肉，也细细的切做臊子，把荷叶包了。

整弄了一早辰,却得饭罢时候。

这种时候,我们要知道,当郑屠在肉案上老老实实地很专业地切肉馅时,不光是鲁达高坐在一边看,还有郑屠手下的那十来个刀手,还有街坊邻居,还有来买肉而又不敢近前的,为了提醒我们这一点,作者写了一个小插曲,也很搞笑。什么事呢?

那店小二把手帕包了头,正来郑屠家报说金老之事,却见鲁提辖坐在肉案门边,不敢拢来,只得远远的立住在房檐下望。

很合情合理啊。郑屠着落他监管金老,现在金老走了,他能不来报信吗?只可惜被打破了头,只好用手帕包着。虽然街坊邻居那里不好看,但是正好可以对郑屠说明,他已经尽力了。

只是,他没想到还有鲁达也在此。而且他也一定从鲁达的神情和郑屠的切肉,看出了一些危险。他一定闻出了火药味,稍不小心便要爆炸。所以,他远远地站着,与在场的所有人一起分享这一美妙时刻。

鲁达知道,我们知道,那店小二也知道,金公离渭州越来越远了。只是,店小二不知道的是,郑屠离鲁达的拳头越来越近了。

那店小二那里敢过来?连那正要买肉的主顾也不敢拢来。

——火药味越来越浓了,令人喘不过气来。

终于切完了,这个平时不可一世的家伙在众人的围观中回到了自己的原形。

郑屠道:"着人与提辖拿了,送将府里去?"

还是乖巧的,得体的。其实,郑屠哪里看不出鲁达实在消遣他呢?哪里看不出鲁达在找他的茬呢?

但是正因为知道了鲁达在找他茬,他越是要装着不知道,越是要低三下四,讨好奉承。他惹不起这尊神啊。

鲁达道:"再要十斤寸金软骨,也要细细地剁做臊子,不要见些肉在上面。"

两番寻衅找茬不成,又来三番,而且,越来越露骨了。如果说刚才在十斤精肉臊子后,又要十斤肥肉臊子,是绝妙的创意的话;这次则一点创新也没有,简直就是不动脑筋,照搬照抄。但唯其如此,才足够气人,气得郑屠吐血!

鲁达太有才了。

郑屠笑道:"却不是特地来消遣我?"

非常气闷,却又不敢发作;不敢发作,却又非常气闷。脸上古怪地变幻各种表情,最后憋出这样的怪模怪样的话来。金圣叹批曰："又吓又恼,翻出笑来。"对。可是,鲁达就等你这样的一句啊。恭喜你！答对了！此前鲁达的所作所为,就是消遣你！鲁达收拾郑屠,是有步骤的。第一步,就是戏弄他。或者用郑屠自己的话说,就是消遣他。说得再简单一点：玩他。在这个过程中,大灭了郑屠的威风,大长了被欺压的百姓的志气,郑屠多年横行霸道苦心经营出来的江湖声价,扫地以尽,他又回到了他的原形：一个低贱的操刀卖肉的屠夫。

其实,操刀卖肉当屠夫,并不下贱,梁山好汉里操刀卖肉的尽有,比操刀卖肉更低贱的营生也有,但大家仍然是兄弟,仍然不是天罡就是地煞。关键是你是否有好的德性。这个德性就是"忠义"。像郑屠这样,不忠不义,还自高自大,就要把他打回原形。

现在,玩够了,也玩出他的火来了,玩出了预想的结果：激怒他,然后有借口收拾他。

鲁达听得,跳起身来,拿着那两包臊子在手里,睁着眼,看着郑屠道："洒家特地要消遣你！"把两包臊子劈面打将去,却似下了一阵的"肉雨"。

用刚才郑屠花了一早晨细细地切成的两包臊子打他,太不尊重人家的劳动成果啦。而且是劈面打去,打出一阵肉雨。借用李逵的话说,活佛也忍不住啊。果然——

郑屠大怒,两条忿气从脚底下直冲到顶门；心头那一把无明业火焰腾腾的按捺不住；从肉案上抢了一把剔骨尖刀,托地跳将下来。

一早晨忍气吞声,一早晨小心伺候,一早晨装孙子,还是躲不过。当众出丑,当众轻贱,当众让自己多年辛苦建立的威风扫地,只求能平安渡过这一关,消除这一无妄之灾,但仍然得不到宽宥,那就拼了吧！这郑屠,本不是善类,本来就是一直欺压他人的,忍到现在,很不容易啦！

鲁提辖早拔步在当街上。

后来武松打蒋门神,武松特地走到门外,要在大路上打倒他,因为这样好看,要让众人笑一笑。鲁达拔步在当街上,也是这个意思。梁山好汉,不光打人,还要充分利用这被打的材料,以娱乐人民。他们哪里是打人啊？他们是在表演行为艺术。他们还是行为艺术家呢。而郑屠、蒋门神之流,就是他们的艺术材料。

3. 英雄做和尚

> 什么是真正的英雄好汉？就是把别人的不幸当作自己的不幸的人，就是把别人的仇人当作自己的仇人的人，就是把这个世道上的不平当作自己的不平的人！

报应会晚到，但报应终会到

现在，消遣阶段结束了，进入第二阶段。

郑屠右手拿刀，左手便来要揪鲁达；被这鲁提辖就势按住左手，赶将入去，望小腹上只一脚，腾地踢倒在当街上。鲁达再入一步，踏住胸脯。

先踢倒他，再踏住胸脯，为什么不直接跺他，而是踏住他？因为鲁达还要教训他：没打死，让他以后做个老实人；一不小心打死了，也让他做个明白鬼。阎王见了，问，怎么死的？也能回答：做了恶，被一个叫鲁达的人打死的。

这就是第二阶段，教训他。

鲁达提起那醋钵儿大小拳头，却也并不马上下手——脚也上了，拳头也上了，但是，脚没踹他踢他，拳没揍他捶他，这叫引而不发。因为这还是第二阶段：教训阶段。还没到第三阶段呢。

鲁达提着拳头，看着这郑屠道："洒家始投老种经略相公，做到关西五路廉访使，也不枉了叫做'镇关西'！你是个卖肉的操刀屠户，狗一般的人，也叫做'镇关西'！"

说自己的光辉历史和体面身份，并非要自我夸耀，而是要郑屠自惭形秽，知道自己的货色、成色以及在这个社会中的真实位置。对这类不知天高地厚、轻狂骄纵的小人，必须这样还他本来面目。这是鲁达在打他肉体之前，打击他的精神——狗一般的人，是对他真实社会地位的贬低，更是对他人格的贬低。

说到此处，猛然一句：

"你如何强骗了金翠莲！"

这是让他死个明白，做个明白鬼，让他知道，他在哪里触犯了鲁提辖，在哪里犯了死罪。

是的，轻狂骄纵，不知天高地厚，不知自己几斤几两，不是死罪。

强骗金翠莲，你就该死了。

"强骗"两个字，好。既以势强逼，又以奸诈骗。这是郑屠这样的人欺压良善的两种基本手段。

这里有三段推理在：

你如此欺负弱小女子，你就是恶人。

你是恶人，你就触犯了我鲁提辖。

你触犯了我鲁提辖，你就惨了。

或者，这三段推理是这样的：

你强骗了金翠莲；

所以你是恶人；

你是恶人，

所以你该打。

你可以躲过天，躲过地，躲过官，但你躲不过鲁提辖。

天不管，地不管，官不管，我鲁达管！

现在，这个世界上，最恨那个郑屠的，甚至不是金翠莲父女了，而是他鲁达！

汪涌豪和陈广宏两位先生的著作《侠的人格与世界》（复旦大学出版社，2005 年）讲到侠客的正义感时说："他人之蒙受不公正待遇，在他们而言，每每感同身受。""侠将人所蒙受的不公正，视为如自己身受一样，必要求为洗刷。"此外，还引述田毓英《西班牙骑士与中国侠》中的话说："中国的侠则是为了一种不属于自我的，指向他人的义而行侠。"

什么是真正的英雄好汉？就是把别人的不幸当作自己的不幸的人。就是把别人的仇人当作自己的仇人的人，就是把这个世道的不平当作自己的不平的人！

正义会迟到，但正义最终会赶到。

报应会晚到，但报应终会到。

鲁达的拳头，就是正义，就是报应，到了。

——第三阶段开始了：打杀他。

扑的只一拳,正打在鼻子上,打得鲜血迸流,鼻子歪在半边,恰似开了个油酱铺,咸的、酸的、辣的,一发都滚出来。

郑屠挣不起来。那把尖刀也丢在一边,口里只叫:"打得好!"

鲁达骂道:"直娘贼,还敢应口!"

提起拳头来,就眼眶际眉梢只一拳,打得眼眶缝裂,乌珠迸出,也似开了个彩帛铺的,红的、黑的、绛的,都绽将出来。

两边看的人,惧怕鲁提辖,谁敢向前来劝?

郑屠当不过,讨饶。

鲁达喝道:"咄!你是个破落户!若只和俺硬到底,洒家倒饶了你。你如何叫俺讨饶,洒家却不饶你!"只一拳,太阳上正着,却似做了一个全堂水陆的道场:磬（qìng）儿、钹（bō）儿、铙（náo）儿一齐响。

我们来看看作者的描写。第一拳,打在鼻子上。写完"打得鲜血迸流,鼻子歪在半边",本来已经写足,偏要再写出"恰似开了个油酱铺,咸的、酸的、辣的,一发都滚出来"。

第二拳,打在眼眶际眉梢,写完"打得眼眶缝裂,乌珠迸出",也已经写足,偏要再写出"也似开了个采帛铺的,红的、黑的、绛的,都绽将出来"。

第三拳,打在太阳穴上,又是一段精彩譬喻:"却似做了一个全堂水陆的道场:磬儿、钹儿、铙儿一齐响。"

魔鬼终结者

作者为什么这样写?首先,这样写是合理的想象。是站在郑屠一边,体会他的感觉,鼻根是味觉,眼睛是视觉,太阳穴管听觉,因为他要欣赏,因为他要把这快意恩仇延长了,展开了,慢慢消受!那时代的人民被压迫得太久,忍耐得太久,需要一个延长了的复仇过程,供人们充分发泄。我们需要恶人的鲜血,给我们快感,需要恶人的痛,来强化我们的快!

实际上,《水浒传》的创作,从社会心理上讲,就是一种压抑的发泄,是社会被长期压抑后的一种文学发泄,是人民苦闷的象征。这种发泄在元杂剧尤其是关汉卿的杂剧里,同样有明显的表现。从这一角度,我们可以理解,为什么《水浒传》的某些场景写得那么血腥,那么残忍,这是人民对封建统治的仇恨造成的。

水浒到此,才有第一次高潮。我们到此,也才有第一次扬眉吐气,第一次手舞足蹈。

我们回头看看。此前,我们都经历了些什么。

从洪太尉仗势骄狂误走妖魔,到高太尉公报私仇逼走王进;从王进流落江湖不知下落,到史进毁家纾(shū)难无处安身,总是恶人得志,好人倒霉,我们真是压抑得太久了。

鲁达的拳头,让我们大呼:"不亦快哉!"

鲁达的拳头,让我们看出了水浒英雄的真面目,真性情,真道德。

鲁达的拳头,不仅打杀了仇人,而且几乎是我们心灵的按摩!他的拳头,打出了我们的快意,打出了我们心中的恨,心中的怨,心中的冤,心中的仇。打出了正义的力量,道德的力量,让我们相信,这个世界,还不全是黑暗,恶人也不是全无报应,好人也能等到公正。

这个世界,只要有郑屠,就必须有鲁达的拳头!

实际上,镇关西这样的人,在我们的生活中,是对我们生存环境的毒害,是对我们良心的蔑视,是对正义的亵渎,是对道德的嘲弄,还是对法律的调戏。生活中有没有这种人,不可怕,可怕的是,我们的容忍与沉默。我们若是容忍了他,就是降低了我们的人格,我们若是和这样的人和平共处,就是我们自身的耻辱。所以,鲁达是一刻也不能忍受地等了一个晚上,第二天,也许稍微冷静的他理智上并不要置郑屠于死地,但是,他的拳头,带着他的愤怒感情,却把郑屠打出了我们的世界,送他下了地狱。这个时候,他的一拳比一拳更狠的拳头,不仅表达了他内心中不可压抑的正义之怒,而且,在《水浒》作者的生花妙笔感召下,我们读者也在鲁达的拳头中,加上了我们的一份力量,我们在读这段文字时,内心里就不停在喊:打死他!这个时候,如果有人问,这个世界上最可爱的人是谁?我们一定会说,是鲁达。如果有人问,这个世界上,最可爱的东西是什么?我们一定会说:鲁达的拳头!

这就是世道人心!这就是一切良善终获公正,一切邪恶终受报应的最终原因和保障!

而文学,就是唤起我们的良知。

在鲁达打郑屠这段文字的后面,李贽简直不知道如何表达他的感受,只是连下了这样一连串的评语:"仁人、智人、勇人、圣人、神人、菩萨、罗汉、佛"!

李贽太激动了。仁人、智人、勇人、圣人是儒家的理想人格,神人,是道家的理想人格,菩萨、罗汉、佛,是佛家的理想人格。儒释道向称中国传统的三大教派,三大教派的最高人格境界,全部让李贽送给鲁达了,鲁达一下子得到了三顶高帽子。实际上,李贽就是一个在现实中深感压抑的思想家,他敏锐地感受到了那个时代、那个社会、那个制度、那个文化传统对人的全面压抑,他几乎不能喘气。所以,他读《水浒传》,读鲁达,他也一定十分畅快。

当然,鲁达还不能说就是什么圣人、神人、菩萨等等,但是,他此时的行为,却是代表了一个社会不可或缺的正义。在满怀积怨之后,看到鲁达这样申冤报仇的拳头,读者确实非常快意。李贽在激动之际写下的这一连串评语,就是这种社会心理的表现。

三拳过后,只见郑屠挺在地下,口里只有出的气,没了入的气,动弹不得。死了。鲁达,成了郑屠的终结者。他就是魔鬼终结者,邪恶终结者。

这个世界少不得莽撞人

鲁达寻思道:"俺只指望打这厮一顿,不想三拳真个打死了他。洒家须吃官司,又没人送饭,不如及早撒开。"

这个时候,他突然想到了吃饭问题了。没饭吃委实是个大问题。但是,他在救人时,没想自己的吃饭问题;在杀人时,也没想自己的吃饭问题。他哪里是能周密地考虑一件事的方方面面的人呢?他只是率性而动,说白了,他也就是一个莽撞人。但这个世界上,少不得莽撞人。都是算得准把得牢的精细人精明人,这世界上的好多事就没人做了。是莽撞人,做了很多人想做又不敢做不愿做的事。

现在,他意识到,他一个早晨,不是做了两件事,而是做了三件事:第一件,救了两个人;第二件,杀了一个人;第三件,砸了自己的饭碗。

墨子曾经解释过什么叫做侠义行为,他说这种行为往往是"士损己而益所为","为身之所恶,以成人之所急"。损害自己,成全所为的正义之事,做自己不愿意的事,救济他人的急难。这就是侠义之士的侠义行为。鲁达,就是这样的侠义之士。

为什么说他损害了自己呢?先看他昨天碰到的两个人:史进和李忠。很有意思,这两个人有特色。什么特色?

史进正要讨出身。

李忠正在讨生活。

什么叫讨出身？就是在体制内找一份有发展前途的工作。相当于在计划经济时代，找一份全民所有制的事业单位的工作，当干部。

什么叫讨生活？相当于在计划经济时代，丢掉了工作，不用说当干部了，就连大集体合同制工人的身份都没有了，自己谋生去。

一个是待业青年，一个是无业游民。

现在，一出场的鲁达，就碰到了这两个不同类型的人。这两个人却又恰恰代表了人生中的一些无奈，一些尴尬，一些艰辛，一些窘迫。

史进和李忠，是为生活所苦，为生计所累的两个人。他自己此时，是什么样的生活状态呢？

鲁达此时在小种(chóng)经略相公处做着提辖，提辖是不大不小的官，大概相当于现在的正营级少校。梁山好汉里，孙立也是提辖，他出门办私事，后面还跟着十数个军汉，可见其派头。这个职务虽不说很高，但是——

一、比起在街上卖膏药的李忠，还有正在找工作的史进，他已经是一个颇有身份的人了。

二、只要干得好，像他这样的武功和专业水平，在军队中混，再往上走，获得升迁，非常正常，机会很多。

所以，鲁达此时：

一、有了一个非常好的出身和资历（从老种经略相公处转到小种经略相公处，照他自己的说法，还做过关西五路廉访使），不用像史进那样讨出身；

二、有很好的生活保障，不用像李忠那样讨生活。

三、只要不出大的问题，前途无量。

但是，打死郑屠，让他一下子丢掉了出身，丢掉了职位，彻底改变了他的生活。

结果是，史进这边要讨出身未得，倒弄得那边已有出身的鲁达丢了出身。于是，史进要出身，鲁达丢出身；史进要前程，鲁达抛前程；史进要求个半世快乐，鲁达倒先丢了半世快乐，落了个半世颠沛。

鲁达从来没有考虑过自己的生计，他自己的事，由命运定，他只定别人的命运。他关心别人的生活，却不想自己的生活。他为了别人的生活，往往毁了自己的生活。

鲁达的可贵就在这里:这世界,人人要讨生活,如李忠;人人想讨出身,如史进。他呢?有了不错的生活,有了体面的出身,但他并不因此而沾沾自喜,并不因此而志骄意满,甚至并不因此而小心翼翼,只求保住这样的舒适体面的生活,甚至不惜委曲求全同流合污。孔子曾经说过一种鄙夫:

> 子曰:"鄙夫可与事君也与哉?其未得之也,患得之。既得之,患失之。苟患失之,无所不至矣。"《论语·阳货》

意思是什么呢?就是说,有一种人,他没得到职位时,生怕得不到,就孜孜以求,甚至不择手段。已经得到后,又生怕失掉,就小心翼翼,人格委琐。假如一个人老怕失掉职位,那就无论什么事都干得出来了。事实上呢,人生往往就处于这样的两个阶段:患得阶段与患失阶段。

岂止鄙夫啊,就是英雄好汉也往往不免。

杨志作为遇赦的罪犯,为了谋求复职,收购了一担的金银珠宝,买上告下,巴结行贿,这哪里像正派人啊?这是患于得。

林冲身为八十万禁军教头,竟然对高衙内调戏自己的妻子忍气吞声,这哪里像英雄好汉啊?这是患于失。

他们如何才能保住自己的清白?这世界处处逼得他们做不得好人,随时泼他们一身污泥浊水。

梁山好汉有几个干净人?

只有一个人,那是真正的干干净净,清清白白,他就是鲁达。

首先他从来没有龌龊地生活过,没有忍气吞声过,没有唯唯诺诺过。他不是愿意委屈自己,恰恰相反,他为了伸张正义,往往把自己弄得十分委屈。他只是不愿意看到正义被委屈,他认为这个世界应该有正道,应该有直道,他要做一个正人,做一个直人,以保护正道,保护直道。

现在,救的人,救走了;杀的人,杀死了。放不下的人,已经安顿了;放不过的人,已经结果了。

他能脱身吗?

我们不能不为他担心。

街坊邻舍并郑屠的火家,谁敢向前来拦他。鲁提辖回到下处,急急卷了些衣服盘缠,细软银两,但是旧衣粗重,都弃了。提了一条齐眉短棒,奔出南门,一道烟走了。

因为他一开始也不是定要杀郑屠，所以，他根本没有做好相应的准备，以至于他逃跑时，显得很是狼狈。大英雄的狼狈，也自有他的风度和洒脱，甚至，还狼狈得很有气质。

做提辖也好，做和尚也好，快活就好

鲁达打死了郑屠，成了我们心中的英雄，但却也成了官府的逃犯，他东逃西奔，急急忙忙，《水浒传》写道："饥不择食，寒不择衣，慌不择路，贫不择妻"。煞是好笑，用另外的三个"不择"来衬托鲁达的"慌不择路"，他也无路可择，他根本就不知道他的路在哪里，不知道要往哪里去。半月之后（此处《水浒传》有一矛盾，在此回写着半月之上，到下回，却又写着"到处撞了四五十日"，四五十日比较合理），走到代州雁门县（今山西代县），不期然在此遇到了被他解救的金老父女。原来这对父女因为担心回到东京后被郑屠赶来，便也逃到此处，在此处金翠莲嫁给此间的一个财主赵员外，养做外宅，也就是古代的二奶吧。不过，在那时这却是合法的，甚至也是一些贫寒人家、生计艰难人家女孩子的一个较好归宿，因为既然法律允许社会认可，也就算是一个合法而正常的社会角色，有一个大家认可的身份。虽不能说是幸福，并且仍然地位低贱，但也算是"做稳了奴隶"了，比起在渭州，要做郑屠妾而不得，想做奴隶而不得，现在衣食丰足，并且显然颇得赵员外宠爱，金老父女几乎有翻身得解放的幸福感。所以，他们也就"吃水不忘挖井人"，对鲁达感恩戴德，以至于在家中写个红纸牌儿，旦夕一炷香，父女两个朝夕而拜。并且，金翠莲常常在赵员外面前说鲁达的大恩，连赵员外也对鲁达心向往之。现在鲁达撞到了雁门县，正好碰见金老，金老自然拉他到家招待，赵员外也很热情，鲁达便在赵员外的庄上住了五七日。

但鲁达来到此间的风声已经传出，几个做公的来街坊邻舍打听得紧，鲁达显然不宜在此久留。鲁达一听此情况，便说，既然这样，"洒家自去便了"，但去哪里，他心中一定完全没有主张。实际上，换个一般人，在赵员外庄上将及一周，一定会盘算着自己下一步该怎么办，但鲁达就是鲁达，他根本就没有想到这一层，这也不是他就此住下去不走了，到了他该走的那一天，他一定会背上包裹，拿了哨棒，道一声相搅，飘然而去，至于去何方，他一定还是没有主张，他不是那种会计划自己人生的人。更何况他此时实在没有办法计划，他没有家庭，没有产业，唯一的一个职业——军人及职务——提辖,已经成为昨日黄花,在石碣(jié)天文上,他是"天孤星",孤零零一人。他一切皆无,用禅宗的话头说,是一丝不挂,赤条条来到世上,赤条条闯荡世界,他岂不"孤单"?但他是孤胆英雄,他在这世界上行走时,是一意孤行,是孤军奋战,是独行大侠。

赵员外一听鲁达要走,就说:若是留提辖在此,诚恐有些山高水低,教提辖怨怅;若不留提辖来,许多面皮都不好看。赵某却有个道理,教提辖万无一失,足可安身避难;只怕提辖不肯。

这段话有几个很有意思处值得注意,其一,很显然,赵员外的这一个什么"道理",并不是他这一时想出来的,这几天来,他早已琢磨在心里了,这就与鲁达形成了极鲜明的对比,当鲁达对自己的去留曾不萦怀、毫无盘算计划时,赵员外却有了筹划,这就是"做家的人"——也就是普通"过日子的人"与鲁达这样的人的区别。过日子需要的就是这种精细的、实用的、一丝不苟的周到与计划,而鲁达则往往不耐烦于这些琐碎的考量与算计,往往率意而行。

其二,他一口一声"提辖",固然是乡间员外的客套与尊敬,但却好似一声声调侃,在提醒我们鲁达已经不是什么提辖了,如果还是提辖,哪里用得着一个乡间小地主留与不留,哪里要一个乡间小地主帮忙出主意教他什么万无一失。"提辖"前接许多"留"与"不留","提辖"后又接什么"安身避难",让人哭笑不得:既觉得好笑,又令人一哭;既令人一哭,又觉得有些好笑。这是什么提辖啊?世界上有这样走投无路的提辖吗?有这样走到哪睡到哪、走一步是一步、不忧不愁、没心没肝的提辖吗?

其三,赵员外此话说一半留一半。既说有一计可以叫鲁达万无一失,足可安身避难,却又提醒鲁达:"只怕提辖不肯",令人心疑这也不是什么好主意。但鲁达并不在意,说:"洒家是个该死的人,但得一处安身便了,做甚么不肯?"屡次说自己是个该死的人,并不觉得自己的行为多么高尚,应该获得社会的赞扬与他人的报答,即使因此成了逃犯,也无怨无悔,独力承担,这真是一尘不染的佛的境界。所以,当赵员外说出要让鲁达去做和尚时,鲁达说:"洒家情愿做和尚"。当时就说定了。金圣叹在这句下面批曰:"说定者,难之辞也。当时说定者,易辞也。极力写鲁达爽直。"

在中国,常常有一些人因为走投无路而做和尚,或一败涂地,无可收拾,万念俱灰而做和尚。所以,我们对鲁达由提辖而做了和尚,总有一种心有戚戚的感受。但鲁达倒未必有这样的想法,当时做提辖,现在做和尚,不都是在做人么?变的是外在的身份,不变的是为人的赤子之心,做提辖时,鲁达未必有自豪感,尤其是一定无沾沾自喜感,所以,他决无患得患失的心态;现在做和尚,他何尝有今不如昔之感?在他看来,做提辖也好,做和尚也好,快活就好。

问题是,他能做好和尚吗?

他做和尚做得快活吗?

4. 另类和尚

> 无聊的生活需要有趣的人物,清净枯淡的禅修之地,需要鲁智深这样的热闹绚烂之人。

有一种性格即是智慧

鲁智深自己寻思无路可走,偌大世界还真的没了他的立足之地,所以,他对员外说:"洒家情愿做和尚。"当时就说定了,颇出赵员外的意外,人生这么大的跌宕,他竟然如此坦然淡定。这个没有什么文化的粗鲁人,偏偏体现出一种难得的洒脱气质。也是,说白了,若说坎坷,人生何处不坎坷?哪一条道儿不艰难?若说顺畅,那也是条条大路通罗马,行行都能出状元,和尚也是人做的,并且往往是好人做的。玄奘不就是好人么?和尚还往往是一些猛人做的,朱元璋不就做过和尚么?可见,做和尚,不仅可以成佛成祖,还可以成王成帝。明白了这个道理,也就是智慧。鲁达鲁达,粗鲁通达,虽是粗鲁,然而通达。什么叫达?达就是大路朝天,就是四通八达,无有阻碍。明白这个道理的,往往不是精细人、算计人,恰恰是鲁莽人,是粗心大意人。所以,"鲁达"这个名字好,暗含着深刻的道理和智慧。送这么一个好名字给他,作者施耐庵是真的喜欢他笔下的这个人物,或者说,就是用这个人物来表现他对生活的认识和领悟吧。庄子曾说"嗜欲深者天机浅",鲁达对自己的人生,无那么多孜孜以求,无那么多的欲望,所以,他天机深,人有智慧,且天机深厚,可不就是智深么?所以,后来智真长老给他取法名叫"智深",这个法名又好。鲁达就是智深,愚鲁通达就是智慧深厚。鲁达的人生告诉我们一个道理,有一种智慧来自性格,有一种性格即是智慧。所以,养性即是养智,养智就要养性。

好了,现在鲁达情愿做和尚了,但是,接下来的问题是,人家要他做和尚吗?五台山这样的佛界至尊,千百年清净去处,能收下他这样一位冒冒失失、莽莽撞撞、杀人放火的主儿吗？再说，像他这样性如烈火、杀伐心重的人，能像那一般和尚一样念经参禅，在木鱼声中冥想来生吗？今生的多少热闹，他能丢得开吗？至少，他这样贪酒、好肉之人，能丢得下大碗的美酒、大块的肥肉吗？

果然，他随赵员外一到五台山，赵员外刚说完要长老慈悲，收鲁达为徒，首座与其他众僧就暗中阻拦。因为鲁达给他们的第一印象太差啦。首座是寺庙中掌管教务的一把手，又叫上座，表仪众僧，他的意见对鲁达能否如愿成为五台山的和尚很重要。但偏是这个首座，对鲁达是第一眼就不顺眼。我们知道，在史进眼里鲁达是面阔耳大，鼻直口方，一副正气相加福气相，而在五台山首座及众僧眼里，鲁达是什么样子呢？

这个人不似出家的模样。一双眼却恁凶险！

出家人的模样是什么样子我们暂且不说，但这个世界上，干什么事，即要有一个什么样子却是一般俗人的见解，这种见解害了多少真英雄，真才子？多少人就是因为缺了一个模样而被弃掷在一边被排挤在圈子之外？这模样，有些时候就是长相，有些时候就是规矩、风格，有些时候，则体现为诸如文凭啦，职位啦，头衔啦等等。

首座与众僧商量后，就让知客带赵员外\鲁达到别处暂坐（知客即是寺院中负责接待客人的），他们去劝阻长老，在他们对长老说的话里，有更具体的对鲁达形貌的评述：

却才这个要出家的人，形容丑恶，相貌凶顽，不可剃度他，恐日后累及山门。

赵员外也好，鲁达也好，可能想到了各种不收他做和尚的可能，但一定没想到，长得不好也不能做和尚。而且，这长得好不好，标准还不是史进的，而是五台山自己制定的。好在鲁智深不知道他的面试结果，不然，他不是气死，就是心灵创伤而死。你看，同一个人，在不同的眼光中，长相的差距有多大啊。可见，面试时，外在形象多么重要啊。

看来，鲁达的长相确实不能恭维，因为，长老似乎也认可他们对鲁达长相的客观评价。但长老毕竟是长老，尚能不以貌取人，他入定回来之后，告诉众僧："此人上应天星，心地刚直，虽然时下凶顽，命中驳杂，之后却得清净。证果非凡，汝等皆不及他。"这才驳回众人，收录鲁达为徒。

于是赵员外出银子，在寺里为鲁达做僧鞋、僧衣、僧帽、袈裟、拜具，鲁达很配合，到处去量尺寸、个头、腰身、脚板、头围、胸围、臀围，被裁缝拨弄得团团转，而且他很乖顺，一点也不违拗(niù)。从此,这个军汉鲁达,要换一副行头,换一副面孔,做和尚了。但是,他能换一副心肠吗?

别人失意可怜,鲁达失意可笑

只是一个小小的细节,显示出他对过去生活及社会身份的留恋:在五六百僧人参加的剃度大会上,净发人先把鲁达脑袋上的一周遭都剃净了,等到剃髭须时,鲁达突然说:"留下这些儿还洒家也好。"啥都不要了,地位、身份、曾经的好日子、美好的未来,都不要了,就要这一圈络腮胡子。想想,是又可笑,又有些可怜。

我们可曾见过满脸络腮胡子的和尚?金圣叹说,从来名士多爱须髯,是一习气,鲁达亦然,见他名士风流也。这话差了。从来英雄亦爱须髯,鲁达爱髭须,是英雄心性,与名士何干? 名士的特点是通脱,鲁达的特点是刚直。想留一点髭须,是鲁达想为自己留一点过去的影子,留一点过去的念想,这本来够可怜的,但一放到鲁达身上,他表现出来的却是可笑,所以,弄得满堂僧众满堂笑。《水浒传》中写众多英雄失路,失路则一,感觉不同:鲁达显得可笑,林冲、杨志可怜,武松可叹,宋江可气。盖因各人性格不同,在同一失路命运面前,他们的表现不同。鲁达表现的是一切随缘,而又有一丝不服,有一丝不服,却又并不自怜自怨,所以,他不仅在张扬自我时,给我们带来快乐,即使在失意之时,他天性中的满不在乎走哪算哪无可无不可的脾性,仍然给我们带来快乐。

当我们看到下面长老大喝一声:"咄! 尽皆剃去!"净发人只一刀,尽皆剃了时,我们可以想见鲁达的一丝无奈,而我们的内心也会涌起一丝莫名的感动。一丝不挂,却想保有一撮胡须。天下无为难事,却保不住这腮前一撮。眼睁睁地看着它们在净发人的刀下,纷纷飘落!

好了,我们现在要记住,从此鲁达就是光光的脑袋了,以后他就要顶着这顶光光的脑袋风风火火闯九州了,用这光光的脑袋撞这个世道的墙了。当然,他还要用这光光的脑袋给我们带来种种快乐和欢笑,我们记住了。

还有一点我们要略提一下,我们知道,五台山的住持长老法名叫智真,而他给鲁达赐的法名竟然叫"智深",都是"智"字辈,如果不是施耐庵(《水浒传》作者到底是否施耐庵,我们暂且不管)糊涂,也不是长老糊涂,把弟子辈当做兄弟行,就很可能是长老看出鲁达将来证果非凡,不敢把他当弟子了。

现在,鲁达就正式受戒做了和尚了。但他真的能记得他承诺的"洒家记得了"的"五戒"吗?

这五戒是:一不要杀生,二不要偷盗,三不要邪淫,四不要贪酒,五不要妄语。

金圣叹分别在这下面有批注,说到不要杀生,批曰:"不能"。当然不能,这世道邪恶这么多,没有杀伐,正气如何张扬?鲁达正是那正义的刀剑,要他不杀伐,不能。他也就是一介武夫,面对邪恶,他的思想里只有一个念头:杀。

二不要偷盗。按鲁智深的品性,当然不会,所以,金圣叹也批两字曰:能,能。但我要先放一个话头在这里:未必。大家一定很奇怪,难道鲁智深还会偷盗?我要说,除了缺德事,鲁智深什么事不敢做?什么事做不出来?我们后面便知。

三不要邪淫。金圣叹当然又是连下二字:能,能。我也要应答,是,是。鲁智深绝不会邪淫。梁山好汉绝大多数都是不亲女色的。鲁达当然更加如此。但是,后面却也有一些蹊跷的地方,施耐庵偏偏在这一点上拿他开过玩笑。我们等着往下看。

四不要贪酒。大家一定都会会心一笑,然后随着金圣叹连下两个断语:不能,不能。果然不能,没有酒,还有鲁达么?

五不要妄语,金圣叹也批曰:能。可是我也要说,不能。肯定是我对,马上就证明给你们看。

赵员外倒也真的不错,他知道鲁达的脾性,大约很难和这些念经坐禅的和尚和睦相处,所以要预先打个招呼,于是额外请众僧到云堂坐下,焚香设斋供献,大小职事僧人,都送了礼物,花费还真的不小,只求大家多担待些。第二天,辞别下山,走前,难免又叮嘱鲁智深一番,大意总是要谨慎小心,不可托大,智深知道赵员外是好意,又有些厌烦他啰嗦,便打断他:不用再说了,洒家都依你。

他能依吗?

命运磨难英雄,英雄调侃命运

送走赵员外,到了僧堂,看到众僧都在坐禅。他这时候大概才从这两天的热热闹闹昏头昏脑中清醒过来,突然意识到一种全新的、完全陌生的、完全不符合他意愿的生活,就这样开始了。他一定是迷茫而又惶惑。于是他一声不吭走到禅床边,扑倒头便睡,上下看两个禅和子(参禅人的通称)赶紧推他起来:"使不得,既要出家,如何不学坐禅?"鲁智深说:"洒家自睡,干你甚事?"智深眼中哪里有什么清规戒律?金圣叹因为喜欢鲁智深,所以,他对他的一举一动都带着欣赏的眼光来看,比如这里,本来是鲁智深的胡搅蛮缠,但金圣叹却批道:"八字说得有情有理,虽百辩才,不容更辩。"鲁智深的个性里,确实有一种魅力,使人几乎无条件地喜欢他、欣赏他。大思想家李贽、大批评家金圣叹,都被他迷倒了,成为他的骨灰级的粉丝。但是,这里,鲁智深确实在胡搅蛮缠。洒家自睡觉,洒家自吃酒,这都是洒家私事,他想不到的是,这世界上总有一些规矩管到我们。洒家要当和尚,这当然是自己的事,但既然当了和尚,就不该洒家自己决定如何当和尚,因为"和尚"不是你的私事了,"和尚"是一个社会角色了。"和尚"是什么样的生活方式,就不该由你这个洒家来定了。睡觉当然是你自己的事,但在禅床上睡觉,在参禅的时候睡觉,就不是你自己的事了。说白了,当和尚,就要有个和尚的样子。但智深哪管这些?他哪里又能意识到这些?就算意识到这些,他哪里又能容忍这些?

当然,另一方面,当这个轰轰烈烈、风风火火、生龙活虎般的人,不得不做和尚,不得不"扑倒头便睡"时,我们先就把同情给了他。当和尚不能在禅床上睡觉,当然,但鲁达这样的人而不能不来做和尚,这就是命运的玩笑。命运开了鲁达一个大玩笑,鲁达就用在禅床上睡觉这样的小玩笑来做一个小小的回敬,有何不当?事实上,当我们看到有人这样调侃命运时,我们也颇快意呢。金圣叹在鲁达"扑倒便睡"这句下面批曰:"闲杀英雄,作者胸中血泪十斗"。是的,鲁达的这一举动,使我们感慨下泪,也使我们会心而笑——下泪在于感慨命运之磨难英雄,微笑在于英雄调侃命运。

再者,"饥来吃饭,困来即眠。"本来也是禅宗修行之道。

(源律师)问:"和尚修道,还用功否?"

(大珠慧海禅师)曰:"用功。"

曰:"如何用功?"

曰:"饥来吃饭,困来即眠。"

曰:"一切人总如是,同师用功否?"

师曰:"不同"

曰:"何故不同?"

师曰:"他吃饭时不肯吃饭,百种须索;睡时不肯睡,千般计较。所以不同也。"(见宋代释道原《景德传灯录》卷六)

像鲁智深这样，心无挂碍，也是修行正道。

不过，回归质朴的生活与平常心，乃是一个否定之否定的过程，如果没有这个过程，就只是饥来吃饭，困来即眠，那肥猪倒最得禅宗境界了。禅宗大典《五灯会元》卷十七里有一公案：

> 吉州青原惟信禅师，上堂："老僧三十年前未参禅时，见山是山，见水是水。及至后来，亲见知识，有个入处。见山不是山，见水不是水。而今得个休歇处，依前见山只是山，见水只是水。大众，这三般见解，是同是别？有人缁素得出，许汝亲见老僧。"

显然，鲁智深还不是最后的经过否定之后的境界，他是第一层。

在此前，鲁智深给我们的印象是正直、慷慨、见义勇为、疾恶如仇，却并不见他有什么幽默感。但当他做了和尚，自知自己的生活将如禅修一样枯燥无聊之时，他却突然在这种极无聊的境遇中迸发出极有趣的幽默感。**无聊的生活需要有趣的人物，清净枯淡的禅修之地需要鲁智深这样的热闹绚烂之人。**上下肩的两个禅和子觉得这个不听劝告、还振振有词的家伙不可理喻，就脱口而出一个佛家的口头禅："善哉！"智深一听，干脆将幽默进行到底，将蛮不讲理胡说八道进行到底："团鱼洒家也吃，甚么鳝哉？"宇宙之间自有了"善哉"这个口头禅，大约就在等待着这个智深和尚，等待着他把这个口头禅解释为鳝鱼之鳝，那可真是让口舌流涎的口头之馋物了。禅变成了馐，口头禅变成了口头馋。智深口头真个馋了。

禅和子们一听，更不像话，便又是一句文绉绉的话："却是苦也！"意思是，我们身边怎么来了这么一个口无遮拦、胡说八道、心无一点敬畏的主儿啊？真是苦了我们了。鲁智深接口又是一句："团鱼大腹，又肥甜了好吃，那得苦也？"

智深和尚的幽默感真是一流了。

这几天来，一会儿量身材做衣服，量头型做帽子，量脚板做鞋子，三围都要量。一会儿又拜师，在长老面前，其他人包括赵员外都可以坐着，只有他必须毕恭毕敬地站着，不能大咧咧地坐着；一会儿剃头，连那么漂亮的络腮胡子也不让留；一会儿穿袈裟，碍手碍脚；一会儿摩顶受训，还要跪着，不能直挺挺地站着；一会儿拜见师兄师弟，低眉顺眼，龟孙子似的；一会儿又巴结又讨好地送礼给各位职事僧人。鲁达生平哪受过此等拘束与苦楚？哪里这样夹着尾巴做过人？他一直是托大的，从来没有这样装小过。所以，这两天来，他心中一定是淤积了不少怨气，他心中一定想，洒家受够了，洒家这几天让你们玩了个够,现在我也玩玩你们!你们不是规矩多么?我偏偏要拿你们的规矩开开玩笑!从此之后,他便成了五台山的另类和尚。他每到晚间,便放翻身体,横罗十字,倒在禅床上睡;夜间鼻如雷响,要起来净手,大惊小怪,只在佛殿后面撒尿撒屎,遍地都是。德山开悟后上堂示众云:"这里无祖无佛。达摩是老臊胡,释迦老子是干屎橛(寺庙中用来试粪的以竹木削成的薄片),文殊普贤是担屎汉,等觉妙觉(指佛)是破执凡夫,菩提涅槃是系驴橛,十二分教(指全部佛经)是鬼神薄、试疮疣纸!"(《五灯会元》卷七)这鲁智深是真的把释迦老子当干屎橛了!

  这个另类和尚,还会做出什么另类的事么?他在五台山,能够被一直容忍吗?

5. 露出本相

> 寂寞有时候不在于我们没有同伴,而在于我们失去本色;不在于我们不被人群接纳,而在于我们在人群中不敢以本相示人;不在于我们和别人不一样,而在于我们和别人太一样了。

这边要睡觉,那边就有人送枕头

不知不觉,智深已经在五台山搅了四五个月,你想这四五个月对他这样的人来说,是何等的折磨。初冬天气,他久静思动。

一个天气晴和的日子,他大踏步走出山门来,信步走到半山亭子上,坐在那鹅项懒凳上,寻思道:"干鸟么!俺往常好酒好肉不离口,如今教洒家做了和尚,饿得干瘪了!赵员外这几日又不使人送些东西与洒家吃,口中淡出鸟来!这早晚,怎地得些酒来吃也好?"《水浒传》好汉说话粗口,动辄一个"鸟"字,而鲁智深这个地方连出的两"鸟"字,乃是整本《水浒传》中第一次、第二次出现。一声干鸟么,双泪落君前!四五个月如一梦,幡然醒来自不识!我到底是鲁达,还是鲁智深?鲁达成了鲁智深,还是智深仍然是鲁达?口中淡出鸟来,简直是神来之语。历代文人,多少高手,写嘴馋,写美食,谁也没有写出这样好的句子,却让一个不识字的军汉、和尚,妙口偶得了。(关于鲁智深是否识字,《水浒传》前后有矛盾。)问题还在于,口中都能淡出鸟来,生活又是何等寡淡?过着这样寡淡的生活,可不是干鸟么!

中国有一句俗话,叫这边要睡觉,那边就有人送枕头。正在鲁智深思量要寻酒喝时,只见远远地一个汉子挑着一副担桶,唱着歌上山来。桶上面盖着桶盖,一时不知是何物,但越费猜想,越是想,而那汉子手上却拿着一个酒旋子,却又定然是酒,这汉子一边上山,一边却又唱着一首歌:

    九里山前作战场,牧童拾得旧刀枪。顺风吹动乌江水,好似虞姬别霸王。

这首歌,前两句特好,后两句又特别接不上,意思不连贯,也欠缺逻辑,但唯其如此，又有另一层的好，果然是一个粗汉的山歌。九里山前作战场，简直风起云涌，却突然之间，这一切已然成为过去，牧童拾得旧刀枪，时空已转过千年，雨敛云收，简直就是青山依旧在，几度夕阳红，虽然是折戟沉沙铁未销，但已是大江淘尽英雄去，雨打风吹风流尽。感怀至此，安能不酒怀如涌？

第三句"顺风吹动乌江水"，与上句不连贯，并且与下句"好似虞姬别霸王"，也无逻辑联系，所以，这后面两句真是无理至极。但虞姬别霸王之时，霸王作彻夜之饮。这句也是在挑动听者的酒兴。

问题是，鲁智深的酒兴哪里还要人挑逗呢？他早已按捺不住了，这个挑酒的汉子不知深浅，竟然也把担桶挑上半山亭子来，放下歇歇。鲁智深问："兀那汉子，你那桶里是什么东西？"这是明知故问，馋涎欲滴之际，只要挑起话头，早早喝上酒。那汉子真个是不知高低好歹，竟然接口道："好酒！"这汉子今天真的要惹事了。挑上山来，已经错了，挑上亭子来，歇在鲁智深身边，更是大错。鲁智深问你是什么东西，你说是酒，已经麻烦，你竟然还说是好酒，你有大麻烦了。鲁智深哪里见得酒？四五个月没见酒的鲁智深哪里见得酒？你挑着好酒，到他身边，你哪有好？你是以其所欲，乱其心志哩！

说是好酒，却又不卖给鲁智深吃，鲁智深三番五次要买，汉子三番五次不卖。软的不行，逼得鲁智深放出狠话："你真个不卖？"这个汉子也还真是个汉子，毫不畏惧，"杀了我也不卖！"鲁智深一看来硬的还不行，只好再来赖的："洒家也不杀你，只要问你买酒吃。"那汉子这才发现今天碰上了难缠的不讲理的了，挑了桶就走。眼看着好酒被挑走了，活佛也要跳墙了，鲁智深这下真的急了，一急，风度也没了，道理也不讲了，于是又来横的：上去按住扁担，一脚就踢了过去，正踢在裆上，那汉子双手掩着，做一堆蹲在地下。鲁智深把两桶酒都提到亭子上，地上拾起旋子，开了桶盖，只顾舀冷酒吃。

这就太过分了。这也是鲁智深的不可爱处。那汉子不卖酒给鲁智深吃，是因为他们都是用寺庙的本钱做生意，租住着寺庙的屋宇安身，如果卖酒与和尚，长老会追了本钱，并赶出屋去。鲁智深明明知道这一点，却还要强人所难，这小子有时候，还是很蛮横的。不过，这一脚踢得正是好地方，让那汉子蹲在地上半天起不来，正好喝酒。这是分寸拿捏得好。既不伤他，又让他不来干扰喝酒。一会儿，智深喝了一桶酒，汉子疼痛恰止住。同步进行。

所以，当鲁智深喝了他一桶酒，告诉他说"明日来寺里讨钱"时，他怕长老得知，坏了衣饭，哪里还敢来要钱？只是忍气吞声，飞也似的下山去了。智深在渭州，喝酒打白

露出本相　101

条子习惯了。他哪里知道,这次,他真是白喝人家一桶酒了。平心而论,鲁智深这件事干得不漂亮。

想想也可怜,这个汉子,一开始唱得那么欢,接着被踢得那么痛,现在跑得那么快。这个老实人,既不能反抗鲁智深,也不能得罪真长老,为了衣饭不得不忍气吞声。为了衣饭,忍气吞声的,岂止他一个?茫茫人世,芸芸众生,哪个不要这样?

醉酒的人无数,醉酒的原因也多种多样,其中有这样两种醉酒:借酒浇愁与借酒释放。匹夫匹妇,凡夫俗子,往往借酒浇愁。英雄豪杰,侠客义士,往往借酒释放。鲁智深不会有什么萦怀于心的东西,有了,当下就做了,做了,当下就放了,他不会隐忍,所以,也无需什么酒来浇愁,他只需要酒来助兴,帮助他释放心胸,解放自我。这四五个月来,他虽然不像一般僧人那样念经坐禅,但除此之外,也没什么特别的不对,尤其是没发过什么脾气。对他来说,算是自我约束得很好的了。辛弃疾说,闲愁最苦,四五个月闲下来,鲁智深心中定也有那一份苦,那一份闷,需要酒来消解,更何况他还有那一种浩荡的意气也需要酒来点燃!

小人藏心,豪杰藏相

喝完酒,他就露出本相了。小人往往在酒后露出本心,豪杰往往在酒后露出本相。盖世道艰辛,大英雄身处人众之中,往往也不得不和光同尘,泯然众人。有一首诗写寂寞:

> 林子中的所有的鸟,
> 都是灰色的。
> 其中有一只,
> 也是灰色的。

寂寞有时候不在于我们没有同伴,而在于我们失去本色;不在于我们不被人群接纳,而在于我们在人群中不敢以本相示人;不在于我们和别人不一样,而在于我们和别人太一样了。鲁智深在五台山,算是我行我素了,算是特立独行了,但他仍然隐藏了大部分的本相。现在,一桶酒下肚子去,酒意却上头上来,且看他先露出自己的身体:把两个袖子褪下来,缠在腰里,露出脊背上的花绣——花和尚鲁智深的绰号原来是这样来的!我们此前谁也不知道他身上竟然也刺着花绣,我们对他喜欢史进有了新的认识,史进也是身上刺着九条龙而被人称为九纹龙的。

露出身体,露出身上的花绣,是一个下意识的动作,是一个具有象征意义的动作。被袈裟、直裰遮盖的身体及身上的花绣,与被"和尚"这个名头和身份遮盖的豪杰本性,豪杰之心,都要借酒出之。

现在鲁智深就这样肩着两个光膀子,上山来了,那横行霸道的样子,那晃晃悠悠的样子,那一意孤行的样子,那老子天下第一的样子,先就吓坏了两个看山门的门子。他们还不知道鲁智深的厉害,拿着竹篦(bì)拦住他,还拿佛家弟子的规矩教训他。这两个门子也是在履行职责,按照本寺规矩,但凡和尚破戒吃酒,决打四十竹篦,赶出寺去,如门子纵容醉的僧人入寺,也吃十下。就算仅仅为了自己不至于连带吃十下冤枉竹篦,他们也不会让鲁智深进山门啊。这两个门子似乎对鲁智深还很关照:"你快下山去,饶你几下竹篦!"但鲁智深此时醉得不轻,哪里听得进这两个门子啰啰嗦嗦的寺规教育课,在他耳里,就听得打呀、赶呀,四十下呀、十下呀这些刺耳的词,他张口便骂:"直娘贼!你两个打洒家,俺便和你厮打!"张口即骂人,犯了"妄语"之戒。两个门子一看势头不好,一个拿竹篦拦他,被鲁智深一掌、一拳,打倒在山门下。这鲁智深酒后,也忒欺负人了。另一个飞也似的来报告监寺,监寺就是寺庙里维持秩序惩戒各种违规行为的主管,监寺马上叫起老郎、火工、直厅轿夫二三十人,各执棍棒,从西廊里抢出来,正好迎着鲁智深。鲁智深本来未必要打架,但他刚才醉耳中听的,是两个门子的打呀、赶呀;现在醉眼中看见的,是二三十个手执棍棒的械斗群体,冲他而来,他一个军人,很长时间没有上战场了,手上正痒痒,一见这样的刺激的场面,耳畔似乎听到了战鼓声声,他马上热血沸腾,斗志昂扬,甩开膀子,要大战一场。众人一见鲁智深来得凶,都退入藏殿,关上门。鲁智深一拳一脚,打开门,二三十人又退出来,鲁智深夺条棒,从藏殿里又打出来。

监寺一看形势不好,慌忙报知长老,长老赶到,喝住智深。智深虽醉,倒还认识长老,慌忙撇下棒子,指着廊下众人,对长老说:"智深吃了两碗酒,又不曾撩拨他们,他众人又引人来打洒家。"这话说得真够老实的,可算是不妄语,但他是真的不知道自己错在哪里,还是装傻啊?看来,对他来说,寺规教育迫在眉睫。他的逻辑是:我自喝酒,与他们何干?门子为什么不让我进门?他们为何引众人打俺?长老你须为我做主。长老知道跟他没有什么道理讲,因为他有他的道理和思路,况且他还在醉中,跟醉人讲道理,比对牛弹琴还要傻。牛不懂琴声,但牛至少不会胡搅蛮缠。醉人的胡搅蛮缠谁受

露出本相 103

得了啊。所以,长老便道:"你看我面,快去睡了,明日却说。"这长老也是一个糊涂长老,明明是智深违反了自己定的寺规,错在智深,怎么倒叫智深看他的面子?好像倒是那一帮僧人错了,长老代表他们说情道歉似的。果然,鲁智深一听,越发认为自己有理,对那一帮人道:"俺不看长老面,洒家直打死你那几个秃驴!"这话太不像话了,太可笑了,可笑不仅在他不认识到自己错,反而认为自己可以给长老面子,我们可见过弟子给师父面子的事?不仅给了长老面子,还对他们特别宽容,而且,他竟然用"秃驴"来骂那些和尚。金圣叹批曰:"公有发耶?长老有发耶?骂得妙。"真是妙,就算你一时忘了自己也是秃头,总看见长老的脑袋,你骂谁秃驴呢?骂他们?还是骂长老?还是骂自己?这还真是忘我的境界呢!是无知无识的佛家境界,还是物我两忘的道家境界啊!

长老真是个好长老,他也不恼,也不气,还叫侍者扶智深到禅床上去睡。智深到了禅床上,扑地便倒了,齁齁(hōu hōu)地睡了。如果说,以前他在禅床不坐禅,却横罗十字睡觉,是他违规,并受到其他和尚的反对,从今天开始,他在禅床上睡,就算合法了。因为是长老叫侍者扶着来睡的。这长老真是个糊涂长老,聪明长老,好长老!难怪众僧对他冷笑:"好个没分晓的长老!"什么是没分晓?就是没标准,没是非,没对错。长老真是没有是非吗?他只是更加宽容而已。正如金圣叹所云:没分晓是大德的定评,在大德那里,何所不容呢?藏污纳垢,本是一切大德的基本功与标志啊!至清的水不养鱼,至清的人不养人。不养人的人,哪里是真道德哩?

但长老毕竟留下了话头:"明日却说。"明日,待酒醒之后,长老又要如何对待智深呢?对智深如此严重且造成如此恶劣影响的违犯清规的行为,长老如何惩戒他呢?

直指人心,见性成佛

我们知道,按照长老定的寺规,但凡和尚破戒吃酒,决打四十竹篦,赶出寺去。这规定白纸黑字贴在墙上。现在,鲁智深不仅喝了酒,而且醉了酒;不但醉了酒,而且打了人,闹了僧堂。如果严格按照规定,鲁智深这和尚是做不成了。那么,长老将如何处置他呢?

第二天一早,早斋罢,长老便叫侍者来僧堂坐禅处,唤鲁智深,看来长老要认真敲打敲打他了。但大家都已吃完了早斋,智深却兀自未起。侍者摇醒他,耐心等他起来,穿了直裰(即僧衣),他却光着脚,一道烟走出僧堂来,侍者吃了一惊,赶出来寻时,却见他直走到佛殿后撒屎去了。侍者忍笑不住,等他办完事,再带他来到长老处,长老重申了佛法"五戒",语重心长教训他一顿,智深惭愧不已,跪下道:"今番不敢了。"长老说:"既然出家,如何先破了酒戒?又乱了清规?我不看你施主赵员外面,定赶你出寺。再后休犯!"智深连道:"不敢,不敢。"说起来好笑,昨天智深看长老面子,没有再打那几个火工道人,今天长老看赵员外面子,没有赶走鲁智深,看来大家都是有面子的人。岂止是不赶他出寺哩,他不是睡懒觉没吃早饭吗?长老把他留在方丈里,安排早饭与他吃,又用好言语劝他。这也罢了,长老竟然还取一例细布直裰,一双僧鞋,送给他。这到底是罚他,还是赏他啊!这长老,也不怪其他僧人埋怨他。

但这一切都是表面现象,长老真糊涂吗?长老真无原则吗?金圣叹批曰:"不受上罚,反加上赏。畏之乎?爱之耳。我做长老,亦必尔矣。"对,长老实际上是慧眼识人,他从鲁达的行为中看出了他心性的淳朴与刚直。谁能从他的凶猛中看出他的刚直?谁能从他的莽撞中看出他的爽快?谁能从他的粗野中看出他的高贵?长老。鲁智深一生知己,就是这个长老,所以,他也一生服膺长老,不论多醉,一看长老,必然醒来;不论多凶,一看长老,必然服软;不论多狂,一看长老,必然谦恭。以后离开五台山,不论何时何处,总说自己的师父是智真长老,言语间有无限尊敬与爱戴,还有自豪。能够羁縻鲁智深这样的咆哮大虫,能够收拾鲁智深这样的狂放豪杰,这个智真长老,是真有佛法的啊。

这次闹了这一场之后,鲁智深一连三四个月不敢出寺门去。可见鲁智深是真的服膺智真长老,是真的惭愧了,是真心想做一个好和尚的。但好和尚就是天天念经参禅么?这实在是一个大问题,禅宗宗派内部对此也有不少不同意见。

慧能"见人结跏①曾自将杖打起"(《禅源诸诠集都序》卷上之一)。神会批评神秀门下"若教人凝心入定,住心看净,起心外照,摄心内证者,此是障菩提";至于南禅,则不必提了,药山惟俨(745—828)回答著名文人李翱(772—841)时所说"贫道遮里无此闲家具"。

开元中有沙门道一,在衡岳山常习坐禅。师(南岳怀让)知是法器,往问曰:"大德

---

① 跏即跏(jiā)趺(fú),即1.佛教中修禅者的坐法:两足交叉置于左右股上,称"全跏坐";或单以左足压在右股上,或单以右足压在左股上,叫"半跏坐"。据佛经说,跏趺可以减少妄念,集中思想。2.泛指静坐,端坐。

坐禅图什么?"一曰:"图作佛。"师乃取一砖,于彼庵前石上磨。一曰:"磨作什么?"师曰:"磨作镜"一曰:"磨砖岂得成镜邪?"师曰:"如牛驾车,车若不行,打车即是,打牛即是?"一无对。师又曰:"汝学坐禅,为学坐佛?若学坐禅,禅非坐卧。若学坐佛,佛非定相。于无住法,不应取舍。汝若坐佛,即是杀佛。若执坐相,非达其理。"一问示诲,如饮醍醐。(《五灯会元》卷三"南岳怀让禅师")

当然,鲁智深不会想这么多,但不会想这么多,可能才是真正接近佛性。长老说他将来必成正果,就是看到了他本性中的这种淳厚和天真。本性中的淳厚和天真,应该就是佛性的前提吧。

对鲁智深而言,首先是,他根本搞不清什么是和尚应有的样子,他搞不清也不想知道和尚是干什么的,和尚要承担什么,他只是觉得自己做和尚不过是被逼无奈,寻一个安身立命之处。他觉得做人做事没有那么多的复杂,没有那么多的问题,对他而言,他的人生,只是一切率性而动,一切顺意而为,一切随缘而来,一切见机而行。这几乎歪打正着地符合了达摩大师的"直指人心,见性成佛"的思路。不是智深懂佛法,而是佛法就是要让我们都有一颗自然而然的心,而修行的目标,也就是回归最初一念的本心,童心,赤子之心。

好了,三四个月的好和尚,一直做到来年的二月,一天天气暴暖,鲁智深也如同冬眠动物一般,惊蛰而起了。他终于走出山门,看着初春的五台山,人道是"春山如妆,夏山如怒,秋山如肃,冬山如睡",又说"春山如笑",鲁智深对着如妆如笑的五台山,他也笑了。这么长的时间里,相看两不厌,唯有五台山啊。顺便说一下,鲁智深这个粗莽人,偏能识鉴山水,偏有爱好山水的心胸,此处他喝彩五台山,后来他离开五台山,往东京大相国寺去,也是一路上贪看山明水秀,以致误了走路。在桃花山上,他也要李忠、周通引着"山前山后观看景致"。而且他还特有性情,对生活常有感慨,看五台山,他是"喝采一回"。四五个月没出山门,出山门便叹息:"干鸟么!"再三四个月不出山门,一出山门,走到山下市井,又是一声叹息:"干呆么!"看到桃花山凶怪,对人赞叹:"果然好险隘去处。"见瓦官寺破落,他叹息:"如何败落得恁地?"看到赤松林,又自言自语道:"好座猛恶林子!"连在大相国寺菜园里碰上三月天热,也会自说一句:"天色热!"鲁智深的心胸,是开放的,他的内心世界与外部世界是息息相关的,互动的。哪里是一般俗肠蠢货,于人于事,毫无触动,心如木石,如死水古井?金圣叹说他是上上人物,这样刚直爽快的性情,偏又配上这样敏感的心灵,不成上上人物,也难!

在鲁智深为五台山喝彩的时候,他听到了山下传来叮叮当当的响声。他便再回僧堂取了些银两揣在怀里,一步一步走下山来。到山下市井一看,也有卖肉的,也有卖酒的,他心想:"干呆么!俺早知有这个去处,不夺他那桶酒吃了。"他为那次抢夺挑酒汉子的酒吃而惭愧了,也算他的良心发现吧。但他此时倒不先急着吃酒,他当时听到叮叮当当的响声,然后回去取钱,倒并不是想来买酒吃,因为他并不知道下面有酒卖,金圣叹在这句下批曰:"其心不良",还真是委屈了他。他是想找一个铁匠铺打两件兵器。一个和尚要打兵器,而且一打就是两件,这才是真正的居心不良呢。看来大半年的不杀生教育,并没有去除他的杀心。但是,在五台山,做着和尚,他要杀谁呢?

6. 醉打山门

拳打镇关西的鲁达,是可敬;醉闹五台山的鲁智深,是可爱!

跳舞是和音乐做爱

他在一家父子客店旁边的铁匠铺中谈好了打一件六十二斤的水磨禅杖和一把戒刀。但接下去,面对着满市井的酒香,他哪里忍得住啊?更何况已经三四个月未沾荤腥?于是,他又一次破了酒戒,并且喝醉了,比上一次喝得更多,醉得更彻底。

如果上次喝酒用的方法是"抢",那么这次喝酒他用的方法便是"骗",在一连走了三五家酒店,都不卖给他这个五台山和尚时,他开始撒谎,谎称自己是过往僧人,并且在店家不放心的盘问中,他坚持说自己是行脚僧人,游方到此经过,你看,他又一次犯了五戒中的"妄语"戒。在骗过店家后,他终于可以放开怀来,一口气吃了二十多碗,此时,店家已经呆了,及至又吃了一桶,直吓得店家目瞪口呆。当然店家目瞪口呆不单是因为他竟然一人喝了这么多酒,而且,他还怀揣着吃剩的一只狗腿,在店家不知所措的眼神中,大摇大摆地上五台山去了!——这是过往僧人吗?一个大骗子!

这回他闹大了。

他又走到半山亭子上了。这个亭子是他的一个表演场,在亭子上他坐了一会,酒又涌上来了,他跳起来,自己对自己说——喜欢自言自语是鲁智深的一个特点——"俺好些时不曾拽拳使脚,觉道身体都困倦了,洒家且使几路看!"

英雄酒后见本相,

名士酒后见本色,

小人酒后见本心,

庸人酒后见本性。

英雄在人群中,需藏起本相,免得吓着人,所以常常不见本相;

名士在人群中,需要装扮风度,故也常常不见本色;

小人心机阴险黑暗,只能藏起,所以往往在酒后一失控,本心乍现;

庸人为生活所迫,不得不夹着尾巴做人,戴着面具做事,所以往往藏起本性,也是在酒后才能解脱他的种种束缚。

鲁智深在五台山,前后七八个月了,四五个月时,酒后露过一回本相,被真长老一顿软硬兼施,胡萝卜加大棒,又老实了这三四个月。他足不出山门,如同大家闺秀之足不出户,言语恭敬,如同小家碧玉之笑不露齿,头儿光光,袈裟飘飘,果然一个好和尚。但这也真是憋杀他了!这番又是酒后,猛想起已经好些时不拽拳使脚了,直把一个要大刀阔斧的英雄弄成了一个动静有矩的君子。今天,借着酒劲,且使几路看!

于是,他把那宽大的袖子抓在手里,上下左右地使了一回,使得兴起,使得力发,一膀子扇在亭子柱上,只听得刮剌剌一声响亮,把亭子柱打折了,塌了亭子半边。

我们想一想,在那寂静的山坳间,这刮剌剌的一声响亮,是多么清脆而又传播久远!果然,这一声响惊动了山上的寺庙,门子听得,赶紧爬到高处,往下一看,看见塌了一半的亭子,更看见鲁智深一步一跌抢上山来。一步一跌,妙,抢,更妙!"一步一跌"是酒力,"抢"是人力,一步一跌而又抢,是人力与酒力较劲,也是人借酒力,莎士比亚说,跳舞是和音乐做爱,鲁智深在五台山山道上一步一跌,是和酒精跳舞!和酒的精灵跳舞!

五台山千百年寂静山道上,有过鸟语,有过花香,有过清风,有过细雨,有过香客谦恭来,有过僧徒虔诚拜,但可曾有过这番景象?这真是令人叹为观止的,千百年难得一见的场景啊!在山高处看着这一场景的门子有眼福了!可是,门子毕竟无此等法眼,有大美在眼前却不知欣赏,反而大叫:"苦也!这畜生今番又醉得不小可!"他何时见过这么可爱的畜生?他又何时见过这种可爱的醉态?

酒是奇怪的东西,它使一些人醉后可厌,也使一些人醉后可爱。本性差的,它出他的丑,使其可厌;本性好的,它扬他的美,使其可爱。所以,可爱人喝酒,越醉越可爱,可厌人喝酒,越醉越可厌。酒是有精神的、有生命的、有好恶的精灵。现在这个精灵附着在光头鲁智深身上,一跌一撞在五台山道上,是鲁智深在山道上跌跌撞撞,还是酒这个可爱的精灵在山道上借鲁智深的肢体舞蹈?这是千百年难得一见的景观啊。但可惜那个门子了,对他而言,我们真用得着罗丹的一句话:这世界不是缺少美,而是缺少发现美的眼睛。我还要引申一下：这世界不是缺少美好的人性，而是缺少对人性的由衷的欣赏和爱——可爱的智深和尚此时如此可爱，门子应该叫来所有的和尚，在山上排成队，用掌声来欢迎他，鼓励他给这千年清净之地如此的热闹。

我们真要好好感谢施耐庵，他写出了如此可敬的鲁达，又写出了如此可爱的鲁智深。在中国文学史上，把醉酒写得如此有诗意的，如此令人神往的，不多；把醉人写得如此可爱，如此令人欣赏的，也不多。五台山山道上一跌一撞的鲁智深，是中国文学史上写酒醉的最为值得我们记取的经典场景。

可是如此美好的场景，如此美好的可爱的人在面前，门子却赶紧把山门关了，还把门拴拴了，只在门缝里张望。他是把鲁智深关在门外，还是把自己禁锢在门内？生活中常常是这样：当我们只会挑剔而不会欣赏别人的时候，我们也就固步自封，自己也就差不多完了。

好在，这时候看着山道上一跌一撞地抢上山来的鲁智深的，不光是门子在门缝中恐慌的眼神，还有另外两双眼睛：作者的眼睛和读者的眼睛。这两双眼睛中流露出的，是由衷的欣赏，是对自然地、自由地展露的人性的欣赏，是对人性中最可爱的一面，也即最自然的一面的欣赏。我们这些读者，谁不喜欢鲁智深？谁不喜欢在五台山山道上一跌一撞地前行的鲁智深？如果说，搭救金翠莲，拳打镇关西的鲁智深，是可敬；那么，此时，醉闹五台山的鲁智深，就是可爱！

逢佛杀佛，逢罗汉杀罗汉

鲁智深抢到山门下，见关了门，就把拳头擂鼓也似的敲门。两个门子哪里敢开？智深敲了一回，猛一回头，却看见左边的金刚，喝一声道："你这个鸟大汉，不替俺敲门，却拿着拳头吓洒家，俺须不怕你！"这话骂得好啊，何曾见那些金刚帮过人？何曾见那些泥塑金身帮过我们敲开人生成功之门幸福之门？只见他拿着拳头吓唬我们。大多数人怕吓，一吓就乖了，就跪下磕头了，但鲁智深却大喝道：俺须不怕你！这醉中的话，是无法无天的话，是彻底戳穿真相的话，是何等英雄豪杰，才能说得出的话啊。

岂止是说，是骂，他跳上那塑像的台基，把那金刚塑像周围的栅栏一扳，就像撅葱一般，都扳开了，拿起一根折断的木头，照着金刚的腿上便打。簌簌的，泥和颜色都脱下来。智深今天，不但自己现了本相，他还要这泥塑的金刚也现出本相，你我彼此真相相对,赤诚相见了,你看见了我,我也看见了你。我就是一个粗鲁人,贪酒好斗。你装模作样威风凛凛,原来也不过是泥巴和颜料啊。有人问越州宝严叔芝禅师,如何是佛?"师曰:土身木骨。曰意旨如何。师曰。五彩金装。"(《续传灯录》卷二·大鉴下第十世)今天鲁智深是打出它的真相来了!

打完了这面金刚,他也不放过右面的,佛法讲究一视同仁普度众生么。他对着右面的金刚,也是一声大喝:"你这厮张开大口,也来笑洒家!"智深直接跳过右边台基上,又把右边金刚脚上打了两下,这两下下手更重,只听得一声震天价响,那尊金刚从台基上倒撞下来。

智深提着折木头大笑!

临济义玄禅师曾经说:"向里向外,逢着便杀,逢佛杀佛,逢祖杀祖,逢罗汉杀罗汉!"(《临济录》)

世尊初生下,一手指天,一手指地,周行七步,目顾四方,云:"天上天下,唯我独尊。"师(云门文偃)曰:"我当时若见,一棒打杀与狗子吃却,贵图天下太平。"(《五灯会元》卷十五)

实际上,临济禅师说的杀佛,以及云门禅师说的一棒子打杀世尊,恰恰是对佛法的深刻理解。佛教的最大特色,就是破除我们心中的"执",我们有"执",就会执迷不悟。对佛祖的崇拜,也是一种"执",也要破除。打杀佛祖,就是要破除我们心中最后的"执",天下从此太平,我们的心灵从此解放。

两个金刚一个金碧辉煌,被打出原形;一个高高在上,被打落地下。大概鲁智深平时就看他们不顺眼,对这些在高处给人压迫的东西,他骨子里就有反骨。今天使酒装疯,乘机解决了他们。门子、首座、监寺,一应职事高僧人,纷纷来长老处告急兼告状,长老果然是长老,对这样的一个酒疯子,他总比别人有办法,这个办法是:由他去,避开他,"不要惹他",由他撒酒疯,让他疯个够,过足瘾。他还有一个说法:"自古天子尚且避醉汉,何况老僧乎?"我们不知道自古以来,像秦始皇、隋炀帝、朱元璋这样的天子,是否在大街上一看到醉汉就吓得掉头跑,反正长老这样说。既然灭六国的秦始皇、杀父亲的隋炀帝都避醉汉,怕他们,何况五台山上的一个老和尚?这算是给他的缩头理论找到了一个最好的依据。他对那些僧人说:"休说打坏了金刚,就是打坏了殿上的三世佛,也没奈何,只得回避他。你们见前日的行凶么?"这又是一个由他去的理由:那就是这家伙太凶了。于是,我们可以帮长老总结一下,我们为什么要避让鲁智深,由着他在这千百年香火清净之地撒欢撒野，因为，一、他是醉汉；二、他是前日展现过自己行凶能力的历史醉汉；三、他是正在行凶的现行醉汉。

这个理由太有说服力了，这般僧人从长老那里出来，埋怨道："好个和稀泥搞江湖的长老！"又吩咐门子："你不要开门，只在里面听。"这一听却又吓坏了他们，鲁智深在外面大叫："直娘的秃驴们！不放洒家入寺时，山门外讨把火来烧了这个鸟寺！"不仅骂和尚们是直娘的秃驴，而且还顺带给这五台山文殊院送了一个名字："鸟寺"，五台山也不知何时种下此种恶因缘，香火相传，传到鲁智深之时，竟意外地获得这么一个称号。既是"鸟寺"，那里面的和尚当然都是鸟和尚，主持智真长老就更是鸟主持鸟长老。里面供奉的三世佛是否都是鸟佛？呵佛骂祖，到鲁智深，又翻出新花样了。

没成佛，成了畜牲

不过山门里面的那帮鸟和尚们倒没工夫分析鲁智深的这个鸟理论，他们的耳朵抓住了更吓人的关键词：火，烧。这两个字吓住了他们，于是又赶紧叫门子："拽了大栓，由那畜牲入来！若不开时，真个做出来。"你骂我们秃驴，我们骂你畜牲，都不是人类了。大家来五台山学佛参禅，没有立地成佛，倒一个个先成了畜牲，也是一大笑话。

那门子偷偷摸摸，轻手轻脚拽了门闩，飞也似的闪入房里躲了，众僧也赶紧都各自找藏身处回避，这不光是怕鲁智深，也是听长老的教诲。

鲁智深在外面却不知道门闩已拽开，双手把山门尽力一推，扑通一声撅将进来，摔了一跤，扒将起来把头摸一摸，这一摸，他大概也后悔刚才骂人秃驴了吧。自己做着和尚，却张口闭口骂人秃驴，真是既可恨又可笑。我们由此也能看出，他内心里可能一直没有意识到自己就是和尚了。他在五台山，其实一直没有像一个真正的和尚那样生活和思考人生，后来到东京大相国寺，做执事僧，也就是一个看菜园的，哪里真正修行过一天，念过一句经。

鲁智深爬起来，直奔僧堂来。到了僧堂，大家都在那里打坐，一个个低了头，不去惹他，他到了禅床边，先是一阵呕吐，吐出他刚才喝进去的酒，吃进去的狗肉和大蒜。众僧哪里受得了这个臭！酒是这样一种东西，从瓶口闻，香；从人口闻，臭。装在瓶子里，香，以至于透瓶十里香，驼酒千家醉；装在人肚子里，臭。可见佛教说人是臭皮囊，是屎溺桶，一点也不假。

所以,人喝酒,不是酒糟践人,是人糟践酒。美酒千钟,入于人这个臭皮囊,立刻臭闻一室,人要积德,少喝酒。

当时鲁智深吐得狼藉一地,是什么啊,酒也,狗也,蒜也,和尚们一齐都掩了鼻,鲁智深倒也不管他们,他趴上禅床,准备睡觉。但他哪有慢慢地宽衣解带的耐心,只一味地扯撕,把那直裰、带子、都咇咇叭叭地扯断了。却颇意外地掉下一只狗腿来。我说意外,是对他而言。他从山下酒店出来时,把这条狗腿揣在怀中的,此时掉出来,有什么意外?但鲁智深却简直觉得这是从天而降,连呼:"好!好!正肚子饿哩。"扯来便吃,五台山罪孽深重啊!禅堂里竟然有和尚大吃狗肉,大快朵颐。众僧见了都把袖子遮了脸,鲁智深邻座上下首的两个禅和子还赶紧躲开。鲁智深本来是自得其乐,一见有人躲他,他偏把一块狗肉,给上首的这个和尚伸过去:"你也吃口!"这简直是智深师傅在度人,在教他解放思想,拽开锁链,直指人心啊,可惜这个上首的和尚拿袖子死掩了脸。智深憨厚,"你不吃?"又把这肉往下首的禅和子嘴边塞将去,那和尚赶紧逃,鲁智深一把抓回,劈耳揪住,将肉往他嘴里塞,这更是典型的耳提面命,恨铁不成钢,恨人不成佛啊。苏轼有一首《禅戏颂》,很好玩:

> 已熟之肉,无复活理。投在东坡无碍羹釜中,有何不可。问天下禅和子,且道是肉是素,吃得是,吃不得是?大奇大奇,一碗羹,勘破天下禅和子。(《苏轼文集》卷二十)

这简直就是鲁智深大闹五台山的写照,施耐庵或许正是读了这首诗,才写出这样的天下奇文。

茫茫世界,何处安身

对床四五个禅和子赶紧来劝,智深撇了狗肉,提起拳头,去那光脑袋上又是噼噼啪啪地只顾凿,这一凿,满堂僧众大喊起来,都逃出僧堂,弄得"卷堂大散",如火如荼,如花似锦,煞是热闹,煞是好看。鲁智深见众人逃散,他本来是要睡觉的,却越发人来疯,也随着人群打将出来。监寺、都寺不与长老说知(他们知道长老偏袒智深),点起一二百人,都执杖叉棍棒,而且还人人都用手巾盘着头,一齐打入僧堂来。弄得煞有介事,好像临时组成的敢死队似的。我们历史上有黄巾军、红巾军,五台山上这次临时组建的,我们暂且就把他们称之为头巾军吧。记住,鲁智深第一次醉酒时,监寺是点起二三十人，后来发现，不济事。现在干脆点起一二百人，孰知更加不济事，反而像是给鲁智深捧场，助兴。一个人人来疯，闹一闹，不热闹，须是这样一二百人有组织无纪律有准备没章法的大闹，才煞是好看。前面说鲁智深已打出僧堂，这帮一二百人的队伍却又打入僧堂去了，连敌人在哪里都没搞清楚，这帮头巾军也忒头昏眼黑糊涂到家。这一二百人打入僧堂，却扑了一个空，倒是背后一声霹雳，一回头，见鲁智深从后面抢进来。原来鲁智深打出僧堂，却不见人，却听身后闹哄哄的，回头一看，见一二百头缠手巾的奇怪队伍打进僧堂。他大喊一声，手中却无器械，也抢入僧堂来，在一二百人中寻找家伙。这些人一看智深杀来，慌张无措，没想到鲁智深却也不打他们，而是径走到大佛像前，推翻供桌，撅断两桌腿，这一二百人才醒悟过来，一哄又赶紧退到外面，鲁智深又从堂里打将出来，那一二百头巾军见鲁智深来得凶，都拖了棒退到廊下，鲁智深指东打西，指南打北，只饶了两头的。正打得欢，只见长老喝道："智深不得无礼！众僧也休动手！"两边众人已被打伤了数十人。见长老来，各自退去，智深见众人退散，撇了桌脚，叫道："长老与洒家做主！"这时，酒已七八分醒了。

　　长老说："智深，你连累杀老僧了！前番醉了一次，搅扰了一场，我告诉你表兄赵员外得知，他写书信来给众僧人陪话；今番你又如此大醉无礼，乱了清规，打塌了亭子，又打坏了金刚，——这个且由他，你搅得众僧人卷堂而走，这个罪孽不小！我这里五台山文殊菩萨道场，千百年的清净香火，怎容得你这个秽污！你且随我到方丈里过几天，我安排你一个去处。"

　　长老的话是很有意思的，鲁智深大闹五台山，竟然是"连累杀老僧"，明明表白了他是一直在包庇他。乱了清规，打塌了亭子，打坏了金刚，如此大罪过，竟然是"这个且由他"，显然是在为他减轻罪责，而把搅得众僧卷堂而走，当作最大问题提出来，他何尝不知道双方斗殴，一个巴掌拍不响，即便主要责任在鲁智深，最后也往往会各打五十大板。所以，这番话看起来十分的严厉，其实只有一分的火力，几乎伤不着智深。说五台山容不下智深这等污秽，却又直接安排他住在自己的方丈里，这当然可以说智真长老真的是藏污纳垢，大人大量，智量宽容，但也未尝不可以理解为，在他眼里，鲁智深其实乃是一个真性情的赤子，哪里是什么污秽？骂他是污秽，不过是掩人耳目，而带他住到方丈，显然是既保护了众僧，也保护了鲁智深，使他们不再冲突。长老到底爱惜智深，到底是修行高深的高僧！

　　我前面说过，鲁智深英雄失路之时，没有可怜相，我们不但不觉得他可怜，反而觉得他一举一动都给我们带来快乐。所以我们几乎是兴高采烈地看着他,而不是像对林冲、杨志那样愁眉苦脸地看着他们,但是,当他被长老带到方丈里去歇了一夜时,我们突然觉得他可怜了。他固然可以力敌千军,在与一二百僧人的对决中指东打西,指南打北,打伤对方数十个,自己却毫发无损,但是,他却不再能回到那里睡觉了,只有到长老方丈里委委屈屈地蜷伏一夜。方丈方丈,也就一丈见方的大小,在这样局促的空间里,睡上这样的大虫,智真长老一定委屈不少,至少那如雷的鼾声,就够他受的。但另一方面,就鲁智深而言,在长老的禅床前,他还敢横罗十字,鼾声如雷吗?他会不会意识到,这偌大的五台山,可以容纳七八百庸凡僧人,却已无他的立足之地?茫茫世界,何处可以安身之命?

7. 命犯桃花

> 那新妇的床上一个莽和尚赤条条地坐在里面,等待着新郎。床头是戒刀,床边是禅杖。

桃之夭夭,灼灼其华

第二次大闹五台山之后的第二天,长老让侍者领取一件皂布直裰,一双僧鞋,十两白银,唤鲁智深过来。告诉他,五台山已经安他不得了,便给他写一封信,叫他投一个去处安身。智深道:"师父教弟子哪里去安身立命?"听这样的话,猛听大英雄这样无路可走的可怜话,真令人怆然而涕下!

我们来看看此前出场的好汉们的命运:王进被高俅所逼,母子二人抱头而哭,最后决定去延安府寻老种经略相公,认为那里可以安身立命,但是一别史进之后,永远销声匿迹,不知所终。史进大闹史家村后无处安身,又要找师父王进,希望在那里找一安身立命之处,却遍寻不着,至今流落江湖,不知下落。李忠一条杆棒,几副膏药,漂泊江湖,又何等恓惶(xī huáng)?这荡荡乾坤,纷纷市井,茫茫大地,滚滚红尘,怎地就总是没有他们的安身立命之处?

客观地说,鲁智深在五台山的所作所为,智真长老确实不能再加以偏袒了。一行有一行的规矩,一处有一处的秩序。五台山的规矩是一切寺庙的共同规矩,这些规矩对维持这一千百年清净香火之地是极其必要的,是一般和尚参禅悟道的必经之道。如若不然,任由和尚喝酒吃肉,撒泼打人,推倒佛像,这五台山还是清修之地吗?所以,送走鲁智深,是智真长老的无奈选择,也是必然选择。

慈悲的真长老,此时立足五台,放眼中土,茫茫大宋,滚滚红尘,他将在哪里为他的这位桀骜不驯的弟子寻觅一块容身之所?

原来,东京大相国寺的现任住持智清是他的师弟。为了给鲁智深一个安身之处,也让他多一些磨炼,他给鲁智深写了一封推荐信,让他找东京大相国寺的住持智清禅师。

鲁达于是作别师父,来到山下,取了前日打造的禅杖、戒刀,取路往东京来。

从五台山到东京大相国寺,这一路,他又会碰到什么呢?

《水浒传》的作者施耐庵是个幽默人,他写鲁智深在五台山这一六根清净四大皆空之处盘桓之后,下得山来,他不让他直接再去另一清净场所大相国寺,他偏要他去一个地方:桃花村和桃花山。

作者为什么要他去这个地方,这个"桃花"的名字,有什么寓意呢?

事实上,"桃花"在中国的文化传统中,还真是大有寓意。

《诗经》中有《桃夭》一诗,写一女子艳若桃花,嫁与人妻,必将生子累累,如同桃花过后,硕果累累。

　　桃之夭夭,灼(zhuó)灼其华。之子于归,宜其室家。

　　桃之夭夭,有蕡(fén)其实。之子于归,宜其家室。

　　桃之夭夭,其叶蓁(zhēn)蓁。之子于归,宜其家人。

桃花开得红艳艳,如同花儿在燃烧,这个姑娘嫁过来,对这家庭实在好。

这是婚礼上的祝福歌。它用比兴、用桃花之艳来形容新娘面容艳丽,还用桃实丰硕圆润,来形容新娘的丰腴健康与性感,且还暗示着她将来的生育多多,这也是"宜其室家"的真正含义。从这以后,桃花,就是一个有寓意的词汇了,它和婚姻、性、男女之情纠结到了一起。发展到后来,桃花,在中国的文化中,竟然变成了一个颇为色情的名字,什么桃花运啊、命犯桃花啊、桃色新闻啊,等等。

桃花的颜色——"桃色"变成了不当男女关系的代名词。

有关男女关系的传闻,叫"绯闻",什么是"绯"?"绯"就是红色,就是桃花的颜色,桃花在古代,就叫绯桃。

男女之情,叫"艳情"。有关男女爱情的电影,叫艳情片。为什么用"艳"字?就是暗示桃花的那个"艳"。

在这些地方,桃花的颜色被赋予了特殊的贬义或奇怪的色彩。一个典型的例子是,杜甫有诗"颠狂柳絮因风舞,轻薄桃花逐水流"(《漫兴绝句》),"轻薄",而且"逐水",这是对"桃花"的道德上的鉴定。

所以,鲁智深下得五台山,直入桃花村,又从桃花村,上得桃花山。五台山直通桃花村,桃花山下连相国寺,一个和尚,也命犯桃花一回。真是空不异色,色不异空,空即是色,色即是空(《般若波罗蜜心经》)。看来,施耐庵要好好调侃一下他心目中的英雄,就让这个不近女色的人,命犯桃花一回。我们又有好戏看了。

果然,在桃花村,鲁智深还真碰到了一个桃色事件,赶上了一个很特别的婚礼,而他,又搅黄了这桩婚事,大闹了人家的婚宴。这是怎么回事呢?

这个庄上今天有些蹊跷,天色傍晚了,却见数十个庄客,也就是村民,忙忙急急,搬东搬西,对来投宿的鲁智深也很不客气,告诉智深,庄上今晚有事,赶紧走开,休在这里讨死。鲁智深一听,说:"也是怪哉,歇一夜有什么要紧?怎么便是讨死?"庄客道:"去便去!不去就捉来绑在这里!"这真是奇怪,这庄上今晚到底有什么事呢?村民的脾气为什么都这么古怪、这么牛气呢?

鲁智深正要发作,刘太公走出来,喝退了庄客,问明鲁智深的身份,才平息了事态。他自我介绍说是桃花村地主、村长刘太公,被人唤作"桃花庄刘太公"。刘太公就刘太公了,偏还要加上"桃花庄"三字,难怪金圣叹要取笑他"阿父桃花著名,令爱那不桃花做命。"当然,这都是"作者凭空设色处"。庄名既然桃花著名,庄主也是冠名桃花,那也就应该有些桃色的事发生。于是留鲁智深吃饭,问他是否戒荤腥,鲁说:"洒家不忌荤酒,不管什么浑清白酒都不拣选;牛肉,狗肉,但有便吃。"人家问他"荤",他不但要,还自己加上了"酒"。于是,庄客端来一壶酒,一只盏子,一盘牛肉,三四样荤蔬。无移时,一盘肉,一壶酒,都没有了,光了。太公对席看着,呆了半晌。庄客又搬饭来,又吃了。吃了饭,智深见太公面有愁容,便问:"太公,缘何模样不甚喜欢?莫不怪洒家来搅扰你么?明日洒家算还你房钱便了。"太公方才告诉智深,此间有座山,唤作桃花山,桃花山上近来有两个大(dài)王,聚集了五七百人,打家劫舍,官军捕盗,禁他不得。这山上的二大王,见了刘太公的女儿,贪恋美色,撇下二十两金子、一匹红锦为定礼,选定今夜好日子,晚上要来桃花庄入赘为婿。桃花庄碰到了桃花山,桃花太公有一桃花女儿,桃花女儿又碰上了一桃花大王,这一连串的因果看来还真是一条挣不脱的红丝线,摆不脱的好姻缘。但是刘太公一个奉公守法的老地主老村长,哪里愿意把女儿嫁给强盗为妻哩!但是,这个强盗连青州官府都禁他不得,桃花村一个村长哪里能反抗呢?所以,鲁智深来时,刘太公正在满腹烦恼地操办着嫁女儿大事,大喜日子也是大烦恼日子。不过那桃花山二大王打家劫舍劫财兼劫色可以,但是摆八卦算吉日良辰大概不大内行。他算定今天是个好日子,却算不出今天实在是个大禁忌的日子———不然,怎么五台山上的莽和尚,偏偏今天下了山,冲撞了来,搅了他的桃花运呢?

和尚上了新娘床

听完刘太公诉说心中的烦恼眼前的尴尬,鲁智深觉得,他又碰到了事啦,又碰到他不得不管的事啦。管天下不平事,是他的最大爱好,自从上了五台山,七八个月没事干,几乎闲出毛病,哪里想到,一下山,就碰到这样刺激的事啊。他当即对刘太公说:"原来如此,洒家有个道理教他回心转意,不要娶你女儿,如何?"

显然这次他没有像上次听完金翠莲叙述后那样暴怒如雷,要和人家动拳头,而是要和人家讲道理。为什么呢?一则是因为他毕竟做了和尚,要有一个和尚的样子;再则,这山上的大王虽则好色,但是好像也还讲道理,没有像郑屠那样无赖流氓,所以,还没有让他太生气。更重要的是,他若暴躁如雷,可能还没有收拾到山上的大王,就先吓坏了庄上的太公。谁能相信一个和尚能摆平一座强盗山呢?

太公很不放心地问他:"他是个杀人不眨眼的魔君,你如何能够得他回心转意?"不但刘太公,我们也不放心鲁智深何时给别人讲过道理?他是讲道理的人吗?何况,对杀人不眨眼的魔君,道理管用吗?你讲的道理真好,太感人了,但这个桃花山上的二大王,他要的是刘太公如花似玉的女儿,要的是一个压寨夫人,他能要一个鲁智深吗?在刘太公的女儿和鲁智深的道理之间,他能选择后者吗?倒是鲁智深很自信。智深道:"洒家在五台山真长老处学得说因缘,便是铁石人也劝得他转。"

原来他的道理,乃是佛家的因缘,但是,这鲁智深何时在真长老处学过这一手?他这样粗鲁的人,解决问题,除了拳头武力,居然还会谈判?他能用佛家的因缘说得桃花山的强盗回心转意吗?

他对刘太公说:"你今晚可教你女儿别处藏了,俺就你女儿房内说因缘劝他,便回心转意。"到底是什么因缘,有这么大的力量,能让二大王放着美娇娘不娶,回心转意,放下屠刀,立地成佛?而且既是说因缘,哪里不可以啊?为什么偏偏要到人家女儿的房内?五台山和尚,一下山,就要钻桃花村姑娘的闺房,成何体统?

太公道:"好却是好,只是不要捋虎须。"

刚才说他是杀人不眨眼的魔君,现在又说他是老虎,都是吃人的。太公太怕了,但是他只知道这山大王是山上下来的老虎,他哪知道身边这个莽和尚的专业就是捋虎须

命犯桃花

呢！他安慰太公说："洒家的不是性命？你只依着俺行。"这话实在，没有两下子，谁能拿自己的性命开玩笑？太公放心了，他几乎是喜从天降，"却是好也！我家有福，得遇这个活佛下降！"魔君也好，老虎也好，只要有活佛，便都没有什么不可以摆平，刘太公还真是一心向佛的老地主，他对佛还真有信仰，谁说鲁智深突然在此时出现，救他一家子，不是他一直信佛的结果呢？一激动，又要请智深吃饭。刚才已让智深吃了一盘牛肉，吃了一壶酒，还吃了饭，只是三四样蔬菜，智深没动，现在他又问智深是否再吃饭？智深说，饭不要再吃了，有酒的话，再喝些。刚才人家给他上一壶酒，一个盏子，不但他眼中看着好笑，我们也觉得太少，他什么时候用壶装过酒啊，用盏子喝过酒，一个小壶、一个盏子捏在鲁智深的手里，也不和谐啊。而他竟然没嫌少，也就喝了，喝过了，也不再要。一般情况下，鲁智深还是比较乖的，不惹事的，这是他和李逵的大区别。我前面讲过，鲁智深不是一个酗酒闹事的人，他是有分寸的人。在五台山上那样，实在是憋闷太久了。

值得提醒大家的是，我们看了鲁智深两番酒后大闹五台山，不要以为鲁智深惯常酗酒闹事。其实不然。如果是这样，他就不可爱而可厌了。事实上，鲁智深固然爱酒，以至于遇酒便吃，但是他并不闹事。在上五台山前，他吃酒而不闹事，在五台山后，他也吃酒而不闹事，独在五台山闹事者，主要是英雄寂寞，被命运捉弄，而英雄以酒使气，与命运作一玩笑。从文学角度说，是以热闹写寂寞，以撒野写苦闷。

庄客搬出酒来，他就着一只熟鹅，一口气吃了三二十碗。吃完，这时是"搬"了，是"碗"了，这才是智深喝酒法。叫庄客收了包裹，先安放在自己借宿的房里，却不怀好意地提了禅杖，带了戒刀在身边，既然包裹都先要放别处了，为何禅杖戒刀带在身边？要知道，包裹里都是重要东西啊。然后他问太公："你的女儿躲了不曾？"太公告诉他，女儿已躲了。智深道："引小僧新妇房里去。"注意，这是一句很古怪的话。古怪在哪里呢，又为什么要这样古怪？古怪在于，这地方的两个称呼都是特别地有意思，一是自称，他一直自称"洒家"，现在却突然称"小僧"了。一是称呼对方女儿，一直称"你女儿"，却突然称"新妇"。洒家何时承认过自己是"小僧"呢？"女儿"更不曾是新妇啊，但是这样一改，"引洒家到你女儿房里去"这样普通的话，便变成了"引和尚到新媳妇房里去"，这简直有令人喷饭的效果，和尚跑到新媳妇房里去了！

这是鲁智深的语言么？不是，这是施耐庵的语言。

所以，我说，施耐庵是一个特别有幽默感的人，他时不时地要调侃一下。甚至不惜让人物说出不符合自己习惯和身份的话来。这是《水浒传》语言中的一个很有意思的特色。

太公引智深到了房边,鲁智深道:"你们自去躲了。"既是说因缘,如何又要带着戒刀、禅杖在身边?既是说因缘,为何又要人都躲了?

到了房里,智深把戒刀放在床头,禅杖把来倚在床边。把帐子放下,脱得赤条条地,跳上床去坐了。

在五台山,他何曾坐过?在新娘的床上,他倒跳上去坐了,坐了也就坐了,他偏要脱得赤条条的。为什么要赤条条的呢?这本来真是毫无必要,只是施耐庵施大爷觉得这样好看,于是,他就让鲁智深脱了。这又是作者施耐庵主观故意干扰情节的一个例子。按一般而言,这样的干扰是不应该的,因为它使小说情节不够真实,但在《水浒传》中,这种故意的干扰则不但获得了读者或听众的原谅,甚至获得了他们的喝彩,因为这样一写,还真的就更好看。施大爷如果在今天,一定是一个一流的导演。他知道怎样才有最佳的效果。

好了,现在那新妇的床上一个莽和尚赤条条地坐在里面,等待着新郎。床头是戒刀,床边是禅杖。

等待着那个桃花山上下来的新郎的,会是什么?

8. 大闹桃花村

> 强盗和暴发户历来都是一路货色。强盗是暴发户的一种,而且暴发户往往也是强盗的一种,他们还有一点特别相同,那就是他们多的是钱财,少的是文化。

帽儿光光,今夜做个新郎

天黑了,桃花村的打麦场上灯火通明,盘中盛着肥肉,壶里温着美酒;新娘房里,却一片漆黑,黑暗里床上坐着胖和尚,无论盘中的肥肉,壶里的美酒,还是床上的和尚,都等着那山大王来享用。今晚看来是够他喝一壶的。这刘太公怀着一个鬼胎,庄家们捏着两把冷汗。嘿,女儿还没出嫁,丈人先怀上了鬼胎。如果说,鲁智深没来时,他们是烦恼;现在鲁智深来了,他们的心情,就是害怕,就是忐忑不安。烦恼,是因为有了一个既定的不好的结果。害怕,是不知道会是什么结果,或者好一些,或者更糟。约莫初更时分,只听得山那边锣鼓响起,他们出庄门看时,远远地四五十个火把,照耀如同白日,一簇人马飞奔庄上来,那大王前遮后拥,明晃晃的都是器械旗枪,尽都用花花绿绿的绢帛包着,小喽啰们头上乱插着野花,又蹦又跳,又喊又叫,这哪里是桃花山上下来的?分明是花果山上下来的。前面四五对红纱灯笼引路,照着那个马上的大王。他骑的是大白马,他还真把自己当成了刘小姐的梦中情人,白马王子。

这个新郎,今天的穿戴如何?

那大王穿戴一新,却有些奇装异服,耳边也插着一朵野花,头戴撮尖干红凹面巾,上穿一领围虎体挽狨金绣绿罗袍,腰系一条称狼身销金包肚红搭膊(用较宽的绸、布做成的束扎衣服的腰巾,有的中间有小口袋,可以裹系钱物)。脚穿一双对掩云跟牛皮靴,又是虎,又是狼,又是牛,简直把自己弄成了牛鬼蛇神。而且,大红配大绿,实在是土气。看来,这个山大王及其手下严重缺乏审美眼光。他得配上一个形象设计师才行。

实际上，强盗和暴发户历来都是一路货色。强盗是暴发户的一种，而且暴发户往往也是强盗的一种，他们还有一点特别相同，那就是他们多的是钱财，少的是文化。多的是钱财，所以就不惜工本往自己身上堆金砌银；少的是文化，堆来砌去，堆砌成一个大笑柄，大活宝，一个假冒伪劣工程，冒充体面人。我们看这个大王的这一身新郎妆，实在是让我们开心一笑，不知刘小姐如果见了这样的新郎，她是否也会破涕一笑？

这大王在庄前下了马，小喽啰们一齐唱贺：

> 帽儿光光，今夜做个新郎，
> 衣衫窄窄，今夜做个娇客。

这帮小土匪，今儿个真高兴！

面对着这样一个牛鬼蛇神的女婿和他手下的那一帮牛鬼蛇神，刘太公怎么样呢？

新女婿是个活宝，老丈人也很知趣，刘太公赶紧亲捧台盏，斟下一杯好酒，跪在地下，那大王把手来扶道："你是我丈人，如何倒跪我？"这女婿虽是强盗，倒也知礼。太公说："休说这话，老汉只是大王治下管的人户。"这太公虽是丈人，却也识相，用上海话说，很拎得清，但这话里，还是可以听得出一些无奈，一丝怨恨。若不是你大王管下的人户，谁愿意把女儿嫁给你啊！那大王已有七八分醉了，但也还是能听出这话中的味道，便呵呵大笑："我与你家做个女婿，也不亏负了你，你的女儿匹配我，也好。"这强盗的自我感觉相当好。只是，这个女婿未必做得成，未必配对成功。那新娘床上还坐着一个赤条条的和尚呢，老丈人答应了，胖和尚答应不答应呢？胖和尚的道理答应不答应呢？

大王来到打麦场，在那里又饮了三杯，来到厅上，教小喽啰把马去系在绿杨树上，小喽啰们把鼓乐就在厅前擂将起来，看来，这桃花山强盗堆里，还有一些艺术人才呢。

懂礼貌的大王，他在厅上给丈人敬了三杯酒。

那大王更是很有爱心的大王，他此时一心惦记着的是他的新娘子刘小姐，他说："我且去和夫人厮见了，却来吃酒未迟。"

教你认得老婆

刘老汉也正急于让那个五台山上下来的活佛用因缘劝说大王回心转意，所以，大王一说要见夫人，他便说："老汉自引大王去。"拿了烛台引着大王，转入屏风背后，直到新人房前,太公指与道:"此间便是,请大王自入去。"太公拿了烛台一直去了。未知凶吉如何,自己先开溜了。

那大王此时哪有闲心管老丈人的行踪,他一心只在刘小姐身上,他推开门,只见里面黑洞洞的,大王便埋怨老丈人:"你看,我那丈人是个做家的人,房里也不点碗灯,由我那夫人黑地里坐地。"他这个强盗,当然知道做家的人不比做强盗的人,什么东西没有了,就可以冲州撞府,打家劫舍地抢。做家的,只能靠自己生产与节省了。所以,这个做强盗的人,对做家的人颇有几分不屑(xiè),几分看不起,几分嘲笑。很有笑贫不笑娼、笑贫不笑盗的味道。这个大王颇有同情心,而且还十分慷慨,马上说:"明日叫小喽啰山寨里扛一桶好油来与他点。"不仅摆阔,而且大方。——当然是对黑暗中那个刘小姐说的,可惜刘小姐早躲到邻村去了,没有听到大王的真情表白,倒叫一个胖和尚听到了这番丑话,听得不亦乐乎。鲁智深在帐中,忍住笑,不做一声。

那大王摸进房中,一头亲亲热热叫娘子,一头摸来摸去摸娘子,一摸摸着了床帐子,便揭起来,探一只手进去摸,一摸摸着了鲁智深的大肚皮。我们知道,鲁智深是腰阔十围之人啦,肚皮之大,可想而知,但是还没来得及让这大王对手触之物做出判断,鲁智深却早劈头巾带角儿揪住了,一把按下来,那大王正要挣扎,鲁智深骂一声:"直娘贼!"连耳根带脖子就是一拳。原来这就是他的讲道理啊。那大王叫一声道:"怎么便打老公!"鲁智深应一声道:"教你认得老婆!"拳头脚尖一齐上,打得大王叫"救人"。他这一叫,倒把刘太公吓呆了:他以为此时那五台山和尚正在那里动嘴说因缘呢,忽然听到里面叫救人,他还以为是和尚被大王打了,他慌忙把着灯烛,引了小喽啰一齐抢将入来,众人在灯下看到了什么呢?

只见一个胖大和尚,赤条条一丝不挂,骑翻大王在床面前打。这情景又多么令人叹为观止啊,一个大王,一个穿金戴银的大王,一个耳边插花的大王,背上偏驮着一个一丝不挂的光头和尚,上面动手在打人,下面张口叫救命。这情景,一定会为桃花村代代相传,成为经典笑话。

小喽啰一看,自己大王,今晚的娇客,被人骑在身上打,他们一齐上前,来救大王。鲁智深见他们蜂拥前来,便撇下那个大王,到床边提了禅杖,打将出来,乘乱中,那大王爬出房门——刚才是摸进房中,现在是爬出房门。你看《水浒传》写的大王摸,大王叫,大王爬,天下的大王我们也见得多了,从来没有看见过这样狼狈的大王,这样跌份子的大王。大王奔到门前,摸着马,树上折枝柳条,托地跳在马背上,把柳条打那马,马却不跑,那大王叫道:"苦也,这马也来欺负我!"这话的潜台词是:秃驴欺负我,白马也欺负我。再细看时,却是心慌,不曾解开缰绳,连忙扯断了,出得庄门,还不忘大骂刘太公:"老驴休慌!不怕你飞了去!"此时方明白刘太公不再是老丈人,而是老驴;他也不是白马王子,马倒还是白马,他却不再是王子。那马拔喇喇地驮了大王往山上跑了。

张灯结彩,刀光剑影

大王被智深三拳两脚打跑了,但是这能算解决问题吗?俗话说,跑了和尚跑不了庙,但鲁智深是一个没有庙的和尚。他当然不怕。现在是,跑了和尚跑不了村,跑了和尚跑不了桃花村刘太公,那大王走前已放出狠话:不怕你飞了去。你智深和尚可以一拍屁股走人,这刘太公一家老小性命怎么办啊?

刘太公一把扯住智深:"师父,你苦了老汉一家儿了!"这时他才知道,鲁智深的道理,就是骂,鲁智深的因缘,就是打。鲁智深此时还一丝不挂哩,赶紧先穿了衣服再说话。穿好衣服,刘太公说:"我当初只指望你说因缘,劝他回心转意,谁想你便下拳打他这一顿,定去报山寨里大队强人来杀我家!"智深安慰太公说,自己是军官出身,武艺高强:"休道是这两个鸟人,便是一二千军马来,洒家也不怕他!"刘太公道:"师父休要走了,却要救护我们一家儿使得!"智深道:"怎么闲话!俺死也不走!"太公又一次请他吃酒,且将此酒来与师父吃,休要抵死罪了!鲁智深道:"洒家一分酒,正是一分本事;十分酒,便有十分的气力!"太公道:"这样最好!我这里有的是酒肉,只顾教师父吃。"现在,刘太公知道鲁智深这里既无道理,也无因缘,只有十分气力一根禅杖,而他,有的是酒。

果然,那大王跑上山向山上的大头领诉说被打,大头领勃然大怒,尽数领了山上的小喽啰,一齐呐喊杀下桃花山来。今天晚上这桃花山和桃花庄,也真是热闹到家了,一会儿锣鼓喧天,一会儿又杀声震天;一会儿觥筹交错,亲如一家,一会儿刀枪并举,势同水火;一会儿锣声噔噔娶亲来,张灯结彩,一会儿战鼓震震杀人来,刀光剑影。

满山的土匪强盗都下山了,他们要血洗桃花村了。鲁智深一个人,他能对抗整座强盗山,救护满村老百姓吗?

桃花庄上鲁智深正在吃酒,庄客报道:"山上大头领尽数都来了!"真让我们提心吊胆,胆战心惊。但鲁智深却不怕,说:"你等休慌,洒家但打翻的,你们只顾缚了,解去官司请赏。"提了禅杖就迎了上去。一副光头，一条禅杖，独对五七百人，他真是威风凛凛。这种勇敢，不仅仅是血性之勇，不仅仅是他对自己武功的自信。更多的，更值得我们敬仰的，是道义之勇。孟子曾经提到曾子对子襄说的话："子好勇乎？吾尝闻大勇于夫子矣：自反而不缩，虽褐宽博，吾不惴焉；自反而缩，虽千万人，吾往矣。"（《孟子·公孙丑上》）（缩，直，横直的直。连起来就是反躬自问而觉得理亏，即使是卑贱的平民百姓，我能不害怕吗？反躬自问而觉得正义在我这一边，即使面对千万人，我也勇往直前。）这就是道义之勇，鲁智深的骨子里，有着血性，有着我们民族内在的道德勇气，这是他最为可贵的地方！

不过，接下来发生的事，却完全出乎我们意料。大家不但没有拼个你死我活，反而化干戈为玉帛了。为什么呢？

桃花山的大头领骑在马上，麾兵而来，鲁智深手提禅杖，迎面而去。夜色中一见面，还没有看清对方面目，先就互相破口大骂。对方骂智深是秃驴，"那秃驴在哪里？早早出来决个胜负！"智深骂对方是腌臜打脊（明徐渭《南词叙录》："打脊，古人鞭背，故詈人曰打脊，唐之遗言也。"该杀的。）泼才（蛮横不讲理的家伙），"腌臜打脊泼才，叫你认得洒家！"骂完了，算是打过招呼了，智深正要抡起禅杖，那大头领却听得鲁智深声音耳熟，大叫："和尚，你声音好厮熟，你且通个姓名。"待鲁智深一报姓名，那大头领哈哈大笑，滚下马，撇了枪，扑翻身便拜，口叫哥哥，原来，黑夜里来的桃花山大头领，原来就是打虎将李忠，与鲁智深在渭州一别之后，流落此地，在桃花山落草坐了第一把交椅！而刚才被打的那位是二头领小霸王周通！

这仗是打不起来了，但这亲事怎么了结呢？

李忠拜过了智深，忙问："哥哥，你怎么做了和尚？"鲁智深说："进屋子说话。"这两个人进了厅堂。互叙自身的经历。他们两人一团杀气换成一团和气了，这边却吓坏了刘老汉：原来五台山上下来的和尚和桃花山上下来的强盗竟然是一路。他暗地里叫苦不迭，这下大祸临头了。就在他心里七上八下惶恐不安时，鲁智深叫刘太公上前一起坐，说："太公，休怕他。他是俺的兄弟。"然后，还真的动口说起了因缘，说起了道理，这叫先兵后礼，这也叫先打后商量。他对李忠说：

> 既然小弟在此，刘太公这头亲事再也休提！他只有这个女儿，要养终身，不争被你把了去，教他老人家失所！

这段话，说得威严。鲁智深在李忠面前，总有一种居高临下的自信。但是，这句话里,还真有因缘,这因缘就是对人情的体谅,对人的苦衷的感受。只是,这因缘,不是佛家的因果报应之说,而是儒家的恻隐之心、不忍之心、是非之心。真能说道理,他的心里,还真的藏着为人处世的道理! 是啊,没有这样的道理,没有这样的是非,没有这样的恻隐之心,他当初怎么会搭救金翠莲,打死镇关西呢!

刘太公一听大喜,赶紧安排酒食,款待二位,连小喽啰也每人两个馒头,两块肉,一大碗酒,个个吃得肚皮溜圆,喝得脸红脖子粗,太公还乘机拿出周通当初撒下的二十两金子和一匹红锦。鲁智深大包大揽:

李家兄弟,你与他收了去。这事都在你身上。

自从在渭州酒楼二人相见,鲁达心中就没看上这个李忠,现在却叫得如此亲切,就是要他承诺说服周通。李忠说:"这个没关系,且请哥哥到山上住几天,刘太公也走一趟。"让刘太公也到山上走一趟,为的就是和小霸王周通当面决绝亲事。但是,小霸王娶亲不成,还挨了一顿痛打,打得身上伤痕累累,他一定把刘太公和打他的和尚恨之入骨,他能痛快答应解除婚事吗?

有实力才有话语权

李忠、鲁智深并刘太公一同到山上,在聚义厅上坐定,李忠叫小喽啰请二大王周通出来。果然,周通一见鲁智深,即怒气冲天,指责李忠不为他报仇,反而请他上坐。李忠笑道:"你认得这个和尚吗?"周通道:"我若认得他,不吃他打了!"李忠说:"我时常和你说的那个三拳打死镇关西的便是他!"周通一听,把头摸一摸,叫声:"啊呀",扑翻身便拜。摸摸头,庆幸自己没有成为第二个镇关西;扑翻身便拜,是因为鲁达早已如雷贯耳,还感谢刚才鲁智深手下留情。鲁智深对周通说:

周家兄弟,你来听俺说。刘太公这头亲事,你却不知。他只有这个女儿,养老送终,奉祀香火,都在他身上。你若娶了,教他老人家失所,他心里怕不情愿。你依着洒家,把他弃了,别选一个好的。原定的金子缎疋(pǐ)将在这里。你心下如何?

今天晚上鲁智深有没有"道理"啊? 还真是好道理,但是,这道理必须是鲁智深说才有分量,才是道理,要让刘太公说,就不是道理。**有实力的人才有资格跟人讲道理。**

周通感于鲁智深的道理,也深切体会到了他的拳头的分量,答应不再登门。鲁智深却再落实一句:"大丈夫做事却要休翻悔!"鲁智深知道自己会走,所以要盯紧这一句,于是周通折箭为誓,刘太公拜谢了,归还金子缎匹,下山回家去了。

周通为什么这样痛快?按说,周通的大喜日子被鲁智深冲撞了,媳妇没娶上,反挨了一顿打,满心欢喜看上了一个美娇娘,硬生生地给鲁达拆散了,他一定很恼火。但是,他竟然认了,而且很痛快,绝不拖泥带水,可见他也是周行通达之人。

我们说,一是感于鲁达的实力,一方面也与他的性格有关。

看看他的名字就知道,周通,周通,一说就通嘛。这周通的名字也与鲁达一样的好。通即是达,达即是通。不通何能达,能达必然通。周字也是周行不殆的意思。所以,鲁达一说因缘,周通这边就通。他好歹也是一条好汉。周通对鲁达,一对好名字。

平心而论,周通要娶刘小姐做老婆,虽然有以势压人之嫌,但是他还是礼数周到的,先丢下聘礼,再选定吉日,大吹大擂,明媒正娶,八抬大轿,他还真不是什么特别坏的人。只是他的身份是强盗,让普通老百姓不敢接受。如果他真是特别坏的人,他可以当时即掳抢而去,先把生米做成熟饭,等鲁和尚从五台山上下来,桃花山上孩子怕都生下来了。这样的事不是太多吗!即使在梁山一百零八将里,也有这样的特别坏的人。一百零八将中排名十五的什么双枪将董平,那才是十恶不赦、万劫不复的下流胚。他看上了同僚程太守的女儿,屡屡利用梁山来攻的危机,要挟对方把女儿嫁给他,对方无奈,答应等打退梁山后,再议亲。而他竟然在投降梁山后,赚开城门,直冲程太守家,杀光人家一家老小,抢了这个女孩子。两厢比照,人品的高下立判。

窃酒器不算偷

好了,现在刘太公下山去了,鲁智深留在山上。

接下来,李忠、周通杀牛宰马,安排筵席,管待了鲁智深数日,还引着爱好山水的鲁智深山前山后观看景致。并且劝说他,不要去大相国寺当什么和尚了,就在此处,当一个山大王,多快活!

按说,这样的生活还真符合鲁智深的性情。那么,他会留下来吗?

可惜,桃花山风景好,桃花山这两个人却不大合乎鲁智深的胃口:这两个人小家子气,做事悭吝,不是慷慨之人。李忠的性格我们前面已经领教过了,周通虽然在其他方面还算通达,但是在对钱财的态度上,也和李忠差不多,半斤八两,一对难兄难弟。所以,鲁达住了几日,只要下山,推脱道:"俺如今既出了家,如何肯落草。"这两人还真是小气不长进,竟说出这样的话来:"哥哥既然不肯落草,要去时,我等明日下山,但得多少,尽送与哥哥作路费。"

真是没出息的话,你山上现放着金银财宝,没说拿出来作路费送与鲁智深,却说明日下山,但得多少再送,若明日下山一无所获呢?或明日下山所获甚少呢?更重要的,打着为鲁智深抢盘缠的旗号去抢劫,这份礼鲁智深会收吗?

第二天,山寨里杀羊宰猪,准备送路筵席,安排整顿许多金银酒器,摆放在桌上,正待入席饮酒,小喽啰来报,山下有两辆车十数个人经过。李忠、周通对鲁智深说:"哥哥,你自己随便自己吃几杯。我两个下山去取得财来,就与哥哥送行。"当即点起小喽啰,只留一两个服侍鲁智深饮酒,下山去了。

鲁智深越想越气闷:"现放着这么多金银,却不送与俺,偏要去打劫别人的送与洒家。这不是把官路当人情,只苦别人?"

但是鲁智深哪里是生闷气的主?他生了气,一定做出来。他两拳打翻小喽啰,捆绑起来,用核桃塞住小喽啰的嘴。然后把桌上的金银酒器用他那大脚都踏扁了,装在包裹里,挎了戒刀,提了禅杖,走到后山乱草坡上,把戒刀禅杖、包裹都丢下山去,自己把身子往下一滚,骨碌碌直滚到山脚边,跳起来,拿了包裹,戒刀、禅杖,拽开脚步,取路便走。

这回,鲁智深可是犯了"偷盗"之戒了。

金圣叹回前总批曰:"要盘缠便偷酒器,要私走便滚下山去,人曰:堂堂丈夫,奈何偷了酒器滚下山去?公曰:堂堂丈夫,做甚么便偷不得酒器,滚不得下山耶?益见鲁达浩浩落落。"

鲁智深的善,是自为的善,是自然的善,还不是自觉的善。所以,他有时很善,善行出自天性,出自本真,毫无其他念头,是绝假纯真最初一念的本心中的善,是未经世俗污染的赤子之心,所以,特别感人。

但是,正因为他还不是自觉的善,所以,当他的本心被其他念头遮蔽了时,也就不免于恶。比如,想喝酒时,他不免抢人的酒,还打人。酒后,还要闹事,还要打人。在寺庙中,随地大小便,对他人的感受毫不关心,等等。因为他还没有自觉的道德意识。

体现在禅修上,他也是这样的境界。而在明代,李贽特别提倡在道德领域里的"童心"以及在宗教中的"狂禅",在他看来,在道德和禅修上的最高境界,都不是经过自觉修炼而达到的自觉境界,而是人类未经世俗文化和社会污染的原初本心,鲁达恰恰完全符合他的理论,所以,他特别推崇鲁智深。

鲁智深不从前山正道走,而要从后山无路之处滚下山去,是怕从前山走碰见李忠、周通二位。但是,他这样从后山逃走,不但不大光彩,而且,李忠、周通回来发现,不会去追他吗?如果他们追他,追上了,又会怎样?会不会刚刚相识的兄弟又反目成仇,演变为一场血战?

9. 火烧瓦官寺

> 对真说谎的人,他信以为真;对说真话的人,他偏以为是说谎。

同是落草,境界有高低

鲁智深捆了小喽啰,把桌上的金银酒器都踏扁了,装在包裹里,走出寨子,想到:洒家从前山走,一定碰见那厮们,不如在这后山乱草间滚将下去。于是把戒刀、禅杖、包裹都先丢下山去,把身子一蜷,往山下一滚,骨碌碌地滚到山脚边,爬起来自己检查一番,竟然毫发无损。像他这样天性浑厚之人,往往亦有天佑神助。他寻了包裹并戒刀、禅杖,拽开脚步,取路便走。他能走得了吗?

那李忠、周通下山,抢了那十几个过路人,劫得车子财物,唱着凯歌,慢慢地上山来,好生快活! 可到了寨子里一看,只见两个陪鲁智深吃酒的小喽啰被捆在亭子边,鲁智深不见了,桌子上的金银酒器也不见了,周通解开小喽啰,把小喽啰嘴中塞满的核桃抠出来,小喽啰才告诉他们刚才发生的一切。周通道:"这贼秃不是好人! 我们倒着了他的手脚了! 他却从哪里走了呢?"大家搜了一圈,到后山,见一带荒草平平地都滚倒了。周通又道:"这秃驴倒是个老贼! 这般险峻的山冈,从这里滚了下去!"李忠道:"我们赶上去问他讨,也羞那厮一场!"

这李忠是小气人,一下子丢了那么多金银酒器,他心疼又气愤。周通道:"算了算了! 贼去了关门! 那里去赶! 即便赶得着,也问他取不成。倘有些不然,我和你又敌他不过,后来倒难厮见了,不如罢手,后来倒好相见。"还是周通圆通,且还有些霸气,不枉了叫作小霸王。本来,桃花山是他的天下,此山是他开,只是因为李忠在武功上比他略胜一筹,他就让李忠坐了第一把交椅。但是在见识上,李忠显然比不上他。他这段话里,说了四层意思。哪四层意思呢?

一是鲁智深已走,我们往哪里赶?我们知道他走了什么道?古人说,大道以多歧亡羊,一只羊走丢了,都不好找,何况一个偷了东西的老贼?

第二层意思是,即便赶上他了,就能讨回来那些金银酒器吗?他会乖乖地还我们吗?这样的老贼,叫他吐出已经到口的肉,是不可能的。你说要羞他一场,鲁智深是怕羞的人吗?

第三,他不还我们怎么办?动起手来,我们又不是他的对手,说不定又要挨一顿打。

第四层,也是最重要的,这一赶去,双方就彻底撕破脸皮了,以后就不能再相见了。

你看,这四层意思,句句在理。既了解对方,又明白自己,还颇通人情世故。不然怎么叫周通呢?李贽在句下评曰:"照顾到后来好见面,做人处世千古名言。"这实际上就是中国人常说的做事不要做绝了,做到不能转回的境地,兵法上还说"穷寇勿追"呢,逼急了,没有退路了,只好回过头来与你拼命。留下一些空间,留下一些分寸,天地便会宽广。我前面讲到周通的名字,我说这名字好,便是因为他周行通达。什么叫周行?就是没有断头路,顺着圆圈行,哪有断头路?所以汉语有一个词,叫"周行不殆",顺着圆圈行,就不会跌倒,就不会废殆,就会永远通达。

这一番话,说得李忠点头称是。在桃花山,虽然大头领是李忠,但做决断的,往往是周通,就是周通比李忠有头脑。他接着对李忠说:"我们且把车子上包裹打开,将金银段匹分作三分,我和你各提一分,一分赏了众小喽啰。"李忠道:"是我不该引他上山,折了你许多东西,我的这一分都与了你。"这一段对话真是丑,一口一声你的我的,你我分得这么清,哪里像兄弟呢?看起来是你推我让,其实正是因为分得太清了,反而看出这两人的铿吝小气,反而暴露了他们内心的计较和精明算计。

我们看看桃花山上的大头领比起晁盖、宋江、吴用等等,他们虽然也是占山为王,但是档次上就差一个境界了,正如桃花山比起梁山,还差一个境界一样。梁山能做大,能海纳百川,能藏污纳垢,能让天下的江湖豪杰翘首仰望并归之如细流入海,而桃花山做不大,最终只能归顺梁山大寨。一个人能不能成大器、成大业,关键还不在于本领大小、专业技能大小,而在于胸襟的大小、眼界的大小、气度的大小;一个集团的前途大小,也在于这个集团有无大目标、大理想、大境界。李忠的武功平平,他是史进的开手师父,后来史进和王进交手,只一棒就被王进打翻了,史进惭愧地说:"我枉自经了许多师家,原来不值半分。"但他这样不值半分的功夫,竟然还能赢周通,可见周通的本领又是何等差劲,也就只能欺负欺负刘太公这样的老村长,在鲁智深那里,不要说还手对打,连防御能力都没有,只有叫救命的份。这还不是他们最大的不足,他们最大的不足是境界。就境界而言,李忠最大的毛病是委琐。他眼下的桃花山,不过是一个分赃之地,一个糊口之所,不过他还是一个忠厚人,所以他叫李忠,你看他说的话:"是我不合引他上山,折了你许多东西,我的一分都与了你。"这几句话,既可见他的小气与委琐,也可见他的忠厚,两者相比,还是周通大度一些:"哥哥,我和你同死同生,不要这样计较。"都已"同死同生"了,却还没有同财共产,打劫一点赃物,还要分成两分,各自拿回自己的房里去,他们的这个"桃花山买路财公司",还是一个股份公司,两位头领、小喽啰,各占三分之一股份。分利润的时候,清清楚楚,分毫不爽。

实际上,《水浒传》的作者施耐庵在这两个人的名字上,以及后来的地煞星星宿称号上,已经暗含了有关他们两人个性、命运的秘密。那么,是什么样的秘密呢?

如果说,半生沦落、生计艰难造成了李忠性格的小气、精明和委琐,这是他的不足;那么,一直生计艰难却仍能保有一份忠厚,保有一颗善良,则是他的优点,是他的可取之处。这也是他最终能位列地煞星的原因。他的星宿名称是"地僻星",为何是"僻"?"僻"字有什么含义呢?

(1) 僻者,偏也,偏居一隅,不识宇宙之大叫作僻;

(2) 僻者,片也,眼界狭小,不知万物之富叫作僻;

(3) 僻者,癖也,性情偏执,兴趣爱好单一叫作僻。

一般而言,一直呆在一个地方,或者,一直处于一种环境,或者,长期生活于一种状态,一直沉湎于一种爱好,常有此僻。像李忠,就属于长期处于一种衣食不保的生活状态中,在那种状态中欠缺的东西——钱财,就会成为一种伤痕记忆、焦虑记忆、深入心灵深处,从而成为一种癖好。

但这种人,正因为守旧、固执,不知变通,不愿变通,所以又显得靠得住,忠诚,厚道。

小霸王周通的名字的含义,我前面已经多次说到。那么,他的星宿名称有什么含义呢?

他的星宿名称是"地空星"。何为"空"呢?空空如也,空无一物,本领全无,叫作空。这样的人为什么还能位列星宿?因为,空了,也就通了,既然通了,当然可以位列星宿。

倒的倒了，走的走了

我们还是回头说鲁智深。鲁智深离了桃花山，从早晨直走到午后，鲁智深早晨在桃花山匆匆忙忙，没有吃东西，到此时已是午后，饥肠辘辘。正踌躇之间，猛听得一阵铃铎响。既有铃铎响，不是寺庙，就是道观，总之是有得饭吃了。他便来投宿，吃饱肚皮继续赶路。走近了一看，却发现这是一座极其败落的寺庙，山门上写着"瓦罐之寺"四个大字的朱红牌匾，已十分陈旧，字迹发昏。不过，这"瓦罐寺"却是一个有来头的名字。有什么来头呢？

这"瓦罐寺"，不同的本子里写法不同，金圣叹的贯华堂本写作"官"字，其实，这"瓦官寺"，还叫"瓦棺寺"。本来是东晋首都建康（今南京）的名寺，在秦淮河南岸原来陶冶之所，故名"瓦官寺"。寺的北面还有一阁，可登临以览江山胜迹。李白有诗："人道横江好，侬道横江恶。猛风吹倒天门山，白浪高于瓦官阁。"（《横江词六首》其一）不过，这个寺庙在五代南唐时，已经移建，并改名升元寺。施耐庵把鲁智深碰到的寺庙取名为"瓦罐寺"，就是要借重这个古老寺庙的大名头，而他又把瓦官寺改为"瓦罐寺"，大概是觉得这样更像民间的口语，而且，可能还揶揄这一寺庙像瓦罐一样被人打碎了，至于金圣叹写成"瓦官寺"，这大概是他要恢复这个寺庙的原称。

这瓦罐寺如此破败，鲁智深心里带着疑问，走过一座石桥，到庙里面找寻半天，要投斋吃饭。他先投知客寮，哪里还有知客接待他？连知客寮的大门都没了。他心里寻思："这个大寺，如何败落得这样？"再寻方丈，大门倒还在，只是一把锁锁着，锁上尽是蜘蛛网，满地都是燕子粪。他把禅杖在地下捣着，大声喊叫："过往僧人来投斋！"叫了半天，没有一个答应。肚里饿，直接找到厨房，哪里还是厨房？不但没有吃的，锅也没了；不但锅没了，灶头都塌了。他干脆把行李包裹放下，提着禅杖，到处寻去，寻到厨房后面一间小屋，发现那里面坐着几个神秘兮兮的老和尚，一个个面黄肌瘦，鲁智深大声责怪他们不答应他的叫唤，那些和尚赶紧摇手："不要高声！"

这几个老和尚到底是什么人？他们为什么如此紧张而又神秘？

鲁智深不解，却也不管，他说："俺是过往僧人，讨顿饭吃，有甚利害？"老和尚道："我们三日不曾有饭落肚，那里讨饭与你吃？"智深道："俺是五台山来的僧人，粥也胡乱请洒家吃半碗。"老和尚道："你是活佛去处来的，我们合当斋你；争奈我寺中僧众走散,并无一粒斋粮。老僧等端的饿了三日!"智深道:"胡说! 这等一个大去处,不信没斋粮!"老和尚道:"我们这里以前确实兴旺,但现在被一个云游和尚引着一个道人来此住持,把一切都毁坏了。他两个无所不为,把众僧赶出去了。我几个老的走不动,只得在这里过,因此没饭吃。"智深道:"胡说! 量他一个和尚,一个道人,做得甚么事? 你们为什么不去官府告他?"老和尚道:"师父,你不知;这里衙门又远,便是官军也禁不得的。他这和尚道人好生了得,都是杀人放火的人! 如今向方丈后面一个去处安身。"智深道:"这两个唤做甚么?"老和尚道:"那和尚姓崔,法号道成,绰号生铁佛;道人姓邱,排行小乙,绰号飞天夜叉。这两个哪里是出家人,就是绿林中强贼,只是把出家作为一张伪装的皮!"

可是,正在这时,智深猛闻得一阵香来。智深提了禅杖,转趆(xué)过后面一看时,见一个土灶,盖着一个草盖,气腾腾透将出来。智深揭起一看,原来煮着锅粟米粥。智深骂道:"你这几个老和尚没道理! 只说三日没饭吃,如今现煮一锅粥。出家人何故说谎?"

鲁智深这几句话倒真是没有什么道理,现煮一锅粥,并不能证明这帮老和尚三日吃过饭,更何况,你说出家人何故说谎,更是可笑,说谎对师兄您,不也是家常饭么? 还是金圣叹批得好,他在这句下面批了这样几句:出家人何故饮酒? 出家人何故吃狗吃蒜? 出家人何故毁像坏寺? 出家人何故打人? 出家人何故入妇女房中? 坐妇女床上? 出家人何故破人婚姻? 出家人何故偷人酒器? 出家人何故后山逃走?

那几个老和尚被智深寻出粥来,只得叫苦,把碗、碟、钵头、勺子、水桶都抢过了。这几个老和尚是又可怜又可笑,连水桶都抢过去了,哪里见过用水桶吃饭的啊。这帮老和尚真是饿极了,这一锅粥真是他们的老命。这个小细节,写得让人下泪。

但是此时鲁智深也是极饥饿,顾不得同情他们,见了粥,要吃,却没有碗、碟等等,只见灶边破漆春台只有些灰尘在上面,智深见了,人急智生,便把禅杖倚了,就灶边拾把草,把春台揩抹了灰尘;双手把锅掇起来,把粥望替台只一倾。那几个老和尚都来抢粥吃,被智深一推一交,倒的倒了,走的走了。智深却把手来捧那粥吃。才吃几口,那老和尚道:"我等端的三日没饭吃! 却才去那里抄化得这这些粟米,胡乱熬些粥吃,你又吃我们的!"

智深吃了五七口,听得了这话,心中悲酸,便撇了不吃。

正在这时,只听到得外面有人在唱歌。这是谁呢?

火烧瓦官寺 135

公说公有理，婆说婆有理

智深拿着禅杖出来一看，只见一个道人，挑着一个担儿，一头是个竹篮，里面露些鱼尾，荷叶上还托着些肉，一头担着一瓶酒，在那里唱歌：

你在东时我在西，你无男子我无妻，我无妻时犹闲可，你无夫时好孤恓！

一边是老和尚的粟米粥，一边是酒肉鱼鸭；一边是哀哀怜怜，欲哭无泪。一边是高高兴兴，放声唱歌，而且这歌还特下流，不仅下流，还无赖。他掳掠妇女，却反说是为了妇女无夫，替她着想，分明是作恶流氓，却说得自己一腔深情。金圣叹在下面批注了一个笑话：一个无赖子在路上见一少妇，上前抱住亲吻，少妇发怒，无赖子说，我又何必一定要如此？只是怕你想要我这样，我才这样的。

那几个老和尚悄悄指着这个道士，对鲁智深说："这个便是飞天夜叉丘小乙！"

鲁智深提了禅杖，随后跟去，这飞天夜叉丘小乙正仰头唱歌，好不得意快活，不知道后面跟着一个人，鲁智深跟到里面，只见绿槐树下放着一张桌子，铺着些盘馔，三个盏子，三双箸子，当中坐着一个胖和尚，生得眉如漆刷，脸似墨装，一身横肉，胸脯下露出黑肚皮来。边上坐着一个年少的妇人。丘小乙把竹篮放下来，也坐下。

他们三人谁也没有发现鲁智深。鲁智深突如其来走到面前，那和尚吃了一惊，跳起来道："请师兄坐，同吃一盏。"

饥饿难忍的鲁智深，刚才还在抢稀粥吃，现在，面对着一桌好酒好肉，他能忍得住吗？

他还真的忍住了。智深提着禅杖道："你这两个如何把寺来废了！"

这两个大概自从到此瓦罐寺，胡作非为，还是第一次碰到有人如此斥责他们吧？但这句话让我们听来总觉得有些滑稽，为什么？因为我们随同他一起走来，知道他此前的作为。他在五台山，不也打折亭子，打坏山门，推倒佛像，在佛殿后面撒尿撒屎，在佛堂里面吃狗肉呕吐狼藉？而且，还放出狂言，要一把火烧了五台山文殊院这个"鸟寺"？

事实上，鲁智深虽然也不愿意接受寺院清规戒律的约束，以至于行为乖张，做出了两次酒后大闹僧堂的事，但是，他和崔道成这样的佛门败类是有本质区别的。

但是，你一个五台山的和尚，要去大相国寺，此地你只是偶尔经过而已。瓦罐寺再破败,与你何干?这崔道成和丘小乙,是瓦罐寺的住持,你有权力如此质问他们吗?

那崔道成十分乖巧,赶紧道:"师兄请坐,听小僧说。"便编了一番谎言,把寺庙破败的责任推给那几个老和尚,说他们"吃酒撒泼,将钱养女",赶走住持长老,卖了田地。而他们两个是刚刚新来住持,正准备整理山门殿宇,重振昔日的辉煌。鲁智深听这崔道成一说,而且又见他如此小心真诚,竟然信以为真,便说道:"叵耐几个老僧戏弄洒家!"便又折转回来找那几个老和尚。

那崔道成显然不是一个善角,但是他为什么面对鲁智深如此乖巧?至少是来骗的而不是来硬的?

我们回头来看一个细节:原来,鲁智深在责问他们"为什么把寺来废了"时,是"提着禅杖"的!这才是关键!崔道成此时毫无防备,手里至多也就一双筷子,而鲁智深手提禅杖,威风凛凛,他不能不怕!

但是,崔道成情急之中编排的谎言,编得非常可笑,他们面前三个盘子,三双筷子,一个女子,偏说那几个老和尚"吃酒撒泼,将钱养女",此一层可笑也。而鲁智深眼见这一切,却又能听之信之,也真是糊涂到家,直性到家,此二层可笑也。"吃酒撒泼"这四个字,正是鲁智深自己在五台山上七八个月和尚生涯的准确概括,好像在骂鲁智深,此三层可笑也。

鲁智深回到厨房后面,找到那几个老和尚,鲁智深指着他们道:"原来是你们几个坏了寺庙,还要在我面前说谎!"对真说谎的人,他信以为真;对说真话的人,他偏以为是说谎。如果说,他到了瓦罐寺,饿着肚子,就主动当起了法官,要明辨是非,把真相弄个水落石出,把瓦罐寺兴亡的责任挑到自己身上,是可敬;那么,糊里糊涂,公说公有理婆说婆有理,几乎成了葫芦僧乱判葫芦案,则是他的可笑。好在,这个官司并不难判。为了让鲁智深明白谁是谁非,那几个老和尚对鲁智深说了四个要点:

(1)他们现今正养着一个妇女在那里,这铁证如山,你如何不信?

(2)他们吃酒吃肉,我们粥也没得吃,谁拿强作势,谁被人欺负,不是一目了然吗?

(3)崔道成如此小心,是因为你有戒刀、禅杖,而他并无准备,手边没有器械,不敢与你争。不是他们老实。

(4)不信,你再去一趟,看看如何。

鲁智深一听,又觉得有道理,再回头找崔道成、丘小乙,这一来,才发现那边门早关了。这下他才明白上了这二人的当了,勃然大怒,一脚踢开大门,那生铁佛崔道成一改

火烧瓦官寺

刚才的小心与恭敬,手执一柄朴刀,来抢智深,两人斗了十四五合,崔道成斗智深不过,只能架隔遮拦,躲闪避让,那丘道人一见,却从鲁智深背后拿了条朴刀,大踏步赶来偷袭。智深正斗之间,忽听背后脚步响,又不敢回头看,只用眼角余光,见一条人影蹿来,知道有暗算的人,叫一声"着!"那崔道成心慌,以为要挨他的禅杖,一下子跳出老远,智深才能回身应对这丘小乙。三个人又斗了十合以上,智深一来肚中饥饿,二来已走了许多路程,疲惫不堪,三来以一对二,渐渐不占上风,只得卖个破绽,提了禅杖便跑,那两个赶到寺前石桥上,坐在石桥栏杆上也再不来赶。

　　鲁智深跑得远了,喘息未定,想,肚子问题没解决,反而丢了包裹,那包裹里有刚从桃花山上偷来的金银酒器及一应盘缠,现在这一切都没有了。回去取,又斗不过他两个人,枉送了性命。

　　正这样想,前面一座猛恶的大林子边,他又碰见了一个正要剪径打劫的人!

　　真是祸不单行!从滚下桃花山到大战瓦罐寺,现在如此疲惫、饥饿,眼前又出现了一个强人,他能对付这个剪径的强盗吗?

10. 相国寺菜头

> 英雄不怕有形的敌人,英雄最怕无形的敌人。你备受打击,却不知道谁在打击你。你备受压制,却不知道谁在压制你。打压英雄的最好手段,就是"规矩"。

为人不可太算计,算来算去算自己

鲁智深这一天真是运交华盖,桃花山上不合群,偷了金银酒器,从后山上滚下来;饥肠辘辘到了瓦罐寺,吃了几口稀粥,和两个强徒恶战一场,不仅没打赢,还丢了包裹,失去了所有的盘缠。好不容易脱身了,跑到这座猛恶林子边,却又碰见剪径打劫的。但他万万没有想到,这个人竟然是他一直牵挂的兄弟史进!

史进缘何在这里呢?

原来自那天在渭州酒楼分手,史进第二天听说鲁达打死了郑屠,逃走了。为防被牵连,他也赶紧离开渭州,去延州寻访师父王进。在延安府又没有找到王进,便回到北京去住了几日,盘缠使尽了,就到此来打劫,不想却在此碰见了已做了和尚的鲁达,现在叫鲁智深了!

对鲁智深而言,此时碰见史进,真是太高兴了。史进身边,还有干肉烧饼,鲁智深吃饱了,兄弟二人再回瓦罐寺来,刚才一对二,还饿着肚子,现在二打二,还吃饱了,兄弟二人,一人包一个,崔道成被鲁智深一禅杖打下桥去,又赶下去背后一禅杖。丘小乙被史进朴刀砍倒在一边,又赶过去一阵猛戳。可怜两个强徒,化作南柯一梦!

鲁智深与史进杀了崔道成和丘小乙,一把火烧了瓦罐寺。史进要去少华山,投奔朱武等三人入伙,以前坚决不愿意落草,今天不得不如此。这世道不给他一个正当的出路,他转了一圈,没有一个正当的地方收留他,所以,他是逼上少华山。智深心中也很伤感,但也没有别的办法,只说道:"兄弟,也是。"便打开包裹,取些在李忠那里偷来的金银酒器,送给史进。

在渭州酒楼，鲁智深结识史进、李忠，为救金老父女，史进拿出十两银子，而李忠摸索半天，才拿出二两来银子，鲁智深很看不起，丢还给了他。现在，鲁智深把从李忠处偷来酒器，又来分给史进。这个小细节很有意思，见出三个人的性格和境界来。

先看李忠。他的经历告诉我们，为人不可太算计，算来算去算自己。因为算到最后，人缘全没了。不但鲁智深看不上他，连他的徒弟史进都心中没有他。史进此刻无路可走，要回少华山投朱武等人，而对近在眼前的桃花山上的李忠师父，却根本没有想到去投奔。史进两个师傅：李忠和王进。对王师父，史进是冲州撞府地去追寻着他；对李师父，近在眼前却要避开。李师父之不得人心，于此可见。

世上有两种贫穷：一是一文不名；一是一毛不拔。

一文不名的贫穷让人同情。

一毛不拔的贫穷让人鄙视。

世上最可怜的穷人是这样的人：他曾经一文不名，发达后又一毛不拔。

李忠就是这样的可怜穷人。

再看鲁智深。在李忠处不偷，不足以惩戒贪吝；在史进处不分，不足以发扬义气。所以，金圣叹说，"以桃花山上赃，送给少华山上贼，令人绝倒。""桃花山上何必不偷？瓦官寺前何必不分？"偷，不是因为贪财，恰恰是为了惩罚贪财；分，当然是为了义气，也是因为史进此时需要。

再看史进。在渭州酒楼，他一下子拿出十两送给金老，不心疼；在村中酒店，一下子接受鲁达许多金银酒器，不心虚。

钱财来到世上，谁最需要，就应该在谁那里。大丈夫奴役钱财，而不被钱财奴役。

两全其美，各得其所

史进拜辞了智深，去了。鲁智深一人孤行了八九日，到了东京，找到大相国寺，径投知客寮来。知客（负责接待来往的客官、僧众）出来，见智深生得凶猛，提着禅杖，挎着戒刀，背着个大包裹，先有五分惧他。这来的不像个和尚，倒像个杀手。

当初鲁智深初到五台山，要剃度为僧，因为他的长相凶猛，颇费了一番周折，差点没能当成和尚。好在他有赵员外的面子，再加上智真长老慧眼识人，才留了下来。

现在他到了大相国寺，他的长相又吓住了知客，好在，这时他有了更大的面子：智真长老的亲笔推荐信。大相国寺住持智清长老乃是智真长老的师弟,师兄的面子他是一定要给的。智深在知客引领下一同到方丈来见清长老,将书信呈上,智清长老看了智真长老的信,打发智深去僧堂中暂歇,吃些斋饭,然后便唤集众职事僧人尽到方丈,埋怨道:"你们看我那师兄智真禅师,好没分晓!这个来的僧人原是经略府军官,因为打死了人,落发为僧,却又两次在五台山闹了僧堂,因此难以容纳他。你那里安他不得,却推来与我!不留他,师兄千叮万嘱,不可推故;留他,倘或乱了清规,如何使得?"

金圣叹在此句下批语骂清长老,说他算计太多,德行不高,这很对,但是,清长老的这番话也有他的道理:鲁智深确实是一个问题,他是一个"问题和尚"。真长老曾想尽办法在五台山解决这个问题,改造这个"问题和尚",但失败了,不得已把他推到清长老这儿,希望他在这新的地方重新做人,重新做和尚,有个新开始、新面貌,但清长老既然德行不及真长老,驯服鲁智深的手段也不会比真长老多,所以,他为难,埋怨。

知客道:"便是我们也看出这个僧人全不似出家人的模样,本寺如何安着得他?"还是上五台山时的老问题:长相不善,不似出家人模样。而且还加上了新问题:鲁智深是有污点的人。

这时候,都寺站了出来,他想出了一个两全其美的办法:大相国寺有一片菜园,在酸枣门外,时常被军营里的军健们以及附近二十来个破落户侵害,纵放羊马,偷菜偷瓜,一个老和尚在那里住持,根本管不住。"何不教此人去那里住持?他倒可能管得住。"

这果然是一个两全其美的法子,首先大相国寺至少有三点好处:

一是收留了智深,并且管菜园,好歹也是个职事僧,满足了真长老的要求,在真长老那里,有了一个交代。

第二,留下智深最大的担心是他像五台山一样不服清规,大闹僧堂,现在把他外派到酸枣门外,远离本寺,远离一般僧人,也算是把一个危险品隔离放置,他在那边再闹腾,大不了打烂几个葫芦几个瓢,踏碎几个南瓜几叶菜,对相国寺,不会有什么大的影响。

第三,酸枣门外的菜园,常受到附近军营军健们的骚扰以及周围二十多个泼皮的侵害,他们都常来偷瓜摘菜,纵放羊马。我们知道,宋代的军队,打仗皮松得很,但是欺负一个手无缚鸡之力的老和尚,他们便威风八面了。所以,大相国寺也很头疼,一直没有什么好办法。现在凭空来了一个鲁智深,一个杀过人、放过火的主儿,一把戒刀,一条禅杖,十围的腰身,往那一站,吓也吓退他们。所以,让他去管菜园,倒可能管得下。

如果说上面两条还是消极地把鲁智深作为问题来处理的话,那么,这第三条,可就是积极地把鲁智深作为引进人才来使用了。

这个都寺也不愧是个都寺,既知道寺里的问题,又知道解决问题需要什么样的人才。

对鲁智深而言,这也是最为理想的去处。为什么呢?

第一,可以不念经。让鲁智深远离本寺,远离僧堂,也是鲁智深的愿望。让他住在寺里,与那些禅和子们一起坐禅念经,太郁闷了。

第二,可以睡懒觉。在菜园里,想什么时候睡就什么时候睡,想什么时候起就什么时候起。不仅可以春眠不觉晓,还可以处处闻啼鸟,夜来呼噜声,菜花落多少。不小心听到了乌鸦叫,拔了那棵树即是。

第三,可以喝酒吃肉。喝醉了,还可以使枪弄棒,活动拳脚。

所以,都寺的这个主意,是两全其美,各得其所,从用人的角度说,是用人所长,避人所短。金圣叹对大相国寺里清长老门下总体评价不高,但这都寺,倒是一个人才。

杀也要做都寺、监寺

但是没想到,这个两全其美的主意,我们都说好,清长老也说好,偏偏是鲁智深说不好,他不愿意。为什么呢?

他对清长老说:"本师真长老着洒家投大刹讨个职事僧做,却不教俺做个都寺,监寺,如何教洒家去管菜园?"

鲁智深竟然也有官瘾,还计较官大官小,这很好笑。

人家都寺帮他说话,留下了他,他反倒看上了人家的位子。这更好笑。

这都寺、监寺,那是寺庙里的高级干部,是全面负责寺庙一应事务及纪律监察的。原来,鲁智深下了五台山,一路上从桃花村到桃花山到瓦罐寺,心里就想着到这儿来做高官的,他全然忘了自己在五台山从留用察看到扫地出门的经历,忘了自己实际上是犯了严重错误,只是由于真长老奉行"给出路"的政策才让他到大相国寺来混碗饭吃,他倒好,易地做官来了,还要做大官!

这是施耐庵借鲁智深来嘲笑世道呢。

虽然鲁智深是个"菜鸟"和尚,但是让他当个级别很低的"菜头"和尚,他还是不干的。

对这样一个不知天高地厚不知自己几斤几两的人,智清长老他们怎么对付呢?

第一招:欺骗。

首座告诉他说:"师兄,你不省得,你新来挂搭,又不曾有功劳,如何便做得都寺?这管菜园也是个大职事人员了。"

首座前几句话有道理,后面说管菜园也是个大职事人员,就是信口雌黄了,他大概看出来鲁智深对寺院的情况知之甚少,想骗骗他,有点像《西游记》中玉皇大帝骗孙悟空,封他一个未入品的弼马温,精明的猴子竟然被骗了,还以为是多大的官,欣欣然上任去了。

可是相国寺首座的这个谎话却是骗不了鲁智深。他忘记了一个基本事实:孙猴子从未上过天庭,对天庭中的官职大小不仅一无所知,而且根本没有概念。而鲁智深却是在五台山寺庙中呆了七八个月了,谁大谁小这点小常识还是知道的。

对这样的一招,鲁智深的对策是什么呢?——是耍赖。

鲁智深一听首座胡说,也不和他辩,你对我欺骗,我就和你耍赖:"洒家不管菜园,杀也要做都寺、监寺!"

一个小小的都寺、监寺,不惜杀身以求,简直把这都寺、监寺的职位看得比命还重要,他真是这样想的吗?显然不是,这就是耍赖而已。而且,还特别有调侃世道人心的意味。有多少人为了一个芝麻大的官,丢了良心,丢了朋友,甚至丢了性命?

一问出身,便无英雄

智清长老他们一招不成,再来一招。

这第二招是:规矩。

知客看这个人实在蛮横,并且也不好欺骗,便耐着性子给他讲规矩:除了维那、侍者、书记、首座这样的清职,寺庙中职事人员分成三类:

上等职事:如都寺、监寺、提点、院主,掌管常住财物,这是有实权的,有支配财物权的;

中等职事:管藏的叫藏主,管殿的叫殿主,管阁的叫阁主,管化缘的叫做化主,管浴堂的叫做浴主。这叫主事人员,所以都叫"主"。

末等职事:管塔的叫做塔头,管饭的叫饭头,管茶的叫茶头,管厕所的叫净头,最后是管菜园的叫做菜头。这叫头事人员,所以都叫"头"。

好了,知客把职事人员的级别说得很清楚了,这实际上也打了首座一记耳光。首座刚才竟当面撒谎,说管菜园是大职事,而通过知客一分类,竟然是末等之末。这五戒中的不妄语,首座就没能做到,可见大相国寺虽在东京,天子脚下,水平却实在一般,远不及五台山。

知客光把话讲到这儿,还不行,因为他恰恰证明了这菜头是太小了,这正是鲁智深不要做的原因。所以他还要跟他讲道理,讲提升晋升的可能及渠道。一个菜头,末等之末,如何升迁呢?

且看知客描绘的菜头们的美好未来:

假如师兄你管了一年菜园,管得好,便升你做个塔头(末等之首);

又管了一年,管得好,便升你做个浴主(中等之首);

又一年,管得好,才可以做监寺(上等)。

这一招,狠。可以说,古往今来,多少英雄在各种各样的规矩制度面前,无可奈何花落去。辛弃疾说,风流总被雨打风吹去,哪里是被雨打风吹去的?就是被规矩制度吹打去的,不管你是多有分量的英雄,多有斤两的风流,规矩制度轻轻一吹,你便随风而去。

英雄不怕有形的敌人,英雄最怕无形的敌人。英雄不怕千军万马,英雄最怕无物之阵。

你备受打击,却不知道谁在打击你。

你备受压制,却不知道谁在压制你。

你看看身边所有人,都没动手打你,但你却已伤痕累累。

你身边的人却全都没有出手,你却已被打死。

打压英雄的最好手段,就是规矩。

所以,这一招,就把鲁智深打冰了。智深一听,马上气馁,冲天豪气变成一道泄气,瘪了。只好认输,道:"既然如此,也有出身时,洒家明日便去。"

我们经常说,英雄不问出身。这话有两层意思,一是英雄是无所谓出身的,英雄往往没有出身。出身是人为的,英雄却是天生的,是时势造就的,是苦难玉成的;二是对英雄不能问出身,一问出身,英雄便没了。

一打一拉,化干戈为玉帛

好了,现在鲁智深,要就任大相国寺的菜头了。以前的鲁提辖,摇身一变,变成了鲁菜头。好好的,前途无量的提辖,因为要救一个女人,弄丢了。现在,好不容易又弄了一个菜头当当。虽然很不体面,远远比不上提辖,但是正如知客说的,只要肯好好干,干出成绩,还是有希望升迁的。

于是,大相国寺先派人去菜园贴出告示,然后让人带着鲁智深去菜园上任菜头一职。

那道大相国寺张贴的告示是这样写的:

> 大相国寺仰委管菜园僧人鲁智深前来住持,自明日为始掌管,并不许闲杂人等入园搅扰。

这个告示写得像是挑战书,是对泼皮们的挑战,而且,这挑战者好像不是大相国寺,而是鲁智深。鲁智深一下子就被推上了风口浪尖上。

泼皮们一看,啊哈,一个叫什么鲁智深的人要来了,而且,口气还不小哦,不许闲杂人等入园搅扰,他有这两把刷子吗?

泼皮们当然不愿放弃他们以往的幸福生活,这片菜园就是他们的饭碗。而且,也忍不下这口气啊。

还没等鲁智深去解决那三二十个泼皮的问题,那三二十个泼皮,倒把他看成他们要解决的问题了。他们在告示榜文旁召开临时泼皮大会,紧急商量应对之策。

最后,他们一致通过了一个方案:等到鲁智深来时,假装参贺他,诱他到粪窖边,两个人双手各抓住他的一只脚,把他掀翻到粪窖里去,让他到粪窖里洗洗澡。其目的,就是戏弄鲁智深一下,给他一点颜色看看,让他以后拎得清一些,不要充大头,对他们偷瓜摸菜睁一只眼闭一只眼就是。于是他们在他们的头领张三、李四的授意下,买来了一些果盒礼酒以作诱饵,假装为新来的菜头庆贺,拜倒在粪池边。鲁智深也大摇大摆地走了过去。

眼看鲁智深就要在阴沟里翻船了,但结果却大大出乎这些泼皮们的意料。

待张三李四抢来抱鲁智深的腿时,他不等对方近身,飞起脚,早把张三、李四这两个不三不四的人踢下了粪窖,在粪窖里挣扎。那二三十个泼皮一看不好,拔腿要跑,鲁智深大喝一声:"一个走的一个下去,两个走的两个下去!"

众泼皮都不敢动弹。张三、李四在粪窖里求饶。智深喝道:"你那众泼皮,快扶那鸟上来,我便饶你众人!"大家把张三、李四拉上来,鲁智深哈哈大笑,"兀那蠢物!你且去菜园池子里洗了来,和你众人说话。"

待那两人洗过了,众人脱件衣服与他两个穿了,鲁智深又叫道:"都来凉棚里坐地说话。"

鲁智深对付泼皮,有以下四个步骤:

一、踢下去;二、拉上来;三、留下来;四、坐下来。

在此之前,鲁智深打过镇关西、五台山和尚、小霸王周通、崔道成和丘小乙。三个打死了(其中丘小乙是史进帮忙打死的),数十个打伤了,一个打跑了。就是没有坐下来说话的。他是一个动手不动口的人。这倒不是因为他不是君子,他是觉得和这些人没什么可说的。但是,到了东京,对这一帮泼皮,鲁智深不仅要大家拉被他踢下去的张三、李四上来,而且要他们过来坐地说话。为什么呢?

我们前面说过,强龙不压地头蛇。鲁智深固然可以在这样的场合把那些泼皮打得落花流水,但是,若真是和他们结下冤仇,哪怕鲁智深不一定会吃亏,菜园一定管不好。

第一,这帮人如果来阴的、来暗的,由明抢变为暗偷,你总不能白天黑夜守着菜园吧?

第二,更有甚者,明枪易躲,暗箭难防,这三二十人如果要成心与你作对,他们明火执仗斗不过你,但打黑枪、放暗箭、躲在墙角拍砖头,鲁智深那一副光头也够受的,你会防不胜防。

第三,更何况,这些泼皮,也不过就是偷菜摸瓜,并非真正的恶徒,没有该死的罪,又何必双方剑拔弩张、你死我活呢?大相国寺也不缺这点菜,给别人一条生路,不也是慈悲为怀普度众生吗?

鲁智深主动叫人把张三、李四拉上来,张三、李四颇受感动,一打一拉,干戈化为玉帛了。不但把他们拉上来,而且还要留下来和他们坐下来好好谈谈,明摆着是不但不愿结仇,而且还要结盟!

他一下子从鹰派转变为鸽派,由迷信动武转变到坚持用外交手段了。

这鲁智深虽是粗鲁,却颇有心数。大相国寺还真用对人了。

一坐下来,大家就互相自我介绍,泼皮们表示,从此情愿服侍鲁智深。

本来,泼皮们寻一场闹,目的是要让那个什么鲁智深服他们。没想到,一场闹下来,倒是他们服了这个鲁智深。

对应着鲁智深对付泼皮的四步骤,泼皮们服鲁智深,也是四步:

一、要。你来管我们,我们就要你。

二、怕。打不过,所以怕。

三、敬。怕,容易变成恨。鲁智深在把张三、李四踢下粪坑后,不但没有采取进一步的伤害或羞辱行为,反而很快把他们拉上来,这就避免了对方的怨恨,反而让对方对他生出敬意。

四、服。拉我上来,还留我谈话,所以服。

第二天,众泼皮凑些钱物,买了十瓶酒,杀了一头猪,来请智深。鲁智深和泼皮们喝得痛快。吃到半酣里,也有唱的,也有说的,也有拍手的,也有笑的,正在喧哄热闹,却听到树上乌鸦叫,泼皮们以为不吉利,有说要搬梯子上去掏了乌鸦巢的,有说不用梯子,直接爬上去的。

鲁智深一言不发,看了看,走到树前,把直裰脱了,用右手向下,左手在上,把腰一趁,把那株绿杨树连根拔起。泼皮们扑通通一齐拜倒在地,一片声地叫:"师父不是凡人!正是真罗汉!身体无千万斤气力,如何拔得起!"

此后,泼皮对鲁智深的感情又进了一步:由敬服到崇拜。

从此以后,泼皮们每日将酒肉来请智深,看他演武使拳。来而不往非礼也,智深也杀羊宰猪地回请他们。大概大相国寺的领导们怎么也不会想到,这个新来的鲁智深和这帮泼皮竟然弄得鱼水情深。

看来,鲁智深的好日子,在意想不到的地方,在意想不到的时候,在意想不到的人那里,竟然意想不到地来到了。

但是不久,他就遇到了一个人,而这个人的出现,又一次改变了他的生活,使他再一次流浪江湖。这个人是谁呢?

11. 菜头与教头

> 坏人作恶时，它装聋作哑，甚至助纣为虐；好人惩恶时，它出现了，打着法度的名义，惩罚好人。可见，大宋的官府，就是恶人的保护伞！

《三国》中的男人互为敌人，《水浒》中的男人互为兄弟

有一天，鲁智深正和一般泼皮们吃喝得快活，泼皮们提出要看看鲁智深演练一把兵器。有人要看，有人喝彩，鲁智深当然来劲。人都有一点人来疯，鲁智深也不能免俗。于是，他取出那重六十二斤的水磨禅杖，在空地上，飕飕地使动，浑身上下，没半点儿参差。自然又引得那一帮泼皮们真实的又颇有夸张意味的喝彩叫好。

泼皮们是外行，看的是热闹。但越是外行，越是喝彩叫好，这倒是一般规律，所以，对内行讲话难，尤其难以讨好；对外行讲话易，尤在于易于招来喝彩。这倒不是在批评外行，恰恰相反，所有的人，都是外行：你是某一方面某一技艺的内行，你必然是其他一切行当的外行，所以外行并不可耻。而且，因为是外行，所以没有利益之争，喝彩之时，可能会喝错彩，但是绝不会掺杂私念，而内行之内，同行之间往往是冤家，往往互相拆台，很难公正地肯定别人，所以，也就很难为他人喝彩。

正当他在喝彩声中越加兴头充足，禅杖越使越活泛时，墙外走过一个官人，这官人看了一会，喝彩一声："端的使得好！"

见大家都看着他，他又赞叹道："这个师父端的非凡，使得好器械！"众泼皮道："这位教师喝彩，必然是好。"

这个官人是谁？他是什么教师呢？为什么他喝彩，必然是好？

原来他是东京八十万禁军教头林冲！一个出身于武林世家的人物！

鲁智深见有这样一位行家给他这么高的评价，自然也高兴非常，就请过来相见。林冲大喜，两人当即结为兄弟，坐下一同饮酒。

有一个问题需要说明一下。

鲁智深在渭州一见史进便认作兄弟,在这儿一见林冲,林冲又也马上结义鲁智深为兄,《水浒传》一百零八人,人人在江湖中行走,都好结交异姓兄弟。这和《三国演义》相比,太有趣了:《三国》中的男人,个个都斗得像乌眼鸡似的,见面就互相掐,掐死拉倒。一时不能明掐的,也是暗自算计着对方,肚子里想着何时用什么方法弄死对方。

《三国》中的男人,哪怕原先是朋友,是兄弟,玩着玩着就成了敌人,成了你死我活的仇人;

《水浒》中的男人,哪怕原先是对头,是仇人,打着打着就成了兄弟,成了肝胆相照的哥们。

《三国》中的男人与男人,互为敌人。只要是英雄,双方就是竞争的对手。

《水浒》中的男人与男人,互为兄弟。只要是好汉,大家就是合作的朋友。

《三国》与《水浒》,体现了男人与男人之间最典型的两种关系式。

值得指出的是,鲁智深结交史进时,他是提辖,史进只是一个十七八岁的待业青年;现在林冲提出与鲁智深结交兄弟时,他是八十万禁军教头,鲁智深是一个十来亩菜园的菜头。显然,他们在结交兄弟时,根本不考虑对方的身份、地位。

可见,这样的兄弟,主要是建立在道德的基础上的。从这个意义上说,三国是讲利害的,水浒是讲义气的。三国讲权谋,水浒讲道德。

但是,有一个问题是:为什么他们那么热衷于结交异姓兄弟呢?

中国封建社会是一个人民的基本安全得不到切实保障的时代,官方可以迫害你,流氓可以欺压你,豪强恶霸可以鱼肉你。

我们现在常说我们是受法律保护的,但是我们看看在《水浒传》所写的那个时代,当林冲受迫害的时候,开封府的法律保护他了吗?金翠莲父女受镇关西欺压的时候,渭州的法律保护他们了吗?桃花庄刘太公刘小姐被强盗逼婚的时候,青州的法律保护他们了吗?瓦罐寺的老和尚们被两个恶棍欺压的时候,法律保护他们了吗?在那个时代,法在哪里?官府在哪里?

为什么有那么多英雄眼中无法,只相信他们自己的拳头和手中的刀剑?因为当人民受欺压的时候,那时代的官府完全不见踪影,只好自己解决问题,私力维权。

反而是好人挺身反抗、抗暴除奸之后,官府却随之而来要惩罚好人:当镇关西作恶时,我们看不见法律,但当鲁达杀了他之后,我们看到官府来了,要缉捕鲁达;当西门庆、潘金莲杀死武大郎时，我们看不见官府，但武松杀了西门庆、潘金莲后，官府来了，要流放武松。

这样的官府，坏人作恶时，它装聋作哑不作为，甚至助纣为虐，所以坏人不怕；好人惩恶时，它倒出现了，打着法度的名义，惩罚好人，所以好人担心。

可见，大宋的官府，很多时候，就是恶人的保护伞！

所以，那时代的人喜欢结交兄弟，乃是出于自我保护的需要。

延伸一点说，为什么在中国封建时代，有那么多帮会组织？帮会组织后来确实大多数都演变为危害社会、欺压人民的黑恶势力，但究其产生之初，何尝不是出自一盘散沙的无助的人自我结义以寻求互保的动机！

那还会有人问，这样的人民基本权力无保障的状况，三国时代不也一样吗？是的，但是，《三国》和《水浒》所写的人不一样。

《三国》所写的人，都是社会上层人物，他们操纵别人的命运；

《水浒》所写，都是社会中下层人物，他们的命运被别人操纵。所以他们要结义，从而使自己更有力量，在遭到迫害时，能有人出手相救。

事实上，《三国》中也有结交的例子，典型的就是桃园三结义。但是，我们注意到，当刘、关、张结义时，他们恰恰是身处下层。后来诸葛亮加入刘备集团，刘备与他情好日密，感觉得到孔明有如鱼得到了水，但是，他们却没有结交，他们不可能再是兄弟，而只能是君臣。可见，结交兄弟，一般都是下层人民的习惯，而这个习惯，乃是由于他们缺乏安全感造成的。

谁的眼泪在飞

结交是为了自保，这是一个基本事实。马上就有一个活生生的例子——林冲本人的经历。

当林冲在野猪林里，被董超、薛霸绑在树上，要加以杀害的时候，只听得松树背后雷鸣一声，一条铁禅杖飞将来，把薛霸的水火棍一隔，飞出九霄云外，松树后面跳出一个胖大和尚来，林冲睁眼一看，正是他的兄弟鲁智深！

鲁智深拔出戒刀，把绑林冲的绳子割断了，扶起林冲，开口第一句便是："兄弟！"

这段时间里，谁把他当人？只有陷害、蹂躏、折磨、侮辱。此时一声兄弟，怎不令人热泪横飞?

鲁智深接着告诉他:"俺自从和你买刀那日相别之后,洒家忧得你苦。自从你受官司,俺又无处去救你。打听的你断配沧州,洒家在开封府前又寻不见。却听得人说,监在使臣房内,又见酒保来请两个公人说道:'店里一位官人寻说话。'以此洒家疑心,放你不下。恐这厮们路上害你,俺特地跟将来。见这两个撮鸟带你入店里去,洒家也在那里歇。夜间听得那厮两个做神做鬼,把滚汤赚了你脚。那时俺便要杀这两个撮鸟,却被客店里人多,恐防救了。洒家见这厮们不怀好心,越放你不下。你五更里出门时,洒家先投奔这林子里来,等杀这厮两个撮鸟,他到来这里害你,正好杀这厮两个。"

一口"你",一声"洒家",有一张杀人的大网罩住你,使你一步步走向死亡,但同时,也有一双热切关注的双眼,来自你的兄弟,在你不知不觉之中,他已成了你的保护神。——你我分别,我忧得你苦;你受官司,我无处救你;你断配沧州,我去开封府寻你;见有人请公人说话,我疑心,放你不下;恐这厮在路上害你,我特地跟着你;见这厮不怀好心,我越放你不下!见他们害你,我正好赶上救你!

是什么人在天地一片黑暗之时为林冲点燃一支蜡烛?

是谁在天罗地网之中为林冲杀一条生路?

是什么人在林冲叫天天不应、叫地地不灵的时候,忧得你苦、放你不下、越放你不下?

是谁不惜千里尾随,暗中保护,使林冲逃脱这无所逃乎天地之间的陷害大网?

是谁一口一声"你",又一口一声"洒家",让你知道,你一直被他关注,被他牵挂?纵使全世界都放弃了你,他仍然紧紧拉住你,不肯让你陷落?

是他的智深兄弟!

鲁智深要杀两个公人,林冲劝阻了他。

至此,公人、林冲、鲁智深,三者之间构成了四种关系:

公人要杀林冲,智深要救林冲,智深要杀公人,林冲要救公人。

如果鲁智深不出现,就只有一种关系:公人杀林冲。——世道黑暗,看不到希望。

鲁智深出现了,就出现了两种关系:智深救林冲。——这世道固然黑暗,但尚有生机,有仁慈。

智深杀公人。——这世道尚有正义。作恶者尚不会全无顾忌,而正义也将最终出现。

被救下的林冲又阻止了鲁智深杀公人：林冲救公人。——世间也有慈悲，也有宽恕。

可见，假如如公人的愿，林冲被杀，则没有人救公人，公人也将被杀。公人杀林冲，等同自杀。

而鲁智深救了林冲，林冲才可以救公人。

可见，是鲁智深堵住了死门，并打开了生门。

没有鲁智深，这世道只有黑暗。

鲁智深这样的人出现了，这世道于是有了——生机，正义，仁慈，宽恕。

这就是鲁智深这个文学形象的价值。

杀人须见血，救人须救彻

接下来，两个公人背上行李包裹，搀上林冲，在鲁智深的押送下来到一个村酒店里，四人歇下来，两个公人小心翼翼问鲁智深："不敢拜问师父在哪个寺里住持？"鲁智深笑道："你两个撮鸟问俺住处做什么？莫不去教高俅做甚么奈何洒家？别人怕他，俺不怕他。洒家若撞着那厮，教他吃三百禅杖！"

面对这两个撮鸟的诡诈，他不是气，而是笑。为什么？因为，他轻蔑他们，轻蔑他们背后的势力。

我们以前说过，林冲一生，只是一个怕字，而鲁智深一生，只是不怕。

怕便局促，怕便委屈，怕便小心，怕便萎缩，甚至怕便屈辱，怕便委琐，怕到最后若不能爆发，便是万劫不复的奴才，怕到最后若爆发出来，又特别地狠毒。总之，让人怕的社会，整个地造成了全社会的心理变态。

而鲁智深不怕，不怕便舒展，不怕便痛快，不怕便无奴颜媚骨，不怕便堂堂正正，体体面面，铁骨铮铮。

《水浒传》把鲁智深写得体格宽大，心地厚实，这种气质，就来自于他的不怕，来自于他的这种正大阳刚的气质。不怕是鲁智深的最大性格特点，也是最能代表梁山好汉整体特点的地方。在封建专制社会那样专门让人怕的社会里，不怕，是最可贵的精神。

《水浒传》下面接着叙述：他们吃了些酒肉，收拾了行李，还了酒钱，出离了村口——为什么要这样细细地叙来？因为这四个"了"字，暗示着一双可怜巴巴的眼神，一双可怜巴巴的眼睛在看着这一切,这一切是从一双可怜巴巴的眼睛中看到的,所以,这些句子,不是在叙事,而是在写这双眼睛。读书要读明白这一点,才不辜负了作者,也才能读出味道,读出感觉,读出感情。这双可怜巴巴的眼睛就是林冲的眼睛,因为,被折磨得气息奄奄的他,现在离不开鲁智深的保护,他不要鲁智深走。鲁智深下一步要怎样,他心里没底,他又是一个内向、自尊而羞涩的人,不好开口求人。

从酒店出来,到了村口,林冲嗫嚅道:"师兄,今投哪里去?"他担心鲁智深又撇下他,一个武功盖世的大英雄,此时像一个婴儿,眼神中全是对这个世界的恐惧,对鲁智深的依赖。大英雄的这种无助、无奈、无力,令人坠泪。

鲁智深道:"杀人须见血,救人须救彻。洒家放你不下,直送兄弟到沧州。"

人有这样的兄弟,人便有了活路,天地有这样的人,天地便能生人。

署名李卓吾评点的袁本在此句下眉批曰:"放不下父母便成孝子,放不下兄长便成悌弟,放不下朋友便成信人义士。凡不好的人只是放得下三字,遂无所不薄。"

是的,"放不下"三字,可作鲁智深一生之评。等到他放下时,他已经在杭州六和寺了。

不过,说鲁智深的"放不下"三字,还要说到他的另外三个字。哪三个字呢?

这三个字是:"放不过"。

他放不下什么,又放不过什么呢?

原来,这个世界上,总有两种人,两种他不得不管的人。

一种是被恶人欺负而又忍气吞声无力反抗的可怜人。

一种是欺压良善而又无人制止的不明道德的可恨人。

可怜人与可恨人,是他命运中纠缠不清的两种人。他几乎就是为这两种人而生来世上。所以,他与生俱来的,又有两颗心:慈悲心与杀伐心。

他特别有慈悲心,对这些可怜人,他放不下,他要出来救助,施以援手。

他特别有杀伐心,对那些可恨人,他放不过,他要出来制止,饱以老拳。

一方面放不下,一方面放不过,耿耿于怀,如蝇在食,如鲠在喉,吐之为快;如眼中钉,如肉中刺,拔之为急。所以,鲁达碰上这样的事,这样的人,他只能丢下一切,先做了这事这人再说。

就做事而言,鲁智深有两个特点:

一、做前三不:不惹事,不生事,不怕事。

二、做后三不：不悔，不怨，不惜。不悔已做的，不怨受惠的，不惜失去的。

他有一句格言：杀人须见血，救人须救彻。所以，他做事坚决、干净、彻底，不瞻前顾后，不犹豫不决，不三思而行。没有那么多的算计，更没有自身利益的考虑。所以，他常常因此把自己的生活毁了。但即使这样，他也不思量，不后悔，对自己被毁掉的生活毫不留恋，并且，以后如何，也毫不在意。他只是一条禅杖，一领直裰（duō，直裰，即僧袍），一顶光头，赤条条来去无牵挂，飘飘然潇洒走天下，难怪他是三十六天罡中的天孤星！

就这样行了十七八日，鲁智深一直把林冲送到安全之地，才回到东京。

回到相国寺菜园后，被董超、薛霸这两个歹徒告发，高俅这个《水浒传》中头号歹徒马上派人来缉捕鲁智深。幸得那一帮泼皮及时报信，鲁智深仓皇出逃，再次成为"国家敌人"，上演"末路狂奔"。菜头幸福平静的生活，又失去了。

后来，漂泊江湖的他和杨志一起上了二龙山。三山聚义打青州后，又上了梁山，成了梁山步军十头领之首。

鲁智深上梁山时，此前他所结交的朋友兄弟中，杨志、武松、李忠、周通一同入伙，而林冲早已在梁山落草。如果说，《水浒传》十七回以后，宋江为主，那么，前十七回，说是以鲁智深为主，不为太过。前十七回中出现的人物，或多或少都与鲁智深有关。这些或多或少与鲁智深有牵连的兄弟，在五十八回《三山聚义打青州，众虎同心归水泊》之后，几乎都汇聚在梁山大寨。只有一个人尚未到来。这个人是谁呢？

他就是远在华州华阴县少华山落草的史进。自从与鲁智深在瓦罐寺一别之后，我们再也没有听说过他的消息。他的境况如何呢？

遇弱便扶，遇硬便打

鲁智深是个粗莽人，但此人偏一往情深，内心中特别深情。他不光有"义"，还有"情"。梁山英雄中，大多数是"忠义"，而鲁智深的突出特点则是"情义"。为人尽力叫作"忠"，感同身受叫作"情"。为人尽力，梁山好汉大多能做到，感同身受地去体会别人的感受，设身处地地为别人着想，这种曲折委婉的"情"，正是梁山众多英雄中比较缺乏的，而鲁智深这样一个粗鲁的人，偏偏有这样的情怀。他上了梁山，见到了林冲，第一句话便是动问林冲夫人的情况："洒家自与教头别后，无日不念阿嫂。近来有信息否?"对林冲他"忧得你苦","放你不下",对林冲老婆,他只匆匆见过一面的阿嫂,竟然也是"无日不念"。对着一个男人说无日不念你的老婆,这样的话也只有鲁智深才能说得出来,而且说得一腔深情,却又冰清玉洁。

对远在少华山的落草的史进,他也如此,他对宋江道:"智深有个相识,唤作九纹龙史进,见在华州华阴县少华山上,自从瓦官寺与他别了,无一日不在心上。"

又是一个"无一日不在心上"的人!有多少人在他心上?有多少人无一日不在他的心上?他这颗粗莽的心,竟然时时刻刻牵挂着这么多人和事?

宋江便派武松随鲁智深去少华山礼请史进入伙。到了少华山,却不见史进。这是怎么回事呢?

原来,华州现任太守姓贺,原是宋代六大奸臣之一蔡京的门人,为官贪滥,非理害民。他强抢了王义的女儿玉娇枝,并把王义刺配远恶军州。史进救下王义,听完王义诉说,义愤填膺,去太守府刺杀贺太守,刺杀不成,反被捉拿,监在牢里。

鲁智深一听,怒曰:"这撮鸟敢如此无礼!倒怎么厉害!洒家便去结果了那厮!"

当初他听到郑屠欺负金翠莲父女时,大怒的他说的是:"洒家去打死了那厮便来!"现在,"打死"换成了"结果"了,为什么?因为他是和尚了,"结果"就是佛教中的词汇,用种花植树比喻人的行事,用结果比喻结局和最终归宿。这个贺太守种下了那么多恶因,总要给他一个恶果,既已种因,终当结果么。

"结果了那厮",这人世间,多少恶贯满盈仍不住手的这厮那厮,只欠一个结果?而若我们不给他一个结果,他的作恶便也永不会停止!只有结果的那一天,才是他住手的那一天。所以,"结果"就相当于"超度"。真正的佛法,就是对恶人恶行的超度。恶人在恶行中而不自觉,深陷恶行中而不能自拔,就是业障,就需要超度!

实际上,这个事情,很像是他打死郑屠那件事。说来也怪,鲁智深总是为女子弄出事,从渭州金翠莲到桃花庄刘小姐,再到东京城林冲的老婆张氏。而且,还总是一对父女,一个老弱无能的父亲和一个年轻美貌的女儿:金翠莲父女,刘小姐父女,林冲的老婆也有个父亲张教头,而此时史进碰到的这件事,竟然也是一个懦弱无告的父亲和一个貌美如花的女儿。

可是,天色已晚,要结果那厮,也只有等到明天。

这一晚,在少华山山寨,面对朱武等人的盛情款待,鲁智深说:"史家兄弟不在这里,酒是一滴不吃!要便睡一夜,明日却去州里打死那厮罢!"

金圣叹曾用四个遇字说鲁智深：遇酒便吃，遇事便做，遇弱便扶，遇硬便打。这后面三句，我都没有意见，只"遇酒便吃"四字，委实冤枉了我们的智深兄弟，他固然是好酒，但不贪酒，不酗酒，事实上，他常常是遇酒不吃——在桃花山，因为不喜欢李忠、周通的为人，满桌的酒他便没吃；在瓦罐寺，在极度饥饿中，面对着一桌酒菜和崔道成的邀请，他也没吃；在暗中尾随保护林冲的途中，他也一路不吃酒；此时面对着朱武等人杀牛宰马和美酒，他仍是"一滴不吃"。他是率性而为的人，又是内心极有分寸的人。

率性和分寸是一对矛盾，要处理好，很难。

率性可爱，有分寸可敬。

李逵比鲁智深更率性，所以有时候比他更可爱。但李逵往往没分寸，让人害怕，所以没有鲁智深可敬。

武松分寸感极强，所以很可敬。但不够率性，所以不如鲁智深可爱。

既可敬又可爱，这正是他高于李逵、武松等人的地方。

见鲁智深如此焦躁、莽撞，做事稳妥精细的武松和朱武等人都力劝他不可造次。鲁智深对着朱武破口大骂："都是你这般性慢直娘贼，送了俺史家兄弟！只今性命在他人手里，还要饮酒细商！"

智深兄弟这下可真骂对了，这世界有时候还真不缺少精细人，遇事也还真不缺少细商的人，不缺少哈姆雷特式的犹犹豫豫的人，就缺少莽撞人。面对事情，那些细商的人最后往往不了了之，即便后来做了也往往效果大打折扣。

这个世界上的很多大事要事偏偏是莽撞人做的。

莽撞人往往干成了大事，干了大家都希望有人干而又自己不敢干的事，干了大家希望有人干而自己算计得失后不愿干的事。而且干得不折不扣，斩绝痛快。

他们往往是真君子，真汉子。

历史上多少大事是莽撞人干的啊，历史上有多少伟大的莽撞人啊。

陈胜、吴广是不是莽撞人？折木为兵，揭竿为旗，没有一点莽撞精神，干不出来。

项羽是不是莽撞人？破釜沉舟，决战巨鹿，非莽撞人干不出来。

刘邦是不是莽撞人？释放囚徒，挺身自任其罪，非莽撞人干不出来。

正是这四个莽撞人，推翻了暴秦。

《水浒》中最让我们快意的人，往往也是莽撞人，最让我们快意的事，也是莽撞人干的莽撞事。

鲁达拳打镇关西,李逵脚踢殷天锡,杨志刀劈没毛大虫,燕青摔翻高太尉,哪一件不是莽撞事,又哪一件不是让我们痛饮一杯、大呼快哉的事?

当晚,面对着满桌酒肉,以及众人的苦口婆心劝说,哪里能劝得住他呷一杯半盏。不仅不呷一杯半盏,睡觉时连衣服也不脱,和衣而睡,第二天,四更天即起,提了禅杖,带了戒刀,不知哪里去了。

他能到哪里去呢?只能去救史进了!

一个人,一副光头,一把戒刀,一条禅杖,独闯龙潭虎穴,他要去结果那作恶多端的贺太守,他要去救他的兄弟史大郎。他会成功吗?

12. 独闯虎穴

> 武松不打无把握之仗,鲁智深相反,只要是该打的仗,无把握也要打。抛头颅洒热血,心甘情愿;上刀山下火海,在所不辞!

不求成功,但求成仁

鲁智深到了华州城里,要刺杀贺太守,同时还要救出史进,这是一个几乎不可能完成的任务。实际上,鲁智深未必不知道这一点,但他在没有更好的办法的情况下,只能如此。但在我们看来,能够如此,便见出兄弟情分,便见出鲁智深的疾恶如仇,便见出鲁智深的勇气,见出他的英雄气概。英雄会在挺身而出时遭遇失败,但不会因为怕遭遇失败而畏首畏尾。实际上,综观鲁智深一生,他是一个不求成功、只求成仁的人,这与武松做事务求成功形成鲜明对比。

> 武松让人觉得英雄让人放心,只要他出手,就能搞定一切。
>
> 但鲁智深让人觉得英雄让人动心,只要有需要,他一定会出手。
>
> 武松不打无把握之仗。
>
> 鲁智深却相反,只要是该打的仗,无把握也要打。抛头颅洒热血,心甘情愿;上刀山下火海,在所不辞。
>
> 这是什么?这是一种精神,是一种高贵,是一种令人心仪的气质。这是《水浒传》这部小说给我们树立的一种人格精神坐标。

我们常常说,文学是塑造人物形象的,但文学更是塑造精神气质的。文学为什么要刻画人物形象?实际上,文学要建立一种人格坐标,使我们相信人类自己,相信我们自身的高贵,从而使我们虽然身处不完美的现在,但相信未来。

可以这样说,在《水浒传》中,不同的人物故事体现出不同的文学意义。鲁智深这个人物形象的文学意义,就是让我们知道,在这个不完美甚至丑陋的世界上,还有高贵。在小人麇集的世界上,还有这样高贵的人。我们还可以拥有一种尊贵的人生。

那么,鲁智深到华州城刺杀太守,结果会是怎样的呢?《水浒传》把这一过程写得三起三跌。

第一起跌:鲁智深刚到州衙前,正在衙前的桥上张望,贺太守的轿子正从外面回来。鲁智深心想,俺正要寻他,却正好撞在洒家手里!那厮多敢是当死!

到此时,我们一定以为下面必有惊天动地的行动,鲁智深的禅杖一定会跃然而出,直劈贺太守脑袋,但接下来却是一跌。

原来,贺太守轿前,是一对对兵马开道,轿子两边,各有十个虞候簇拥着,人人手执鞭枪铁链,守护两下,显然,前日史进行刺之所以失败,就是因为贺太守防范如此之严,而史进行刺之后,防范之严肯定比先前有过之而无不及。鲁智深下不了手,他寻思:"不好打那撮鸟,若打不着,倒吃他笑。"他不怕被擒被杀,他只怕他笑。英雄好面子胜过爱性命,好死胜过赖活着,宁愿站着死,不愿跪着生。

什么是英雄?这个问题可能有无数个答案,但是,我们至少可以这样说:英雄是这样的人,在他们看来,总有一些东西比生命重要。从某种意义上说,一个人的价值观里,比生命重要的东西越多,他的品性越是高贵,这些东西增加了他品性中高贵的东西的比重。反之亦然。

再者第二个起跌:眼见着行刺将无果而终,我们也有些失望。贺太守过去了,鲁智深没能出手。

但那贺太守是个狡狯之徒,他从轿子的窗眼里,早看见了鲁智深,鲁智深欲进不进、欲动又止的行为早引起了他的猜疑。待他到府中下了轿,便叫了两个虞候吩咐道:"你与我去请桥上那个胖大和尚到府里赴斋。"虞候便来请智深,说:"太守相公请你赴斋。"读到此处,我们不禁心中一悬,贺太守到底要怎样?鲁智深的命运又如何?

鲁智深倒没想这么多,他一直是个乐观的人,他只想到对他有利的一面。他想:这厮合当死在洒家手里,俺却才要打他,只怕打不着,让他过去了。俺要寻他,他却来请洒家,我正好得便杀他。

我们又看到了鲁智深打杀贺太守的希望。

但马上又是一跌:太守已自吩咐下了,鲁智深进到厅前,便叫放了禅杖,去了戒刀,请后堂赴斋。太守那边有了防备,鲁智深这边没了兵器,看来鲁智深行刺活动又要失败。

第三起跌:但鲁智深并不觉得这样有什么妨碍,杀鸡焉用牛刀,杀贺太守这样的撮鸟,也不必戒刀禅杖。鲁智深想:"只俺两只拳头,也打碎了那厮脑袋!"当初鲁智深不就凭两只拳头,三拳就打死了镇关西吗?我们对鲁智深的拳头是有信心的。有了这两只拳头,我们又有了打杀贺太守的盼头,形势又是一起。

但接下来的事情发生得非常突然:鲁智深在廊下放了禅杖、戒刀,跟虞候入来,贺太守正在后堂坐定,把手一招,喝声:"捉下这秃贼!"两边壁衣内,冲出三四十个做公的来,横拖倒拽,捉了鲁智深。鲁智深根本没有走近贺太守的机会!贺太守是《水浒传》里贪官污吏中比较狡猾而有心计的一个。

一场未遂的刺杀,一场甚至没有发起攻击的刺杀,《水浒传》写得三起三落,悬念跌起,扣人心弦。

众官做官却做贼,郑广做贼却做官

现在,鲁智深刺杀贺太守,不但没有成功,而且自己还被活捉,这是鲁智深自出场以来第一次如此狼狈、如此尴尬、如此出丑,用他自己的话说,被人笑话了。但是,正是在这种身陷缧绁的绝境中,鲁智深爆发出特别耀眼的光彩。作为一个俘囚,他竟然反客为主,上演了一出极其精彩的绝地反击,并最终反败为胜,成就了异样的精彩。这是怎么回事呢?

贺太守之所以要设计抓鲁智深,只是对他的可疑举动有所怀疑,却并没有什么真凭实据,因为鲁智深毕竟没有实施刺杀行为就已被抓,并且被抓之时,他身边没有凶器。所以,鲁智深是可以有脱身的机会的。他只要不承认自己是刺客,随便编一个谎,对方就无法证明他是刺客。至少可以蒙骗拖延对方一段时间,从而可以为梁山救他争取宝贵的时间。

《水浒传》的百回本、百二十回本也正是这样写的。

但金圣叹的七十回本却给了我们一个大出意料的结果。

七十回本是怎么写的呢?

贺太守一看已拿住鲁智深,喝令推到厅前阶下,准备亲自勘问。这时,他一定是这样的心态:一方面沾沾自喜于自己的聪明,一方面又乐于看到这个刺客的被识破活捉时的狼狈。但是他万没想到,他等来的,是完全没想到的情景,这个胖和尚一点狼狈相也没有,反而把他弄得非常狼狈。这是怎么回事呢?

原来,当他带着胜利者的姿态和得意,要审问对方,但他还没来得及开口,反而是鲁智深反客为主勃然大怒,对他没头没脸就是一顿痛骂。

鲁智深是怎么骂的呢?

鲁智深先是对贺太守作道德鉴定:

你这害民贪色的直娘贼!你便敢拿倒洒家!

贺太守一定完全被台阶下面的这个胖和尚弄糊涂了。这到底是谁审谁啊?这个胖和尚,到底是谁啊?

别急,他马上就会说到自己:

俺死亦与史进兄弟一处死,倒不烦恼。

这是典型的不打自招嘛。是这个和尚怕打吗?是这个和尚愚蠢没脑子吗?贺太守自己很明白:不是。贺太守很痛苦很愤怒地发现,这个胖和尚是彻底地鄙视自己,根本不把自己放在眼里,所以根本犯不着对他用心眼。我就是来救史进的,又怎样?你大不了杀了我,但洒家哪里是怕死的呢?何况能和自己的兄弟死在一起,有什么遗憾呢!

但你不要以为你可以为所欲为,不要以为我们任人宰割,杀我和史进容易,要救你自己的这条小命,难!

只是洒家死了,宋公明阿哥须不与你干休!

我不光是来刺杀你救史进的,洒家还是梁山泊的,怎么样?你敢杀我吗?你承担得起这后果吗?

你看,没等贺太守开口,鲁智深已堂堂地亮出自己的身份:不仅主动承认了自己是刺客,还承认了与史进的关系。承认了与史进的关系,就等于承认了与少华山的关系,承认了与少华山的关系,性质就变了,罪行就大了——他不再是针对个别官员的刑事犯罪,而是直接威胁朝廷的造反强盗了。也就是说,他由一个刑事犯,变成了造反的强盗。这两者,在中国古代的法律上,是截然不同的性质的,后者要严重得多,处罚也严厉得多。因为前者只危害特定的个别的对象,而后者则是危害整个社会,危害整个统治阶级及其统治,是对整个社会秩序的破坏。

还不仅如此。鲁智深不仅承认了自己是少华山的强盗,而且还几乎是自豪地宣布了自己是梁山泊的强盗。梁山是什么概念？那是被宋徽宗御笔书写在宫中的著名的四大寇之首：在第七十二回，写到柴进混进宫中时，亲眼看到徽宗在睿思殿的素白屏风上写着：山东宋江，淮西王庆，河北田虎，江南方腊！那是让皇帝头疼不已、耿耿于怀、念念不忘、日夜想着剿灭的对象！

虽然自己是阶下囚，对方是阶上主；自己是强盗，对方是体面的朝廷命官，但鲁智深竟毫不泄气，反而盛气凌人，反客为主，指着对方鼻子，骂得对方还口不得。他作为一个强盗，作为一个被正统道德观念彻底否定的强盗，却一丝自卑都没有，一点惭愧都没有，为什么？因为，他知道，对方虽然表面上是身披官服的体面的官员，实际上却是一个害民贪色的贼！这才是真正的贼！而鲁智深自己，虽然有一个强盗的身份，却是一直行侠仗义、打抱不平、除暴安良的义士！

岳珂的《桯（tīng）史》（十五卷，是关于南宋后期的朝野见闻杂记，具有较高的史料价值）记载了这样一个故事：

郑广本是个海寇，朝廷下诏招安，委他当福州延祥寨统领。

一日，郑广到福州府衙参加聚会，满座官员，济济一堂，大家在一起谈笑风生，吟诗作赋，大家知道郑广的出身，没有一个愿意理会他。郑广忍耐不住，忿然起立说："我是个粗人，有一首诗献给大家，好吗？"等众人安静下来，郑广大声吟道：

    郑广有诗上众官，文武看来总一般。众官做官却做贼，郑广做贼却做官。

满座等看郑广笑话的官员一时惭愧得鸦雀无声。

有意思的是，郑广在绍兴六年（1136年）被招安时，朝廷册封他做的官就是"保义郎"，而宋江的绰号就是"呼保义"。而这个绰号的意思，可能就与这个"保义郎"的官名有关。

鲁智深面对着当时的"众官做官却做贼"的事实，在这样的"官贼"面前，他这样的行侠仗义的所谓强盗，他们之间，不是官和盗的关系，而是"官贼"和侠盗、义盗的关系。那他有什么好自卑惭愧的呢？正如《桯史》所记，真正需要惭愧的，是这些披着官服的"官贼"啊！

义者，刘也

那么，这场由侠盗主持的对官贼的审判，最后是如何判决的呢？

有意思而又十分精彩的是,身处绝境的鲁智深还给对方指出三条生路,好像身处绝境的不是他,而是对方:

俺如今说与你:天下无解不得的冤仇。

这还真是佛家果报之说,给出路,宽大为怀,放下屠刀立地成佛。那么,这冤仇怎么解呢?

他给了贺太守三条最后通牒:

第一,你只把史进兄弟还了洒家;

对智深来说,救出史进,是头等大事。对贺太守而言,这是一大难事,史进是刺杀他的刺客,他怎能轻易放还?但这还不是贺太守的头等大事,为什么呢,因为还有比这更难的呢——

第二,玉娇枝也还了洒家,等洒家自带去交还王义;

这当然更是万万做不到。但这还不是贺太守的头等大事,因为,还有更难的,是不是在把史进、玉娇枝交出来后,你就仍然可以做你的官,做你的贼,做你的恶了呢?做你的梦去吧——

第三,你却连夜也把华州太守交还朝廷。量你这等贼头鼠眼,专一欢喜妇人,也做不得民之父母!

让他交出权势,这是灭他的权欲。

从情欲到权欲,都要帮他淘汰一空,鲁智深看穿了贺太守是个一钱不值的东西,可是他偏偏占有了这么多东西,今天他非要把他扒得精光,让他一丝不挂,四大皆空。鲁智深还真是法师哦!

如果说讨还史进,乃是出于私情;解救玉娇枝,就是出于公愤;而让贺太守交还太守职位,就是公义,就是天地正道,就是替天行道!

最后是总结:

若依得此三事,便是佛眼相看;若道半个不字,不要懊悔不迭!如今你且先交俺去看看史家兄弟,却回俺话!

如果不看上面,仅看这几句话,这哪像是被人绑缚的阶下囚说的?倒好像他把禅杖架在贺太守的脖子上在训话。只有他把禅杖架在贺太守的脖子上,或者他是大法官,而贺太守站在被告席上,他才能用这种口吻和他说话,教训他。那么,他既然没有这样的凭借,既无禅杖,又无法案,他凭什么和贺太守这样说话?

凭正义!这是道德的优势、人格的优势,这就是孟子所说的浩然之气!

义这个字,非常有意思。义者,宜也。义者,刈也。义就是适宜的、合理的,不合理不适宜的,怎么办?刈!杀!

所以,在中国传统道德概念中——

仁是爱,是维护,是怜惜,是同情;

义是恨,是杀伐,是修剪,是斫削。

问题是,义,竟然不在朝廷,而在江湖;不在朝廷命官,而在山林强盗。

本来贺太守大模大样、高高在上地来审问智深,没想到智深兄弟没等他开口,先就劈头盖脸一顿臭骂,又是直娘贼,又是贼头鼠眼,甚至要他辞官滚蛋,骂得他狗血淋头,骂得他不辨东南西北,骂得他上天无路入地无门。他气得说不出一句完整的话:

> 我心疑是个行刺的贼,原来果然是史进一路!那厮,你看那厮,且监下这厮,慢慢处置!这秃驴原来果然是史进一路!

气急败坏,语言断续不接,又重复啰嗦。虽然鲁智深的禅杖没有在他身上戳几个窟窿,但是鲁智深这一番堂堂正正的严辞斥责,则把他的精神打得千疮百孔、落花流水!

这一次,被缴了械、被绑了手脚的鲁智深,照样取得了绝对的胜利。只不过,此次,他凭借的不是武力,不是双拳、禅杖、戒刀,而是他的言辞,因为义正,所以辞严。一句话,此处杀人的,不是刀锋,而是词锋。

我刚才说,鲁智深要让这个贺太守四大皆空一丝不挂,是法师口吻,实际上,这倒是货真价实的儒家思想。在儒家圣人那里,如果说孔子更侧重于讲仁,孟子就更强调义,孔曰成仁,孟曰取义,仁是偏重柔性的力量,义是偏重刚性的力量。所以,孟子是阳刚的,是中华民族浩然正气和阳刚气质的主要精神资源。《水浒传》中普遍存在的阳刚之气,整体上像《孟子》的风格,而鲁智深骨子里有和孟子气质很相近的地方。我们看他严辞斥责贺太守"做不得民之父母","连夜也把华州太守交还朝廷",就实际上正是孟子的思想!

为什么这样说呢?有根据吗?

铮铮铁骨,货真价实

我们看看孟子的说法。

《孟子·公孙丑章句下》讲了这么一件事:

孟子到了平陆,对那里的地方官孔距心说:"如果你的士兵,一天三次开小差,那你是否开除他呢?"孔距心回答说:"不等三次我就会开除他。"孟子说:"可是你自己失职的地方也很多啊。灾荒年月,你的百姓老弱抛尸于山沟荒野、青壮年四处逃散的,将近千人啦。"孔距心说,"这些问题不是我一个地方官所能解决得了的。"孟子说:"如果现在有一个人接受了人家的牛羊答应替人家放牧,那他就一定要替人家寻找牧场和饲料。如果找不到牧场和饲料,他是把牛羊还给原主呢?还是站在那儿看着它们饿死呢?"孔距心回答说:"这就是我的罪过了。"过了几天,孟子被齐王召见时说:"王手下的地方官员,我认识五个人。其中认识到自己罪过的,只有孔距心一个人。"于是把自己和孔距心的谈话给齐王复述了一遍。齐王听完说:"这就是我的罪过了。"

孟子不但要不称职的地方官员主动辞职,还职国君,他还要不称职的国君也辞职——这在中国封建社会的历史上几乎是空前绝后的:

《孟子·梁惠王章句下》记下孟子和齐宣王的一段很有意思的对话,孟子对齐宣王说:"如果王的臣子中有人把妻子儿女托付给自己的朋友,自己到楚国去游历,等他回到家里,他的妻子儿女却在受冻挨饿,那该怎么办呢?"齐宣王说:"和这样的朋友绝交。"孟子说:"假若司法长官,不能管理他的下级,那又该怎么办呢?"齐宣王说:"撤他的职。"孟子说:"假若国家得不到治理,那又该怎么办呢?"齐宣王扭头看左右的人,把话题岔开了。

当然,需要说明一下的是,智深兄弟这段掷地有声的话,很可能是金圣叹先生的话。因为《水浒传》其他的版本上都没有这样的话,那些本子上都是写鲁智深辩解自己并非刺客,文字奄奄欲死。这些本子上的写法,符合一般情理,却有违鲁智深的性格。只有在圣叹先生的七十回本子上才改成现在生气勃勃的样子。

事实上,《水浒传》这部小说,本来就不是由某一个作者一次完成定型的,它是在流传过程中得到不同人的加工而成为现在这个样子的,所以,我们完全可以、也应该接受金圣叹对《水浒传》所作的文字上甚至个别情节上的加工,总体来说,金圣叹的改写和加工确实胜过原来的样子。

可以说,这是鲁智深一生仗义行侠的巅峰之作。为什么这样说呢?

因为,一、此前他反对的,往往不过是一两个恶棍、流氓、强盗,而此时他痛斥的,乃是华州太守,一个地级市的市长。他反对的,是一个颇有级别的贪官。

二、还不仅如此。他以前骂的,比如郑屠,都是一些孤立的不道德的人和不道德的事。而这次他骂的,就不仅仅是一个贺太守,而是对整个封建官僚体系及其道德现状,在基于一个更高的理念和传统的价值观的立场上,对之进行严厉的道德批判。他体现了广大人民对封建官僚制度的整体性不满和反抗,以及社会精英阶层对这种制度的反思。

当然,我们需要特别指出的是,他在拳打镇关西之前的痛骂,是他脚踏对方胸脯,对于被自己制服的人的斥责。而此时的情形正相反:他自己成了阶下囚,毫无还手之力,自己的生命全在别人的掌握之中,只要对方愿意,马上可以置他于死地。在此种情形下,一般人哪怕不去乞求对方饶恕,至少也不会再去激怒对方,但鲁智深毫不畏惧,以道义为勇气,直斥太守贪残害民,喝令太守改恶从善,在死亡的考验面前,我们终于可以给鲁智深打一个满分,这真的是一个铮铮铁骨的好汉!货真价实的纯种英雄!在任何情况下都没有可怜相,都能保有自己尊严的豪杰之士!

那么,贺太守知道了鲁智深是个刺客,专为取他性命而来,被捕后又如此嚣张,不但不求饶,反而破口大骂。一个已置生死于度外,视死如归,一个被对方骂得一钱不值,恼羞成怒。被激怒的贺太守会不会一怒之下,下令杀了鲁智深呢?

13. 大圆满

> 鲁智深的结局极其圆满。可以说,是所有一百零八人中最为圆满的。这还不仅仅是指他生前事业的圆满。一个人,真正的圆满,是拥有一个圆满的死。

义在江湖,不在朝廷

贺太守大概是真的被鲁智深骂糊涂了,不仅没有马上杀他,甚至连拷打都免了,而是直接把鲁智深钉上大枷,押入死牢,待后处置。这就给梁山救鲁智深留下了时间。

鲁智深和史进终于见面了,但却在一个特别的场所:死牢里。这一对兄弟多年不见,这一见,一定是百感交集。

我们来看《水浒传》中的兄弟,往往以"义"而合。我在前面讲到史进救王义,刺杀贺太守时讲到,他的这个行为很像鲁智深。鲁智深为救金翠莲父女,杀了镇关西,从此流落江湖,丢了大好前程;史进为救玉娇枝,刺杀太守未遂,被囚进死牢。

大家可能注意到了,鲁智深救的姓金,史进救的本来姓王,却偏要叫作"玉娇枝",一金一玉,正是为了成为一对。金玉金玉,乃宝贵之物,宝贵之物正遭受玷污、蹂躏,需要有大英雄不惜犯大难、冒大险而救之,鲁智深到了少华山,得悉情况后,不顾危险,重陷险地,要救史进,要救玉娇枝,要杀太守,这二位兄弟可以说是为了救护这世间的宝贵之物,前赴后继、慷慨赴义而去。

说到这个赴义,我在上一讲专门讲到,《水浒传》这部小说,其核心就是一个"义"字,但不仅是大家都常说的兄弟情分,哥们义气,而是有更深厚的内容。我要指出一个有意思的人名:王义。这个人是被贺太守抢了女儿之后,又发配充军流放蛮荒的,最终被史进救上山。这个人的名字非常有意思,很可能隐藏着作者的一个大秘密。什么秘密呢?

叫王义,"王"在中国文化中,有特别的意义,不仅仅是一个姓,也不仅仅是指现实中的国王等等，它还指一种政治理想，就是所谓的王道。它来自于所谓的先王，也就是指古代的圣王，像商汤、周文王、周武王等等，这些圣王在位时，天下太平、公道，人民安居乐业，所以那时的天下，是王道是乐土。等到后来，天下不太平了，暴君出来了，贪官出来了，污吏出来了，王道就消失了。从这个意义上看，《水浒传》作者把这个被贺太守发配又被史进救出的人，叫做"王义"，是有象征意味的。王义就是王之义、先王之义、圣王之义，现在，王之义已经被贪官们发配流放，被他们彻底抛弃了，我们在朝廷在官场已经找不到义了，义哪里去了？被强盗们救上山林中去了。

这里面实际上就是一个很深刻、很悲痛的一个政治寓言：义已被官家流放，义已不在朝廷，不在官家，而在江湖；不在朝廷命官，而在江湖强盗。

这是多么深刻的政治寓言！

这又是多么沉痛的文学艺术！

到了这时，我们甚至可以明白，为什么这部小说的名字叫《水浒传》了。

"水浒"本来就是指江湖，指王化之外的地方，那么，义既已不在朝廷，而在水浒，那么，作者只好去作"水浒传"，而不去做朝廷传了。以前人们写史，都是去传帝王将相、明君贤臣，而施耐庵写史，却是去传江湖侠盗、市井义士。这些本来被正统文化排斥的人物进了史了，所以，《水浒传》一百零八人中第一个出场的是谁呢？是"史进"，为什么叫"史进"？就是因为这些人也进入史了，可以名垂青史了。

而"史进"是怎么出场的呢？乃是因为"王进"，注意又是一个"王"，王进被高俅排挤、报复，只得携带老娘，离开东京，沦落江湖，而且一别史进，就没了下落，这里的寓言仍然是：王道去了，霸道来了，王道沦落江湖了，江湖也就进入正史了。这样，我们来看看《水浒传》的寓意：高俅来了，王进去了，王进去了，史进来了，一百零八人来了。高俅占据了朝廷，义只能流落江湖，义既流落江湖，强盗也就是侠盗、义盗。作为史家著史，既不能传高俅这样的贼臣，便只能去传江湖的好汉。

天堂是由简简单单的人组成的

说到这里，我们实际上还说出了《水浒传》与《三国演义》的一个大区别，那就是，《水浒传》是写普通人物、下层人物的，《三国演义》是写帝王将相、上层人物的。这一点，实际上我此前也已讲到，所以不再多说，这里我想再说两者的另外一个大区别：那就是三国津津乐道的是权谋、是机巧、是奸诈,而水浒虽然不能说没有智谋,却不大喜欢说这些,水浒喜欢说的是正义、是是非、是对错。所以我个人喜欢水浒胜过喜欢三国,就是因为,我认为,一个健康的社会、一个幸福的人生,更多的需要的是正义、是非,而不是权谋与机巧。

所以,《水浒传》中的英雄,大多数是无谋的,不,正确的说法是"不谋",他们做事,只是出于一种看起来比较简单的价值判断,如同李贽说的,最初一念之本心,也就是童心,也是善心。对的,就去做,错的,就不做;善的,就去扶持,恶的,就去消灭。他们是见义勇为,而不是反反复复的算计。我想,天堂一定是由这些简简单单的人物组成的,《三国》中的人只能组成地狱。

鲁智深就是一个不谋的典型。

他的不谋,由于两个原因。一、他不怕,所以,别人还在琢磨、犹豫,他已挺身而出了。二、他不躲。有些事,你碰上了,就是你的命,你就要迎上去,金圣叹说他"遇弱便扶,遇强便打",你看,遇到弱,你还谋什么?扶就是了;遇到强,你还谋什么?打就是了。鲁智深就是这样一个简单的人,他的魅力,就来自于他的这种简单,我们就爱他的这份简单、单纯,他几乎是随遇而安,坦然接受命运。他人生最重要的一次挫折和转折,是打死镇关西之后,不得不做了和尚。他这样在军界特别有前程并且已有相当基础与人缘(老种经略相公与小种经略相公都很欣赏他),一下子变成了他极不适应的和尚,按我们的想法,他一定非常痛苦,但是,他竟然坦然接受了。而且,接受之后,他竟然就认了,以后他实际上有很好的还俗再作军官的机会,他都终身不改。令我们非常吃惊的是,他还就真的成了正果。嗨,谁知道我们的正果在哪里等着我们呢?这世界上的事,谁能说得清呢?我们自己算来算去,机关算尽,谁知道上帝会怎么拨弄我们呢?这样看来,难道我们不可以说,像鲁智深这样,才是真正的智慧?

在梁山接受了朝廷招安以后,鲁智深拒绝了一切来自朝廷的富贵,他在所有朝廷主持的重要场合,都坚持穿着他的直裰——僧衣,而不是官服或武将的戎装,表明他皈依的是佛门而不是朝廷。他这样的人,也只有宗教可以接纳他。

那么,离开五台山多年,他心中还记得他的师父吗?

真正的圆满,是拥有一个圆满的死

招安后,鲁智深随宋江征大辽,在打败大辽、正要班师回京的时候,鲁智深忽到帐前,对宋江道:"小弟离开五台山,已经数载。思念本师,一向不曾参礼。洒家常想师父说:俺虽是杀人放火的性,久后却得正果真身。今日太平无事,兄弟权时告假数日,欲往五台山参礼本师。就将平昔所得金帛之资,都做布施,再求问师父前程如何。哥哥军马,只顾前行,小弟随后便赶来也。"一番话,说得情深意长,原来,对他的师父智真长老,他一直念念不忘,在心中充满感念之情!宋江听罢,带一千来人,随从众弟兄,跟着鲁智深,同去参礼智真长老。

智真长老见了鲁智深,说了一句非常有意味的话:"徒弟一去经年,杀人放火不易。"杀人放火而曰不易,说明长老已认同鲁智深的杀人放火为修行善果了。鲁智深不知是惭愧,还是心中感慨,一时默然无言。宋江大概没有听明白,以为智真长老在批评鲁智深,就向前道:"智深兄弟,虽是杀人放火,忠心不害良善。"智真长老道:"常有高僧到此,亦曾间论世事。久闻将军替天行道,忠义根心。吾弟子智深跟着将军,岂有差错?"宋江这才明白。

鲁智深将出一包金银彩缎来,供献本师。智真长老道:"吾弟子,此物何处得来?无义钱财,决不敢受。"智深禀道:"弟子累经功赏积聚之物,弟子无用,特地将来献纳本师,以充公用。"当日就五台山寺中宿歇一宵,次日智真长老会集众僧于法堂上,讲法参禅。至晚闲话间,长老唤过智深,告诉他:"吾弟子此去,与汝前程永别,正果将临也!与汝四句偈,去收取终身受用。"偈(jì)曰:

逢夏而擒,遇腊而执。听潮而圆,见信而寂。

鲁智深拜受偈语,读了数遍,藏在身边,拜谢本师。次日,宋江、鲁智深并吴用等众头领辞别长老下山,智真长老并众僧都送出山门外作别。

这四句偈语,鲁智深虽然读了数遍,却不解其意。但智真长老明确告诉智深,他的正果将临,而且,偈语中提到了圆寂,看来,鲁智深的人生之路,即将走到终点。那么,一生轰轰烈烈的鲁智深,即将迎来什么样的人生结局呢?

接下来,在南征方腊的最后时刻,鲁智深杀了方腊手下大将夏侯成,活捉了方腊,应了师父的逢夏而擒、遇腊而执的预言。

活捉方腊以后,非常高兴的宋江告诉他:"吾师成此功,回京奏闻朝廷,可以还俗为官。在京图个荫子封妻。光耀祖宗,报答父母劬(qú)劳之恩。"鲁智深答曰:"洒家心已成灰,不愿为官,只图寻个净了去处,安身立命足矣。"

擒获元凶方腊,这是南征方腊的最大功劳,如果论功行赏,他的功劳至少也要排在先锋宋江、副先锋卢俊义的后面,而位列众将之首。但是,正如我前面说到的,鲁智深对来自朝廷的一切,不会接受。他只要安身立命,而"安身立命",此时已有了新一层的意境,实际上已成了"安心立性"。鲁智深本来通达而智深,再加上人生经历多了,他的心智已然豁然开朗。比较起宋江的局局促促,境界自有高下阔狭之别。

宋江尚不明白,仍在唠叨:"吾师既不肯还俗,便到京师去住持一个名山大刹,为一僧首,也光显宗风,亦报答父母。"

智深听了,摇首道:"都不要,要多也无用。只得个囫囵尸首,便是强了。"宋江听罢,默上心来,各不欢喜。

为什么他和宋江各不欢喜呢?

因为这里面包含着对兄弟们悲惨结局的感伤。

南征方腊,是梁山英雄的一场噩梦。此前的一百零八将,经历多少战阵,个个出生入死,在枪林弹雨之中却都能全身而还,但在南征方腊之役中,却十损其八,阵亡人数达到五十九人之多,加上路上病故的十一人,一百零八人中,七十人不得其死。这里面,多少兄弟尸骨不全!鲁智深不仅毫发无损,而且立下头功,这个率性的人,这个一往真情的人,这个从来不小心而大意的人,这个从来不算计的人,却偏偏一生不委屈而舒展,不局促而张扬,痛痛快快,随性适意地过了一生,一部《水浒传》多少人物,多少能算计的人,能小心的人,能把握的人,但又有几人有善终?又有几人有结果?偏偏是这个从来做事不计后果、一任性情的人,终成正果,终得善终。

这对我们而言,岂不也是一个深刻的人生启迪?

如果说,《水浒传》就是写各路英雄好汉的刀光剑影,打打杀杀,那么,《水浒传》开卷第一打,是鲁智深拳打镇关西,三拳打死了。《水浒传》最后一打,是鲁智深生擒方腊,一禅杖打翻了。可以说,是鲁智深三拳打开了《水浒传》,一禅杖又合上了《水浒传》。《水浒传》作者施耐庵,特爱鲁智深,一本大书,开头是他,收尾也是他,可谓善始善终。从此以后,轰轰烈烈的《水浒传》结束了,《水浒传》剩下的部分,是凄凄惨惨的收场。

但是,鲁智深的结局却极其圆满。可以说,是所有一百零八人中最为圆满的。

我这儿说的圆满,还不仅仅是指他生前事业的圆满。

一个人,真正的圆满,是拥有一个圆满的死。

蒙田说:"哲学就是学会死。"

学会了死，才是真圆满。

上面我说过，梁山一百零八人中，善终的不多。那么，鲁智深会有一个什么样的死呢？

圆即是寂，寂即是圆

生擒方腊以后，大军到杭州驻扎，鲁智深与武松在六和寺安歇。城外江山秀丽，景物非常，这个一生粗鲁、偏好赏鉴山水的人，心中欢喜非常，恰逢中秋佳节，夜里月白风清，水天同碧，他的人生也可谓是天心月圆，华枝春满。

是的，他的一生大事做完了，大圆满就要到了。

> 睡至半夜，忽听得江上潮声雷响。鲁智深是关西汉子，不曾省得浙江潮信，只道是战鼓响，贼人生发，跳将起来，摸了禅杖，大喝着，便抢出来。众僧吃了一惊，都来问道："师父何为如此？赶出何处去？"鲁智深道："洒家听得战鼓响，待要出去杀。"众僧都笑将起来道："师父错听了！不是战鼓响，乃是钱塘江潮信响。"鲁智深见说，吃了一惊，问道："师父，怎地唤做潮信响？"寺内众僧，推开窗，指着那潮头，叫鲁智深看，说道："这潮信日夜两番来，并不违时刻。今朝是八月十五日，合当三更子时潮来。因不失信，谓之潮信。"鲁智深看了，从此心中忽然大悟，拍掌笑道："俺师父智真长老，曾嘱咐与洒家四句偈言，道是'逢夏而擒'，俺在万松林里杀，活捉了个夏侯成；'遇腊而执'，俺生擒方腊；今日正应了'听潮而圆，见信而寂'，俺想既逢潮信，合当圆寂。众和尚，俺家问你，如何唤做圆寂？"寺内众僧答道："你是出家人，还不省得佛门中圆寂便是死？"鲁智深笑道："既然死乃唤做圆寂，洒家今已必当圆寂。烦与俺烧桶汤来，洒家沐浴。"寺内众僧，都只道他说耍，又见他这般性格，不敢不依他，只得唤道人烧汤来，与鲁智深洗浴。换了一身御赐的僧衣，便叫部下军校："去报宋公明先锋哥哥，来看洒家。"又问寺内众僧处讨纸笔，写了一篇颂子，去法堂上捉把禅椅，当中坐了。焚起一炉好香，放了那张纸在禅床上，自叠起两只脚，左脚搭在右脚，自然天性腾空。比及宋公明见报，急引众头领来看时，鲁智深已自坐在禅椅上不动了。颂曰：
>
> 平生不修善果，只爱杀人放火。忽地顿开金绳，这里扯断玉锁。咦！钱塘江上潮信来，今日方知我是我。

岂不知在那个善恶并存的世界上,在那个恶徒横行的时代,杀人放火就是修行善果?仁义仁义,仁者必有义,义者必有仁。有爱者,岂能无恨?有恨者,岂能无杀伐?这个世界上,有多少人已经恶贯满盈,只欠一杀?!鲁智深的杀伐之心、杀伐之气、杀伐之行,正是这个世道的希望,也是一个人一生必修的善行!

顿开了金枷,扯断了玉锁,人生的种种牵绊,心灵的种种牵挂,扯断了,顿开了,解放了。鲁智深圆寂了,圆即是寂,寂即是圆,抛开了这世间的一切善恶、一切牵挂、一切爱、一切恨,固然可以窥见自我。其实,像鲁智深那样,一任自己内心的爱恨情仇,一任自己内心本真的善,活得真切,活得舒展,活出自我,活出性情,岂不就是一生都在活我的这个我?一生都在活自己,就是一生都在塑造自己,完成自己,最终,当然会成了正果,当然会是大圆满而归于心无遗憾的大寂静!

鲁智深死后,可以说是哀荣备至。

首先,鲁智深圆寂以后,宋江率领众头领来参拜,包括当时朝廷的高官,部长级、副总理级的童贯、张叔夜等等,也都来参拜。

这是世俗政权给他的高规格的礼遇。也是世俗政权对他一生的高度肯定。

而来自宗教界的待遇,更是最高规格。

首先,六和寺的许多和尚给他念经、超度,五山十刹(五山即径山、灵隐、净慈、天童、阿育王五大丛林)的禅师们都来为他念经。这个一生没念过经的和尚,最后却有这么多人为他念经。这么多的念经的人为一个杀人放火的人念经。

更重要的是,宋江请来径山住持大惠禅师,来与鲁智深下火。径山是佛教名山,径山寺初建于唐,宋时香火鼎盛,是江南五大禅院之首,被誉为"东南第一禅寺"。大惠法师,是当时全国最著名的高僧,请他出来主持鲁智深的遗体火化可以说在佛教界是最高的礼遇。

那么,大惠禅师对鲁智深是怎么评价的呢?

大惠禅师手执火把,直来龛子前,指着鲁智深,道出几句法语:

鲁智深,鲁智深!起身自绿林。两只放火眼,一片杀人心。忽地随潮归去,果然无处跟寻。咄!解使满空飞白玉,能令大地作黄金。

咄!谁的一生,能像他那样,完全活出自我,又完全奉献自我?谁的一生,能像他那样,用自己的生命,使满空飞白玉,令大地作黄金?

这是佛啊!

所以，鲁智深的死，是圆寂，是大圆满，是成佛了。

鲁智深是一个有不少缺点的人，但是，需要指出的是，他总是决不接受奴役，亦绝不允许有人奴役别人。这个形象，体现的是中华民族的血性精神和阔大的胸怀，是中华民族骨子中的正义、良知与高贵，这是我们民族历经几千年封建专制统治，仍然保持着反抗精神与人格尊严，仍然能够生机勃勃地自立于世界民族之林的珍贵遗传基因。

1. 侠义江湖

> 林冲总是被别人牵着走,武松是被自己骄傲的内心牵着走,李逵是被自己躁动的本能牵着走,宋江呢?他牵着别人走。

百密一疏,大祸临头

说到《水浒传》,最难评价的是宋江。因为,他是一个非常矛盾的人:

你说他真心待人,他却又时时显示虚伪做作;

你说他义薄云天,他却又心机重重城府极深;

你说他处心积虑谋反,他却又对朝廷肝脑涂地;

你说他为人仁厚,他却又时时做下凶残之事……

从今天开始,我们就一起来看看这个矛盾重重的人物,看看他复杂的内心世界,看看滚滚红尘、芸芸众生中的又一人生案例。

宋江一生,可以分为三个阶段:上梁山前;上梁山后;下山后。

上梁山前又分为三个阶段:郓城小吏阶段、逃亡阶段、流放阶段。

上梁山后干了两件大事:架空晁盖夺权;带领兄弟招安。

下山后,各种版本就不一样了。最多的一百二十回本说他为朝廷干了四件大事:征大辽;征田虎;征王庆;征方腊。然后,朝廷对他这条"功狗"干了一件事:用一壶毒酒送他上路。而他竟然抢在死前,又为朝廷干了一件事:毒死最有造反之心的李逵,梁山事业最后归于覆灭。

宋江出场,在第十八回(金圣叹本第十七回)。那时他是郓城县的押司,就是办理文书、狱讼的地方胥吏,所以,他以后经常自称小吏,是对自己出身低贱的一种谦卑的认同。

在他的人生的这个阶段,他干了两件大事。

第一件，就是"私放晁天王"。第二件，是怒杀阎婆惜。

晁盖等七人劫了梁中书送给丈人蔡太师的十万生辰纲，蔡太师大怒，梁中书大惊。因为被劫地点在济州，济州府尹也跟着大惊，因为蔡太师也饶不了他。果然，蔡太师直接派人住进了他的官府，限期十日内破获，否则要请他去沙门岛走一遭。

这可不是让他去公费旅游。什么叫沙门岛？沙门岛在今天山东蓬莱县北约五十里的海中，是北宋时最著名、最恐怖的流放地。该岛地盘小，犯人在岛户人家佣作，缺衣少食，或饥寒而死，或投海而死，或被虐待而死，总之是死路一条。

府尹自忖他拼命读书，考中进士；接着又拼命巴结，坐到知府，哪里能就此玩完呢？蔡太师逼他，他又转过身来，逼迫手下缉捕人员，他做得更绝，对手下缉捕使臣何涛说："我若去沙门岛，必先把你这厮迭配远恶军州，雁飞不到去处！"说完，就唤过文笔匠来，在何涛脸上刺下"迭配……州"字样，空着州名，以便将来填空。

这哪像是一个堂堂知府呢？简直就是无赖流氓。

被逼走投无路的何涛终于得到消息，先抓了白胜。白胜吃打不过，供出晁盖。济州府尹随即押一纸公文，何涛亲自带领二十个眼明手快的公人，径去郓城县捉晁盖。

这是大案，所以，何涛非常机警，为了保密，抓白胜时，三更进去，把白胜包头包脸带出来，连夜赶回济州城里来。现在去郓城县抓晁盖，也是偷偷摸摸，只恐怕走漏了消息。星夜来到郓城县，先把一行公人都藏在客店里，只带一两个跟着，径奔郓城县衙门前来下公文。

此时，三阮兄弟已自回石碣(jié)村，而晁盖和吴用、刘唐、公孙胜还在晁盖庄上，几个在后园葡萄树下吃酒，何等逍遥，却不知已经大祸临头，白胜已经被捕并供出他们。何涛行事如此机密，完全可以把他们迅雷不及掩耳收在网里。

但是，百密总有一疏，最后关头，还是走漏了风声。

这个走漏风声的人，就是宋江。

也是天意，何涛来到县衙门前，已是巳(sì)牌时分，上午十点左右，正好知县退了早衙休息。何涛走去县对门一个茶坊里坐下，吃茶相等。这一等，却等来了当日值班的押司宋江。

当时宋江带着一个伴当，走将出县前来。何观察当街迎住，两个人到一个茶坊里坐定，为了保密，伴当都被叫去在门前等候，茶室内只剩下何涛宋江二人。互通姓名后，何涛道："押司是当案的人，便说也不妨。"便把要抓晁盖的实情相告了。

他哪里知道,正是眼前这个人,最是有大妨碍,最不能跟他说的。

宋江一听,心里大吃一惊:晁盖是我心腹弟兄,捕获将去,性命便休了!

此时的宋江,面临着这样的矛盾:

作为县吏,而且是专办有关狱讼文书的吏员,他的职责是奉公守法,本县出了这么大的案子,又有上司的责罚,他有责任积极协助、参与抓捕罪犯,为抓捕罪犯出谋划策。

但是,这个犯案的人偏偏是自己的朋友,而且是心腹弟兄!

宋江将作出什么样的选择呢?

权术老大,群贼之魁

几乎是毫不犹豫地,宋江在第一时间里就做出了他的选择:

置国家法度于度外,站在兄弟一边!

兄弟现在处于极度危险之中,宋江心内自慌,脸上却十分镇定,不但镇定,还马上说出和心中所想完全相反的话来:"晁盖这厮,奸顽役户,本县内上下人,没一个不怪他。今番做出来了,好教他受!"

晁盖是这样一个在郓城县人人讨厌的人吗?

显然不是。

下面知县时文彬听说晁盖劫了生辰纲,还不相信,他说:"这东溪村晁保正,闻名是个好汉,他如何肯做这等勾当?"

可见晁盖在郓城县上下,有的是好名声。

但是宋江为什么要说他是"没一个不怪"的人呢?

这里有两层意思。

第一层是表明他怨恨晁盖,他与晁盖不和;

第二层是说他对晁盖有今天幸灾乐祸。

显然都是假话。

人为什么要说假话呢?

因为说假话有用。

宋江的这句假话的用处在于:一下子就让何涛对他深信不疑。

但问题是,何涛怀疑他了吗?

没有。如果怀疑他，就不和他说了。

这是典型的做贼心虚。

接下来，宋江又如何救晁盖呢？

三步走。首先，拖延时间。

事实上，何涛此次来，志在必得，从头至尾，每一个环节都行事周密，没有走漏一点风声，要把晁盖等人一举收入网中，而且眼看就要成功。宋江此时，几乎没有什么机会。

但是，精明的宋江还是在一瞬间想好了对策。

宋江对何涛说："这事容易，'瓮中捉鳖，手到拿来。'"——先说容易，宽何涛的心，缓何涛的意。心宽了，就容易放松警惕。意缓了，就会懈怠。你一懈怠，我就有机会。

下面接着说：

"只是一件，这实封公文，须是观察自己当厅投下，本官看了，便好施行发落，差人去捉，小吏如何敢私下擅开？这件公事，非是小可，不当轻泄于人。"

这话说得合情合理，不仅给人处事稳重的印象，而且还显得很为对方考虑。何涛当然对宋江更加相信。

何涛道："押司高见极明，相烦引进。"

何涛还是急。事实上，此事如此十万火急，宋江就该二话不说，带上何涛就去见知县。但是宋江巧妙地利用了知县小憩的机会，拖延了时间，稳住了何涛。

他对何涛说："本官发放一早晨事务，倦怠了少歇。观察略待一时，少刻坐厅时，小吏来请。"

"小吏来请"有意思。为什么？因为他俩在一起，应该是"小吏带你去"。

第一，"来"字里暗含着"去"。没有去，哪有来？这是宋江对何涛的暗示，我要离开一会。

第二，拴住何涛，我不来请，你不要走。不要自己去县里找知县，或再转找他人。

不知不觉，宋江已经开始控制何涛，把何涛捏在自己手心里。

第二步，控制何涛。

何涛道："望押司千万作成。"

宋江道："理之当然，休这等说话。小吏略到寒舍，分拨了些家务便到，观察少坐一坐。"

你看,不但稳住了何涛,还自己巧妙地脱身出来,实施报信。

何涛道:"押司尊便,小弟只在此专等。"

"专等",好。自已已经被控制了,还以为找到了第一责任人。

宋江还是怕何涛自己去县治,他又做了两件事:

一是吩咐茶博士道:"那官人要再用茶,一发我还茶钱。"让他安心喝茶吧,有人买单。

二是离了茶坊,飞也似地跑到下处,吩咐人到茶坊门前伺候。若知县坐衙时,便安抚那公人道:"押司便来,叫他略待一待。"

还是控制他。

何涛实在是很可怜。他被上司无端责罚,只能忍气吞声。现在又被宋江玩弄于股掌之间,他已经被宋江控制了,但他还一无所知。

宋江已经脱身报信去了,他还在这里傻乎乎地专等。

第三步,脱身报信。

宋江在下处牵了马,牵出后门外去,拿了鞭子,慌忙地跳上马,慢慢地离了县治。出得东门,打上两鞭,那马拨喇喇的往东溪村蹿将去。

你看宋江此时的动作,慌忙跳上马,慢慢地离了县治。出了城门,又猛抽马鞭。

金圣叹说:"只一上马,写得宋江有老大权术。其为群贼之魁,不亦宜乎!"

慌忙上马,快马加鞭,我们都好理解,十万火急么。可是为什么中间却又不急,慢慢地离了县治?

县里熟人多,急急地走,让人起疑心,慢慢地走,将来即使追究起来,也不像是报信的。

这就是宋江的心机了。

这样的心机,鲁智深、李逵、武松没有,连林冲也不会。

鲁智深、李逵、武松没有,是因为他们心太直。

林冲不会,是因为心太正。

心太直就没有了算计。

心太正就有了顾忌,就会有所不为。

草莽式的率直和贵族式的正直,都做不出这样的举动。

所以,在中国历史上,草莽英雄成不了大事,贵族做派的人也成不了事。

成得了事的，常常就是刘邦、朱元璋这样的无所顾忌、无所不为而有心机的人。

宋江离他们不远了。

没半个时辰，早到晁盖庄上。晁盖慌忙出来迎接。宋江告知晁盖：黄泥冈事发了。并且建议晁盖："三十六计，走为上计"，只顾安排走路，不要缠障。

报完信，宋江又快马加鞭，回县里来。拴好马，又赶紧到茶坊里来。

何涛在干什么？

何涛在门前望。

何涛可笑，何涛可怜。

如此心急如焚，为什么不直接去县里？

因为他已经被宋江施了魔法，被控制了。

他只能在这里巴望宋江。他对宋江何等信任啊。

宋江这样对待一个如此信任他的人，算不算过分？

一个如此心机重重的人，玩弄一个如此老实的人，我们读者读到这里，有没有为何涛抱一回不平呢？

宋江轻描淡写地告诉何涛，家中事务耽误了一会，然后拿着实封公文，引着何观察到县里大堂上，直至书案边，还装模作样地叫左右挂上回避牌，然后才向知县时文彬低声禀报。

知县拆开公文，就当厅看了，大惊，对宋江道："这是太师府差干办来立等要回话的勾当。这一干贼，便可差人去捉。"

宋江道："日间去，只怕走了消息，只可差人就夜去捉。拿得晁保正来，那六人便有下落。"

再一次用看似非常在理的借口，拖延时间，让晁盖等人从容脱逃！

我们来做一个比较。

林冲总是被别人牵着走，一步一步走向深渊。

武松是被自己骄傲的内心牵着走，直至走到景阳冈上，差点被老虎吃了。

李逵是被自己躁动的本能牵着走，一举一动，看似全由自己做主，实际上，用弗洛伊德心理学的观点来看，他是毫不自觉，完全被潜意识里的欲望带着走，糊里糊涂走了一辈子。

宋江呢？他牵着别人走。

本来，他只是郓城县的一个小吏，他要接受县令的支配。

何涛是上级衙门来的，他也要接受何涛的支派。

但是，我们看到的，却是完全相反的情形：他暗中控制了局面，把这两个人掌控在自己的手心里，牵着他们，按照他指定的路径走。

不问是非，只问兄弟

这宋江一出场，就干了这么一件大事，而且干得如此周密，如此成功，在极度惊险之中，他完成了一个几乎不可能完成的任务。

从救晁盖这一点来说，宋江确实非常的义气。

用他自己的话说，是"舍着条性命"来救晁盖，用晁盖的话说，是"担着血海也似的干系"来报信，"我们不是他来时，性命只在咫尺休了。"用吴用的话说，"若非此人来报，都打在网里。"所以，晁盖感慨地说："四海之内，名不虚传。结义得这个兄弟，也不枉了。"

我们读《水浒传》至此，也感叹宋江的冲天义气。

但是，"义气"是这样的一种东西：义气永远不可能对其做单纯的评价。

当甲对乙讲义气时，往往会牵涉到他人，比如牵涉到了丙，甚至损害了丙，我们如何评价这样的义气？

当我们不问是非，为朋友两肋插刀、大打出手时，我们如何面对来自对方的评价？

我这样说，是因为，当我们赞赏宋江对于晁盖等人的大义之时，不要忘了，他同时是在损害别人。

首先就是何涛。

首先，何涛此人，并无劣迹，不过也就是一个济州公安局刑侦科科长，他的弟弟何清喜欢赌博，他就生气；被上司责罚，回到家，和老婆一起发愁，可见也是一个不失正派的普通的居家过日子的人。

他摊上这样一件倒霉的事，被上级无端责罚，脸上刺了字，已经很是值得同情。他侦破此案，并来到郓城县抓人，是他的职责，即使我们站在晁盖的立场上，也不必要把他看作仇人坏蛋，因为他的作为，乃是职务行为，与他个人品性无关，他和晁盖等人也素不相识，无冤无仇。

你是贼，我是警察，警察抓贼，是职责所在。你既选择做贼，你可以怕警察，但你不能恨警察，不能视警察为仇人。

因此，我们不能因为何涛是缉捕人员，要缉捕晁盖等人，就说他是坏人。

何涛碰到宋江，互通姓名，何涛一听是宋江，倒地便拜，说道："久闻大名，无缘不曾拜识。"宋江请何涛上坐，何涛道："小人是一小弟，安敢占上。"表现出对宋江的极大尊敬，要知道，何涛是上司衙门的人，如果不是敬重宋江，他完全没有必要在下级小吏面前如此谦恭。

何涛对宋江不仅非常尊重，而且还非常信任，马上就把真实情况对宋江和盘托出。要知道，对这件案子，何涛自始至终，都非常谨慎，非常注意保密，务求把正贼一举抓获。那么，他为什么对宋江如此信任呢？

第一，出于对宋江本人的敬重。宋江在江湖上的名声太大，太好，所以，他相信这样的人绝不会坑害自己。

第二，出于对宋江身份的信任。宋江是郓城县押司，这样的案子，正是他主办的范围。也就是说，在何涛看来，帮我办好这件案子，是宋江的职责所在。

所以，在何涛看来，无论从个人私德上，还是从职业公德上，他都很相信宋江。

如果此时我们还要批评何涛，那就只能说，他太大意，太相信人，没有考虑到宋江有可能认识晁盖，并且徇私枉法。

但是，我们这样责怪何涛，实际上就是怪何涛没有小人之心了，没有以小人之心度宋江之腹了。

是的，何涛是以君子之心来度宋江，他是把宋江看成君子的。

以小人之心度君子之腹，委屈的是别人。

以君子之心度小人之腹，伤害的是自己。

但是，宋江对得起何涛的尊敬和信任吗？

从何涛的角度来看，宋江真是一个君子吗？

正是出于对宋江的信任，他才最终办砸了事。要知道，他办砸了事的结果，是要被那昏聩而混账的济州知府流放的，所以，当他得知晁盖跑了，一连声叫苦道："如何回得济州去见府尹？"

而万一走漏消息导致晁盖逃脱的事实被揭穿，宋江当然要倒霉，但是他何涛能脱得了干系吗？他泄露机密给宋江，宋江报信给晁盖，追到最后，他是最大的罪人，等待他的，是何等的惩罚？他可也是有家有口的人啊。

后来，在石碣村，他被阮小七割了两只耳朵，成了残废，获得了济州知府的宽恕，没有被流放，这是他的最好结局了。

仔细想想，他又何辜？是谁导致他如此悲惨的下场？

答案是：宋江。

所以，在宋江对晁盖的"义"的另一面，是对何涛的"不义"。

江湖义气的致命问题，即在于不问是非，只问兄弟。

所以，这样的江湖义气，与孔子、孟子所说的人生大义，是有极大的区别的。

孔孟的"义"，乃是"正义"，关键在于一个"正"字。

而江湖义气，顾名思义，致命处在于一个"气"字。

气，就有正气和邪气的区别了。

只问兄弟，不问是非，结果往往就是沆瀣一气。沆瀣一气了，当然是"邪气"。

于是，江湖侠义，往往变为江湖"狭义"——很狭隘的、对局外人极其不公的"义气"。

有私情，无公德

宋江岂止对何涛不义，他还对县令不忠。

我们常说一个词，叫忠肝义胆。宋江在这件事上，即使我们承认他表现出了义胆，却没有忠肝。

郓城县令时文彬，对宋江颇为关照，后来宋江杀了阎婆惜，因为"知县却和宋江最好"，他还千方百计为宋江开脱。

但是，当知县拆开公文，要马上差人去捉晁盖时，宋江怎么说的？他说："日间去，只怕走了消息，只可差人就夜去捉。拿得晁保正来，那六人便有下落。"

这看起来理由很充分，和抓白胜一样，怕走漏了消息，半夜去捉，然后再连夜审讯，接着捉下一个。

但是，宋江实际上知道，除了阮氏三兄弟外，其他吴用、公孙胜、刘唐都在晁盖庄上，从县城到晁盖的东溪村，不过半个时辰的路程，马上去捉，即使有人报信，那消息走漏的速度也不会快过缉捕人员行动的速度,即使偶然脱逃,大白天也易于抓捕。

宋江这是明摆着愚弄知县。

但问题是,这样明摆的事,为什么县令不明白呢?

不是县令糊涂,而是县令太相信宋江。

于是他真的就听从了宋江的建议,一直等到夜里,才派人去抓捕,结果是晁盖等人,全部逃脱。

我们知道,济州知府由于没有捕获晁盖等人,而被撤职,回东京听从处罚,政治前程被葬送了。实际上,如果照此处理,晁盖等正贼七人从郓城县脱逃,而且是郓城县延误时机,县令时文彬能逃脱处罚吗?如果他的官场前程被毁,难道不是拜他平时"最好"的宋江所赐吗?

大家注意这一回的回目,是"宋公明私放晁天王"。什么是"私放"?也就是徇私舞弊,也就是"大私无公",也就是出于私心,不是出于公心;出于个人私情,不是出于社会公德。

所以,宋江办的这件事,从不同的角度,我们会得到不同的评价。

从晁盖的立场上看,那真是义薄云天。

但是,换一个角度,情况就大不相同。

私放晁盖,藐视国法,蒙蔽上官,不忠;

欺骗何涛,致人残废,不义。

因此,出场第一案,我们就发现,宋江是一个胆大包天的人物,只要他想做,什么朝廷之法,什么为吏之责,他都完全可以置之不理。

后来他终于逸出了正常生活轨道,落草为盗,是合乎逻辑的。

晁盖等人逃出东溪村以后,在石碣村全歼何涛带来的五百多官兵,五百多做公的,合计一千多人命丧黄泉,何涛也被阮小七割了双耳,成了残废。这场造成一千多人死伤的惨案发生后,宋江是怎么想的,我们不得而知。

晁盖等人上了梁山后,火并了王伦,晁盖成为新的山寨之主,接着又大败团练使黄安,歼灭近两千人,生擒黄安,梁山声名大振。

济州府太守因此被撤职,回东京听罪,新上任府尹招兵买马,集草屯粮,招募悍勇民夫,智谋贤士,准备收捕梁山泊好汉;一面申呈中书省,一面又下文所属州县,着令守御本境。

文书到达郓城县时，宋江看到了。他又是怎么想的呢？

他心内寻思道："晁盖等众人，不想做下这般大事，犯了大罪，劫了生辰纲，杀了做公的，伤了何观察，又损害了许多官军人马，又把黄安活捉上山。如此之罪，是灭九族的勾当。虽是被人逼迫，事非得已，于法度上却饶不得。倘有疏失，如之奈何？"自家一个心中纳闷。

对晁盖，他担心他们将来的命运。

但是，对近三千无辜丧命的人，宋江有无负罪感呢？

对下场如此悲惨的何涛，他有无歉疚呢？

但是，他的郁闷并不长久，因为，他马上就交了桃花运了。

2. 人为财死

生活中,多少人在蝇头小利上用心思,一分一毫,务求为我所有。为此一分一毫,输掉一生一世。

专好女色的,一定是小男人

当晁盖等人犯下弥天大罪、在梁山无法无天时,宋江这一段时间也没闲着,他讨了一个外宅,一个年方十八的小姑娘阎婆惜。

现在有一些学者(如马幼垣),就此事痛批宋江,说他淫邪,三十多岁了,尚未娶妻,为了解决生理问题,施恩图报,占小姑娘的便宜。是这样吗?

我觉得我们不能这样委屈宋江。

我认为,宋江在这件事情上确实并不高尚,但也并不像有些学者说的那样,就是一个"淫虫"(马幼垣语),而且心理阴暗。在这件事上,宋江的表现,不比一般人高,也不比一般人低,他所表现的,是一般人的正常人性。

就算他无法抗拒一个年轻美丽的姑娘的诱惑,对于他这样三十多岁正值人生壮年、却又没有妻室的人来说,也是可以理解的,不必斥之为"淫虫"。

我们来看看宋江和阎婆惜之间到底发生了什么事。

事实上,这事的起因是宋江做好事,帮着流落此间的阎婆惜和她的母亲阎婆安葬父亲,不但帮她们作成一具棺材,安葬死人,还送给她们十两银子,做使用钱。

本来,也就过后不思量了。没有理由说宋江看到了阎婆惜以后就蓄意要占有她。

后来,那阎婆见宋江没娘子,就央间壁王婆说媒,情愿把女儿婆惜与他。宋江初时不肯,经不住媒婆的花言巧语,就依允了,于是就在县西巷内,讨了一所楼房,置办些家火什(shi)物,安顿了阎婆惜娘儿两个,在那里居住。

没半月之间,阎婆惜打扮得满头珠翠,遍体绫罗。连那婆子,也有若干头面衣服,端的养的婆惜丰衣足食。

这时的宋江,很像是那个娶了金翠莲的赵员外。

但是,宋江毕竟不是赵员外,而阎婆惜也不是金翠莲。

赵员外、金翠莲的模式不合宋江、婆惜的具体情况。

赵员外是个小财主,专注于享那俗人之福。

而宋江骨子里是个不安分的人,这点艳福哪里能消磨得了他。

初时宋江夜夜与婆惜一处歇卧,向后渐渐来得慢了。却是为何?

原来宋江是个好汉,只爱学使枪棒,于女色上不十分要紧。

这阎婆惜水也似的后生,况且十八九岁,正在妙龄之际,因此宋江不中那婆娘意。

你不好女色,女色当然也就不好你。

老实说,如果宋江真是"淫虫",婆惜倒未必不喜欢他。

客观地说,直到这时,阎婆惜还没有什么错。

你宋江确实帮了人家的大忙,有恩于她,但是,爱情不随恩情走,爱情有它自己的路数。

宋江不中这婆娘意,宋江的同事张文远,这个唤作小张三的倒十分中这婆娘意,这小张三是个典型的小白脸,生得眉清目秀,齿白唇红;平昔只爱去三瓦两舍,飘蓬浮荡,学得一身风流俊俏;更兼品竹调丝,无有不会。宋江偶然带张三来家,这婆惜一见张三,心里便喜,这张三是风月场的老手,婆惜的眼神他一看就明白了,以后就假装来找宋江,一来二往,言来语去,二人成了好事。

阎婆惜自从和那小张三两个搭上,并无半点儿情分在这宋江身上。

宋江不会讨女人喜欢,当然不能说明他道德好。

但是,像小张三这样专讨女人好的小白脸,却定是男人的败类、女人的灾星。

男人有两种:大男人和小男人。

大男人盯着五光十色的世界,小男人盯着花花绿绿的女人。

不好女色的未必是大男人,但专爱在女人堆里混的,专好女色的,一定是小男人。

张三和这婆惜夜去明来,街坊上人都知了。宋江也听到些风声,半信不信,自个肚里寻思道:"又不是我父母匹配的妻室,他若无心恋我,我没来由惹气做甚么?我只不上门便了。"

这宋江,若不是活乌龟,就是真豪杰。

能忍人所不能忍,不是扶不起的懦夫,就是打不败的英雄。

但是,有一个问题是,宋江既然已经知道婆惜对自己没有了情分并且已经红杏出墙,而且还很宽宏大量,并不计较,为什么不干脆解除与婆惜的关系,给别人一个自由,让自己得一份清静呢?

这确实是一个问题。但是,这个问题也许是施耐庵的问题,而不是宋江的问题。

因为如果宋江解除了与婆惜的关系,下面的情节就不是这样了。

所以,读小说,要善于分清哪些是作者的问题,哪些是人物的问题。

作者的问题越少,人物的问题越多,小说越好。

客观地说,在明代的四大奇书《水浒传》、《三国演义》、《西游记》、《金瓶梅》中,如果照这个标准,《金瓶梅》最好。

一个要爱情,一个要钱包

好了,到此时,宋江、晁盖这一对兄弟,各自在自己的生活轨迹上前行。

晁盖做强盗,做得越来越有滋味了。

宋江做小吏,做得越来越没滋味了。

晁盖的人生,越来越有声有色了。

而宋江的人生,如同阎婆惜,声色倒是有,却是别人的了。

二者好像两条铁轨,似乎不可能再相交了。

但是,有一天,晁盖派人来了。

派谁来了呢? 刘唐。

干啥呢? 送感谢信来了,送金子来了。

而这封感谢信,这一百两金子,却让宋江犯下人命大案,彻底终结了他在郓城县的小吏生涯。

两人偷偷摸摸地在一家偏僻的小酒馆见了面。

刘唐带来的感谢信,宋江装到招文袋里了。

刘唐带来的一百两金子,宋江只拿了一条,也装在招文袋里。其余的,推来推去,又让刘唐带回去了。

这当然是宋江的优点,不贪。

但是,今天的宋江,却将要为拒绝刘唐的金子而付出代价。

这是为什么呢?

我们往下看。

送走刘唐后,宋江正要回到下处,却被阎婆撞上了。

哪里这么巧呢?

不是巧,不是撞上的,而是找来的。

宋江不去阎婆惜那里,阎婆惜不在乎,但是阎婆在乎。

阎婆惜喜欢的是色,所以,她要小白脸张文远小张三;

但是阎婆喜欢的是财,所以,她明白不能离了宋江。

这一对母女,一个要爱情,一个要钱包;一个浪漫,一个实在。

可惜的是,张文远可以哄得婆惜火一般的热,却不能给她们钱包。

宋江能给她们钱包,却不能给婆惜激情。

有一个笑话:有一女,两户人家一同去她家求婚。东家的儿子长得丑,家里却富有,西家的儿子长得好,家里却贫困。

女子的父母让女儿袒露一条胳膊来示意:她露出哪边胳膊,便示意在哪一方。

没想到,女儿却一下子把两条胳膊都袒露出来了。

母亲问她这是什么意思,她答道:"我想在东边那家吃饭,西边那家睡觉。"

这阎婆惜就是这个女子。她要和张文远睡觉,却又要宋江掏饭票,而且还是长期饭票。

这怎么可能呢?

阎婆知道这样不可能。

对宋江而言,掏一时饭票不难,难的是一辈子掏饭票。这样毫不利己、专门利人的活,宋江肯定不会干,至少不会一直干。

所以,这一对母女,女儿和张三如胶似漆,妈妈却忧心忡忡,她要修补和宋江的关系。她知道小白脸靠不住。

生姜是老的辣,眼光也是老的辣。

于是,她就满大街找宋江,终于找到了。好说歹说,生拉硬拽,把宋江拽到家里去了。

其实,阎妈妈也是一个可怜人。一家三口流落郓城,丈夫死了,女儿完全是个新新人类,只知道眼前享受,毫不关心生活的艰辛。一个老婆子,真是操碎了心,帮她找到宋江这样的人,借用张爱玲的话,也就是帮她找到了一个长期饭票。没想到她对宋江怎么也爱不起来。而宋江呢,偏偏又是一个不大上心女色的所谓好汉。现在这位可怜的老婆子要捏合这样的一对,可见其难。

果然,宋江去了,阎婆惜对宋江却还是没有一点的情分。

宋江很窝囊,还委委屈屈地在阎婆惜的脚后跟边睡了一夜,但什么事也没发生。

好不容易捱到五更,宋江起来,忍那口气没出处,出了门从县前过,见卖汤药的王公正在县前赶早市。

宋江蓦然想起道:"时常吃他的汤药,不曾要我还钱。我以前曾许他一具棺材,不曾与得他。昨日晁盖送来的金子,受了他一条,在招文袋里,何不就与那老儿做棺材钱,教他欢喜?"

我非常喜欢这里的"叫他欢喜"四个字。为什么?因为这四个字说出了钱的最好去处:钱的用处,就在于叫人欢喜。

什么叫"用处"?就是所用之处。钱只有去了所用之处,才有用处。

懂得用钱来叫人欢喜了,就懂得用钱了。

善于用钱来让人欢喜的,就是善于用钱了。

常常拿钱来让人欢喜,就到了用钱的最高境界了。

但是,世界上的很多人,却总是在钱上叫人不欢喜。

能否挣钱,显示的是能力。

会否花钱,体现的是境界。

宋江就是天下善使银子者。我以前曾经说过,他的绰号,所谓的"及时雨",就是"及时银子"。——我的话里,有讽刺,却也有肯定。

善使银子,必能使人。

我们看看宋江对银子的态度:

第一,不贪。所以在刘唐拿来一百两金子时,他受一而退九。

第二,不吝。所以在王公处,他将这一条金子也把出去了。

把得出银子,方做得出大事。

生活中,多少人在蝇头小利上用心思,一分一毫,务求为我所有。

为此一分一毫,输掉一生一世。

要知道,这个卖二陈汤的王公,不是什么英雄好汉,没有什么利用价值,所以,宋江关照王公,没有什么算计之心,这才是境界。

没见过耍小聪明的人成大事

但是,当宋江去身上找那装金子的招文袋时,吃了一惊:忘在阎婆惜床头栏杆子上了。

宋江吃惊不是因为那几两金子,而是晁盖寄来的那一封书。阎婆惜颇识得几字,若是被她拿了,倒是利害。

慌慌急急,奔回阎婆家里来,果然阎婆惜已经看了书信,知道了宋江私放晁盖之事,在那里冷笑。

阎婆惜恩将仇报,全不念及宋江对她以及她家人的好,反而要拿这书信讹诈宋江。对宋江提出了三个条件,前面两个条件是:

一、人身问题——给一纸休书,任从改嫁。

二、财产问题——婆惜身上穿的,家里使用的,都是宋江办的,也委一纸文书,全部归阎婆惜所有。

这两件宋江都依了。

应该说,这个小女人还是挺有头脑的,挺聪明的,知道自己要什么。

而且,她还知道自己怎么要。

知道自己要什么,是聪明。

但是,知道自己什么不该要,才是智慧。

知道自己怎么要,是聪明。

但是,知道自己不该怎么要,才是智慧。

智慧与聪明的最大区别在于:智慧是一种境界,包含着德性。

阎婆惜足够聪明,却没有智慧,因为她欠缺德性。

这样的缺少境界和德性的聪明,在给人局部和暂时的成功的同时,却也给人最终的失败:聪明反被聪明误。

我们见过笨人、愚拙的人成大事。

我们没见过耍小聪明的人成大事。

实际上，这两项要求，能让我们同情和理解，宋江也应该早就放她自由，并赠出所有实际已经送给阎婆惜的财产。

也就是因为宋江的延宕，才产生今天这样的危局。

但是，婆惜很快就要她不该要的东西了，而且还使用了不应该有的方式来要。

阎婆惜又道："只怕你第三件依不得。"

第三件是什么呢？为什么阎婆惜就认定宋江依不得呢？

婆惜道："梁山泊晁盖送与你的一百两金子，快把来与我，我便饶你这一场天字第一号官司，还你这招文袋里的款状。"

但是，这第三项条件，就是不折不扣的讹诈了。

我们不要求阎婆惜恩将情报，但你也不能恩将仇报啊！

这第三件宋江还真是依不得。因为宋江根本就没收那一百两金子。

宋江道："若端的有时，双手便送与你。"

宋江有灰色收入

这我们相信，但是阎婆惜不相信。

婆惜道："可知哩！常言道：'公人见钱，如蝇子见血。'他使人送金子与你，你岂有推了转去的？这话却似放屁！做公人的，哪个猫儿不吃腥？你待瞒谁！"

我们相信宋江，是因为我们知道事情真相。

婆惜不相信，是因为她知道官场真相。

宋江被委屈了。但是，宋江冤，也不冤。

因为，宋江身处的官场，确实如同婆惜所说，没有什么干净的公人。

宋江平时是否也贪婪？这是个说不清的问题。

有人就说宋江一定贪婪，不然，凭着他那一点收入，以及他家中的几口薄田，他哪有那么多的银子去资助江湖上、市井中的各色人等呢？

即使宋江不会主动索贿，但是，官场潜规则、惯例等等，也会给他带来滚滚财源。

但是，也正是这些，在给官场上的公人带来滚滚财源的同时，也带来了负面的社会形象和社会评价。

所以，我们说，阎婆惜这样挤兑宋江，宋江冤，也不冤。

谁让你持身不谨,混迹于肮脏的官场呢?

宋江没办法,提出三日之内,将家私变卖一百两金子给阎婆惜。

我们还是相信宋江,以宋江的境界,绝不会吝惜那百来两金子。

但是阎婆惜还是不相信宋江。

婆惜冷笑道:"你这黑三倒乖,把我一似小孩儿般捉弄。我便先还了你招文袋,这封书,歇三日却问你讨金子,正是'棺材出了,讨挽歌郎钱。'我这里一手交钱,一手交货。你快把来两相交割。"

他们已经在一起几个月了,一开始还颇为亲密,每日一处歇卧,但是阎婆惜根本不了解宋江,不相信他的为人,这是宋江的失败。

也是阎婆惜心理的阴暗。

我们相信宋江,是我们相信不管世道如何浑浊,人心如何堕落,总有人保持一份清廉,一份清白。

但阎婆惜不相信。以小人之心度一两个君子之腹,还不算太糟糕。糟糕的是以小人之心度天下人之腹。

这样的人不是不再相信人,而是根本就不再相信道德。哀莫大于心死,这样的人,心死了。

这样的人多了,社会就死了。

小人总是无法理解君子。

君子如果做小人,做小人之事,小人能理解;

君子做君子,行君子之事,小人反而不能理解。

岂但不能理解,反而要妄加曲解,曲解得君子比小人还小人。

更糟糕的是,君子的优点,常常被小人当成弱点,甚至当成欺负君子的切入点。

说一句过分的话,如果阎婆惜碰到的是镇关西,她敢这么对镇关西说话吗?

宋江还在那里苦苦辩解:"果然不曾有这金子。"

婆惜道:"明朝到公厅上,你也说不曾有这金子?"

这就是威胁了。

威胁威胁,就是用威势来胁迫,逼对方就范。

它带给人双重的伤害和侮辱:

一、它胁迫人就范,违背了人的意志;二、它还严重伤害了人的自尊心,带给人深深的耻辱感、屈辱感。

所以,威胁别人,是下流人使用的下流手段。

一般有自尊心的人,绝忍受不了别人的威胁。

所以,宋江听了,怒气直起,哪里按捺得住,睁着眼道:"你还也不还!"

那妇人道:"不还!再饶你一百个不还!若要还时,在郓城县还你!"

又是公厅,又是郓城县,说白了,就是,不给钱,就告发你!

问题是,这样的人,即便给了钱,也难保以后不再讹诈你,不再告发你。

黑三郎杀人也

宋江便来扯那婆惜盖的被,两手便来夺。宋江舍命地夺,婆惜死也不放。宋江狠命只一拽,倒拽出一把压衣刀子在席上,宋江便抢在手里。

那婆娘见宋江抢刀在手,叫道:"黑三郎杀人也!"只这一声,提起宋江这个念头来。那一肚皮气,正没出处。婆惜却叫第二声时,宋江左手早按住那婆娘,右手却早刀落……

手到处青春丧命,刀落时红粉亡身。

杀了阎婆惜,宋江被阎婆揪住不放,在县前大叫杀人了。正在那里没个解救,恰好一个半大孩子唐牛儿过来,宋江一直颇为关照唐牛儿,唐牛儿见那婆子揪住宋江不放,把婆子手一拆,拆开了,不问事由,叉开五指,去阎婆脸上只一掌,打个满天星。那婆子手一松,宋江得脱,往闹里一直走了。

宋江跑了,众做公的把这唐牛儿簇拥在厅前。知县听了阎婆的告状,呵斥唐牛儿道:"你这厮怎敢打夺了凶身?"

唐牛儿告道:"今早小人遇见阎婆结扭宋押司在县前。去劝他,他便走了。却不知他杀死他女儿的缘由。"

知县喝道:"胡说!宋江是个君子诚实的人,如何肯造次杀人?这人命之事,必然在你身上!"

注意这个知县对唐牛儿说的话,第一句是斥责"你这厮怎敢打夺了凶身",说得还对,知道凶身是宋江,唐牛儿只是帮助宋江逃脱。

可是,第二句就不对了,说宋江不会杀人,杀人的一定是唐牛儿。这就完全是睁着眼睛说瞎话,因为阎婆把事情的前因后果说得明明白白。是知县糊涂吗?不是,他要为宋江开脱。

等到验完了尸,一切都已毫无疑问,知县仍然要出脱宋江,只把唐牛儿来再三推问。唐牛儿如实招供,遭到知县的一番酷刑,打到三五十板时,前后语言一般。知县明知他不知情,一心要救宋江,只把他来勘问,不惜屈打成招。

这时张文远不干了。他知道知县的用意,于是他上厅来禀道:"刀子是宋江的压衣刀,必须去拿宋江来对问,便有下落。"

可是这大半天,宋江早已逃走。

张文远又禀告要依法勾追宋江父亲宋太公并兄弟宋清,可是,公人来到宋家村宋太公庄上。太公却告诉公人,"不孝之子宋江,自小忤逆,不肯本分生理,要去做吏,百般说他不从。因此,老汉数年前,本县官长处告了他忤逆,出了他籍,执凭文帖,在此存照。老汉取来,教上下看。"

众人抄了执凭公文,回县里去回知县的话,知县又是要出脱宋江的,便道:"既有执凭公文,他又别无亲族,只可出一千贯赏钱,行移诸处,海捕捉拿便了。"

眼见得这个案子就要这样不了了之,那张三又挑唆阎婆去厅上披头散发来告道:"相公,谁不知道他叫做孝义黑三郎?这执凭是个假的,只是相公做主则个!"知县道:"胡说!前官手里押的印信公文,如何是假的?"

阎婆在厅下叫屈叫苦,哽哽咽咽地价哭告相公道:"人命大如天,若不肯与老身做主时,只得去州里告状。"

那张三又上厅来替他禀道:"这阎婆上司去告状,倒是利害。倘或来提问时,小吏难去回话。"

知县不得已,只得押了一纸公文,便差朱仝、雷横二都头,去宋家村宋大户庄上,搜捉犯人宋江来。

朱、雷二都头领了公文,便来点起土兵四十余人,径奔宋家庄上来。到了宋家庄,朱仝自己带兵把住前门,让雷横去搜捕,雷横搜完一遍,不见踪影,朱仝道:"我只是放心不下,雷都头,你和众弟兄把了门,我亲自细细地搜一遍。"

没想到,宋江还真让朱仝给搜出来了!

为什么雷横没有搜出来呢?

这里面又有什么蹊跷呢?

3. 谁识法度

> 古代中国，权力决定百姓的生死，决定官员的升迁，决定官司的输赢。而不是规则，不是法律。于是，大家一致崇拜权力，服从权力，依照潜规则办事！

一桩人命大案，就这样摆平了

上一讲我们讲到，朱仝和雷横奉县令之命来宋家庄捉拿宋江。

县令也应该知道，朱仝也好，雷横也好，都和宋江好，他们会不徇私情，尽职尽责去抓捕宋江吗？

到了宋江家里，朱仝先把住前门，要雷横先进去搜。雷横搜了一遍，没有。朱仝又要雷横把住门，他一个人进去再搜一遍，才放心。

如此煞有介事，严肃认真，一丝不苟，骗住了在场的所有人。

宋太公道："老汉是识法度的人，如何敢藏在庄里？"

朱仝道："这个是人命的公事，你却嗔怪我们不得。"

太公道："都头尊便，自细细地去搜。"

朱仝道："雷都头，你监着太公在这里，休教他走动。"

宋太公需要看着吗？朱仝是利用宋太公拴住雷横，然后他来房里会宋江。

他心里早就有数，知道宋江一定藏在家里，而且，他还知道宋江藏在哪里。

宋江曾经对朱仝说过："我家佛座底下有个地窨（yìn）子，上面放着三世佛，有片地板盖着，上面设着供床。你有些紧急之事，可来这里躲避。"

朱仝走进佛堂，熟练地揭开地板，下面有个绳头，一拉，铜铃声一响，宋江从地窨子里钻将出来。一见是朱仝，吃了一惊。

但是，朱仝不是来抓捕他的，是专为会他、帮他出主意的。他劝宋江赶紧逃走。朱仝道："兄长可以作急寻思，当行即行。今晚便可动身，切勿迟延自误。"

宋江道："上下官司之事，全望兄长维持，金帛使用，只顾来取。"朱仝道："这事放心，都在我身上。兄长只顾安排去路。"

宋江谢了朱仝，再入地窨子去。

朱仝、雷横两人又回来，告诉县令没搜着宋江，县令顺水推舟，一面申呈本府，一面动了一纸海捕文书。县里有那一等和宋江好的相交之人，都替宋江去张三处说开。朱仝自凑些钱物，把与阎婆，教不要去州里告状。这婆子也得了些钱物，没奈何，只得依允了。朱仝又将若干银两，教人上州里去使用，文书不要驳将下来。

一桩人命大案，就这样摆平了。

是什么东西帮宋江摆平的呢？

两个东西：

第一，银子；

第二，人情。

一个反证是，唐牛儿一没银子，二没人情，本来没什么事的他，反而被问成个"故纵凶身在逃"，脊杖二十，刺配五百里外。

这件案子从头至尾，我们来看看，有没有一个遵纪守法的。

他心中早就有一个梁山了

先看宋江。

我们上一讲讲到，宋江对何涛不义，对县令不忠。其实，宋江岂止是对上司不忠，他还不忠于自己的职守。

他不但忘记自己的职守，给晁盖送信，甚至对自己不认识的强盗，他也没有哪怕是出于职业上的拒绝。

宋江报信到晁盖庄上，晁盖道："七个人，三个是阮小二、阮小五、阮小七，已得了财，自回石碣村去了。后面有三个在这里。贤弟且见他一面。"

你看晁盖对宋江，毫不见外，毫不防备，毫不隐瞒。

那么，对于晁盖让他见见这些犯了弥天大案的江湖大盗的邀请，作为押司的宋江是什么态度呢？

他还是毫不犹豫，马上来到后园与他们相见！如此紧急的情形之下，宋江还要见见这些江湖豪杰,可见他平时对这些人物,确实可以做到不失礼。

但是,从另一个角度看,在他的心目中,他有法度观念吗?

要知道,此时,见不见这些江湖大盗,性质是不一样的。

不见,表示道不同不相为谋。

见了,表示大家是一伙儿了。

这是一个态度问题,也是一个观念问题。

宋江这一见,我们就知道,在他心目中,在强盗和良民之间,他是没有是非之分的。

不但宋江私放晁盖,私见众强盗,他自己心中,也有一个做贼、做盗的潜意识。

从哪里能看出呢?

从他家的地窖子,从他与父亲断绝关系的执凭文书。

我们可以这样想:一个奉公守法的人,一个循规蹈矩的人,谁会在自己家里预先挖一个地窖子,以备将来藏身呢?

一个被称为"孝义黑三郎"的人,怎么会预先和父亲断绝关系呢?

我们知道,刘唐传书之后,宋江心中就有一个梁山了。

但是,我们不知道的是,在梁山之前,他早已有了一个地窖。

会在家里挖地窖的人,一定会在国里营造梁山。

置王法于度外,站在兄弟一边

再看朱仝。

抓捕晁盖时,时知县派朱仝、雷横点起马步弓手,并土兵一百余人,就同何观察并两个虞候,作眼拿人。时知县哪里知道,这朱仝、雷横竟然又是晁盖的兄弟!而且,这两个人,在面临人情与王法选择时,与宋江一样,几乎是一点犹豫都没有——

置国家法度于度外,站在兄弟一边!

到了晁盖庄外,朱仝有心要放晁盖,故意让雷横去打前门,他在后门网开一面。这雷横亦有心要救晁盖,于是又故意大惊小怪,呼喊叫嚣,雷声大雨点小,要催逼晁盖快走。你看这雷横,是抓贼还是纵贼?

朱仝更是出格。晁盖、公孙胜听得雷横在前门大呼小叫、大惊小怪,舍命只顾杀出后门。朱仝当面拦住,却虚晃一闪,放开条路,让晁盖走了。

晁盖叫公孙胜引了庄客先走,他独自押着后。朱仝也支转雷横和土兵,独自一人跟在晁盖后面。晁盖一面走,口里说道:"朱都头,你只管追我做甚么?我须没歹处!"

你看这个盗匪对警察说的话,晁盖不理解为什么朱仝要如此追他,说明在他的意识里,根本就没有意识到,抓他是朱仝义不容辞的职责!

再看警察对盗匪说的话。

见后面没人,朱仝对晁盖说道:"保正,你兀自不见我好处。我怕雷横执迷,不会做人情,被我赚他打你前门,我在后面,等你出来放你。你不可投别处去,只除梁山泊可以安身。"

作为警察的朱仝,不但不抓晁盖,反而形同护送。

不但护送逃走,还出谋划策,告知晁盖去梁山泊安身。

他的这番话里有一个关键词是:人情。不会做人情是不好的。

会做人情才是做人的基本准则。

而不是恪尽职守。

朱仝四个月前放了晁盖,四个月后,又放了宋江。

四个月前,他劝晁盖逃跑,并给他指明上梁山的路;四个月后,他又帮着宋江出主意,选择要去投奔的地方。

谁还在信任法律,遵纪守法呢?

一个有意思的细节是,当朱仝声称要进房子搜捕宋江时,把宋江藏在家里的宋太公信誓旦旦地说:"老汉是识法度的人,如何敢藏在庄里?"但是他真的是懂法度吗?

从晁盖等人智劫生辰纲,到宋江怒杀阎婆惜,一件惊天大劫案,一件人命案,在所有的涉案人员里面,从盗匪、凶身到缉捕人员,有一个识法度的吗?有一个奉公守法的吗?有一个在内心里还维护法律、尊重法律的吗?

晁盖是保正,却交通强盗,成了强盗头子;

吴用是私塾先生,教圣贤书,育人子弟,却毫不犹豫甚至主动加入大盗集团并成为核心成员;

甚至,连公孙胜这样的讲究修行的人,都为了劫生辰纲而千里来投;

普通百姓阮氏三兄弟,对梁山强人不但不恨不怪,反而非常羡慕,吴用来拉他们入伙一起打劫生辰纲,他们不但不怕、不犹豫,反而感激涕零……

一百二十回本《水浒传》在宋江报信下面,假托一个学究,赋诗一首,讽刺晁盖和宋江:

> 保正缘何养贼曹,押司纵贼罪难逃。须知守法清名重,莫谓通情义气高。爵固畏鹮能害爵,猫如伴鼠岂成猫。空持刀笔称文吏,羞说当年汉相萧。

晁盖是乡里保正,保正乃一保之长,负责一乡的治安等等,可是这个晁保正却在家里养起了贼曹;宋江是押司,押司是办理有关狱讼文书的吏员,可是这个宋押司却纵贼逃脱法网。猫与老鼠做朋友了,猫还能叫猫吗?所以,作者感叹:守法清名要看重,江湖义气要不得啊!

又有一诗讽刺朱仝:

> 捕盗如何与盗通,只因仁义动其衷。都头已自开生路,观察焉能建大功。

我们当然可以批评这两首小诗,太站在统治阶级的立场上说话了。但是,它确实指出了一个事实:那就是,从晁保正,到宋押司,到朱都头,这些地方上到县级的治安人员,都玩忽职守,官匪勾结、警匪勾结。更糟糕的是,他们这样做,并不觉得自己是错的,反而觉得自己够哥们,够义气,是好汉。

如果从梁山事业上来看,没有宋江,没有朱仝,就没有晁盖等人上梁山,没有晁盖等人上梁山,就不会有后来梁山的事业。所以,站在梁山的立场上,我们也可以说,宋江确实是梁山的始作俑者,是梁山事业的开创者。

梁山事业从此蒸蒸日上,红红火火,这是谁之功?答案是:宋江,朱仝。

换一个角度,梁山从此成为国家的心腹大患,这是谁之罪?答案也是:宋江,朱仝。

这些都是下级胥吏、江湖游人、普通百姓。朝廷命官又怎样呢?

县令时文彬,是被《水浒传》作者特别称赞的好官,说他是:"为官清正,作事廉明,每怀恻隐之心,常有仁慈之念",乃是一个爱民如子的父母官。就是这样的好官,为了他要好的宋江,一再拖延抓捕,甚至蓄意移花接木,嫁祸于唐牛儿,在他眼里,国法的尊严又何在?

我们在读《水浒传》的时候,因为我们站在宋江一边,希望宋江逃脱法律的惩罚,所以,我们觉得这个县令真好。但是,从阎婆的立场上,从无辜的唐牛儿的立场上看,这个县令又怎样呢?

试问,堂堂大宋,谁还在信任法律,谁还在遵守法律,谁还在依法办事?

受害者冤沉大海,加害者逍遥法外

这个国家怎么了?这个朝廷怎么了?为什么总是轻易地就让人放弃了对它的忠诚?

事实上,当朝廷被蔡京、高俅一伙把持的时候,朝廷就在天下人面前失去了道德的高度。

一个没有了道德高度的朝廷,无法维持人们对它的基本忠诚。

而当人们因为蔡京、高俅而迁怒于朝廷的时候,国家的权威就承受了巨大的损害。

而国家权威的丧失,人们对法律权威的漠视,又反过来损害了所有国民的利益。

这是一个怪圈。

这很糟。

但还有更糟的,因为这种情况不仅仅一个宋朝。整个封建社会都是如此。

《水浒传》反映的,是古代中国的普遍情形。

但这还不是最糟的,还有更糟的,那就是,不守法度的不仅仅是我们上面列举到的小说中的种种人。

《水浒传》作者也是这样的观念。他对这些不守法度的人和不守法度的现象,不是批判,而是赞赏!

也就是说,我们的文学,也失去了基本的判断力!

但这还不是最糟的,还有更糟的。不仅《水浒传》作者是这样,《水浒传》读者也是这样!

从古至今的广大的《水浒传》读者,对这些不守法度的人和不守法度的现象,不是否定,而是赞赏!

在这个问题上,几乎是,没有最糟,只有更糟!

中国是世界上最早的具有比较完备的刑法和民法的国家。

但是,我们从《水浒传》及其衍生的种种文化现象中悲哀地发现,如此漫长的法制历史,却没有培养出国民对于法律的基本信仰。

为什么?

因为权力。在中国古代,权力才是中国封建社会真正的操控者。

是权力决定百姓的生死,决定官员的升迁,决定官司的输赢。

而不是规则,不是法律。

于是,大家一致崇拜权力,服从权力,依照潜规则办事!

我们要注意的是,在这两场大案里面,真正的罪犯,一个也没有得到法律的惩罚。他们全部逃脱了。

晁盖等七人跑了,连已经被捕归案的白日鼠白胜也被吴用使银子救了出来。

宋江也跑了。

这充分说明,法律是可以规避的,就看你是否付得起为了逃避法律而付出的各类成本。比如用来打点和行贿的钱财,人际关系成本等等。

晁盖付得起这个成本,他有宋江、朱仝、雷横等人情资本。所以,他逃脱了法律的惩罚。

宋江付得起这个成本,除了他平时用银子积累起来的人际关系成本外,他对朱仝说,"上下官司之事,全望兄长维持。金帛使用,只顾来取。"所以,他也逃脱了法律的惩罚。

唐牛儿付不起这个成本,他既无现时的银子,又无过去积累的人脉,所以,他就成了替罪羊,几乎是代替宋江,受到了法律的惩罚。

在这样的情形之下,就会出现两个问题:

一、你付得起这个代价,你就无须在乎法律。

这就是为什么,在这样的社会里,总有人无法无天,因为他们有权、有势、有关系、有钱。

二、法律成为法门。什么法门?相关人员敛财的方便法门。既有人拿钱买法,相关人员就可以卖法。

这就是为什么,在这样的社会里,总有人以权谋私,权力寻租。

结果是,一件案子,涉及的三方——受害者、加害者、执法者,变成了这样的三方——受害者、付钱者、收钱者。

我们发现,法律没有了。法律哪里去了?

帮收钱的执法者数钱去了。

受害者冤沉大海。

加害者付了钱逍遥法外。

执法者收了钱中饱私囊。

刘唐传书,其中有计

回到宋江的命运上来。

宋江逃走了。

随着宋江离郓城县越来越远,他离梁山越来越近了。

这也许是命运的安排,却也是宋江自身性格的必然结果。

他曾经是八面玲珑的县级小吏,但是,骨子里,他却是包藏雄心、头角峥嵘的豪杰之士。

无法想象他这样的人,会一辈子做一个押司,每日处理无聊而繁琐的来往公文,直至英雄老去。

尤其是刘唐传书以后。

刘唐传书,是改变宋江人生轨迹的一个大关节。

这绝不是仅仅因为刘唐带来的那一封书信,给宋江带来了杀人之祸,把他推离了原先的生活轨道。

这里面还有更大的更深层次的心理上的推动。

实际上,就有人认为,刘唐传书,乃是吴用的一个阴谋,其目的,就是逼宋江上山。

这个说法太令人震惊了。有这回事吗?

提出这个惊人见解的学者是我非常尊敬的《水浒传》研究者马幼垣先生。

马幼垣先生曾为此专门写过一篇文章,《刘唐传书的背后》,他认为,吴用派刘唐来给宋江送感谢信,送金子,其目的绝不是简单地表达感谢,而是另有更大的目的。那就是故意拖宋江下水,逼他上梁山。

马幼垣先生是这样分析的:

首先,刘唐的外形易于被人认出——他头上有一撮红毛,人称"赤发鬼",并且还曾经被雷横及其手下土兵捕捉过。

而他却并不很认识宋江。

为什么?因为他和宋江见面,就是在晁盖庄上,宋江来送信,匆匆忙忙给大家拱了拱手,转身就走,谁也没看清他,更不要说事后的印象了。

郓城县很多人认识他,他又不认识宋江,派他来送信送金子,危险可想而知。刘唐来到郓城县,还在县衙前探头探脑,东张西望,很容易被刚刚发生过大案因而高度警惕的郓城县捕捉。

吴用就是想——

第一,不惜牺牲刘唐,让宋江暴露,逼宋江下水。

第二,即使刘唐不暴露,宋江也一定会留下书信,而这封详细表达感谢的书信或许会落入他人之手,给宋江带来麻烦,让他暴露。

我觉得,马幼垣先生的这个推论不能说没有道理,但是在情理上却有些过分了。

我觉得他的推论对了一半:吴用确实想拉宋江上山,但不是用什么计策让他暴露,逼他上山,而是无论在信中,还是让刘唐传话,都极力描述梁山的兴旺,晁盖等众兄弟的得志,以此吸引宋江上山。

至少给宋江一个深刻的印象,在他的心里埋下一个大大的伏笔。

这个目的,吴用还真的达到了。

我们来看看刘唐对宋江说的话。

刘唐道:"晁头领哥哥,再三拜上大恩人。得蒙救了性命,现今做了梁山泊主都头领。吴学究做了军师,公孙胜同掌兵权。林冲一力维持,火并了王伦。山寨里原有杜迁、宋万、朱贵,和俺弟兄七个,共是十一个头领。现今山寨里聚集得七八百人,粮食不计其数。只想兄长大恩,无可报答,特使刘唐赍一封书,并黄金一百两,相谢押司并朱都头。"

你看,刘唐说的,全是山寨的兴旺发达。

信里又写了什么呢?

后来阎婆惜看了,发现"上面写着晁盖并许多事务。"你表示感谢,何必写着梁山的许多事务?

可以想见,这许多事务,不外乎就是描述山寨的兴旺气象。让宋江感觉到,那是一个可以大干一场的地方!

马幼垣先生非常正确地指出,如果仅仅为了表示感谢,为安全计,叫刘唐口头表达即可。即使吴用觉得有封书信才够礼貌,也尽可以十分含蓄,简函一纸,"日前承助,功同再造,铭感不在言宣,详情容来者面陈不赘。"即可。何必来一封总报告式的长信?

马幼垣先生的答案是：吴用寄望于这封信落入他人之手,让宋江暗通梁山之事暴露,逼宋江上山。

是这样吗？

我觉得马幼垣先生的这个推想太大胆了。

因为,第一,这封信落入他人之手的可能性微乎其微,因为宋江是个极其谨慎的人。宋江看完之后,当时就想烧掉,只是碍于刘唐的面子没有付诸实施。送走刘唐,宋江正要回到下处烧信,却又被阎婆撞见,后来信件落入阎婆惜之手,非常偶然。吴用总不至于把希望寄托在偶然事故上。

第二,宋江即使暴露,也未必有机会上梁山,也未必就会上梁山。

后来宋江杀了阎婆惜,亡命江湖,柴进庄园、白虎山、清风山,一一去过,就是没有去梁山。

我的答案是：吴用的真正目的是,让宋江读完此信后,对梁山产生向往之情,诱宋江上山。

我的答案马上就应验了。

宋江收了信,金子却推来推去,只收了一条,一起插在招文袋（挂在腰带上装文件或财物的小袋子）内。然后慌慌张张地送走了刘唐,自慢慢行回下处来,一边走,一边肚里寻思道："早是没做公的看见,争些儿惹出一场大事来！"

这是惊吓的。但是,与此同时,他又在想：

"那晁盖倒去落了草,直如此大弄。"

这里面有多少暗中的羡慕啊！面对着以前兄弟的"大弄",自命不凡的宋江,胸中顿起波澜。

流亡之路,直通梁山

宋江是一个有着强烈的自我价值实现欲望的人。

根据马斯诺的五个需求理论,人有五个层次的需求：生理需求、安全需求、归属需求、尊重需求和自我实现需求。

应该说,家属地主,又在郓城县做个押司这样的小吏,他的生理需求、安全需求、归属需求都没有问题,以宋江的智慧和能力,他也获得了广泛的尊重和爱戴。

但是,押司这样的一个身份,无法满足他的自我实现的需求。

押司,宋时办理文书、狱讼的地方胥吏,在官员指挥下,负责处理具体政务,特别是经办各类官府文书的低级办事人员,他们主要是具有一定文化水平和经济水平的平民,在身份上与一般经科举入仕的官员,截然不同,政治、社会地位都相当卑下。而且,在唐以后,逐渐严格区分官、吏,一个人一旦做吏,一般情况下就不能再做官,所以,宋江实际上已经自断前程。

但是,他这样的人,让他一辈子屈沉吏员,他是不能容忍的。

所以,晁盖现在呼风唤雨、统御众多头领和七八百喽啰的风光,触动了他心中隐藏很深的那根弦。

所以,吴用为什么派刘唐给宋江送信送金子?

那就是告诉宋江:我们现在位尊而多金。

比下级小吏如何?

宋江果然心中波澜顿起。

现在,他已经在流亡的路上。

而这条路,却通向梁山。

我们暂时还看不出,宋江自己也未必知道,但是,事实会证明这一切。

4. 行走江湖

> 宋江对江湖英雄,有一种天然笼络的欲望。这是领袖人物的最重要的素质。这世界上,有人爱人,有人爱财。爱财的人,常常卖人以求财;爱人的人,常常散财以爱人。

投奔柴进,吃了一颗定心丸

宋江在家中地窖子里被朱仝找到,朱仝劝他赶紧逃走,朱仝走后,宋江从地窖子出来,和弟弟拜辞了父亲宋太公,连夜出逃。逃哪里去呢?

兄弟二人商量后,直奔沧州,去投奔此前有过书信来往却不曾见面的柴进。

宋江和柴进通过信,互相表达过向往之情,却没有见过面。此次宋江来投,柴进非常很高兴。

宋江道:"今日宋江不才,做出一件没豁的事来,弟兄二人寻思,无处安身,想起大官人仗义疏财,特来投奔。"

柴进听罢,笑道:"兄长放心!遮莫做下十恶大罪,既到敝庄,但不用忧心。不是柴进夸口,任他捕盗官军,不敢正眼儿觑着小庄。"——这是第一次笑。

宋江便把杀了阎婆惜的事,一一告诉了一遍。柴进笑将起来,说道:"兄长放心。便杀了朝廷的命官,劫了府库的财物,柴进也敢藏在庄里。"——这是第二次笑。

柴进两次笑,笑什么?

笑王法!笑朝廷!

按说人家杀了人,人命在身,逃在江湖,总该有些沉重。但柴进没事似的,十分轻松。

我们在上一讲里讲到了那么多的目无王法之人,这儿又出来一个!而且如果说前面那些人都是无法,这一个简直就是无天!他如此胆大包天,简直不把朝廷放在眼里!

柴进的这番话,赤裸裸地表达了他对朝廷的蔑视,对王法的嘲弄。

柴进的这一番话,就给了宋江一颗定心丸,比起自家的阴暗狭小、不见天日、整天还得提心吊胆的地窨子,柴进宽敞阳光的大庄园,简直就是天堂。

接着便是酒宴招待,席间互道仰慕之情,并说些江湖上的勾当。直吃到初更,宋江有些醉了,起身去净手。却不小心冲撞了一条大汉,这大汉在廊前用一锨火在那里向火。宋江仰着脸,不小心一脚正踏在火锨柄上,把那火锨里炭火,都掀在那汉脸上。那汉吃了一惊,惊出一身汗来。

那汉气将起来,把宋江劈胸揪住,就要打,这个一肚皮怒气的大汉是谁呢?就是武松。

一顿饭是恩人,十顿饭是仇人

随行的庄客慌忙叫道:"不得无礼!这位是大官人最相待的客官。"

那汉道:"'客官','客官'!我初来时,也是'客官',也曾相待的厚。如今却听庄客搬口,便疏慢了我,正是'人无千日好,花无百日红'。"

看来,武松不仅是一肚皮怒气,他还有一肚皮怨气。

正劝不开,柴大官人赶到。柴进笑道:"大汉,你不认得这位奢遮(了不起)的押司?"

那汉道:"奢遮,奢遮!他敢比不得郓城宋押司少些儿!"

柴进大笑道:"大汉,你认得宋押司不?"

那汉道:"我虽不曾认得,江湖上久闻他是个及时雨宋公明;且又仗义疏财,扶危济困,是个天下闻名的好汉。"

大家注意了,这是宋江行走江湖以后,第一次碰到这样的场景:当着他的面,一个不认识他的人,说出对他无限景仰的话来。这种带有很强戏剧性的场景,从此以后多次出现,几乎成了一个套路。

但是,这里却有一个问题。那就是,宋江真的有这么大的江湖名声吗?

《水浒传》作者在宋江第一次出场时,有一段文字,单表宋江的好处,其中讲到他的江湖名声时,这样说:

> 平生只好结识江湖上好汉,但有人来投奔他的,若高若低,无有不纳,便留在庄上馆谷,终日追陪,并无厌倦;若要起身,尽力资助,端的是挥霍,视金似土。

……济人贫苦,赒(zhōu)人之急,扶人之困,以此山东、河北闻名,都称他做及时雨;却把他比做天上下的及时雨一般,能救万物。

但是,除了这样的预设结论,试图强行给读者灌输有关宋江声名远播的印象外,《水浒传》中却缺少相应的例证。相反的例证倒不少,比如,生辰纲一案七人里,他只认识晁盖。远方来的刘唐、公孙胜,不仅不认识他,也没想到要投奔他;不远处的石碣村的阮氏三兄弟不认识他,就连近在眼前的吴用,也不认识他,只是听说过他的大名。

后来梁山的一百零八人里面,他此前认识的人,除了他自己,也就自己的兄弟宋清、同事朱仝、雷横,朋友小李广花荣,徒弟毛头星孔明、独火星孔亮,柴进只是通过信。而且,这些人全部没有受过他接济的迹象。此前受过他恩惠的,只有阎婆母女和唐牛儿,后来阎婆母女与他还成了杀身仇人,唐牛儿还为他无辜充军。

这,可以说是《水浒传》的一个粗疏之处吧。

而更难的是,是"终日追陪,并无厌倦"。武松接着说:

"他便是真大丈夫,有头有尾,有始有终,我如今只等病好时,便去投奔他。"

武松为什么说这样的话?这是发泄对柴进的不满。

柴进做的确实有问题。比如今晚,宋江兄弟来投,他很高兴设宴招待,却把武松忘得一干二净,由他一个人病着,独自在廊檐下烤火取暖,这哪里是对待英雄的方式呢?这哪里有兄弟的情分呢?

但是,话又说回来,武松也有不是。

武松初来投奔柴进时,柴进也一般接纳管待;次后在庄上,但吃醉了酒,性气刚,庄客有些顾管不到处,他便要下拳打他们,因此满庄里庄客,没一个道他好。众人只是嫌他,都去柴进面前,告诉他许多不是处。柴进虽然不赶他,只是相待得慢了。

怠慢了武松,武松心中就有怨气。有怨气,就要指桑骂槐。而且还把柴进和宋江做一个暗中的比较,贬低柴进。

那么,宋江真是《水浒传》作者所说的那样,对来投奔的人,终日追陪,并无厌倦;像武松所说的那样,对待江湖好汉,有头有尾,有始有终吗?

我觉得无论从事实上,还是从情理上讲,这里仍然有问题。

其实,接济接济他人,不难,难就难在**终日追陪,并无厌倦**这八个字。俗语说,一顿饭是朋友,十顿饭是仇人。为什么?因为,吃到十顿饭了,朋友还赖着,你就没有耐心了,你没有耐心了,哪怕你不赶他走,他也能感觉到你的态度"很不够朋友"了,于是,他会带着对你的失望而离开，从此以后，你们的友谊也终结了。

柴进之于武松，就是典型的例子。

实际上，当你对别人足够好，而对方心安理得地长时间地接受你的好时，你只有一种结果：不是天使，就是魔鬼。

你是天使还是魔鬼，就看你有没有足够的耐心：他一直呆下去，你一直终日追陪，并无厌倦，你就是天使；

你厌倦的那一天，你就成了魔鬼。

可是，你也只是个人，要做天使，要一直做天使，何等难！

但是，你已经没有了做一般人的机会，哪怕你比一般人做得好得多，但是，只要你一日厌倦，你便是人们眼中的魔鬼！

柴进就是这样，一年的接济，换来的是武松的怨恨。

柴进实在是冤枉。

宋江就真的能做到一直是天使吗？

不知道。为什么我这样说呢？

因为没有事实证明宋江能做到这样。

第一，如前所说，《水浒传》也不过这样说说而已，却没有举出任何一个例证。

相反，那个在武松眼里一开始是天使，后来成为魔鬼的柴进，倒是真的至少做过很长时间的天使，梁山不少好汉都得到过他的接济。而宋江，他是否做过一天天使，都没有实证。

第二，如果说我们没有发现宋江什么时候失去过耐心，对来客生过厌倦之心，那可能不是宋江的耐心好，而是宋江运气好，碰到的江湖上的朋友都是明白人，用上海话说，叫拎得清，不到主人厌烦，就自动打起包裹走人。

像武松这样，我们可以问问他：你有什么资格和理由赖在朋友家里，不断地考验他的耐心，不断地挑战他的忍耐的极限呢？

柴进的运气不够好，虽然他事实上做得比宋江好，但他碰到的是少不更事的武松，武松在他那里，一住就是一年，还乱发脾气，拳头对人，然后骂人："人无千日好，花无百日红"。其实人无千日好、花无百日红是正常的，千日好的人，是木乃伊，百日红的花，是塑料花。

一个人能走多远,要看他能摆脱多少诱惑

听说武松要去投奔宋江,柴进指着宋江,便道:"此位便是及时雨宋公明。"

那汉道:"真个也不是?"

宋江道:"小可便是宋江。"

那汉定睛看了看,纳头便拜,说道:"我不是梦里么?与兄长相见!"

宋江大喜,携住武松的手,一同到后堂席上,便唤宋清与武松相见。

柴进叫再整杯盘来,劝三人痛饮。宋江在灯下看那武松时,果然是一条好汉。身躯凛凛,相貌堂堂。话语轩昂,心雄胆大。

宋江看了武松这表人物,心中甚喜。

有意思的是,宋江的外貌是面黑身矮。《水浒传》中有三个著名的矮子:武大郎、王矮虎和宋江。前二者外形和内质差不多,矮短身材和人格的委顿、委琐相互统一。而宋江却不然,在他的矮短身形之中,却蕴藏着极大的能量、盖世的胸襟和领袖的气质。《水浒传》中,凡作者刻意加以褒扬的人物,作者都极写他们身形的庞大,如鲁智深是写得体格宽大,面阔口方,武松是身长八尺,相貌堂堂,让宋江在灯下一看便喜。李逵是一条黑凛凛的大汉,让宋江在楼上一见便惊。

其他人以体格与武功行侠仗义,宋江以文化、气质、魅力来领袖群雄。所以,作者故意把他写成又黑又矮,这与写其他人形成强烈反差,甚至,故意和宋江本人识鉴人物的眼光相反:宋江在灯下看武松一表人才,便倾心结交。如果武松也是用这种眼光,武松凭什么和又黑又矮的他结交呢?就是他自己,如果用这种眼光看自己,又会是什么感受呢?

据说曹操有这样一个故事。

> 魏武将见匈奴使,自以形陋,不足雄远国,使崔季圭代,帝自捉刀立床头。既毕,令间谍问曰:"魏王何如?"匈奴使答曰:"魏王雅望非常(气质高雅,不同寻常),然床头捉刀人,此乃英雄也。"魏武闻之,追杀此使。(见南朝宋刘义庆《世说新语·容止》)

曹操也是一个领袖群伦的人物,可是对自己的长相也不大自信。

但是,这并不减少他的英雄气质。《魏氏春秋》说曹操是:"武王姿貌短小,而神明

英发。"

而且，俗眼只能看相貌，慧眼才能穿越相貌看到那种隐含的英雄气象。

慧眼、慧眼，慧不在眼，在心胸。

曹操为何要杀那个匈奴使者？因为这个使者能看穿他。

能看穿他的人，必是英雄。

不能为我所用的英雄，不如早点杀掉。

其貌不扬的宋江，自有其过人之处。

他的过人之处首先就体现在他能知人。他能一眼就把一个真正的英雄从芸芸众生中鉴别出来。比如他对武松，对李逵，都能一眼就看出他们的不凡，看出他们的价值。

魏刘邵在《人物志·自序》中写道："夫圣贤之所美，莫美乎聪明，聪明之所贵，莫贵乎知人，知人诚智，则众材得其序而庶绩之业兴矣。"

宋江就有这样的知人之贵。

既然能够识别出英雄来，那么接下来又怎样呢？

就加以笼络。

宋江对江湖英雄，有一种天然的笼络的欲望。这是领袖人物的最重要的素质。

这世界上，有人爱人，有人爱财。

爱财的人，常常卖人以求财。

爱人的人，常常散财以笼人。

有人见钱眼开，俗话说，黑眼珠见不得白银子，宋江却是见人眼开，一见到真正的英雄好汉，他马上青眼有加。而对于银子，他是不放在眼里的。

当初刘唐给宋江送来一百两黄金，不是小数目，而宋江当初担着血海也似的干系，舍着性命救了晁盖等人，接受这一百两金子也是受之无愧，何况晁盖等人现在有的是金子。

但是，如果宋江这样想，就不是宋江了，就是一个普通人了。

凭宋江的能力，他要做一个富家翁，一个小财主，那是很容易的事。

但是，宋江这样的人，他怎么可能对这些感兴趣呢！

潜意识里，他一定有着一个更大的目标，虽然这个目标是什么，他此时未必清楚。

但是，他知道他要走得更远。

一个人能走多远，要看他能摆脱多少诱惑。

要看看还有多少东西能够诱惑他。

对大英雄需小心

酒罢，宋江就留武松在西轩下做一处安歇。

过了数日，宋江将出些银两来与武松做衣裳。

我们看看，宋江自从见到武松，他几乎是迫不及待，接连表示亲热：

先是一手携着武松，就请他一起卜坐——坐一条板凳。

接着是酒席上的青眼相看，酒罢，又留武松一处安歇——睡一张床。

再接下来，就是出钱为武松做衣服——恨不得穿一条裤子。

你看宋江，面对初次见面的武松，是如何陪着小心来结交他。

一个人，无论是要做大人，还是要做大事，都先要有一颗小心。

这个小心，就是谦卑心、恭敬心、敬畏心、责任心、细心、爱心、诚心。

按说，宋江较之武松，岁数比他大，江湖名声比他大，他完全可以在武松面前充大。但他不，他是伏小。

出钱帮武松做衣服，明显地让柴进难看，柴进很可能心中不快。但宋江顾不得了，在宋江眼里，武松更重要。

果然，宋江此举，挤兑得柴进难看，赶紧取出一箱缎匹绸绢，教做三人的称体衣裳。

宋江赚大发了。

不仅兄弟二人的新衣服有了，更重要的是，他几乎是用柴进的钱，买了武松的心。

柴进在这里，慢了一步。

为什么慢了一步？

还是不够用心。

宋江对人，一个最大优点，就是用心。

你说他工于心计也好，你说他有心机有城府也好，你怎么评价是一回事，事实上他确实是用心了。

有了这个用心，他才能买到武松的心。

不仅买了武松的心，武松原先的那些坏脾气、坏毛病，都好了。

《水浒传》这样写：

宋江每日带挈他一处，饮酒相陪，武松的前病都不发了。

这说明什么？

第一，宋江有足够的感召力，可以让人在他面前自动收敛。

第二，武松有足够的自制力，可以让他在需要的时候控制自己。这是他与李逵的不同。

十多天后，武松要回清河县看望哥哥。柴进取出些金银，送与武松，武松谢道："实是多多相扰了大官人。"

在宋江的教育下，武松对柴进的态度也改变了，对柴进的评价也客观了，牢骚少了，理解多了，武松懂事了。

武松缚了包裹，拴了哨棒，要行。柴进又治酒食送路，宋江和兄弟宋清两个也来送武松，待他辞了柴大官人，宋江又道："大官人，暂别了便来。"

这也是不平常的，因为，不管怎么说，武松是柴进的客人，怎么送，应该由柴进决定。

主人都不再远送了，宋江却还要再送一送。

柴进可能会不高兴，但宋江不管。

大家都知道宋江架空晁盖的事，实际上，在此之前，他已经架空了柴进。作为客人，他架空了主人。

他此前拿钱给武松买衣服，此时又要再送武松一程，都是在架空柴进。

这样做，就显示出宋江对武松的特别的青睐，特别的高看一眼，特别的依依不舍，宋江对武松比柴进更加亲密。

就和武松的关系而言，宋江与武松相处的十几天，胜过柴进的一年。

宋江让柴进留步，自己带着兄弟宋清再送武松，一直送到十里开外，在一个小酒店，三人饮了几杯，看看红日平西，武松便道："天色将晚，哥哥不弃武二时，就此受武二四拜，拜为义兄。"

宋江大喜。武松纳头拜了四拜，宋江叫宋清身边取出一锭十两银子，送与武松。武松哪里肯受，说道："哥哥，客中自用盘费。"宋江道："贤弟不必多虑。你若推却，我便不认你做兄弟。"

你看这句话，分明主导权已经在自己了。

也怪，人和人在一起，往往不用多长时间，马上就自然形成了主导与被主导、支配与被支配的关系。

决定这种主导者身份的，有时是原先的社会地位，有时是名望，有时是教养，有时是年龄，有时候，就是一种气质。

我们在李逵系列里曾经讲到，宋江是如何在极短的时间里便确立了对李逵的控制权，包括戴宗。宋江那时的社会地位只是一个囚犯，而戴宗、李逵还是管教干部，但是，大家一见面，马上就形成了宋江主导的局势。囚犯领导管教干部了。

此时，宋江给我们展示了，他在极短的时间里，如何让武松心悦诚服、甘心受命的，我们知道，武松可以说是梁山一百零八人中最为傲慢、最自我欣赏、最唯我独尊的人物，但是，在宋江面前，他毕恭毕敬。

宋江凭什么做到这些的呢？

宋江有名望。

宋江有教养，有文化。

宋江有年龄优势。

宋江能宽容。

宋江能小心。

更重要的是，宋江有一种领袖的气质，一种领袖心态。

我们现在说智商、情商、财商等等，还有一种人，天然具有领袖商。

宋江就是具有领袖商的人。

宋江自从出走江湖，一路上都在笼络英雄。武松是第一个。

一个问题是，一个安分守己的人，为何要结交这么多的江湖好汉？

一个总是把这些无法无天的江湖好汉笼络在自己身边的人，他到底要干什么呢？

5. 枭雄本色

鲁达可以成仁,可以成圣,可以成佛,可以成仙;宋江则可以成功,可以成名,可以成霸业。一句话,鲁达可以成人,宋江可以成事。

惊魂一场,穿针引线

武松走后,宋江在柴进庄上一住半年。恐父亲烦恼,先发付兄弟宋清归去。随后他又应孔太公之邀,到了白虎山孔太公庄上住了半年。在那里再次碰到武松,此时的武松已经在孟州血溅鸳鸯楼,只好去二龙山落草。而宋江,又要去清风寨找花荣。二人分别以后,宋江一人往清风山走来,在夜晚的清风山山道上,被一条绊脚索绊倒,随后走出十四五个伏路小喽啰来,把宋江捉翻,一条麻索缚了,将宋江解上山来。

押到山寨里,小喽啰把宋江捆做粽子状,绑在将军柱上,小喽啰说道:"等大王酒醒时,剖这牛子心肝,做醒酒汤,我们大家吃块新鲜肉。"

到二三更天气,大王起来了。这个大王是谁呢?就是锦毛虎燕顺。

燕顺一看绑着个人,道:"正好!快去与我请得二位大王来同吃。"

这里的描写,很像《西游记》中类似的场景。

《西游记》写的是妖怪,《水浒传》写的是人类。

其实,《西游记》中的妖怪,就是人类;《水浒传》中的人类,往往也就是妖怪。

小喽啰去不多时,只见厅侧两边走上两个好汉来:矮脚虎王英和白面郎君郑天寿。

当下三个头领坐下,王矮虎便道:"孩儿们,正好做醒酒汤。快动手,取下这牛子心肝来,造三分醒酒酸辣汤来。"

一个小喽啰掇一大铜盆水来,放在宋江面前;又一个小喽啰卷起袖子,手中拿着一把明晃晃剜心尖刀。那个掇水的小喽啰,便把双手泼起水来,浇那宋江心窝里。宋江叹口气道:"可惜宋江死在这里!"

燕顺一听"宋江"两字,便起身来问道:"兀那汉子,你认得宋江?"

宋江道:"只我便是宋江。"

燕顺吃了一惊,等到确定他就是郓城县的及时雨宋江,便夺过小喽啰手内尖刀,把麻索都割断了,又把自身上披的枣红丝衲袄脱下来,裹在宋江身上,抱在中间虎皮交椅上,唤起王矮虎、郑天寿,三人纳头便拜。

宋江经历生死两重天,惊魂未定,道:"量宋江有何德能,教足下如此挂心错爱?"

燕顺道:"仁兄礼贤下士,结纳豪杰,名闻寰海,谁不钦敬!梁山泊近来如此兴旺,四海皆闻。曾有人说道,尽出仁兄之赐。"

燕顺的这句话,有两层含义。第一层,不讨说宋江在江湖上名声如何如何,宋江一出场,《水浒》就交代过,武松也说过,无甚新意。

但后面一层,直接说破宋江与梁山的关系,这就有味道了。要知道,这句话在郓城县说,会吓死宋江,阎婆惜就是要说破这层关系,被宋江杀掉的。但是,这句话在江湖上说,却会得意死宋江。

这件事,对朝廷而言,是大罪,对江湖而言,是大功。

宋江突然意识到,在一个世界对他关了门的时候,另一扇大门,已经对他大开。

他在朝廷那边犯的大罪,恰恰是在江湖这边立下大功。

而且,官场那边,即使不出这件事,他也没有什么更大的发展空间。

江湖这边,则蕴含着无限的可能!这才是他大展雄才的场所!

他突然感觉到,此前他的所作所为,他对江湖好汉的特别感情,原来早就预示着他的今天!

于是,宋江把救晁盖一节,杀阎婆惜一节,以及此后江湖飘蓬,从投柴进到孔太公,以及今次要往清风寨寻小李广花荣,这几件事,一一备细说了。

一个值得我们注意的细节是:宋江在柴进那里,是只说了杀阎婆惜这件事的,对他救晁盖一事,他是讳莫如深的!

在清风山,他却对此津津乐道了。

宋江的脚,不知不觉地伸到江湖上来了。

在刚刚认识的强盗面前,你看他是多么融洽,多么兴奋,一口气把他这近两年的行踪、事迹,都说了。

这还不算,第二天,兴奋中的他,一起床,又诉说路上许多事务,又说武松如何英雄了得。弄得三个头领跌脚懊恨道:"我们无缘,若得他来这里,十分是好,却恨他投那里去了。"

宋江已经开始帮江湖上的人穿针引线了。

救了一个女人,又害了一个女人

就在宋江做客清风山时,山上出了一件事:王矮虎在山下抢来清风寨知寨刘高的妻子,要她做压寨夫人。

原来,清风寨现在有了两个知寨:文知寨刘高,武知寨花荣。刘高为正,花荣为副。

宋江寻思道:"他丈夫既是和花荣同僚,我不救时,明日到那里,须不好看。"

宋江便劝王矮虎放还这个女人。王矮虎不肯,宋江便道:"贤弟若要押寨夫人时,日后宋江拣一个停当好的,在下纳财进礼,娶一个伏侍贤弟。只是这个娘子,是小人友人同僚正官之妻,怎地做个人情,放了他则个。"

燕顺见宋江坚意要救这妇人,因此不顾王矮虎肯与不肯,喝令轿夫抬了去。那妇人听了这话,插烛也似拜谢宋江,一口一声叫道:"谢大王!"

宋江道:"恭人,你休谢我:我不是山寨里大王,我自是郓城县客人。"

清风山王矮虎的这件事,令人想起桃花山周通强娶民女被鲁智深制止一事。

但是,一比较,我们发现,不仅王英王矮虎不及周通圆通,宋江也不及鲁达豁达。为什么?

因为,王矮虎不够痛快。

而宋江答应帮王英拣一个好的,日后一定是拿别人的身体青春做人情,显然也不够正直。

他后来果然把《水浒》中第一美女扈三娘一丈青配与了王矮虎,让扈三娘为他的义气做牺牲,救了一个女人,又害了一个女人。

相比而下,鲁达绝不肯做这样的承诺。为什么? 因为在鲁达看来,这事是你不对,我只是纠正你的错误,不是耽误你的好事,我不欠你的。我不必承诺你任何条件,为什么? 因为这事是你做得不直,我不能奖励你。

更何况,谁也没有权力决定一个女人的命运,鲁达也绝不愿意控制一个女人的意愿,以一个女人的牺牲来兑现自己的义气。无论是用什么借口,包括什么江湖义气。

所以,鲁达豁达,因为他毫无私心。

宋江为什么不能如此豁达?

有私心。

私心在哪里?

他要笼络王矮虎。鲁智深对周通,毫无所求,可以相忘于江湖。而宋江心中,王矮虎这类江湖人物,则是他的资本,必须笼络得住。

鲁智深只要讲一个"理"字,所以,正大光明。

宋江则还要讲一个"情"字,所以,人情练达。

鲁达可以成仁,可以成圣,可以成佛,可以成仙。

宋江则可以成功,可以成名,可以成霸业。

一句话,鲁达可以成人,宋江可以成事。

没想到,那个被宋江救下的女人,竟然恩将仇报,反而诬陷宋江是清风山的强盗头子,在宋江投奔花知寨后,唆使自己的丈夫刘高,抓了宋江。

而她的丈夫刘高有更阴险的想法。为了排陷花荣,独占清风寨,暗中给青州知府报告,说花荣暗中勾结清风山强贼,以图把宋江花荣一并害了。

青州府知府慕容彦达看了刘高的文书,便派本州兵马都监黄信连夜下清风寨来。刘知寨和黄信设计,抓了花荣。

黄信要押解宋江、花荣上州里分辩,便叫刘知寨点起一百寨兵防送。刘高也一同随往。在路上,却被燕顺、王矮虎、郑天寿打了劫,宋江、花荣被救,黄信逃归清风镇,刘高被清风山众好汉活捉。

当晚都到聚义厅上相会,请宋江、花荣当中坐定,三个好汉对席相陪,宋江道:"且与我拿过刘高那厮来。"

燕顺便道:"把他绑在将军柱上,割腹取心,与哥哥庆喜。"

花荣道:"我亲自下手割这厮。"

把刀去刘高心窝里只一剜,那颗心献在宋江面前,小喽啰自把尸首拖在一边。

宋江道:"今日虽杀了这厮滥污匹夫,只有那个淫妇,不曾杀得,出那口大气。"

王矮虎便道:"哥哥放心,我明日自下山去,拿那妇人,今番还我受用。"

我们注意,不知不觉,宋江好像真的成了清风山的贼首了。原先燕顺三人,再加上花荣,都不知不觉,服从了他的调度。

玩弄权术，伤天害理

慕容知府得知清风山劫了囚车，杀了刘高，大惊，便差人去请青州指挥司总管本州兵马统制霹雳火秦明（青州军分区司令）。秦明是个急性子，听说反了花荣，怒忿忿地上马，点起一百马军、四百步军，大刀阔斧，径奔清风寨来。

清风山寨里有了宋江这样的统帅和花荣这样的战将，根本不怕秦明。秦明来势汹汹，却在一夜之间土崩瓦解，在宋江、花荣的指挥下，秦明带出的五百人马，一大半淹死在水中；生擒活捉得一百五七十人，夺了七八十匹好马，不曾逃得一个回去。又用陷马坑活捉了秦明，剥去了他的战袄、衣甲、头盔、军器，拿条绳索绑了，解到聚义厅上来。

下面有一个很值得我们注意的细节：当花荣亲自解了秦明的绳索，取衣服与秦明穿时，秦明问花荣道："这位为头的好汉，却是甚人？"

花荣告诉他，这是郓城县宋押司宋江。

你看，这五位好汉坐在聚义厅上，秦明一眼就看出了谁是为头之人。

宋江在上梁山之前，他已经在清风山做了强盗头子了！

秦明道："这宋押司莫不是唤做山东及时雨宋公明么？"

宋江答道："小人便是。"

秦明连忙下拜道："闻名久矣，不想今日得会义士！"

宋江慌忙答礼不迭。

接下来，便是宋江等人劝秦明归顺，秦明道"生是大宋人，死是大宋鬼"，宁死不肯背叛，态度很坚决。于是宋江等人，不让秦明下山，不还秦明衣甲，五位好汉轮番把盏，陪话劝酒。秦明一则折腾了半夜，实在困倦；二乃吃众好汉劝不过，吃得醉了，扶入帐房睡了。

《水浒》下面有句话：

> 这里众人自去行事，不在话下。

当秦明在清风山上被殷勤劝酒时，当秦明大醉睡着时，宋江安排这些人在干什么呢？

他们派人穿上秦明的衣甲，冒充秦明，引着人马去佯攻青州城，把城外一个数百人家的村落一把火烧个精光，杀死村民男女老幼不计其数！

他们为什么要这样做呢？

就是要拉秦明入伙，绝了他的归路！

这些暴行施行之时，秦明一无所知，暴行的策划人宋江，还和其他几位一起，假充敬重秦明，殷勤劝酒！

第二天，秦明一觉直睡到次日辰牌（8点左右）方醒，跳将起来，洗漱罢，便要下山。众好汉还都来假惺惺相留，道："总管，且吃早饭动身，送下山去。"秦明是性急的人，便要下山。众人慌忙安排些酒食管待了，取出头盔、衣甲，与秦明披挂了，牵过那匹马来，并狼牙棒，五位好汉都送秦明下山来，相别了。

秦明上了马，拿着狼牙棒，趁天色大明，离了清风山，取路飞奔青州来。远远地望见烟尘乱起，并无一个人来往。秦明见了，心中自有八分疑忌，到得城外看时，原来旧有数百人家，却都被火烧做白地，一片瓦砾场上，横七竖八，杀死的男子妇人，不计其数。

秦明看了大惊，跑到城边，大叫开门时，只见门边吊桥高拽起了，都摆列着军士旌旗，檑木炮石。秦明勒着马大叫："城上放下吊桥，度我入城。"城上看见是秦明，便擂起鼓来，呐着喊。

秦明叫道："我是秦总管，如何不放我入城？"

只见慕容知府立在城墙边大喝道："反贼，你如何不识羞耻！昨夜引人马来打城子，把许多好百姓杀了，又把许多房屋烧了，今日兀自又来赚哄城门。朝廷须不曾亏负了你，你这厮倒如何行此不仁！已自差人奏闻朝廷去了，早晚拿住你时，把你这厮碎尸万段！"

秦明大叫冤枉，知府喝道："我如何不认得你这厮的马匹、衣甲、军器、头盔？城上众人明明地见你指拨喽啰们杀人放火，你如何赖得过？你如今指望赚开城门取老小，你的妻子，今早已都杀了。你若不信，与你头看。"

军士把枪将秦明妻子首级挑起在枪上，叫秦明看。秦明是个性急的人，看了浑家首级，气破胸脯，分说不得，只叫得苦屈。城上弩箭如雨点般射将下来，秦明只得回避。

秦明回马在瓦砾场上，恨不得寻个死处，肚里寻思了半晌，纵马再回旧路。行不得十来里，只见林子里转出一伙人马来，当先五匹马上五个好汉，不是别人，宋江、花荣、燕顺、王英、郑天寿，随从一二百小喽啰。宋江在马上欠身道："总管何不回青州？独自一骑投何处去？"

你看宋江的口气,何等可恨!

秦明见问,怒气道:"不知是那个天不盖、地不载、该剐的贼,装做我去打了城子,坏了百姓人家房屋,杀害良民,倒结果了我一家老小,闪得我如今上天无路,入地无门!我若寻见那人时,直打碎这条狼牙棒便罢!"

这段话骂得好啊!这是秦明骂宋江的,也是作者施耐庵骂宋江的,更是我们读者骂宋江的!

宋江一生,玩弄权术,干过不少伤天害理的缺德事,这是头一件,也是最大的一件。

数百的无辜百姓,秦明的一家老小,都被他玩死了!

他还得意洋洋、毫不歉疚!

一帮全无心肝的家伙

宋江便道:"总管息怒,既然没了夫人,不妨,小人自当与总管做媒。我有个好见识,请总管回去,这里难说。且请到山寨里告禀,一同便往。"

对别人的灭门惨祸,你看宋江是如何轻描淡写!

夫人被杀,悬头城门,竟然是"不妨"!

为何不妨?

对秦明而言,再娶一个就是!

对我宋江而言,再做一次媒而已!

不独秦明夫妻之情不在考虑之中,就是秦明的妻子,也不过就是毫无自我生命价值的符号,她的生死,唯一的意义就是秦明有无老婆,只要秦明再找到一个老婆,抹去她,不就是涂改一下婚书上的名称么!

宋江这句话里包含的种种观念,实在野蛮之极!

被蒙在鼓里的秦明只得随顺,再回清风山来。到了聚义厅上,宋江开话道:"总管休怪,昨日因留总管在山,坚意不肯,却是宋江定出这条计来,叫小卒似总管模样的,却穿了足下的衣甲、头盔,骑着那马,横着狼牙棒,直奔青州城下,点拨喽啰杀人。燕顺、王矮虎带领五十余人助战,只做总管去家中取老小。因此杀人放火,先绝了总管归路的念头。今日众人特地请罪。"

宋江是一个为达目的不择手段的人。

干了这样伤天害理的事,宋江敢于这样坦然告知,不怕秦明这样的霹雳火,他是有自信的。

果然,秦明见说了,虽然怒气在心,欲待要和宋江等厮拼,但是终于还是按捺了下来。为什么呢?

《水浒》给出的解释是:

一则是上界星辰契合;二乃被他们软困,以礼待之;三则又怕斗他们不过。

这个以脾气暴躁著称的人,只能叹一口气,道:"你们弟兄虽是好意,要留秦明,只是害得我忒毒些个,断送了我妻小一家人口。"

秦明是个没脑子的人,他们这样做,怎么倒是好意了?从个人命运上讲,秦明造反,比以前好吗?更何况还有一个做人的原则?他自己曾经说自己:"生是大宋人,死是大宋鬼",现在被弄得不人不鬼,还是什么好意?

宋江答道:"不恁地时,兄长如何肯死心塌地?若是没了嫂嫂夫人,宋江恰知得花知寨有一妹,甚是贤惠,宋江情愿主婚,陪备财礼,与总管为室如何?"

又牺牲一个!

宋江凭什么就这样随便决定别人的命运?!

你与花荣,不过是朋友,且多时没有见面。你刚刚得知花荣有一个妹妹,你还没有见过这个女孩,甚至你都没有征求花荣的意见,你就拿来做了你的筹码,做了你的资本,让这个小妹妹的青春和终身幸福去为你的缺德买单!

《水浒》接着写道:"秦明见众人如此相敬相爱,方才放心归顺。"

这是相敬相爱吗?

这种相敬相爱,何等可怕!

接下来,众人都让宋江在居中坐了,秦明上首,花荣肩下,三位好汉依次而坐。

你看,在梁山排座次之前,清风山上,已经排了一次了。并且,就是宋江为首!

接下来,大吹大擂饮酒,这一帮全无心肝的家伙,还要商议打清风寨。

秦明道:"这事容易,不须众弟兄费心。黄信那人,亦是治下;二者是秦明教他的武艺;三乃和我过得最好。明日我便先去叫开栅门,一席话,说他入伙投降,就取了花知寨宝眷,拿了刘高的泼妇,与仁兄报仇雪恨,作进见之礼如何?"

这秦明,实在是混蛋。

自己刚刚不得已,被别人绝了归路,马上就又要拉别人下水。

所谓的江湖义气,追寻到最后,往往恰恰是极端自我中心,极端自私!

杀了三个女人,又卖了两个女人

说白了,打清风寨,就是为了两个女人:

一是花荣的妹妹,为了给秦明做填房;

二是刘高的老婆,为了给宋江报仇。

第二天,秦明单枪匹马去清风寨劝降黄信。黄信听说有宋江在清风山,马上就归顺了。这又是一个为了所谓的江湖义气而完全不知道自己身为朝廷命官、守土有责的人。

黄信归顺的直接成果,就是三个女人的命运:

一个女人被杀,一个女人被卖,一个女人死不瞑目。

被杀的是刘高的老婆。宋江恨她入骨,当然是死路一条,好色成性的王英还想收用,却被燕顺一刀挥为两截。

被卖的是花荣的妹妹。打下清风寨的次日,宋江和黄信主婚,燕顺、王矮虎、郑天寿做媒说合,这个妹子就嫁与秦明了!

也就是说,这个小姑娘,从告知她到出阁成新娘,只有一天的时间,而且是在经历了如此大的变故惊魂未定之时!

更糟糕的是,她嫁的人,不仅脾气暴躁,以霹雳火的绰号闻名,而且,是一个全无心肝的家伙!

从秦明的元配夫人被杀,到秦明吹吹打打再入洞房,中间不到三天!

此时,秦明原配夫人的头颅还挂在青州城门上!

她,实际上也是被宋江杀死的,而且,还死不瞑目。

秦明在洞房中搂着新媳妇的时候,晚上会不会做噩梦!

前面我们说过,秦明没头脑,现在我们看,秦明更没心肝!

一个人,没头脑,还可以原谅;没心肝,简直是畜生。与这等没心肝的男人为妻,秦明的原配是可怜的,秦明的继室,花荣的妹妹是委屈的。并且,更加可怜!

宋江甫出江湖,真是出手不凡,接连做了几件大事,几件缺德的大事。

宋江,因为杀了一个女人而流落江湖,可是,到了江湖以后,初次出手,不算青州城外那个被宋江烧做瓦砾场的村庄里被杀的男男女女,他竟然又让两个女人丧命,一个女人被出卖了幸福,而且,我们要记得,他还预卖了一个给王矮虎!

检点一下宋江一年来的成绩:

杀了三个女人。

卖了一个女人。

预卖了一个女人。

这宋江,真是大英雄!

一个对女人冷酷无情的大英雄!

现在,他杀了很多人,也笼络了一些人,还拉了三个人下水。这个郓城县来的客人,一下子反客为主,把青州闹得狼烟四起,直接震动了朝廷。

当初,宋江得知晁盖等人在梁山"大弄"时,他禁不住羡慕。现在,他自己终于也在清风山"大弄"了一把,他的内心,定会为自己得意。

那么,接下来,宋江将何以自处,又如何安顿手下的弟兄呢?

6. 江湖串联

> 宋江就像一个雪球,在他滚过的地方,都会有更多的雪粘附到他身上,以至于他越滚越大,大成了气候,大成了真正的江湖老大。

忠孝来了,侠义去了

宋江这个原先的郓城县来的客人,凭着他在江湖上的名声接连折服了清风山上的三位江湖强盗,接着是花荣、秦明和黄信三位朝廷将官,从江湖到朝廷,这些人都入了他的彀中,成了他手下俯首帖耳、服从指挥调度的战将。打下了清风寨,反了花荣、秦明、黄信,直接震动了朝廷。

果然,五七日后,消息传来,朝廷要起大军来征剿,扫荡清风山。清风山这么个小地方,能够抵御朝廷大军的征剿吗?

其实,宋江早已有了后手,那就是去梁山。

我在前面讲过,刘唐传书的真正目的,是要在宋江的心中,刻下梁山的深刻印记,让他时时想着梁山。他在活捉秦明、打青州、打清风寨的时候,早就想好了这一步棋。没有这样的后手,没有梁山作后盾,他前面敢如此大张旗鼓地与朝廷作对吗?

一句话,心中有梁山,才敢大闹清风山。

当秦明怀疑梁山不肯接纳时,宋江大笑,洋洋得意地把自己和梁山的渊源和盘托出。

接下来,三二百匹好马,三五百人,浩浩荡荡,分作三起,上梁山去。路过对影山,宋江又拉拢了吕方、郭盛,一起上梁山泊去。一下子就给梁山送去八个好汉。

而宋江自己,却中途变卦了,没有上梁山。这是为什么呢?

原来,为了不出意外,宋江和燕顺二人带领随行十数人,先投梁山泊来接洽。在路上酒店歇脚吃酒时,碰到石将军石勇,石勇给宋江带来了宋清的家书。家书上说,宋太公因病身故,现今停丧在家,专等宋江回家迁葬。宋江读罢,叫声苦,不知高低,自把胸脯捶将起来,自骂道:"不孝逆子!做下非为,老父身亡,不能尽人子之道,畜生何异!"自把头去壁上磕撞,哭得昏迷,半晌方才苏醒。

接着,他吩咐燕顺道:"不是我寡情薄意,其实只有这个老父记挂,今已没了,只得星夜赶回去,教兄弟们自上山则个。"

刚刚还雄心万丈,义气冲天。雄心万丈是要展现自己,要大干一场;义气冲天是要照拂兄弟,要甘苦与共。怎么一下子他就完全变了,既不要上山实现自己了,也不要兄弟了呢?

这就要讲到宋江自己的内心矛盾问题了。

从中国的传统文化观念上讲,"孝"、"义"有不同的价值取向,有时甚至是互相冲突的。

孝直接延伸到忠。

孔子的学生有子就说过,一个在家庭里懂得孝悌的人,不可能犯上作乱。

《战国策·赵策二》上说:"父之孝子,君之忠臣也。"

《吕氏春秋·孝行览》上说:"事君不忠,非孝也。"

王通《文中子·周公》里说:"孝立则忠遂。"

所以,我们古话常常说"求忠臣必于孝子之门"。

一般人,只要想到孝,必然想到忠。孝心萌动之时,忠心也就占了上风。

那么,义呢?

义往往延伸到侠。

而侠却往往会导致对国家法度的触犯。韩非早就发现了这一点,他说:"侠以武犯禁",就是这个意思。

忠也好,孝也好,是垂直上下的关系。

是天命,是无可逃于天地之间,是不容怀疑与推脱的,甚至极端到不管是什么样的父母,你都得孝;不管是什么样的君主,你都得忠。所以,忠、孝需要的是无条件服从,而无须思考和判断。

但是,义却不然,义很多时候是横向的平等关系。

义者宜也。是否适宜,就要判断,判断以后,才能决定是否施行。

所以,义的核心,恰恰是判断。孔子说,见得思义,义是要思考的。

忠、孝和侠、义往往使人成为气质不同的人。

忠、孝可以让人变成温顺的良民。

而侠、义却常常使人成为豪杰。

因为"忠、孝"是服从他者,而侠、义却是显示自我。

"见义勇为"这个词,就说明,"义"可以让人勇于作为。所以,胸中有义气在的人,往往有着强烈的自我肯定、自我欣赏,往往有着强烈的自我实现的欲望。

宋江,就是胸中既有忠、孝顺从的一面,又有强烈的自我实现的愿望的人。

宋江救晁盖,实行的是江湖之"义",违背的却是朝廷之"忠"。他在晁盖命悬一线之时,"义"占了上风,使他毫不犹豫地放弃了"忠"。

但是,当晁盖上了梁山,接连干了两件惊天动地的大事,犯下弥天大罪的时候,宋江"忠"的一面又开始抬头,又觉得晁盖太过分了,很是担忧晁盖的下场。

再后来,他接到刘唐带来的梁山书信,看到晁盖等人在江湖上弄得有头有脸、有声有色,他又不免暗中羡慕,他的心中,从此有了梁山情结,江湖情结。

不过,他此时还没有落草为寇的想法,所以,流亡途中,他去柴进庄上,去孔太公庄上,去清风寨花荣处,但就是不去梁山泊。

但是,流亡途中,他接触了柴进、武松以及清风山上的众位好汉之后,从这些人对他的无比尊崇的态度中,他突然发现自己很有江湖资本,完全可以据此有所作为。恰好又被刘高陷害,几种因素结合起来,他的江湖情结一瞬间爆发出来,心中潜伏很深的枭雄欲望爆发出来,以至于大闹清风山,纠集众多强盗豪杰,一起浩浩荡荡投奔梁山。

但是,一封报告父亲死讯的家书,让他发热的头脑一下子冷了下来,他突然如梦初醒,几乎在一瞬间,他的思想完全变了。

忠、孝来了,侠、义去了。

宋江的前半生,可以用两封信来概括:刘唐传书和石勇传书。

一封来自江湖,一封来自家庭。

一封来自江湖朋友,一封来自家中老父。

两封信都在拉他:一封拉他入伙,一封拉他回头。

江湖朋友热心,家中老父苦心。

刘唐传书,让他心向江湖,野心勃勃;

石勇传书,让他归心家国,忠心耿耿。

半路出家

于是，我们看到，就在这一瞬间，宋江完全变了一个人，让燕顺等人摸不着头脑。

宋江问酒保借笔砚，讨了一幅纸，一头哭着，一面给梁山晁盖写信推荐众位弟兄上山。为了让燕顺等人放心，连封皮也不粘，交与燕顺收了。秦明、花荣等人也不等，飞也似独自一个去了。

大家是他撺掇（煽动，怂恿来的，到了半途，却抛开大家，自己走了，何等不义！

但是，假如他此时仍然继续上山，置老父遗体于不顾，那又是何等不孝！

人生，常常就是这样让我们左右为难，左右不是，左支右绌，捉襟见肘，留下人生和道德的破绽。

被宋江半路抛下的秦明、花荣等人，一时之间进退两难。只好带着宋江的书信，硬着头皮自己上了梁山。好在晁盖接纳了他们。

而宋江，慌慌忙忙赶回家去。

可是，宋江回到家，却发现他的父亲好好的，原来，宋太公想念宋江，又怕他一时被人撺掇，落草去了，做个不忠不孝的人，为此急急寄书去，唤他归家。

知子莫如父，宋太公对宋江还是很了解的，知道他会落草而去。

但是，他也有对宋江不了解的地方：不是宋江被别人撺掇去落草，而是宋江撺掇别人落草。清风山一行，他就把三个朝廷命官拉下了水。

宋太公没事了，宋江却有事了。郓城县朱仝、雷横二位和他关系好的都头，恰好都出差去了，新添两个赵姓兄弟做都头，一个叫赵能，一个叫赵得，他们听说宋江回来，马上来捉拿。宋江此时也不跑了，挺身而出，随他们去县里自首了。为什么呢？

第一，无处可去了。总不能再去柴进那里、毛太公那里吧？梁山又不能去，不能落草为寇。

第二，他也跑不了。用宋江的话说，这赵能、赵得是个刁徒，不知义理，又和宋江没人情。不像朱仝、雷横，可以暗中放他逃走。

第三，更重要的是，不必跑了。朝廷正好册立皇太子，已降下一道赦书，应有民间犯了大罪的，尽减一等科断。宋江即使到官，也只该个徒流之罪，不会死罪了。

果然，最后济州府尹对宋江的最后判决是：脊杖二十，刺配江州牢城。当厅带上行枷，押了一道牒文，差两个防送公人，一个张千、一个李万，押解宋江去江州。

从此，宋江开始了他人生的又一个新阶段：流放阶段。

值得一提的是，行前，宋太公唤宋江到僻静处叮嘱道："如今此去，正从梁山泊过，倘或他们下山来劫夺你入伙，切不可依随他，教人骂做不忠不孝。此一节，牢记于心。孩儿路上慢慢地去，天可怜见，早得回来，父子团圆，兄弟完聚。"

当初宋太公用一封谎报死讯的家信骗宋江回家，是怕他被白虎山的强人撺掇去落草；现在，他又怕宋江被梁山泊的强盗劫夺入伙。宋太公如此不放心宋江，警告宋江，恰恰说明了，在老父亲的眼中，宋江是一个犯上作乱的高危人物。一定是宋江平时的言行、气质、性格流露出了让宋太公害怕的东西。

人们一再强调的，往往就是人们最为担心的；

人们最为担心的，往往就是最有可能出现的。

宋江倒也听话，经过梁山泊地面时，为了躲避山上的弟兄，他特地要求两个公人早起，准备拣小路偷偷过去。

但是，他哪里逃得了吴用的算计？走着走着，前面山坡背后转出一伙人来。为头的好汉，正是赤发鬼刘唐，将领着三五十人，便来杀那两个公人。这张千、李万唬做一堆儿，跪在地下。

宋江叫道："兄弟，你要杀谁？"

刘唐道："哥哥，不杀了这两个男女，等甚么？"

宋江道："不要你污了手，把刀来我杀便了。"

刘唐把刀递与宋江，宋江接过，把刀往喉下自刎。

刘唐慌忙夺了刀。

宋江道："你们要我上山，不是你们弟兄抬举宋江，倒要陷我于不忠、不孝之地。若是如此来挟我，只是逼宋江性命，我自不如死了。"

正在纠缠，吴用、花荣来到。

花荣一见，道："如何不与兄长开了枷？"

刘唐一见，要杀人；花荣一见，要开枷。

他们心目中，这是自然而然：宋江哥哥早就是山上的人了，早就心在山上了。

但是，宋江今天的表现还真的让他们始料未及。

宋江道："贤弟，是甚么话！此是国家法度，如何敢擅动！"

吴学究一听,明白了,笑道:"我知兄长的意了。……略请到山寨少叙片时,便送登程。"

扶起两个公人来,宋江道:"要他两个放心,宁可我死,不可害他。"两个公人道:"全靠押司救命。"

宋江自杀,虚晃一刀

我们看,自从宋江见了刘唐,宋江接连做出两件事:

第一,自杀。

第二,不准开枷。

这两件事都做得极端。

先看第一件,刘唐奉命路上拦截宋江,要礼请他上山,你当然可以不去,但总不至于自杀。

再看第二件,脖子上的枷,固然不可擅动,但是,特殊情况下,也是可以解开的。林冲在柴进庄上,就解开过。而宋江自己,后来也解开过:在揭阳镇,投宿穆太公庄上时,两个公人道:"押司,这里又无外人,一发除了行枷,快活睡一夜,明日早行。"宋江道:"说得是。"当时去了行枷,一点犹豫也没有,既不说什么国家法度,也不批评公人"是甚么话"。

有很多人说,宋江的这些行为,可以见出他的虚伪。是的,宋江确实虚伪。但问题是,"虚伪"一词,本来没有什么贬义,它指做出某种姿态。

宋江自杀,就是虚晃一刀,就是要做出姿态。做出什么姿态呢? 做出宁死不上梁山的姿态。

不准开枷,更具有象征的意义:那就是他将服从国法,接受惩罚,绝不造反。

所以,吴用一看,就说:我知兄长的意了。

客观地说,宋江此时是不得不如此。

他不用这样极端的形式,对方会当一回事吗? 对方会明白他的真心吗?

要知道,此前,他曾经大张旗鼓地要上山,并且是带了八个兄弟的,而且,他在清风山,已经大张旗鼓地干过一场了。

现在他摆出一副不愿落草的样子,谁会信呢?

为了让人信，他就不得不做得极端一些。

一行人上山到聚义厅上，晁盖说道："自从郓城救了性命，兄弟们到此，无日不想大恩。前者又蒙引荐诸位豪杰上山，光辉草寨，恩报无门。"

晁盖是个忠厚人，但是，他的这番话里，也许是他无意提到的"引荐诸位豪杰上山，光辉草寨"的话，还是提醒宋江：你可不是什么忠于朝廷的良民啊。这确实让宋江尴尬。

宋江怎么解释呢？

宋江答道："……本欲上山相探兄长一面，偶然村店里遇得石勇，捎寄家书，只说父亲弃世。不想却是父亲恐怕宋江随众好汉入伙去了，因此诈写书来唤我回家。……今配江州，亦是好处。适蒙呼唤，不敢不至。今来既见了尊颜，奈我限期相逼，不敢久住，只此告辞。"

把他上次大张旗鼓要上山，轻描淡写成只是要上山探兄长一面了！

即使如此，这番话也是矛盾重重。

既然当初想上山探兄长一面，为何此次却是"适蒙呼唤，不敢不至"？不敢不至，就是不想来，被逼而来。

既然已经来了，却又为何如此生分，甫一见面，就要告辞？

还是那个用意：和梁山划清界限，越疏远越好。

晁盖道："直如此忙！且请少坐。"两个中间坐了，宋江便叫两个公人只在交椅后坐，与他寸步不离。且酒至数巡，宋江起身又要告辞。

晁盖是直性子的人，见宋江如此，有些不满，道："仁兄直如此见怪！虽然贤兄不肯要坏两个公人，多与他些金银，发付他回去，只说我梁山泊抢掳了去，不道得治罪于他。"

宋江道："兄这话休提。这等不是抬举宋江，明明的是苦我。……前者一时乘兴，与众位来相投，天幸使令石勇在村店里撞见在下，指引回家。父亲……临行之时，又千叮万嘱，教我休为快乐，苦害家中，免累老父仓皇惊恐。因此父亲明明训教宋江，小可不争随顺了，便是上逆天理，下违父教，做了不忠不孝的人，在世虽生何益？如不肯放宋江下山，情愿只就众位手里乞死。"

我们看他这番话，竟然用"一时乘兴"来解释自己上次率众人来投梁山，大概没有人会相信。

而更不堪的是,他把上山称之为"上逆天理,下违父教,不忠不孝,虽生何益",这置山上众位好汉于何地? 这不是骂他们都是不忠不孝、虽生犹死吗?

说罢,还泪如雨下,拜倒在地。晁盖、吴用、公孙胜一齐扶起。众人道:"既是哥哥坚意欲往江州,今日且请宽心住一日,明日早送下山。"三回五次留得宋江在山寨里吃了一日酒。

教去了枷,也不肯除,只和两个公人同起同坐,寸步不离。

宋江对这两个公人确实保护得好,这是宋江忠厚的地方。同时,他知道,一旦这两个公人离开他的视野,就有可能被害;而两个公人一旦被害,他也就没有了退路。

为什么他能想到这些?

因为,假如换成他,他一定会这么干。

他为了拉人下水,是不择手段的。前面他如何拉秦明下水,我们已经领教了。

我们在讲李逵时,还讲到了他为了拉朱仝下水,不惜杀害一个四岁的小男孩的行径。

有一些糊涂大意,是因为善良,总把别人想得和自己一样真诚。

有一些精明小心,是因为阴暗,总把别人想得和自己一样险恶。

次日早起,宋江坚心要行。吴学究给宋江写了一封信,让他带给江州两院押牢节级戴宗,并说此人是他的至爱相交,十分仗义疏财,宋江到江州,也可有个照应。众头领安排筵宴送行,取出一盘金银,送与宋江;又将二十两银子送与两个公人。一个个都作别了,宋江再次踏上流放之途。

来也认不得爹,去也认不得娘

在上一次的逃亡之途中,他结识了柴进、武松以及清风山清风寨的一帮好汉。那么,这一流放之途中,宋江还会结识更多的江湖豪杰,而且他凭借着自己江湖上的威望和个人的领袖魅力,令这些无法无天的人物一个一个拜倒在他的脚下。

我们知道,梁山好汉不少人都经历过流放。林冲的流放之途是受难,武松的流放之途像旅游。宋江呢? 宋江的流放之途是大串联。宋江就像一个雪球,在他滚过的地方,都会有更多的雪粘附到他身上。以至于他越滚越大,大成了气候,大成了真正的江湖老大。

首先，在揭阳岭上，他差点被催命判官李立当做黄牛肉开剥了。后来，混江龙李俊带着出洞蛟童威、翻江蜃童猛赶来救了他。李立一听此人是宋江，纳头便拜。李俊置备酒食，殷勤相待，结拜宋江为兄。

这一次，宋江就结交了李俊、李立、童威、童猛四个兄弟。

下了揭阳岭，到了揭阳镇，看到病大虫薛永使枪棒卖膏药，因为给他赏钱，二人又成了兄弟。

可是却因此惹恼了揭阳镇上一霸穆弘、穆春兄弟，被追杀。逃到江边，又被张横骗到船上，又被逼投江。正在万分危急之时，混江龙李俊和童威、童猛恰好赶到，又救了性命。而张横一听是宋江，扑翻身便拜。

李俊又叫来正在追捕宋江的穆弘、穆春兄弟二人，告知他们，他们要追捉的是山东及时雨宋公明，弟兄两个撇了朴刀，又是扑翻身便拜！

揭阳镇上，宋江一夜之间，又结识了四个江湖好汉：薛永、穆弘、穆春、张横。张横的弟弟张顺在江州，张横又写了一封信让宋江带去，等于说，又结识了张顺。

但是，问题是，这些人真的是好汉吗？

病大虫薛永可以说是。

但其他几人就算不得了。李俊在介绍这一帮江湖豪杰时，说："我这里有三霸，揭阳岭上岭下，便是小弟和李立一霸；揭阳镇上，是穆弘、穆春弟兄两个一霸；浔阳江边做私商的，却是张横、张顺两个一霸。以此谓之三霸。"

怎么个霸法呢？

李立是开人肉店的。见到宋江三人包裹沉重，就下麻药麻翻了他们，放在剥人凳上，只等火家回来就开剥。李俊和他是一伙，也不会是善类。

穆弘、穆春兄弟呢？

因为薛永到镇上卖艺没有交保护费，就吩咐镇上人不准给赏钱，而一镇的人果然就都不敢给赏钱，甚至，一镇的酒店都不敢卖酒饭给他人吃。然后叫了赌房里一伙人，赶将去客店里，拿得薛永，尽气力打了一顿，把他吊在都头家里。县里的都头家里，竟然成了他们的私人牢房。

并且还要明日送去江边，捆做一块，抛在江里。

而远道而来的宋江在不知情的情况下，给了薛永赏钱，他们就一定要赶尽杀绝，捉拿宋江三人，也要打死。

何等猖狂,何等草菅人命,何等无法无天!

张横张顺如何呢?

宋江三人被穆弘、穆春兄弟追到江边,上了张横的船。宋江还感激张横救了性命,哪知道这边穆弘、穆春一走,他就变了脸,说道:"你这个撮鸟,两个公人,你三个却是要吃板刀面?却是要吃馄饨?"

宋江道:"家长休要取笑!怎地唤做板刀面?怎地是馄饨?"

张横睁着眼道:"老爷和你要甚鸟!若还要吃板刀面时,俺有一把泼风也似快刀,我不消三刀五刀,我只一刀一个,都剁你三个人下水去;你若要吃馄饨时,你三个快脱了衣裳,都赤条条地跳下江里自死。"

这混蛋,杀人越货还挺幽默,而且,杀死人前,连衣服都要留下。

宋江讨饶,张横喝道:"你说甚么闲话!饶你三个!我半个也不饶你。老爷唤做有名的狗脸张爷爷,来也不认得爹,去也不认得娘。你便都闭了鸟嘴,快下水里去!"

宋江又求告道:"我们都把包裹内金银、财帛、衣服等项,尽数与你,只饶了我三人性命。"

按说这总该可以了,图财不害命啊。但是,这个可恨的张横根本不听,摸出那把明晃晃板刀来,大喝道:"你三个好好快脱了衣裳,跳下江去。跳便跳,不跳时,老爷便剁下水里去。"

就是这样一个"来也不认得爹,去也不认得娘",毫无人性的家伙,宋江还向李俊问道:"这位好汉是谁?"竟然还说他是好汉!

这就是《水浒》中的好汉!这就是宋江眼里的好汉!这就是被宋江笼络,在宋江手下,帮他打天下的好汉!

那么,宋江到了江州,见到戴宗,见到张顺,他们又是什么样的好汉呢?

江湖串联

7. 潜伏爪牙

历史上，揭竿而起，哗众叛乱的，多的是自我生活失败之人。宋江也是这样的人。

在官场混，谁不是受贿和行贿的专业户？

上一讲我们讲到，宋江的流放之途，实际上是大串联，在揭阳镇上，这一拨刚刚串联上的江湖豪杰汇聚一堂，李俊、张横、穆弘、穆春、童威、童猛，刚才大家还赶尽杀绝，一团杀气，现在突然之间一团和气，不，一团义气。他们的行为，简直是很幽默。

宋江还记得薛永，赶紧为他求情："既然都是自家弟兄情分，望乞放还了薛永。"穆弘笑道："便是使枪棒的那厮？哥哥放心，随即便教兄弟穆春去取来还哥哥。"不一会，已取到病大虫薛永进来，一处相会了。刚刚身上被打得遍体鳞伤，要把他捆住扔到江里喂鱼，现在请到席上，置酒相待，薛永肯定觉得如同做梦。这些江湖人物的变脸艺术，确实让我们糊里糊涂，如同做梦。他们哪有什么是非，只看你是否兄弟。

住了三日，宋江坚意要行，临行吩咐薛永，且在穆弘处住几时，却来江州，再得相会。穆弘道："哥哥但请放心，我这里自看顾他。"不会往江里扔了。

然后取出一盘金银，送与宋江，又赍发两个公人些银两。

宋江和两个公人下船投江州来。到江州上岸，直至江州府前来，正值府尹升厅。江州知府，姓蔡，双名得章，是当朝蔡太师蔡京的第九个儿子，因此江州人叫他做蔡九知府。

说明一下，历史上的蔡京只有八个儿子，这个所谓的九子蔡德章是《水浒》作者杜撰的。

《水浒》这样介绍他："为官贪滥，作事骄奢。"其实，他还不仅有这些道德上的毛病，他还才智欠缺，从下文看，简直近乎弱智。

有人缺德,有人缺心眼。他呢,又缺德又缺心眼,却又能到江州做知府,这也很正常,官场上这类人最多,《水浒》中出现的各级官员,几个不是这样的?何况他还是蔡京的儿子。江州是个钱粮浩大的去处,人广物盈,是个肥缺。肥水不流外人田,这样的好地方,当然是给自家的儿子。

可是,就苦了当地的百姓了。宋江到此,也不会有好日子过。

我们在此之前,已经看过林冲到牢城营,武松到牢城营。牢城营里,是有潜规则的,这个潜规则的核心,就是银子。林冲到牢城营,经人指点,马上准备送银子;武松到牢城营,经人指点,马上表示不送银子。宋江呢?

宋江根本不需要他人指点。他是吏员出身啊,什么潜规则他不懂?这种事不知别人对他干过多少,他对别人也不知干过多少,实际上,在官场混,谁不是受贿和行贿的专业户?

所以,宋江做得自然而然:差拨来,他马上送了十两银子与他;管营处又自加倍送十两再加其他礼物;营里管事的人,并使唤的军健人等,都送些银两与他们买茶吃,因此无一个不欢喜宋江。

武松是经人指点仍不开窍,林冲是一经指点就开窍,宋江是不用指点窍早就开了。

武松是英雄汉,林冲是老实人,宋江是心机深。

三人的境界由此可知,三人的生活经历也在此中。

既然宋江如此懂事,一百杀威棒自然就免打了。这是我们能够想象得到的。但还有我们没想到的:着他在本营抄事房做个抄事。

别的囚犯风里来雨里去,毒日头下晒,宋江可以在抄事房里抄抄写写,说白了,除了没有工资,干的活和他以前几乎一样。

众囚徒见宋江有面目,都买酒来与他庆贺。次日,宋江置备酒食,与众人回礼。不时间,又请差拨牌头递杯,管营处常常送礼物与他。宋江身边有的是金银财帛,自落的结识他们。住了半月之间,满营里没一个不欢喜他。

双面人

但是,偏偏有一个关键人物,宋江就是不送钱给他。

谁呢?节级戴宗,那位吴用的至爱相交、仗义疏财的朋友。

为什么宋江不主动送钱给他呢？

因为宋江要等他自来。

等了十来天，来了。

来了，怒不可遏，在点视厅上大发作，对着宋江骂道："你这黑矮杀才，倚仗谁的势要，不送常例钱来与我？"

黑矮杀才，骂得好！特形象。不愧后来成了宋江的兄弟，骂宋江最形象，最到位。

宋江道："'人情人情，在人情愿。'你如何逼取人财？好小哉相！"

戴宗大怒，喝叫打，可是周围的人都走光了，只剩他两个，他越加愤怒，拿起讯棍，便奔来打宋江。

宋江说道："节级，你要打我，我得何罪？"

戴宗大喝道："你这贼配军，是我手里行货(háng huò)，轻咳嗽便是罪过。"

宋江道："你便寻我过失，也不到得该死。"

戴宗怒道："你说不该死，我要结果你也不难，只似打杀一个苍蝇。"

我们很多人都读过方苞的《狱中杂记》，那写的是康熙年间监狱的黑暗。

《水浒》中的这一段戴宗和宋江的对话，可以让我们想象出来宋代、明代监狱的黑暗。

现在，总有人动不动就羡慕、鼓吹什么康乾盛世，他们为什么就不看看小民在那时代如何被人踩躏？

我根本就不相信在中国封建时代，还有什么时代是小民的盛世。

说是康乾盛世也对，是康熙皇帝、乾隆皇帝的盛世，不是小民的盛世。

小民在那样的时代，只不过是权势者手里的"行货"罢了。

不过，宋江今天不怕，他手里捏着戴宗的死结。

宋江冷笑道："我因不送得常例钱便该死时，结识梁山泊吴学究的，却该怎地？"

戴宗听了这话，慌忙丢了手中讯棍，便问道："你说甚么？"

宋江又答道："自说那结识军师吴学究的，你问我怎的？"

戴宗慌了手脚，拖住宋江问道："你正是谁？那里得这话来？"

宋江笑道："小可便是山东郓城县宋江。"

戴宗大惊，连忙作揖说道："原来兄长正是及时雨宋公明。兄长，此间不是说话处，未敢下拜。同往城里叙怀，请兄长便行。"

不是行货,是兄长了。

这一段描写,极其生动。吴用对宋江介绍戴宗时,说他"十分仗义疏财",但我们看他这一段的丑陋表演,哪里是一个好汉?

实际上,有两个戴宗:兄弟戴宗和节级戴宗。

兄弟戴宗确实仗义疏财,而节级戴宗确实丑陋无耻。

所以,一个人,是好人还是坏人,往往看他在什么环境里,处于什么关系中。

二人来到一个临街酒肆中,戴宗望着宋江便拜——又成了宋江的兄弟了。

接下来,又结识了李逵和张顺。宋江笼络李逵,充分显示了他的高超手段,也显示出他的人格魅力。这一点,我们已经在李逵系列里讲过了。

宋江的流放之途,到此可以算是有了一个了结。在这个过程里,他笼络在自己身边的人,李俊、李立、童威、童猛、薛永、张横、穆弘、穆春、戴宗、李逵、张顺,共计十一人,这些都成了他的江湖资本。加上他在清风山上笼络的燕顺、郑天寿、王英、秦明、花荣、黄信,对影山的吕方、郭盛,路上碰上的石将军石勇,共九人,宋江的资本越来越雄厚了。

不光是这些有形资本,还有无形资产。宋江在江湖上行走时,当他看到那么多无法无天的江湖豪杰,只要一听到他的大名,马上就五体投地,毕恭毕敬,他一定意识到了自己的能量。

有形资本是有数的,而名声、威望等等无形资产是无限的,既然这些人心甘情愿拜倒在他的脚下,那么,江湖上一定有更多的好汉愿意拜倒在他的脚下,甚至是时刻等待着拜倒在他的脚下。

那么,有如此巨大的号召力,拥有如此难以估量的社会资源和力量,怎么可能不催生他的野心呢?

接下来,浔阳楼宋江吟反诗也就顺理成章了。

穷则思变,要干,要革命

不久,宋江独自一个信步来到江边"浔阳楼"前。门边朱红华表,柱上两面白粉牌,各有五个大字:"世间无比酒,天下有名楼。"宋江便上楼来,去靠江一座阁子里坐了,凭栏举目,喝彩不已。

少时,时新果品、菜蔬、酒肉上来,非常齐整精致,良辰美景,美酒佳肴,宋江独自一个,一杯两盏,倚阑畅饮,不觉沉醉,乐极生悲,猛然想道:"我生在山东,长在郓城,学吏出身,结识了多少江湖好汉,虽留得一个虚名,目今三旬之上,名又不成,功又不就,倒被文了双颊,配来在这里。我家乡中老父和兄弟,如何得相见?"不觉酒涌上来,潸然泪下,临风触目,感恨伤怀。

我们来看看宋江为什么感恨,又为什么伤怀。

第一,他结识了那么多江湖好汉,却只得一个虚名。何为"虚名"呢?也就是,枉有如此巨大的资本,却只是闲置着,没有使用。本来,这些人,招之即来,来之能战,战之能胜。可是自己枉有那么巨大的江湖名望,却也虚存着,没有用来呼风唤雨,没有振臂一呼应者云集。于是——

第二,已经三十出头,却名又不成,功又不就,反而成了囚犯,脸上留下永远的耻辱印记。

可见,独自一人站在浔阳楼上的宋江,心中充满的是失败感、耻辱感!

当然,他知道,自己并未一败涂地。因为,他知道自己还是有资本的。

这一趟流放之途,加上上一次的逃亡之途,从柴进到武松,从清风山到梁山,从揭阳岭揭阳镇到江州,一次又一次,他真切地感受到了自己在江湖上的号召力。

并且,他突然带点自嘲地发现:导致他如此失败的,恰恰是因为他疏忽了他在江湖上的能量,闲置了这些江湖上的资本。

所以,独自一人站在浔阳楼上的宋江,突然之间,明白了什么。

突然之间,对自己未来的人生,他有了新的期待。

《水浒》写道:宋江"忽然做了一首《西江月》词"。

什么叫"忽然"写了一首词呢?就是忽然明白了。忽然想通了。觉今是而昨非了——如果不解放思想,还听老爹的话,做忠臣孝子,会永世不得出头。

那就下决心做叛臣逆子!

腹稿打好了,便唤酒保索借笔砚来,乘着酒兴,磨得墨浓,蘸得笔饱,去那白粉壁上挥毫便写道:

自幼曾攻经史,长成亦有权谋。恰如猛虎卧荒丘,潜伏爪牙忍受。

不幸刺文双颊,那堪配在江州。他年若得报冤仇,血染浔阳江口!

写罢,自看了,大喜大笑,一面又饮了数杯酒,不觉欢喜,自狂荡起来,手舞足蹈。

刚才是"乐极生悲",由良辰美景佳肴想到自己的失败人生;现在又"悲极生乐",为什么?因为他"穷则思变,要干,要革命"了!

并且,他从革命中,看到了自己辉煌的未来!

于是,又拿起笔来,去那《西江月》后再写下四句诗:

心在山东身在吴,飘蓬江海谩嗟吁。他时若遂凌云志,敢笑黄巢不丈夫!

写罢,又去后面大书五字道:"郓城宋江作。"简直有武松留名鸳鸯楼的豪气。然后,掷笔在桌,又自歌了一回。再饮过数杯酒,不觉沉醉,算还了银子,踉踉跄跄,取路回营里来。开了房门,倒在床上,一觉直睡到五更。

酒醒时,全然不记得在浔阳江楼上题诗一节。

中国有一句古话,叫"白纸黑字",这就是做文人的不好。如果不会写字,像李逵,哪怕整天想着造反,也不会留下证据。

心里想的,没人知道,

嘴上说的,一风吹了。

可是,假如你会写字,一不小心写下来了,那就是铁证如山。

当然,文人倒霉,往往恰是文人造成的。

白纸黑字,文人写;白纸黑字,也得要文人读。而且,还要读得懂,会解释。

宋江写在白墙上的黑字,就被一个读书人看到了。这个人就是黄文炳。

黄文炳批注宋江诗

宋江的革命还没有开始,黄文炳来要他的命了。

这个黄文炳,是个住在江州对岸无为军的赋闲的通判。既然赋闲在家,就想着东山再起,于是他就时常过江来巴结蔡九知府。这倒也还可以理解,但是此人却是阿谀谄佞之徒,心地褊窄,嫉贤妒能,胜如己者害之,不如己者弄之,专在乡里害人。

这浔阳楼,宋江走了,黄文炳来了。

恰好让他看到宋江写在墙上的《西江月》词和四句诗,大惊道:"这个不是反诗?"

为什么黄文炳一口咬定是反诗呢?

我们还是来看看黄文炳的解读。

黄文炳读道:"自幼曾攻经史,长成亦有权谋。"冷笑道:"这人自负不浅。"

金圣叹在黄文炳的这句话下，批了一个字：确。

确实，这开头两句，写出宋江的自负：有文化，有权谋。有人有文化，却无权谋。有人满腹权谋，却无文化。宋江二者都有。

宋江的文化知识有多少，难说。但是，够用了。他又不是想去做博士，当教授，够用就行。

我们接着听黄文炳老师往下分析。

"恰如猛虎卧荒丘，潜伏爪牙忍受。"黄文炳道："那厮也是个不依本分的人。"

自比猛虎，当然不依本分。岂止不依本分，简直是狼子野心，虎视眈眈，并且已经吃过人了——在清风山吃了很多人。后来，被父亲一番家教，又潜伏爪牙忍受了。

不过，既然是忍受，就显然不是心甘情愿，更不会一直忍受。总有一天，要张牙舞爪，虎荡羊群。

"不幸刺文双颊，那堪配在江州。"黄文炳道："也不是个高尚其志的人，看来只是个配军。"

这就是黄文炳的不对了。毕竟是个没有什么见识的读书人。是个配军，就不是高尚其志的人？在那个时代，多少真英雄，真汉子，都成了配军？林冲、武松、杨志都是。所以，就这一点而言，黄文炳的见识比不上张青，比不上柴进。他们都认为，在来往的配军里，多的是好汉。

连孔子都说过，牢中的未必是坏人。我们还可以补充一句：牢外的未必是好人。

这两句，是宋江写自己的失败。

历史上，揭竿而起，哗众叛乱的，多的是自我生活失败之人。

因为不甘心失败，所以，孤注一掷，铤而走险，黄巢、李自成、张献忠、洪秀全都是这样的人。

宋江也是这样的人。

再看最后两句："他年若得报冤仇，血染浔阳江口。"黄文炳道："这厮报仇兀谁？却要在此生事！量你是个配军，做得甚用！"

金圣叹在黄文炳的话下面，摇头表示不同意黄文炳的看法："是又殊不然。"是的，配军就无用？李贽批曰："通判见识。"也是嘲笑黄文炳见识太少。历史上，好多干出惊天动地大事的，干出祸国殃民大事的，不少也就是配军啊。秦末汉初的英布就是，明末的张献忠也是，陈胜也不过是个戍卒。

再看那首诗:"心在山东身在吴,飘蓬江海谩嗟吁。"黄文炳道:"这两句兀自可恕。"

又读道:"他时若遂凌云志,敢笑黄巢不丈夫!"

黄文炳摇着头道:"这厮无礼,他却要赛过黄巢,不谋反待怎地?"

这个结论应该没有问题。宋江确实要谋反了。

在这里跌倒,到那里爬起来

那么,一个问题是:宋江为什么要谋反?

其实,答案就在那首《西江月》的最后两句:他有冤仇,他要报仇!

那么,他有什么冤仇呢?

不仅对他不了解的黄文炳不知道,就是我们这些对他的经历很清楚的人也不知道。

不是不知道谁伤害了他,而是我们知道没有谁伤害过他。

没有谁伤害过他,他心中哪来的如此大的仇恨?对谁的仇恨?

这才是最为关键的问题。

实际上,宋江的仇人不是具体的人,而是社会。

不是具体的事件,而是制度。

宋江不是要向一两个人报复,他是要报复一种压抑人的社会及其制度。

一个社会,如果在制度上压抑了人,那么,它可能就会成为很多人的仇人。

它直接造就了很多仇视社会的人。

宋江仇视的是什么制度呢?他为什么仇视这种制度呢?

这要从宋江的身份谈起。

宋江有一句口头禅:"小吏宋江",为什么他老是要说自己是小吏?

就是这个身份带给他太多的自卑,太多的压抑!他太敏感这个词!

所以,他还常常在小吏前面,加上一个词,叫"鄙猥小吏"。

说明什么?说明在他的意识里,小吏的地位是低贱的,人格是猥琐的,是被人轻视的,更重要的是,是被他自己轻视的!

我们前面说过,押司,这样的低级办事人员,在身份上与一般经科举入仕的官员,截然不同,政治、社会地位相当卑下。而且,在唐以后,逐渐严格区分官、吏,一个人一旦做吏,一般情况下就不能再做官,所以,宋江实际上已经被这种制度剥夺了前程。

对此,自命不凡的宋江,会甘心吗?

当他在江湖上发现自己的巨大能量的时候,他能不动心吗?

我们当然可以批评宋江不安本分,有野心,但是,让宋江这样的人中豪杰一直去做一个小吏,终身整日处理来往文书和日常繁琐事务,对着一个七品县令唯命是从,对何涛这样的上级机关下来的人点头哈腰,难道是合理的吗?一介文人陶渊明,无任何政治野心和权力欲望,尚且不愿意折腰向乡里小儿,何况宋江这样的枭雄?

再说,这不也是人才的浪费吗?

我们注意一下,宋江的反诗里特别提到了黄巢。

历代造反的人那么多,宋江为什么专门要拿自己和黄巢比呢?

答案可能很简单:宋江也就是随便这么一说。在历代造反者里,黄巢离他近。

但是,假如答案不这么简单,那就一定有别的原因,一定是黄巢身上的某些东西让宋江起了共鸣。

黄巢和宋江的共同点至少有以下几点:

第一,都是失败者。黄巢参加过科考,没考上。宋江连考试资格都没有。

第二,都自负甚高,也确实天赋杰出。

第三,都桀骜不驯,绝不甘心就此碌碌一生。

第四,都很想做官。给他们官做,他们也就不造反了。他们造反,就是为了做官。

黄巢起兵,从公元875年起兵到880年,五年间曾五次向唐王朝乞降求官,一直到881年自立皇帝。

黄巢曾经也写下了一首《不第后赋菊》:

> 待到秋来九月八,我花开后百花杀。冲天香阵透长安,满城尽带黄金甲。

显然,自命不凡的黄巢看着那些平庸之辈都考上了,幸福得像花儿一样,他恨得牙痒痒的。他暗示,他将用他的方式,实现目标:文的不行,就来武的。笔墨纸砚不行,就用刀枪剑戟!

可见,宋江和黄巢的共同点还有:

第五,他们不是在哪里跌倒,就在哪里爬起来,而是恰恰相反,他们是在这里跌倒,到那里爬起来。

既然社会的游戏规则对我不利,我就不再玩这个游戏,我玩别的。

宋江要革命了。

但是,没等到他革别人的命,别人先要革他的命了。

8. 反上梁山

> 生活中，我们要提防那些特别细致的人，特别是要小心那些非常关注细节的人。

腿好使，脑子却不好使

宋江在浔阳楼上写下一词、一诗，被黄文炳看到，黄文炳鉴定的结果是：这是反诗。

正要找机会立功做官的黄文炳如获至宝，向酒保借笔砚取幅纸来抄了，藏在身边，还吩咐酒保休要刮去了。

你看，他是多么细致的人。生活中，我们就要特别提防那些特别细致的人，特别要小心那些非常关注细节的人。

次日拜见蔡九知府，恰好蔡九知府的老子蔡京刚刚给蔡九知府来信，说近日太史院司天监上奏，夜观天象，发现罡星照临吴、楚，敢有作耗之人。

更兼街市小儿谣言四句道："耗国因家木，刀兵点水工。纵横三十六，播乱在山东。"

因此嘱咐蔡九知府，紧守地方。

黄文炳听了，寻思半晌，恍然大悟，笑道："恩相，事非偶然也！"

于是袖中取出所抄之诗，呈与知府道："不想却在此处。"

黄文炳分析道："'耗国因家木'，耗散国家钱粮的人，必是'家'头着个'木'字，明明是个'宋'字；第二句'刀兵点水工'，兴起刀兵之人，水边着个'工'字，明是个'江'字。这个人姓宋，名江。"

知府又问道："何谓'纵横三十六，播乱在山东'？"

黄文炳答道："或是六六之年，或是六六之数；'播乱在山东'，今郓城县正是山东地方。这四句谣言，已都应了。……可急差人捕获。"

知府随即升厅,叫唤两院押牢节级戴宗:"你与我带了做公的人,快下牢城营里,捉拿浔阳楼吟反诗的犯人宋江,不可时刻违误。"

戴宗听罢,吃了一惊,心里只叫得苦。作起神行法,先来到牢城营报知宋江。宋江听罢,搔头不知痒处,只叫得苦:"我今番必是死也!"

戴宗道:"我教仁兄一着解手,未知如何?如今小弟不敢耽搁,回去便和人来捉你,你可披乱了头发,把尿屎泼在地上,就倒在里面,诈作风魔。我和众人来时,你便口里胡言乱语,只做失心风便好,我自去替你回复知府。"

金圣叹说,"戴宗是中下人物,除却神行,一件不足取。"看他给宋江出的这个主意,真是万分高明。为什么高明呢?

第一,完全骗不了别人。

第二,彻底糟蹋了宋江。

有人急中生智,有人急中生愚。戴宗就属于这后一种。

我们看宋江被糟蹋的惨状。

惨状一:尿屎加身。

众人来捉拿宋江时,只见宋江披散头发,倒在尿屎坑里滚,尿屎秽污全不顾,口里胡言乱语,浑身臭粪不可当。

这宋江也是一时糊涂了,竟然不知道这一招完全骗不得人,白白作践自己一回。

我几乎要怀疑,这是戴宗故意要作践宋江。

惨状二:酷刑加身。

当宋江浑身屎尿被逮到在大堂时,装疯卖傻,满口胡说,而蔡九知府只干一件事,就制止了他:打。

唤过牢子狱卒,把宋江捆翻,一连打上五十下,打得宋江一佛出世,二佛涅槃,皮开肉绽,鲜血淋漓。

一顿棍棒下去,宋江的疯病就治好了。态度也老实了,招道:"自不合一时酒后,误写反诗,别无主意。"

先是满身屎尿,后是满身伤痕。这都是戴宗妙计的结果。真是"戴宗妙计救宋江,滚了屎尿又挨揍"。

可见,戴宗的腿好使,脑子却不好使。

我以为,戴宗要救宋江,不该用自己的头,而要用自己的腿:用神行法,带上宋江,一溜烟就去了,谁能追得上他们?

有一双好腿不用,却要用笨脑瓜。结果,就是宋江不但没有获救,还被糟蹋成这个样子。

好好的,为什么就装疯了?

而且,戴宗的这个妙计,对蔡九知府和黄文炳而言,本来应该还有一个意想不到的收获,那就是,如果蔡九知府和黄文炳再往深里追查,还能把戴宗也拎出来。他们只要脑筋随便转转就发现问题了:宋江为什么好好的,突然就装疯了?

必是有人报信。

谁人报信?

只是戴宗。因为,

第一,戴宗会神行法,他完全有这个时间。

第二,戴宗不会隐身法。戴宗到抄事房见宋江,难保不被别人看到。

第三,还可以把宋江再打下去,就算宋江义气,宁死不招,戴宗在旁,也不能看着宋江被活活打死,也会自己站出来。

可惜的是,蔡九知府和黄文炳被破获如此重大的谋反大案兴奋得晕了头,糊里糊涂放过了戴宗。

戴宗运气还算好。

但是,不要急,该拎出来还是要拎出来的。

这次,不是他的错,而是另一个人的错了。

犯这个错误的人,偏偏是最不该犯错误、也最不能犯错误的人。

这个人,就是吴用。

蔡九知府破获了这等大案,自然要请功领赏,于是急急修一封书,差戴宗星夜上京师,报与蔡京知道,也让皇上知道,以显示自己能干。当然,蔡九知府也没有忘了黄文炳,在书信上还推荐了黄通判之功,让父亲蔡京面奏天子,早早升授富贵城池,去享荣华。

宋江的血,可以染红两个人的顶戴了。

可是,戴宗在往东京途中,经过朱贵的酒店,被朱贵麻翻,那封请示如何处决宋江的信件被拆开。在吴用的筹划下，梁山专门派人下山，把圣手书生萧让赚上山来，让他模仿蔡京笔迹；又把玉臂匠金大坚赚上山来，让他篆刻蔡京图章，伪造了一封蔡京的回信，让戴宗带回。

书上说，教把犯人宋江解赴东京。准备等他解来此间经过时，下山打劫宋江上山。

正是这一封书信，让戴宗被拎出来了。

因为，这封信的后面，加盖的是金大坚篆刻的图章"翰林蔡京"。哪有父亲给儿子写信，却直说自己姓名的呢？再说，此时蔡京已经是太师丞相了，怎么还会使用早年做翰林时的图章呢？

蔡九知府还真是弱智，这么明显的错误，他竟然没看出来，但是，黄文炳一看，就摇着头道："这封书不是真的。"蔡九知府听了，叫来戴宗，没问到三句话，就露馅了。

于是又是一顿暴打，又是皮开肉绽，鲜血迸流，又是如实招供了。

两次低级错误的结果，就是宋江、戴宗被绑缚刑场，斩首。

好在还有李逵，好在吴用及时醒悟过来，好在晁盖是真仗义，不惜血本，带来花荣、黄信、吕方、郭盛、燕顺、刘唐、杜迁、宋万、朱贵、王矮虎、郑天寿、石勇、阮小二、阮小五、阮小七、白胜共是十七个头领和一百多小喽啰，又好在张横、张顺、穆弘、穆春、薛永、李俊、李立、童威、童猛共九人也赶来助战，二十七人，大家联手，大闹江州，救了宋江、戴宗，一起聚集在穆太公庄上。

宋江一开口，晁盖不说话

在穆太公庄，穆弘排下筵席，管待众头领。

宋江起身与众人道："小人宋江，若无众好汉相救时，和戴院长皆死于非命。今日之恩，深于沧海，如何报答得众位？只恨黄文炳那厮搜根剔齿，几番唆毒，要害我们。这冤仇如何不报？怎地启请众位好汉，再做个天大人情，去打了无为军，杀得黄文炳那厮，也与宋江消了这口无穷之恨。那时回去如何？"

晁盖道："我们众人偷营劫寨，只可使一遍，如何再行得？似此奸贼已有提备，不若且回山寨去，聚起大队人马，一发和学究、公孙二先生，并林冲、秦明，都来报仇，也未为晚。"

宋江道："若是回山去了，再不能够得来。一者山遥路远，二乃江州必然申开明文，各处谨守。不要痴想,只是趁这个机会,便好下手,不要等他做了准备。"

花荣道:"哥哥见得是。……只是……先得个人去那里城中探听虚实,……然后方好下手。"

薛永便起身说道:"小弟多在江湖上行,此处无为军最熟,我去探听一遭如何?"

这一段对话,讲打无为军,四个人,讨论了两个问题:

第一,打不打。

第二,怎么打。

第一个问题是首要问题。

首先看宋江。大家刚刚把他从鬼门关边救回来,惊魂初定,他就提出要大家再做个天大人情,帮他杀了黄文炳报仇。这不仅是有仇必报,而且是有仇急报,一刻不愿耽误。

但问题是,从梁山到江州,其间多少路程?梁山此时还不够强大,晁盖此次为救宋江,已经冒了极大的风险,家中只留了四人,带来了十七人,几乎是倾巢出动,必须速战速决,快速撤回,不然被官军堵截包围,后果不堪设想。所以,宋江的这个建议,无疑把兄弟们置于极大的危险之中。

晁盖,作为首领,当然要从全体的安全出发,从大局出发,所以,提出反对。为了安慰宋江,他甚至提出再找机会,一定帮宋江报仇。

但是,下面发生的,就很耐人寻味了。

首先是宋江明确反驳晁盖。说晁盖将来报仇是"痴想"。这个语气已经很不像话。

但主要问题还不是语气问题,而是由谁来拿主意,由谁来决策的问题。这是一个原则问题。晁盖是头领,这次千里潜伏而来,任务已经完成,按照预定计划,必须尽快返回。这符合大家的集体利益。但是,宋江竟然为了一己私仇,要让大伙冒此巨大风险,晁盖不同意,宋江不但不听命,还晓晓善辩,已经很没有体统。

更加令晁盖难堪的,花荣竟然公开站出来支持宋江。他开口就是:"哥哥见得是。"既然宋江哥哥见得是了,晁盖哥哥就见得不是了。

而且,接下来,花荣竟然完全无视晁盖的存在和晁盖的意见,直接越过了打不打的问题,去讨论如何打了。

晁盖没有说话。

薛永又跳出来,主动请缨。同样无视晁盖的意见。

晁盖还是没有说话。

宋江说话了:"若得贤弟去走一遭最好。"

他竟然做起决定,批准薛永的要求了!

薛永真的就去了!

晁盖还是没有说话。

这么重大的事情,为什么晁盖只说了一句,就再也不说了?

第一,宋江不听他说话。

第二,大家也不听他说话。

第三,宋江自说自话。

第四,大家听宋江说话。

第五,于是他无话可说。

还有——

第六点,我觉得,是施耐庵不让他说话。

为什么我这样说?因为,从此以下的一连串文字,都有大问题。

施大爷竟忘了还有晁盖

下面,《水浒》赫然就是这样一句:

"宋江自和众头领在穆弘庄上商议要打无为军一事,整顿军器枪刀,安排弓弩箭矢,打点大小船只等项。"

就是说,大家在宋江的指挥调度下,忙得热火朝天。

晁盖呢?

第一,晁盖是否积极参与其中?

第二,如果不是,他在一旁干什么?

第三,如果是,难道他已经完全听从了宋江的领导?

这是何等的难堪?

他的更大难堪还在后面。

两天后,薛永带一个人回来:他的徒弟通臂猿侯健。侯健见到宋江,竟然说:"小人近日在黄通判家做衣服,因出来遇见师父,提起仁兄大名,小人要结识仁兄,特来报知备细。"

这句话透露出两点信息:

一,薛永对侯健说的,是宋江;二,侯健来投奔的,是宋江。

就是不提梁山泊寨主晁盖。

而接待并询问侯健的,还是宋江!

宋江一一问明黄文炳家的情况,然后号令众兄弟。《水浒》接着写道:众头领齐声道:"专听哥哥指教!"

施耐庵这里的叙述太有问题了。他大概真的忘了,晁盖在场。

这齐声答应的众头领里有没有晁盖?

如果有晁盖,那也太荒唐了。

如果没有晁盖,晁盖在旁边,是何等尴尬!

可是宋江完全没有注意到晁盖的尴尬,也许他太兴奋,太激动,清风山上指挥倜傥的感觉又回来了,他开始发号施令:

穆太公如此如此;

张顺、李俊如此如此;

张横、三阮、童威如此如此;

侯健、薛永、白胜如此如此;

石勇、杜迁如此如此;

李俊、张顺如此如此……

《水浒》接着写:"宋江分拨已定。"

是宋江在分拨。

晁盖呢?

接下来,战斗开始,过程复杂,我就不细说了,但是,《水浒》的叙事关键句子,我列一下,好教大家看出一些问题来:

宋江便叫手下众人……

宋江叫小喽啰……

宋江便叫放起带铃鹁鸪……

宋江叫军士……

宋江问白胜……

宋江引了众好汉下城来……

宋江唤侯健来,附耳低言……

宋江教众好汉分几个把住两头……

都是宋江。

我们再问施大爷一句:晁盖在哪里呢?

施耐庵施大爷,你要置晁盖于何地?

是你眼中无晁盖,还是你在暗示我们,宋江眼里无晁盖?

而且,众好汉眼里,也无晁盖!

自从晁盖反对打无为军说了一句话,被宋江驳斥以后,晁盖至此,一句话都没得说。

是施耐庵不让他说,还是施耐庵有什么暗示?

此时无声胜有声啊。

但是,老是这样一言不发也太奇怪。施大爷终于想起晁盖了,安排他说了一句话:那是在活捉了黄文炳以后,宋江大骂黄文炳,黄文炳告饶,晁盖喝道:"你那贼驴,怕你不死!你这厮早知今日,悔不当初。"

晁盖终于说话了,但是,话却这样冲,显然是被憋屈的。

而且,"早知今日,悔不当初",好像也有一些别的意思啊。

众多好汉看割了黄文炳,都来草堂上与宋江贺喜时,宋江突然对着众兄弟跪了下去。

这是一个出人意料的举动,弄得众头领也慌忙跪下,齐道:"哥哥有甚事,但说不妨,兄弟们敢不听?"

施大爷这里的叙述又有了问题。

这跪下并且声称不敢不听的众头领里,有没有晁盖?

如果有晁盖,那成何体统?

如果没有晁盖,别人都对着宋江跪下了,他一人站在一边,木桩一般,岂不是站也不是,跪也不是?

心机重重,匪夷所思

宋江到底有什么重大事情,要如此大动干戈呢?

宋江道："小可不才，自小学吏。初世为人，便要结识天下好汉。奈缘力薄才疏，不能接待，以遂平生之愿。自从刺配江州，多感晁头领并众豪杰苦苦相留，宋江因见父亲严训，不曾肯住。正是天赐机会，于路直至浔阳江上，又遭际许多豪杰。不想小可不才，一时间酒后狂言，险累了戴院长性命。感谢众位豪杰不避凶险，来虎穴龙潭，力救残生，又蒙协助，报了冤仇。如此犯下大罪，闹了两座州城，必然申奏去了。今日不由宋江不上梁山泊投托哥哥去，未知众位意下若何？如是相从者，只今收拾便行；如不愿去的，一听尊命。只恐事发，反遭负累，烦可寻思。"

原来，就是要说服众位兄弟一起上山！这至于要跪下说吗？

何况这本来不是问题。因为，除了晁盖从梁山带来的十七人，其他的十三人里，要说对以前的生活还有留恋的，最多也就是穆弘、穆春兄弟。

再说了，正如他们自己认识到的，"杀死了许多官军人马，闹了两处州郡，……朝廷必然起军马来擒获。今若不随哥哥去，同死同生，却投那里去？"

所以，宋江此番言论，很没有必要，尤其不值得如此煞有介事。

但宋江此举，绝不是他糊涂，他有他的用意。

这个用意就是要说明：这一帮兄弟，乃是我宋江的兄弟，是我把他们拉上山的。

本来，此次晁盖亲征江州，聚集了江州包括宋江在内的十三条好汉，如果就这样糊里糊涂上了山，还真的可以看成是晁盖带上山的。

但宋江这么一跪，这么一说，立马形势大变：这一帮兄弟，是我拉上山的。

大家果然都表示要"随哥哥去"，注意，这个哥哥，指的是宋江哥哥啊。

如此，就不再是大家一起投奔梁山，而是宋江带着大家投奔梁山。

如此，就不是宋江到晁盖的梁山公司谋职找工作，而是带着资本去和梁山公司合伙，甚至，由于他的资本超过了晁盖的梁山公司，他还能玩以大吃小的把戏。

而"宋江大喜，谢了众人。"注意，这大喜，是当然的，我们都明白为什么。谢了众人，好像是人情自己担上，其实是功劳自己揽上了。

宋江今天的表演实在是太多了，太过分了。但是，还有更加令人匪夷所思的事情在后面，甚至让我们觉得恶心了。

杀了黄文炳，宋江报了心头之恨；带上了众多兄弟，宋江有了足够的资本，现在终于可以浩浩荡荡上梁山了。

大队人马分作五起出发，五起人马登程，节次进发，只隔二十里而行。我们该记得宋江当初带着清风山上的兄弟上梁山时,也是分作三起出发。所以,此次安排应该也是宋江的主张。

第一起晁盖、宋江、花荣、戴宗、李逵五骑马,带着车仗人伴,在路行了三日,前面来到一个去处,地名唤做黄门山。宋江在马上与晁盖说道:"这座山生得形势怪恶,莫不有大伙在内?可着人催趱(zǎn)后面人马上来,一同过去。"

说犹未了,只见前面山嘴上锣鸣鼓响。宋江道:"我说么!且不要走动,等后面人马到来,好和他厮杀。"

读书一定要读细一点。我们看,自从宋江被救出,只要是说话,基本上就是宋江在说,而晁盖基本上也就不说话了。你看这地方,宋江连说两句,卖弄聪明,指手画脚,而晁盖一言不发。

问题还在于,宋江说完,花荣便拈弓搭箭在手,晁盖、戴宗各执朴刀,李逵拿着双斧,拥护着宋江,一齐趱马向前。

施耐庵,施大爷,越来越不像话了。

你看这地方写的:花荣搭箭,晁盖、戴宗执刀,李逵拿斧,拥护着宋江,一齐趱马向前。

晁盖已经成为宋江的马前卒了吗?

施大爷有时真是很没有分晓。

山坡边闪出三五百个小喽啰,当先簇拥出四个好汉,各挺军器在手,高声喝道:"你等大闹了江州,劫掠了无为军,杀害了许多官军百姓,待回梁山泊去?我四个等你多时。会事的只留下宋江,都饶了你们性命。"

这些人也真有意思:不劫财,要劫人。而要劫的人,可不是什么花容月貌,而是又黑又矮的宋江。

不过,宋江此时,花荣、戴宗、李逵甚至晁盖都簇拥着他,他何等威风。

有这几个一流的战将在身边,他怕什么呢?

但是,我们万万想不到,他却做出了一个让我们匪夷所思的举动。

这个心计很深的人,又玩什么花样呢?

反上梁山 257

9. 谁是领袖

> 梁山三代领导人，王伦是小格局、小算盘；晁盖是没格局、没算盘；宋江有大格局、大算盘。

哀声求饶，大跌眼镜

宋江被救以后，和大队人马上梁山，经过黄门山，被四个人拦住了去路。

不过，这四个人很奇怪，不劫财，却劫人。那四个人声称要留下宋江。

此时，宋江身边，有花荣、戴宗、李逵这样的战将，按施耐庵的写法，连晁盖都执刀在手保护着他，何况，后面还有大队人马，他根本不需要怕。

但是，让我们大跌眼镜的事情发生了。

宋江听得，便挺身出去，跪在地下，说道："小可宋江被人陷害，冤屈无伸，今得四方豪杰救了性命，小可不知在何处触犯了四位英雄，万望高抬贵手，饶恕残生。"

施大爷的文字越来越幽默了，你看他写的：宋江挺身出去，何等英勇；我们以为他一定要大显身手，至少是义正词严，但却是出人意料地双膝一软，跪在地下，哀声求饶，何等脓包？

根据柏格森的研究，滑稽往往产生于事态的突然转折，当我们期待的结果没有出现，反而出现了极其相反的情况时，滑稽效果就出来了。

此时的宋江，就给我们带来了极大的滑稽。

你道这来的四个所谓好汉是谁？

欧鹏、蒋敬、马麟、陶宗旺。

就这四个鸟人。

面对四个鸟人，身后还有四个猛人，宋江竟然跪求饶恕。就算你自己没有自尊心，可是，你的身边，那可是花荣、李逵这样的一流高手啊！晁盖也不错，戴宗也不弱啊！

花荣、李逵、戴宗,可都是位列天罡的人物,而那四个,都在地煞星里。

宋江这样做,不是侮辱他们吗?

而晁盖,还是天下英雄向往的梁山上的寨主啊。

但是,非常令人奇怪的是,那四个猛人竟然一声不吭,连李逵这样的火爆人物,此时也傻站着。

只有一个解释:他们和我们一样,完全被宋江弄糊涂了,一时之间,无法做出反应。

宋江为什么这样窝囊,这样丢人现眼?

他心里其实很明白。

第一,在这种情况下,他定要出头,以显示他敢于担当。

第二,可是他没有什么武功,不能上前搏杀。

第三,他又不能指手画脚,派李逵等出战,毕竟晁盖在旁。

第四,他又不愿意等晁盖发号施令,尤其是那三个人,都是他的兄弟,他不想他的兄弟习惯了被晁盖指挥。

于是,他只能做出如此奇怪的举动。

下面又是我们司空见惯的场面,欧鹏四人慌忙滚鞍下马,撇了军器,飞奔前来,拜倒在地下,说道:"俺弟兄四个只闻山东及时雨宋公明大名,想杀也不能够见面。……料想哥哥必从这里来,节次使人路中来探望,犹恐未真,故反作此一番诘问。冲撞哥哥,万勿见罪。今日幸见仁兄,小寨里略备薄酒粗食,权当接风。请众好汉同到敝寨盘桓片时。"

还是闻得宋江的大名,但与此前的区别是,这四人是当着晁盖的面说的。他们这样说时,有没有顾及晁盖的自尊心?

这四筹好汉接住宋江,同到山寨。小喽啰早捧过果盒,一大壶酒,两大盘肉,托过来把盏。先递晁盖、宋江,次递花荣、戴宗、李逵,与众人都相见了。接下来,后面的人马都到了,尽在聚义厅上筵席相会。

宋江饮酒中间,在席上开话道:"今次宋江投奔了哥哥晁天王,上梁山泊去,一同聚义,未知四位好汉肯弃了此处,同往梁山泊大寨相聚否?"

拉这四人上山,总该由晁盖提出来吧?

就算你宋江责任心特强,为梁山着想的心情特急,你也是应该先向晁盖建议,问问晁盖,再向这四人提出吧?

梁山的主人,可是晁盖啊!你怎么不请示主人,就往人家拉客呢?

再看这四个好汉的回答:"若蒙二位义士不弃贫贱,情愿执鞭坠镫。"

要知道,此时的宋江,在梁山并无位置,至少还没有安排位置,可是,他们已经把宋江看得和晁盖平起平坐了!

其实,哪里是平起平坐,把晁盖和宋江说在一起,恰恰是给晁盖面子!

他们的心目中,其实哪有晁盖?!

晁盖反击

次日,宋江、晁盖仍旧做头一起,下山进发先去。

《水浒》写道:"宋江又合得这四个好汉,心中甚喜。"

你看这施大爷,何等没分晓。怎么就是宋江合得这四个好汉呢?这四个好汉上山,难道就与晁盖没一点关系?

何况,自己都还没有上山的宋江,又哪里轮得到他心中甚喜呢?

如果他心中甚喜,只能说明两个问题:

第一,他已经在心中把自己看成是梁山的头头了。

第二,还可能是:他觉得自己的资本又增加了。

总之,宋江很高兴。高兴之余,便对晁盖说道:"小弟来江湖上走了这几遭,虽是受了些惊恐,却也结识得这许多好汉。今日同哥哥上山去,这回只得死心塌地,与哥哥同死同生。"

此前,当押送宋江的两个公人张千、李万在完成押送任务后,感慨地说了一句话:"我们虽是吃了惊恐,却赚得许多银两。"

而宋江在经历了这么多的惊吓以后,说的却是:"小弟来江湖上走了这几遭,虽是受了些惊恐,却也结识得这许多好汉"。

一个是高兴自己赚了银两,一个是高兴自己结识了人物。

为什么有些人是大人?为什么有些人是小人?

这两句话,给我们一个答案。

宋江对晁盖说这样的话,是按捺不住的兴奋:兄弟,还是我的资本雄厚啊!

当然,他也不会忘了安慰一下晁盖:兄弟,别担心,我与你同死同生。

这是对晁盖的安抚,是在一连串的伤害以后,给予的一个安慰,同时,也可能是一个麻痹。

晁盖呢?施大爷还是没让他说话。

就这样宋江一路上说,晁盖一路上听,不觉早来到朱贵酒店里了。

宋江这下真的上山了。

这次上山,比上次被劫上山,风光多了。除了他实际上决策并指挥了打无为军之战外,他还带来了十六个新头领。所以,他是带着雄厚的资本上山来了。

到得关下,军师吴学究等六人,把了接风酒,都到聚义厅上,焚起一炉好香。

这时,晁盖做出了一个出人意料的举动。

晁盖当即便请宋江为山寨之主,坐第一把交椅。

晁盖的这一举动,确实是出乎我们的意料。但是,细细一想,又觉得太好理解了。

自从在江州把宋江救出,一路走来,晁盖已然看出,宋江天生地好指手画脚,自觉不自觉地已经开始调度豪杰,而众豪杰也自然而然地接受他的调遣,自知不自知地服从了宋江。

而晁盖,倒成了一个多余的人,一个碍手碍脚又碍眼的人。

晁盖自己,在宋江的风头下,在众兄弟的冷落下,自己也不知如何自处:

充老大?没人听,甚至都没人向这边看一眼。

不当老大?可身份在这儿呢。

可以说,这一向,晁盖受够了难堪、尴尬,所以,他这样做,至少有三个目的:

第一,反击宋江。 宋江这一段时间如此张狂,藐视自己,总要反击一下。

第二,试探宋江。 看看你宋江是否真的就这么急于做老大。

第三,套住宋江。 晁盖知道,此时让位给宋江,宋江接受的可能性不大,一定会找理由推辞。既然如此,我让过了,你推辞过了,而且,你推辞的理由就可以套住你,以后我是老大就成了既成事实了。这是典型的以退为进。

我们要记住,晁盖很性直,很坦诚,很忠厚,但是,晁盖并不笨。

何况,欺负忠厚人,是不应该的,是有报应的。

果然,宋江没有料到晁盖会来这一手,宋江一时很难堪。

那么,他能不能就将计就计,就坦然接受老大的位子呢?

不能。为什么?

第一，他岂不知这只是晁盖的一个试探。就算他不怕，还有更重要的——

第二，宋江有今天，他唯一的资本便是江湖上的名声。如果他刚刚被晁盖救上山，他就把晁盖取而代之，他的江湖声望就会一落千丈。他还怎么在江湖上混？即便做了老大，他又怎么服众？

所以，宋江哪里肯，便道："哥哥差矣！感蒙众位不避刀斧，救拔宋江性命，哥哥原是山寨之主，如何却让不才？若要坚执如此相让，宋江情愿就死。"

晁盖道："贤弟如何这般说！当初若不是贤弟担那血海般干系，救得我等七人性命上山，如何有今日之众？你正是山寨之恩主。你不坐，谁坐？"

宋江道："仁兄，论年齿，兄长也大十岁，宋江若坐了，岂不自羞。"

仔细分析这晁盖、宋江二人的对话是有意思的。

晁盖让位宋江，理由是：你是梁山的恩主。

宋江推还晁盖，理由是：你年纪大我十岁。

这样一简化，你就看出来了，双方都不真心，双方都是高手，两个高手打太极，表面上看，一团和气，其实，在比试内功，互相较劲呢。

如果晁盖真心，他应该说宋江的才干，说梁山现在人员的组成以及人心的向背。可是，他却说宋江救过他们的命，那他不也刚刚千里奔波，救了宋江的命吗？

如果宋江真心，他应该说晁盖对梁山的首创之功，讲他对梁山发展壮大的贡献，讲他的高尚的德行，讲他的地位是历史形成的。可是，他却说什么年纪大十岁，这算什么理由？如果有一个比晁盖年纪还大的来了，难道晁盖还要让出来不成？这简直是贬低晁盖，好像他完全没有其他方面的优点，就只凭着年龄占据高位。

所以，在不能马上对晁盖取而代之的情况下，宋江要让出去，却又要为将来坐第一把交椅打下基础，埋下伏笔，因此，又不愿意说晁盖的好话，所以，才说出这样不伦不类的理由。

最后，晁盖坐了第一位，宋江坐了第二位，吴学究坐了第三位，公孙胜坐了第四位。

宋江不能占第一的位子，但是，老二的位置，他从来没有想到谦让，直接占有这样的位子，他才可能对晁盖逐渐取而代之。

梁山站队政治

但是，发号施令，却是他的爱好，刚刚坐了老二，却又像老大一样发话了，宋江道：

"休分功劳高下,梁山泊一行旧头领去左边主位上坐,新到头领去右边客位上坐,待日后出力多寡,那时另行定夺。"

众人齐道:"哥哥言之极当。"

宋江的这一招,太阴损了,太聪明了。

阴损在于,分。

聪明在于,不分。

什么是分呢?

他把此时梁山上的四十个头领,除去前四位,剩下的三十六个,分了两类:

旧头领:晁盖系统的。

新头领:宋江系统的。

晁盖系统的,林冲为首,共九人。按原先的次序,分别是:林冲、刘唐、阮小二、阮小五、阮小七、杜迁、宋万、朱贵、白胜;

而林冲等四个还是王伦时期的遗产,他们的态度可能是中立的。

宋江系统的,花荣为首,共二十七人,包括上山不久的清风山、对影山来的九人,江州来的十六人,还有金大坚、萧让,按年龄排,分别是:花荣、秦明、黄信、戴宗、李逵、李俊、穆弘、张横、张顺、燕顺、吕方、郭盛、萧让、王矮虎、薛永、金大坚、穆春、李立、欧鹏、蒋敬、童威、童猛、马麟、石勇、侯健、郑天寿、陶宗旺。

这恰好是晁盖系统的三倍。

两边这样对着一站,一边阵容何等寒碜,人丁寥落;

一边阵容何等华丽,人丁兴旺。

这是宋江给梁山所有人,包括晁盖一个非常直观感性的路线教育。要大家学会站队。站到哪一边,你们自己看着办。

这就是宋江为什么要分的原因。

为什么他又不分呢?

不分是说不分他们的功劳。

很简单啊,要讲功劳,那当然是晁盖系统的旧头领大。

这实际上已经体现在前四把交椅的安排上了:第一,第三,第四,占了三位。

当然,还不仅如此,更重要的是,不好分,分不好。

为什么不好分呢?

清风寨人马上山后,梁山排的位置是:晁盖第一,吴用第二,公孙胜第三,林冲第四,花荣第五,秦明第六,刘唐第七,黄信第八,然后是三阮,以下是燕顺、王矮虎、吕方、郭盛、郑天寿、石勇、杜迁、宋万、朱贵、白胜。

从这个分法来看,晁盖确实是不看资历不排队,很公正。

但是,现在江州的人马又来了。

如果要排,秦明之前的位置应该可以不动,但是,刘唐以下,就有问题了。比如李逵,救宋江闹江州,他是大出风头,把他排在哪里?

水军头领,江州一下子来了五名:李俊、张横、张顺、童威、童猛,他们和三阮兄弟又怎么排?

所以,不好分,分不好,分得不好,大家都不好了。

所以,宋江聪明,在没有找到一个好的分配方案之前,不分。

这个办法果然好,大家都一派和气,大吹大擂,且吃庆喜筵席。

不过,宋江又开始给晁盖上眼药了。就在这样的群英会上,大家都在场,他突然把江州蔡九知府捏造谣言一事,说给众人听:

"叵耐黄文炳那厮,事又不干他己,却在知府面前胡言乱道,解说道:'耗国因家木',耗散国家钱粮的人,必是家头着个'木'字,不是个'宋'字?'刀兵点水工',兴动刀兵之人,必是三点水着个'工'字,不是个'江'字?这个正应宋江身上。那后两句道:'纵横三十六,播乱在山东。'合主宋江造反在山东。以此拿了小可。不期戴院长又传了假书,以此黄文炳那厮撺掇知府,只要先斩后奏。若非众好汉救了,焉得到此!"

宋江太有才了,他吃了黄文炳的肉,然后,还用黄文炳的鬼话,给自己铺路。

这一番话,在这样的场合说,是什么用意,不是太明白了吗?

那就是,儿童歌谣上说的是我,天象上显示的刀兵是我,连黄文炳都说是我。我才是那个天命所归的老大!

刚刚推辞掉老大位置的宋江,看来还是心有不甘啊。

相比之下,晁盖的心地就光明磊落得多。

接下来,宋江不听晁盖劝告,一意孤行要冒极大风险回家搬取老父上山,结果,他回到家,连家门都没进,就被赵能、赵得追捕,万分危急之时,李逵、刘唐等人从天而降,救了他。

宋江奇怪,怎么你们来得这么及时呢?

刘唐告诉宋江:宋江前脚下山,晁盖放心不下,便叫戴宗随即下来,探听宋江下落。晁盖还是放心不下,亲自带刘唐等人前来接应。

半路里撞见戴宗,得知宋江被人追捕,晁盖大怒,吩咐戴宗去山寨,只教留下吴军师、公孙胜、阮家三兄弟、吕方、郭盛、朱贵、白胜看守寨栅,其余兄弟,都叫来此间寻觅宋江,终于杀了赵能、赵得,救了宋江。

两次放心不下,并且再一次亲自下山救宋江,并且又几乎是倾巢出动——晁盖对宋江,可以说是一腔热血,日月可鉴!

而且,晁盖还忙中偷闲,派戴宗引杜迁、宋万、王矮虎、郑天寿、童威、童猛等人,搬取宋太公、宋清等人,已送到山寨中了。

如果说,宋江曾经救过晁盖一次命,晁盖就救了他两次命了。并且,这第二次,还是宋江多次伤害晁盖,给他难堪以后。所以,论待人忠诚,论为人仗义,晁盖真是令人感动。

三代领导,一分高下

但是,客观地说,作为山寨头领,做领袖,晁盖确有不足之处。

晁盖好像是一个一直无为而治的人,平时并不见他什么主张,有什么筹划,有什么战略,自然的,渐渐的,有事大家都等宋江拿主意,没事也等宋江提出新任务。

我们看,晁盖上山,加上原先的林冲等四人,共十一位头领。后来也只是把白胜救上山,十二位头领。

可是,宋江在清风山,一下子就给他送去了九位头领。头领总数达到二十一位,这才使他有能力去偷袭江州。江州一战,包括金大坚、萧让,包括宋江,一下子又扩充了十九位头领,总数达到四十人。但是,我们发现,梁山的这两次壮大,都与晁盖没有多大关系,都不是他有计划地努力实现的,恰恰倒是宋江带来的。虽然晁盖作为山寨之主,来者不拒,海纳百川,梁山壮大,自有他的因素,但他好像一直在守株待兔,被动地等待,却不见他有什么主动的想法和措施,有什么具体的战略目标。

梁山的三代领导人,王伦、晁盖、宋江,就对梁山的未来筹划而言:

王伦是小格局。晁盖是没格局。王伦是小算盘。晁盖是没算盘。

就做人而言：

王伦是小心眼。晁盖是没心眼。

小心眼，总是算计别人，算来算去算自己，被人杀了。

无心眼，总是毫无心机，糊里糊涂对他人，被人架空了。

所以，王伦不是一个好人。

而晁盖不是一个好领袖。

晁盖是一个好人没问题，他为人特别实在，特别有正义感，是一个真正的好汉。

但是，他好像没有什么事业心。

王伦主政梁山的时候，是把梁山看成了自己的自留地，承包地，他只要做一个小财主，小富即安，他不要别的。

就相当于今天的一些小企业主，只是把企业当成一个取钱的地方，没想到要做成事业。

这样的思路，和他的拒绝天下英雄加盟的做法，是对应的。

晁盖主政梁山的时候，他确实是敞开大门，欢迎各路英雄进来，但是，进来以后，大家干什么呢？他好像没有想过。他的思想是：这份家业，大家有福同享、有难同当。天天大碗喝酒，大块吃肉，岂不快哉！

所以，他是一个够格的好朋友，但是，他还不能说是好领路人。

因为他没有对未来的筹划。

宋江和他们相比，显然高出很多：他有大算盘，他有大格局，他有筹划，有步骤。

他一直在想着，如何把梁山做大，如何让兄弟们有个归宿。

不久，他的机会就来了。

10. 做大梁山

简单地说,对于梁山,晁盖要做正,宋江要做大。

要发展,就要主动出击

作为领袖,宋江确实比晁盖更具有战略眼光,更有远见和谋划。这谋划和远见就是,作为一个反叛朝廷的军事集团,要有前途或出路,必须实力足够强大。大到什么程度呢?

第一,大到可以推翻朝廷,自己取而代之。

第二,大到朝廷不能轻易消灭你,然后长期共存。

第三,大到可以和朝廷谈判,争取自己的权益。

总之,首先需要的是实力。

而梁山此时的实力显然太小。

于是,发展成了当务之急。

要发展,就不能太保守,要主动出击。

宋江在等待机会,而机会竟然很快就来了。

杨雄、石秀杀了潘巧云,然后和时迁投奔梁山,在祝家店投宿,时迁恶习难改,偷了店里报晓鸡吃,与店小二闹将起来,放火烧了人家的店,还杀伤他们好几个人。结果,时迁被抓,杨雄、石秀上山来求救。

没想到刚说到时迁偷鸡,晁盖大怒,喝叫:"孩儿们将这两个与我斩讫报来!"

宋江慌忙劝住,道:"哥哥息怒。两个壮士,不远千里而来,同心协助,如何却要斩他?"

晁盖道:"俺梁山泊好汉,自从火并王伦之后,便以忠义为主,全施仁德于民。一个个兄弟下山去,不曾折了锐气。新旧上山的兄弟们,各各都有豪杰的光彩。这厮两个,把梁山泊好汉的名目去偷鸡吃,因此连累我等受辱。今日先斩了这两个,将这厮首级去那里号令,便起军马去,就洗荡了那个村坊,不要输了锐气。孩儿们快斩了报来。"

为什么要斩他们?

一,偷别人的鸡,玷辱了梁山的名声。梁山上都是豪杰,都有豪杰的光彩,哪能容得下偷鸡摸狗之徒?

二,被别人活捉,折了梁山的锐气。

但是宋江的看法不一样。

他认为:

第一,鼓上蚤时迁原是此等偷鸡摸狗之人,并非是杨雄、石秀要玷辱山寨。所以,不该杀。

第二,眼下山寨正要招兵买马,不可绝了贤路。

宋江接着便请求亲领一支军马,带上几位兄弟下山,去打祝家庄。并分析打下祝家庄的好处:一是与山寨报仇,免此小辈被他耻辱;二则得许多粮食,以供山寨之用;三者就请李应上山入伙。

宋江的话音刚落,吴用便马上表态:"公明哥哥之言最好,岂可山寨自斩手足之人?"

这不仅是支持宋江,而且是批评晁盖。

吴用从此,就站到了宋江一边。

谁给他自我实现的机会,他就跟谁

吴用本来是晁盖的知交,与宋江倒疏远,而且,他是晁盖的班底。但是,几乎是宋江一上山,他就站到了宋江一边。这其实很好理解:

第一,他是有志向、有能力的人。

第二,他是聪明人。

因为有志向,有能力,他与宋江一样,有强烈的自我实现的欲望。这样的人,谁给他自我实现的机会,他就会倾向谁。他和晁盖在梁山很久了,他一定发现,晁盖不是一个有志干大事的人,而宋江是。

因为他是一个聪明人,他岂能看不出来,这梁山迟早是宋江的?上一次宋江有意无意地让旧头领和新头领左右分立,他不但能看出双方的实力对比,他也一定看出了宋江的真实心思。

吴用的话音刚落,戴宗便道:"宁乃斩了小弟,不可绝了贤路。"这简直是要挟晁盖,挑战晁盖。

接下来,便是众兄弟一边倒地支持宋江。

打无为军时,大家一致听了宋江,否决晁盖。

打祝家庄时,大家又一致否决晁盖,听了宋江。

这很让一山之主晁盖没面子。但晁盖如果再坚持己见,等待他的,一定是更大的羞辱。

如果说,打无为军还是晁盖在某一件具体事务上屈从宋江,那么,这件事情就标志着,在事关梁山未来方针的方向性大事上,晁盖交出了决策权。

并且,这事也开了一个先河:以后每次下山出征,宋江都用同一个借口让晁盖留守山寨,这个借口就是:山寨之主,不可轻动。

宋江,就用这个借口,垄断了带领兄弟东征西讨的权利。

我们应该记得,当初宋江让旧头领、新头领分立左右时,他说过一句话:待以后根据功劳大小,决定座次。

把这两者结合起来,我们很容易就得出结论:

众兄弟要有地位,就必须有功劳。

众兄弟要有功劳,就必须下山打仗。

众兄弟要下山打仗,就必须紧跟宋江。

而宋江这次打祝家庄,点的将恰恰就主要是他带上山来的新头领。

宋江将下山打祝家庄头领分作两拨:

头一拨,宋江、花荣、李俊、穆弘、李逵、杨雄、石秀、黄信、欧鹏、杨林;

第二拨,林冲、秦明、戴宗、张横、张顺、马麟、邓飞、王矮虎、白胜。

宋江以外,共十八位头领,只有林冲、白胜两位是旧头领。真正属晁盖的人,可能只有白胜一人。而白胜是什么样的人呢?是无论如何扶持,无论如何给他加分,也不可能在梁山有分量的人!

宋江够阴的。

做大梁山 269

三打祝家庄的结果是,祝家庄被彻底夷平,祝家老小一个不留。扈家庄除了扈成逃走,扈三娘被擒,其他一门老小也被李逵杀了个精光,两座庄园的所有钱粮,都被运上梁山。从战略上讲,梁山扫清了正面的阻挡,从此,从梁山下来,越过水泊,前面一片开阔。

没心肝的人,干没心肝的事

宋江打下祝家庄,还干了两件事:

一、逼李应入伙。

李应被宋江骗上梁山,抄了他的家私,将家里一应箱笼、牛羊、马匹、驴骡等项,都拿了去,又把庄院放起火来都烧了。李应有国难奔,无家可回,只得随顺了,他悄悄地对妻子道:"只得依允他过。"非常无奈。

二、逼扈三娘嫁给王矮虎。

扈三娘被林冲活捉,宋江叫人把扈三娘送上山,交给自己的父亲宋太公照管。当时还引起李逵的怀疑,以为宋江自己要娶扈三娘为妻。在逼迫李应归顺的第二天,宋江作席,请来众头领。宋江唤王矮虎来说道:"我当初在清风山时,许下你一头亲事,悬悬挂在心中,不曾完得此愿。今日我父亲有个女儿,招你为婿。"

在没有征求扈三娘意见之前,就将她许给王矮虎了。

然后是请出宋太公来,引着一丈青扈三娘到筵前。宋江对她说道:"我这兄弟王英虽有武艺,不及贤妹,是我当初曾许下他一头亲事,一向未曾成得,今日贤妹你认义我父亲了,众头领都是媒人,今朝是个良辰吉日,贤妹与王英结为夫妇。"

不是征求意见,而是宣布结论。

我们要问:扈三娘会答应吗?她会答应嫁给王英吗?

答案一定是:不会。

原因太简单了。

第一,扈三娘被逼成亲之时,离她一家老小一个不留被杀,最多只有两天的时间,梁山泊拉上山来的钱粮财赋,一小半就是在她家杀人越货来的。此时,就逼着她嫁给仇人,有心肝的人能干出这样的事吗?扈三娘有心肝,能答应吗?

第二,王英是什么货色啊?好色,无赖,无能,委琐,肮脏。而且是扈三娘的手下败将,而且是对扈三娘意图不轨的手下败将。扈三娘曾经的未婚夫,那可是堂堂仪表、武功一流的祝彪啊。

但是,完全出乎我们的意料,扈三娘竟然答应了!

《水浒》这样写的:一丈青见宋江义气深重,推却不得,两口儿只得拜谢了。

而且是两口儿了!

这扈三娘怎么如此没心没肝呢?

我们说,宋江干这样没心肝的事,已经不是第一次了。当初他把花荣的妹妹嫁给秦明时,秦明元配妻子的首级还挂在青州城楼上,秦明一家老小的尸首也还卧在血泊之中。

那时,我们痛感宋江没心肝,更痛恨秦明没心肝。因为,秦明是可以拒绝的。

那么,扈三娘是不是也如同秦明一样,是个没心肝的人呢?

不是。我们看到的扈三娘,从此以后,成了一个木头人,一个几乎不开口说话的人了。整部《水浒》,只有在袁无涯一百二十回本的第五十五回和第九十八回,扈三娘各说了一句话。这说明什么?说明她的心死了。

潘金莲死于硬刀子,扈三娘死于软刀子

那么,为什么扈三娘此时没有拒绝宋江呢?

答案是:她无法拒绝。

第一,她所有的亲人都被杀了,包括她的未婚夫祝彪。根本没有人能保护她,一个十几岁的少女,突然之间,她的世界全部坍塌了,张眼望去,眼前全是灭家的仇人,且个个大呼小叫,群魔乱舞。那个魔鬼一样的黑旋风李逵,就在其中,并且对她毫无歉疚。

这个时侯,她如果拒绝,她会被撕成碎片。

第二,把她撕成碎片的,还有所谓的纲常伦理。

按照封建纲常,她的婚事应该由父兄做主。

她自己的父亲扈太公被杀了,现在,她的所谓的"义父"是宋太公。

她自己的大哥被逼逃走江湖,现在,她的所谓的"义兄"是宋江。

现在,她的婚事就必须由这个"义父"、"义兄"做主。

义父、义兄做主,众头领做媒,大义纲常在此,你能拒绝?

第三,把她撕成碎片的,还有所谓的江湖义气。

扈三娘知道,此时,她的那个温馨的小天地已经被踏平了,现在她置身在江湖之中。

这里,有这里的规矩,有这里的道理。在这个强盗世界里,有强盗世界的道,盗亦有道,不遵循这样的道,就不能立足于这样的世界。

宋江今天把众头领请来,事先并没告知大家这件事,他就是要这样的一种效果。

那么,众头领会赞成这样的婚事吗?

按我们的想法,答案也一定是:不会。

理由一:刚刚杀了人家一家老小,现在又逼迫人家嫁给这样委琐无能的小男人,这样做太没人性了。

理由二:二者太不般配。一般人都有这样的心理,看到太不般配的男女结婚,自然而然都要产生一种反对的心理。

但是,这一切同样出乎我们的意料。

晁盖等众人皆喜,都称颂宋公明真乃有德有义之士。当日尽皆筵宴饮酒庆贺。

这宋公明真是有德有义之士吗?

这梁山,奉行的是什么样的道德标准呢?

在这样的群体里,扈三娘内心中的深哀剧痛,能和谁说呢?

她成了一个一言不发的人。

她身世太惨,冤屈太深,委屈太大,黑幕太重,她无处告诉!

《水浒》中的女人,就说话而言,有三类:

潘金莲、潘巧云说反动的女人话。

顾大嫂、孙二娘说正确的男人话。

扈三娘呢?既不能说女人话,又不愿说男人话,那就只能不说话。

《水浒》作者基本不让扈三娘说话,原因有二:

一、他不知道扈三娘该怎么说话。所以,写不出来。

二、他不愿意让扈三娘说那种男人腔,他不想破坏扈三娘美好的形象。这是作者心中有对扈三娘隐藏很深的温情。

潘金莲、潘巧云是身死,扈三娘是心死。

二潘死于礼,扈三娘死于义。

二潘死于硬刀子,扈三娘死于软刀子。

架空晁盖

还有一个细节要注意。当宋江当众突然宣布把扈三娘强嫁给王矮虎时,"晁盖等众人皆喜"。这说明,宋江决定这样做时,根本没有征求晁盖的意见。

这很不正常。

因为,第一,扈三娘是战俘。如何处理战俘,而且是已经关押在山寨中的战俘,当然要晁盖来定夺。至少,他也要知道。

第二,王矮虎是山寨中人,山寨中人如此重大的个人事务,而且牵涉到战俘,当然要征求晁盖意见,至少,事先应该与晁盖沟通。

但是,宋江显然没有这样做。

为什么?因为这事本来就是宋江笼络人心的大动作,不仅笼络一个王矮虎,而且是全体兄弟。

宋江要独自领受这份感激之情,要独自笼络众多的人心。

如此一来,不仅宋江一人独占了别人的感激之情,获得了有德有义的名声,而且,把晁盖置于很难堪的境地。晁盖还不得不装着和大家一样兴高采烈,和大家一起称颂宋江。

岂止这样的具体事务,就是梁山的整体谋划,宋江也开始撇开晁盖,自作主张了。当然,吴用已经站在他的一边,他们两人开始架空晁盖。

五六天后,晁盖、宋江回至大寨聚义厅上,起请军师吴学究定议山寨职事。

看这一句,好像晁盖还管事,但下面就是这样的一句:

"吴用与宋公明商议已定,次日会合众头领听号令。"

晁盖哪里去了?是晁盖最终没有参与商议,还是晁盖的意见被这两个人否决?

众头领一齐都来,听候分拨工作。下面是这样的一句:

"宋江道:………"

这样的场合,这样的事务,应该是晁盖发话吧?

即便晁盖不发话,也是吴用发话吧?

晁盖发话,是因为他是山寨之主。吴用发话,是因为他是军师,相当于丞相。

他俩说话,都正常。

宋江说话就不正常。

现在,宋江开始调拨众位好汉,这个如何,那个如何。最后是"一班头领,分拨已定,……山寨体统,甚是齐整。"

这话也有意味:宋江上山之前,山寨比较随意,没有什么体统。

这是事实。

我们比较一下梁山"三代领导人"的不同理念:

王伦的梁山——自留地。 梁山只是自家人糊口的地方。来的都是客,招待招待,礼送下山,免得时间长了,反客为主。

晁盖的梁山——江湖公社。 梁山是天下英雄豪杰的家。来的都是主,天下英雄豪杰到此,都可以海吃山喝。晁盖时的梁山,境界就是三阮的境界:大碗喝酒,大块吃肉。

宋江的梁山——割据诸侯。 梁山是一个政治军事集团。来的都是宝,宝越多,梁山的价值越大,势力越强,砝码越重。

宋江上山,梁山有了新的指导思想和政治路线,这新的指导思想和政治路线就是:做大梁山,提升地位,增加砝码。

随着这一新的政治路线的确立和指导思想的贯彻,梁山出现了三大变化:

第一,梁山一天天大起来了。扫平了祝家庄,打破了高唐州、青州,梁山周边的环境一片开阔,声威大震,各路好汉来归如水之就海。

第二,指导思想的变化,导致决策人的变化。梁山的领导人、决策人不知不觉地变成了宋江,宋江逐渐完成了对晁盖的超越和架空。

第三,人才观念的变化。时迁偷鸡上山,晁盖的表现,显示出他更看重的是梁山的名声,更看重的也是投奔而来者的名声,名声不好的人他未必收留。其次才是梁山的威风。

而宋江显然更看重增加梁山的实力,所以,对投奔而来的人,他看重的,是武功和名望,而德行次之,像董平这样的人,品行极端恶劣,但武功一流,他就刻意笼络。

简单地说,对于梁山,晁盖要做正,宋江要做大。

在第二十回,晁盖等人打败黄安,刚刚站稳脚跟,探听得一起客商,要从梁山泊旁经过,三阮等人前去打劫,晁盖分付道:"只可善取金帛财物,切不可伤客商性命。"待到打劫得胜归来,晁盖又问道:"不曾杀人么?"在得到没有杀人的回答后,晁盖大喜,又说道:"我等初到山寨,不可伤害于人。"金圣叹更是把这句话改为:"我等自今以后,不可伤害于人。"更加突出晁盖的正直和善良。

而宋江则不然,他为了目的,常常不择手段,伤害于人的事干了很多,并且很多都是无辜的人。

比如下文将提到的一件事。

要杀人,李逵是最佳人选

朱仝为救雷横,被判决脊杖二十,刺配沧州牢城。

沧州知府敬重朱仝,留他在本府听候使唤。并吩咐朱仝早晚抱自己的年方四岁的儿子小衙内玩耍。

可是,宋江为了逼朱仝上山,竟然派李逵杀害了小衙内!

在柴进的庄上,柴进告诉朱仝:"及时雨宋公明,写一封密书,令吴学究、雷横、黑旋风礼请足下上山,同聚大义。因见足下推阻不从,故意教李逵杀害了小衙内,先绝了足下归路,只得上山坐把交椅。"

吴用、雷横也说:"兄长,望乞恕罪,皆是宋公明哥哥将令,分付如此。"

朱仝道:"是则你们弟兄好情意,只是忒毒些个!"

为了拉朱仝下水,竟然用一个四岁小男孩的性命作牺牲,陷朱仝于不忠不义的境地。

那么,朱仝上山以后,宋江如何解释的呢?

有意思的是,朱仝根本就没有向宋江问起这件事。

不必问,大家彼此心照不宣。

问了又能怎样呢?朱仝已经无路可走了。

直到李逵在高唐州打死了殷天锡,逃回梁山,朱仝要与李逵拼命,宋江才正式就此事与朱仝陪话。却把责任推给了吴用:"前者杀了小衙内,不干李逵之事。却是军师吴学究因请兄长不肯上山,一时定的计策。今日既到山寨,便休记心,只顾同心协助,共兴大义,休教外人耻笑。"

杀害小衙内,柴进、吴用、雷横、李逵四个人都说是宋江的主意,宋江却说是吴用的主意。柴进、吴用说是宋江时,宋江不在场;宋江说是吴用时,吴用在场却不发一言。

很妙。这事成了无头案了。

但仔细分析一下，这事一定是宋江的安排。

一、说是宋江主意的是四个当事人。说是吴用主意的偏偏是宋江，而且只有一个宋江。尤其是杀人执行人李逵，在朱仝要杀他时，暴怒道："是晁、宋二哥哥将令，干我屁事！"可见，杀人行动是在山上就决定好的。

二、宋江说是吴用见朱仝不愿上山，一时定的杀人之计，有一个破绽：吴用、雷横在劝说朱仝的时候，并没有和李逵单独接触下达杀害小衙内命令的机会。事实上，在雷横、吴用把朱仝引开的同时，李逵就已经出手，根本就不是等到朱仝拒绝以后才动手的。

三、如果宋江不是早就预谋好了要杀害小衙内，他们无须派李逵这样的闯祸王去济州。就这次行动而言，要杀人，李逵是最佳人选；不杀人，李逵是最差人选。

我们举一个例子看看。后来吴用要上东京去哄骗卢俊义上山，点名要一个粗心胆大的去，李逵一听，马上报名，宋江怎么说？宋江喝道："兄弟，你且住着！若是上风放火，下风杀人，打家劫舍，冲州撞府，合用着你。这是做细作的勾当，你性子又不好，去不得。"所以，如果不是派李逵去杀人，这样的在敌人眼皮底下的策反工作，哪里敢用莽撞的李逵。

四、按照宋江的一贯作风，他不仅要朱仝上山，他还要绝了朱仝的归路，让他死心塌地，所以，小衙内非死不可。

当初，朱仝要和李逵厮拼，被吴用等人拉住。朱仝道："若有黑旋风时，我死也不上山去！"

我们要说的是，山上只要有宋江，就一定有李逵，有宋江这样的头领，就一定不缺李逵这样不折不扣执行命令的人。

这样的梁山，你去不去？

你还得去。因为你已经被彻底断了后路。

宋江改变了梁山的作风，在很大的程度上，降低了梁山的道德境界。

那么，宋江要把梁山引到哪里去呢？

11. 遗言危机

没有程序公正的权力，时时刻刻都要面对质疑甚至挑战。梁山也是如此。

宋江大名，名震江湖

宋江派李逵杀死了小衙内，愤怒的朱仝发誓与李逵是梁山上有他无我，有我无他，柴进提出一个权宜之计，让朱仝上山，留李逵在庄上。

后来，李逵在高唐州杀了知府高廉的妻弟殷天锡，连累柴进下狱。

为救柴进，宋江率军打下了高唐州，杀了高廉。

因为高廉乃高太尉高俅的叔伯弟兄，高俅便奏请朝廷发兵征讨。呼延灼带兵来讨伐梁山，却被梁山打得只身一人逃到青州，欲借青州兵马复仇。

青州慕容知府也有自己的小算盘，他的境内有桃花山、二龙山、白虎山三处草寇，也想借呼延灼之力剿捕，二人一拍即合，联手对付三个山上的好汉。

三山也联合起来，要对付呼延灼和慕容知府。

此时杨志说了一番话。杨志道："若要打青州，须用大队军马，方可打得。俺知梁山泊宋公明大名，江湖上都唤他做及时雨宋江，更兼呼延灼是他那里仇人。……孔亮兄弟，你可亲身星夜去梁山泊，请下宋公明来，并力攻城，此为上计。"

鲁智深道："正是如此。我只见今日也有人说宋三郎好，明日也有人说宋三郎好，可惜洒家不曾相会。众人说他的名字，聒得洒家耳朵也聋了，想必其人是个真男子，以致天下闻名。"

这段对话透出这样几个信息：

第一，杨志和鲁智深，都没有见过宋江，但是，他们都听说过宋江，这也不光是因为他们身边有一个宋江的结义兄弟武松。宋江在江湖上的知名度高，而且关于宋江的,都是好的评价。可见宋江的美誉度之高。

第二,更大的问题是,讲到梁山泊,就是宋公明;向梁山求救,就是向宋江求救,之所以向梁山求救,是因为有宋江在。

这说明,在江湖人眼里,梁山早已是宋江的梁山,而不再是晁盖的梁山了。宋江在梁山,是一个拿主意的人,是梁山的实际老大,他能做这个主,而晁盖未必。

可见,晁盖被架空,已经不再是梁山机密,而是江湖上公开的秘密。

这样的局面带来的结果是:不但梁山上的兄弟们有意无意忽略了晁盖,给晁盖带来羞辱;就是那些准备投奔梁山的江湖好汉,也公然不把晁盖放在眼里,晁盖几乎成了天下江湖的笑话。

孔亮在杨志、鲁智深的催促下上了梁山,宋江一听,马上就亲自带领大队人马浩浩荡荡地开来了,青州打下来了。二龙山、桃花山、白虎山三山的好汉们,又浩浩荡荡地汇入了梁山泊。

宋江的威名更大了,梁山的势力也更大了。

但是,即便如此,还有人竟然扬言要吞并梁山。

谁呢?徐州沛县芒砀山上的樊瑞、项充和李衮。

这当然很可笑。结果也很可笑,宋江出征,这三个人都归顺了梁山。吞并是吞并了,不过不是芒砀山吞并梁山,而是梁山吞并芒砀山。

宋江的威名又大了。

大到什么程度了呢,接下来就有一个例子。

降伏芒砀山上的樊瑞等人后,回军到梁山泊边,正要过渡,只见芦苇岸边大路上,一个大汉望着宋江便拜。原来那人叫段景住,是个盗马贼,据他自己说,今春去北边地面盗马,盗得一匹好马,雪练也似价白,浑身并无一根杂毛,头至尾,长一丈,蹄至脊,高八尺。又高又大,一日能行千里,北方有名,唤做"照夜玉狮子马",乃是大金王子骑坐的。因为在江湖上只闻及时雨大名,就要将此马前来进献。没想到被曾头市那曾家五虎夺了去。

连盗马贼都只闻宋江的大名了,而且盗得的好马也是指名道姓要送给宋江了!

一个盗马贼,要投奔梁山,见面礼不是送给晁盖,而是送给宋江!

临终遗言，吐露多少郁闷！

事情严重到这个地步，晁盖的江湖声望受到如此严重的贬损，晁盖胸襟再宽广，也不可能毫无感觉了。盛怒之下，他决意亲征曾头市。宋江当然还要阻拦，但是晁盖此次不再退让，他要通过这次行动，重新夺回自己的权力，重树自己在山寨以及江湖上的威望。

没想到，此次出征却大败亏输，晁盖自己也被曾头市教师史文恭的毒箭射中面额，待到被救回山寨，已自水米不能入口，饮食不进，浑身虚肿。宋江等守定在床前啼哭，亲手敷贴药饵，灌下汤散。众头领都守在帐前看视。

当日夜至三更，晁盖身体沉重，转头看着宋江嘱付道："贤弟保重。若那个捉得射死我的，便教他做梁山泊主！"言罢，瞑目而死。

晁盖的这个临终遗言，完全出乎我们的意料！

按照江湖规矩，老大死了，老二接任，天经地义。

宋江接任梁山寨主，也是上合天意，下顺人情。

无论从能力、声望、群众基础还是历史形成，宋江都当之无愧。

从梁山事业的稳定、发展角度，从众位兄弟的未来着想，更是非宋江莫属！

按照此前晁盖和宋江兄弟相称的和睦关系，他也应该让宋江顺理成章接任，并且，这样的顺水人情，对宋江好，对自己岂不也好？

晁盖的这个临终遗言，完全没有道理！

梁山头领，需要的是多方面的才能，不能仅仅是武功；

需要的是多方面的功劳，不能仅仅是擒获史文恭；

需要的是在长期的斗争中历史形成的地位以及由此而形成的威望，哪能单凭一次战斗很可能是完全偶然的机遇就做山寨之主呢？

晁盖的这个临终遗言，完全不靠谱！

此时山寨，已有八十八位头领，这八十八位，都是妖魔再世，煞星下凡，要把他们管理得顺风顺水，要他们个个顺理成章，顺顺溜溜，岂是容易做到的？岂是人人可以做到的？

事实上，八十八人之中，只有宋江一人可以做到。

在这些人里,按照实力,要能活捉史文恭这样的武功一流之人,大约有如下几位有这种可能:林冲、呼延灼、花荣、秦明、鲁智深、武松、杨志、李逵。

但是,这几个人里,有谁的能力可以管理偌大的一个梁山,服膺诸多的英雄豪杰?!

而唯一可以管理梁山的宋江,其低微到近乎于无的武功,偏偏是万无可能捉住史文恭的!

所以,晁盖的这个临终遗言,是一个多败俱伤的遗言。

第一,严重损害了梁山的事业,从梁山事业的角度而言,晁盖的这个遗嘱,完全是不负责任,而且是置梁山事业于极大的危险之中。梁山很有可能因为不能选出合适的领导人而陷入崩盘。

第二,梁山动荡也好,崩盘也好,最终都严重损害了梁山兄弟的利益。

第三,损害梁山事业,损害梁山兄弟,晁盖也就严重损害了自己的声望,损害了自己一生的清誉。可以说,一世英名,毁于一旦。

第四,严重伤害了宋江,而且,让两人勉力维持的友谊彻底撕破。

那么,晁盖为什么要留下这样的遗言呢?

答案只能是一个:完全是为了宋江。

就是要报复宋江,让他做不成梁山之主。

至少,给他设置一个难以逾越的障碍,给他制造一个大大的麻烦,让宋江看看他临死前的报复!

晁盖此时已经在弥留之际,说完此话,就瞑目而亡,根本就没有办法没有时间和他讨论、争辩是非曲直,这是晁盖临死之前打的一个成功的时间差。

由此可见,宋江平时的目中无人的行径,是多么深地伤害了晁盖!

晁盖的内心里,积压了多少的郁闷!

晁盖是忠厚人,却在临死前如此不忠厚。

为人不可以太过分。

尤其不可以过分对待一个忠厚人。

这是宋江的教训。

权力的合法性,遭到质疑与挑战

接下来,林冲与公孙胜、吴用,并众头领商议,要立宋公明为梁山泊主,林冲为首,与众等请出宋公明在聚义厅上坐定。吴用、林冲开话道："哥哥听禀：'国一日不可无君，家一日不可无主。'晁头领是归天去了，山寨中事业，岂可无主？四海之内，皆闻哥哥大名，来日吉日良辰，请哥哥为山寨之主，诸人拱听号令。"

这话说得极其在理，按说，宋江就此坐了头把交椅，也是众望所归。

可见，晁盖的这个遗言，不仅伤了宋江的心，也不得人心。

这话又说得极其无理：晁盖尸骨未寒，遗言在耳，怎么就弃之不顾了呢？

宋江深知这一点，所以，他说："晁天王临死时嘱付：'如有人捉得史文恭者，便立为梁山泊主。'此话众头领皆知。今骨肉未寒，岂可忘了？又不曾报得仇，雪得恨，如何便居得此位？"

宋江说这话，不是要大家遵循晁盖遗言，而是告诉大家，晁盖遗言让他很无奈。

但是，伤了你心也好，不得人心也好，老大的遗言就是老大的遗言，它利用了一个时间差，不容辩驳地确立了权力交接的合法程序。

对于权力来说，至少要符合三个条件：

第一，合法性。

第二，合理性。

第三，合德性。

合法性就是指权力的来源，比如古代的帝王，权力的合法性来自于天，来自于继承，来自于血统。今天的西方社会，来自于公民选举，合乎于程序等等。

合理性，指的是权力对于社会的必要性。比如，黑社会就不具备合理性，因为它不是社会运作的必要环节，反而是有害环节。

合德性，指的是权力的道德属性。任何权力都要有一个道德支撑，要有一个道德目标。

显然，宋江就任老大之位，具备梁山这个小社会的合理性。而宋江本人的个人道德，及时雨的名声，以及梁山早就标榜的"替天行道"，也铸就了他接受这个权力的合德性。

如果晁盖临死之前，什么也没说，那么，按照"兄终弟及"的一贯传统，他当老大的合法性也是没有问题的。

那就太万事顺意了。

但是，晁盖临终遗言，提出了一个继位的必要条件，另外建立了合法性的来源，宋江的合法性被取消了！

而权力的首要条件，就是合法性。

那么，宋江能否走上战场，活捉史文恭呢？

完全没有这种可能。

《水浒》作者在宋江第一次出场时，有一段文字，单表宋江的好处：

> 宋江，表字公明，排行第三，祖居郓城县宋家村人氏。为他面黑身矮，人都唤他做黑宋江；又且于家大孝，为人仗义疏财，人皆称他做孝义黑三郎。……他刀笔精通，吏道纯熟，更兼爱习枪棒，学得武艺多般。

这一段话里，有讲得对的，也有讲得不对的。

讲得对的是关于他的外貌。宋江的外貌是面黑身矮。

这样的描写，是在说明，宋江的优势，在文才不在武功。

但这段话里还讲到了宋江："学得武艺多般。"这正是讲得不对的地方。

我们从来不见宋江何时显示过他的武功。他只在揭阳镇上，因为赍发五两白银给薛永，被穆春揪住要打，宋江做出要和他放对的架势。却没等到他动手，薛永赶来，三拳两脚，把穆春打翻了。这是他一生唯一一次摆出架势的，但也仅仅摆了个架势而已。接下来，张横逼着他和两个公人跳江，三人面对一个，却只是哀求对方饶命，对方不饶，他也就准备和两个公人互相抱着投江了。如果宋江真有武功，此时还不拿出来吗？

有人会说，宋江还带过徒弟呢。带过徒弟，不能说明他的武功就好。史进不也有过七八个师父吗？可是，经过王进以后，他才知道，那七八个人的武功，不值半分。今天冒充老师的更多，冒充大师的都有几个，没有真本事的多的是。宋江带的徒弟，就是孔明、孔亮兄弟，武松放翻孔亮，恰似放翻小孩子的一般。可见宋江的教学成果。

既然宋江的武艺差劲到几乎没有，凭武功活捉史文恭，名正言顺地取得权力的合法性，就完全没有可能，了解他的林冲、吴用等等，根本不做此想，他们只想通过合理性和合德性来反证宋江就任的合法性。

但是，这显然是不可以的。

没有程序公正的权力，是不能服众的，是时时刻刻都要面对质疑甚至挑战的。

能役使英雄，方能成就大业

宋江当然很想得到这个位子，但是，他不能破坏江湖规矩。不遵守前任的遗言，强行坐上老大的位子，不仅使他的权力没有合法性，也会使他丧失权力的合理性和合德性。他以后如何在江湖上理直气壮呢？

但是，按照宋江的不择手段的性格，他哪里是一个被死人的遗言束缚住的人呢？

吴学究又劝道："晁天王虽是如此说，今日又未曾捉得那人，山寨中岂可一日无主？若哥哥不坐时，谁人敢当此位？寨中人马如何管领？然虽遗言如此，哥哥权且尊临此位，坐一坐，待日后别有计较。"

显然，吴用对晁盖的遗言也很无奈。

客观地说，晁盖的遗言，为难了宋江，也为难了整个梁山。

但是，聪明的吴用还是找到了晁盖遗言中的一个漏洞。

在捉住史文恭之后，权力必须移交给捉住史文恭的人。那么，在捉住史文恭之前呢？

由宋江代理老大，这是合法的。

而且，非常必要，因为山寨不可一日无主。

所以，宋江马上道："军师言之极当。今日小可权当此位，待日后报仇雪恨已了，拿住史文恭的，不拘何人，须当此位。"

宋江很会顺水推舟，马上就顺着吴用的杆子，爬上了山寨之主的位子。当然，是权当此位，坐得并不踏实。

不过，一坐上这样的代理老大的位子，他就要发号施令，主张大事了。

他发号施令的话很长，我就不重复了，主要有两点：

第一，把众兄弟分做六寨驻扎。

第二，聚义厅今改为忠义堂。

先看第一条，显然宋江此前已经与吴用等人商议过了，要知道，此次安排，涉及的头领是八十八员，如何安排，尤其是排序问题，都很敏感。我比较了一下这次各寨、各关、各房的排序，和以后石碣天文上的排序还是有不少的区别，说明这是一个很不成熟的排序。但是,结果却是,"梁山泊水浒寨内,大小头领,自从宋公明为寨主,尽皆欢喜,拱听约束"。

这是施耐庵一句皮里阳秋的话。自从宋公明为寨主,尽皆欢喜,说明什么?

说明晁盖为寨主时,还有人不欢喜。

而宋江,却能让大家都满意。

就领袖而言,宋江确实比晁盖有较为全面的能力,可以吸引更多的人。

魏刘邵《人物志》说英雄是这样的人:

> 夫草之精秀者为英,兽之特群者为雄;故人之文武茂异,取名于此。是故,聪明秀出谓之英;胆力过人谓之雄。

英,是植物中的精华;雄,是动物中的翘楚。有智慧,叫英,有胆力,叫雄。

晁盖有胆力,但是智慧上有欠缺。他是一个质朴的人,直性的人,爽快的人,忠诚的人,就一般人的品德来说,他非常好。他足够成为一个好汉,一个豪杰。他的这些品性,足够吸引那些和他资质相同和相近的人,但对另外一些人,一些比较内秀的人,比如吴用、公孙胜、柴进、花荣等等,就可能缺少足够的吸引力,那些从朝廷投降过来的人,也未必就对他很服气。刘邵《人物志》说:

> 徒英而不雄,则雄材不服也;徒雄而不英,则智者不归往也。
>
> 故雄能得雄,不能得英;英能得英,不能得雄。
>
> 故一人之身,兼有英雄,乃能役英与雄。
>
> 能役英与雄,故能成大业也。

梁山之上,一人之身,兼有英和雄两种素质与气质的,当然是宋江。宋江一出场,担着血海也似的干系,救了晁盖等七人,不仅有胆力,还要有聪明。在清风山,指挥花荣等人打败秦明,收服秦明,然后浩浩荡荡,奔赴梁山,也是胆力和聪明俱佳之人才能做得出来。到了梁山,三打祝家庄,打高唐州,打青州,打华州,宋江充分显示出了他的胆力和智慧。

这样的人,用刘邵的话说,才能役使英与雄。

而能役使英雄,才能成就大业。

除旧布新,梁山迎来一个新时代

宋江这次重新安排分工和职责、次序,得到了四个目的:

第一,充分照顾到了大家的不同利益诉求,进官加爵也好,封官许愿也好,反正大家都有了位子,将来还有了奔头,于是皆大欢喜。

第二,职责明确了,分工明确了,大家知道自己该干什么了,宋江也好管理了。

第三,组织严密了,效率高了,政令畅通了。

从此,梁山变成了一个真正的严密的组织,那些来自江湖上的无法无天之徒有了纪律,有了约束,还能发号施令,当官做老爷,可以想象,他们的感觉好极了;那些来自朝廷和官场的人也重新找到了做官的感觉。宋江通过这样的安排和组织,把分散的力量收拢过来,编织成一个整体的力量,从而实现一加一大于二的整体大于部分之和的效能。

第四,更重要的是,通过这样的形式,给人一种除旧布新的感觉,老梁山随着晁盖死去,新梁山随着宋江诞生。

抹去旧的痕迹,添上新的色彩,这是一切继任者向别人宣布自己时代到来的常用手法。

梁山的新时代到来了。

我们必须看到的是,实际上,梁山的境界也是有一个不断提升的过程的,王伦时期的梁山就如同邓龙时代的二龙山,把山寨当作自己的自留地,不许别人染指,这样的山寨,不仅没有前途,也特别没有出息,特别的小气。

待到林冲火并了王伦,晁盖为山寨之主,梁山的境界就大大地提升了一步,广结天下豪杰,广纳天下英雄,把梁山看成是天下的梁山,是天下英雄豪杰的梁山,梁山也就成为天下英雄的渊薮,梁山事业一时之间蒸蒸日上,红红火火。但是这样的梁山大是大了,但只是外延上的大,不是内涵上的大。

内涵上的大,是梁山要有精神,要有理想,要有目标。晁盖作为第二代领袖,他还缺少这样的理想和目标,他只是沉湎于大家一起大秤分金银、成套穿衣服、大碗喝酒、大块吃肉这样满足基本生理需求、物质需求的低级阶段上。他的不足,主要是由于他没有什么文化,只是一个略有胆识、又特有义气、从而具有一定道义感召力的村长。由于没有什么文化,他自然就缺乏一种文化意义上的目标和境界。我们看看历史,我们会发现,从来没有一个没文化的造反者会取得最后成功。

当一个人走投无路的时候,他会上梁山。

晁盖敞开了梁山的大门,所以,很多英雄豪杰都来了。

但上了梁山之后,他不能就这么天天喝酒吃肉。

人生要有一个奔头,才有意义。

有想头,才是一个有出息的人。

给人一个想头,才是一个有前途的组织。

宋江,就是给梁山众兄弟一个奔头,一个想头的人。

这一点,就体现在他把聚义厅改为忠义堂。

宋江的这个举动,曾经引起过很严厉的批评。说他一字之改,就体现出他投靠朝廷的投降主义路线。

是这样吗?

12. 牢笼英雄

宋江将聚义厅改为忠义堂,一字之改,梁山不再是一帮流落豪杰啸聚一堂暂栖其身的地方,而是他们实现人生价值、升华人生境界的场所。

改变了事实,就改变了世界

上一讲我们讲到,晁盖死了,宋江做了代理老大。然后他发布了两道政令,一是重新安排大家的工作,实行了全员聘任;二是"改聚义厅为忠义堂"。

这是一个很有意思的行为。

"文革"期间,评《水浒》的时候,把宋江看成是投降派,于是,抓住这个事情不放,说晁盖的聚义厅是英雄聚义,是革命;而宋江忠义堂,则是宣传对皇帝的"忠义",是投降。

其实,这种说法对,也不对。

先说不对。有两点:

第一,聚义厅不是晁盖命名的,也不代表晁盖的什么政治路线、政治立场和政治主张。"聚义厅"只是一个泛称而已,比如,桃花山、清风山、少华山,都有聚义厅,都把会议、议事、集合的地方叫做聚义厅。梁山也一样,王伦时期就叫聚义厅,不是晁盖时期的名称,更不是晁盖专门命名的,所以,首先不能说是晁盖的聚义厅。其次,更重要的,也不能说聚义厅这个名称就一定有某种政治上的含义,代表所谓革命的立场。

第二,"聚义厅"不仅不是什么晁盖政治路线的体现,恰恰相反,是晁盖胸无大志、缺少政治目标的表现。事实上,晁盖延用王伦时期的泛泛而称的"聚义厅",恰恰体现了晁盖的保守立场,他没有把梁山做大做强的志向,也没有把梁山做成区别于其他山头的想法。

所以,说宋江改"聚义厅"为"忠义堂"是背叛了晁盖的革命路线,不对。

但是，必须承认的是，宋江确实是想借正式命名来体现一种政治追求。

而这种政治追求也确实以忠于皇帝为核心。

这一改，就改出了新面貌。

《水浒》中一般好汉，讲究一个"义"字，而宋江多了一个"忠"字。唯其多了这一个字，就多了很多负担，多了很多责任，多了很多劳累。

主政梁山以后的宋江，就是一心一意要在江湖之义中，加入家国之忠。

有了家国之忠，人生的境界就不一样了。

聚义厅是个没有实在意义的一个词，也就是一帮哥们聚在一起大碗吃酒、大块吃肉、论秤分金银、成套穿绸锦的分赃之地。而"忠义堂"则有了意义。

梁山的最高境界是待宋江上山以后才得以提升的，宋江赋予梁山道德上的追求，聚义厅与忠义堂，一字之改，改江湖为国家，改江湖气为道德正气，梁山也不再是一帮流落豪杰啸聚一堂暂栖其身的地方，不再是他们追求个人享受的地方，而是他们实现人生价值、升华人生境界的场所，梁山好汉，由乌合之众，变成了有政治目标和道德追求的群体。

梁山，由此就由一个盗匪集团变成了一个政治集团。

梁山至此，就做大了，做强了，做出了千古的美名，做出了忠义大业。

从王伦的小农自留地到晁盖的流氓无产者的销金窝，再到宋江的有组织、有纪律、有目标、有理想的政治军事集团，梁山，终于实现了它的自我超越，梁山终于脱胎换骨，将晁盖时期虚无的"替天行道"，终于落到了实处。

而这一自我超越的标志性事件，就是"忠义堂"牌匾的悬挂。

那么，为什么宋江要在这样的敏感时期挂出这样的牌匾呢？

首先，当然是现实的需要。

宋江需要在这个时候除旧布新，通过这样的行为来宣布自己时代的到来，聚义厅改为忠义堂，地点还是那个地点，世界却已经不是那个世界。旧梁山已死，新梁山已立。

维特根斯坦的《逻辑哲学论》上说："世界是事实的总和而非事物的总和。"

事物还是那些事物，但事实已经不是那些事实。改变了事实，就改变了世界。

其次，梁山发展到了今天这个规模，必须有自己的派头，有自己的格局，以便区别于其他的小山头。如果还和其他的一些名不见经传的小山头一样叫"聚义厅"，就不足以显示身份和地位,显示自己的理想和追求,就不足以吸引更多的人来投奔。

第三,更重要的是,原来的聚义厅,大家大碗喝酒,大块吃肉,大呼小叫,很合比如像三阮兄弟、李逵、清风山燕顺、王矮虎等人的口味,但是,随着梁山的壮大,梁山群体里,朝廷降将、地方名流、财主逐渐占了多数,这样的生活,对他们而言,毫无吸引力。他们需要有一些诸如建功立业、尽忠报国等等的事业心。

在打青州的时候,吴用设计活捉了呼延灼。左右群刀手,把呼延灼推将过来。宋江见了,连忙起身,喝叫:"快解了绳索!"亲自扶呼延灼上帐坐定,宋江拜见。

呼延灼道:"何故如此?"

宋江道:"小可宋江怎敢背负朝廷?盖为官吏污滥,威逼得紧,误犯大罪,因此权借水泊里随时避难,只待朝廷赦罪招安。不想起动将军,致劳神力。实慕将军虎威。今者误有冒犯,切乞恕罪!"

接下来宋江告诉呼延灼:"韩滔、彭玘(qǐ)、凌振,已多在敝山入伙。倘蒙将军不弃山寨微贱,宋江情愿让位与将军;等朝廷见用,受了招安,那时尽忠报国,未为晚矣。"

呼延灼沉思了半晌,一者是天罡之数,自然义气相投;二者见宋江礼貌甚恭,语言有理,叹了一口气,跪在地下道:"非是呼延灼不忠于国,实感兄长义气过人,不容呼延灼不依,愿随鞭镫。事既如此,决无还理。"

你看,宋江说服呼延灼,靠的是两手:

第一,态度谦恭,礼貌周全。这对于一个俘虏来说,是很受用的。

第二,更重要的,是告诉呼延灼,梁山并不是一个反政府组织,而是一个随时准备投靠政府、接受招安的组织。这一点才是让呼延灼最终下定决心归顺的原因。因为,这样一来,呼延灼这样的人,就既不用担心落草为寇,玷污名节,成为千秋罪人,又看到了重新做人的希望。

宋江后来招降朝廷将领,全部使用的是这一招。

只有有了这样的目标,才能让这些人归顺。

像呼延灼这样的朝廷军官被捕获上山,怎么可能仅仅凭着兄弟义气就这样一直混下去?他们一定要一个目标,一个前途,一定要对他们的未来给一个说法,才能安抚他们。换句话说,梁山必须有能吸引他们的地方,梁山必须对他们的未来有所承诺。

这个承诺,就是重回体制,重新回归朝廷。

所以,尽管我对宋江的很多行为并不欣赏,但是,宋江改"聚义厅"为"忠义堂",却是一件必须肯定的事。

不怕贼偷，就怕被贼惦记

不过，现在，对宋江来说，关键的事还是如何为晁盖报仇。

他必须去打曾头市。

这也许是他不急于做的，但却是他必须做的。

因为——

第一，继任者为老大报仇，这是江湖通义。不为老大报仇，江湖上就说不过去。

第二，这不仅事关晁盖，也事关梁山声望，是为山寨雪耻。一个小小的曾头市，公开扬言要与梁山作对，还抢走了别人送给梁上头领的骏马，又射死了梁山老大，这样的仇不报，梁山在江湖何以立足？那不是鼓励更多和梁山作对的人出现吗？

但是，另一方面，曾头市此时还真的打不得。

为什么？就是因为晁盖的遗言。

此时打曾头市，谁会擒获史文恭呢？

比如林冲，比如呼延灼，比如武松，比如鲁智深，比如李逵……

问题就来了，按照晁盖遗言，他们中不管是谁，都必须做老大。

他们能吗？他们会吗？他们敢吗？

别人服吗？吴用服吗？宋江服吗？

打，还是不打，还真是一个问题。

解决这个问题，还需要宋江与吴用的精诚合作。

宋江当然知道这些，于是，不久就聚众商议，欲要与晁盖报仇，兴兵去打曾头市。

这是摆出架势，假动手，唱红脸。

军师吴用谏道："哥哥，庶民居丧，尚且不可轻动，哥哥兴师，且待百日之后，方可举兵。"

这是真拦阻，唱白脸。

而且，吴用就是吴用，这事本来是为晁盖而起，他就也借晁盖说事：居丧期间，不可轻动。

动，是为晁盖。不动，也是为晁盖。

理由很充足。

宋江马上偃旗息鼓，一点也不坚持，就依吴学究之言，守住山寨，每日修设好事，只做功果，追荐晁盖。

你看，多难的一件大事，只要宋江、吴用合作，就易如反掌。

但是，就依吴用之言，一百天之后，你总得打吧？

所以，他们必须在这一百天之内，想到一个办法。

办法倒是没想到，他们想起一个人来。

谁呢？卢俊义。

俗话说，不怕贼偷，就怕被贼惦记着。

被梁山的贼惦记着，那就万分可怕。

朱仝被惦记了一回，结果是不仁、不义、不忠、不孝。

卢俊义被惦记上了，是什么下场呢？

朱仝被惦记，是因为他是梁山上晁盖、宋江、吴用、公孙胜、刘唐、三阮、白胜、雷横等等的恩人，人家恩将仇报，好歹也是一个理由。

卢俊义被惦记，则完全是人在家中坐，祸从天上来。

有一个叫大圆的北京大名府龙华寺僧人，被梁山泊请在寨内做道场。宋江问起北京风土人物，那大圆和尚说道："头领如何不闻河北玉麒麟之名？"宋江、吴用听了，猛然省起，说道："你看我们未老，却恁地忘事！北京城里是有个卢大员外，双名俊义，绰号玉麒麟，是河北三绝，祖居北京人氏，一身好武艺，棍棒天下无对。梁山泊寨中若得此人时，何怕官军缉捕，岂愁兵马来临？"

吴用笑道："哥哥何故自丧志气？若要此人上山，有何难哉！"

宋江答道："他是北京大名府第一等长者，如何能够得他来落草？"

吴学究道："小生略施小计，便教本人上山。"

你看，这宋江、吴用，随随便便，为了自己，为了梁山，就这样算计起远在大名府的卢俊义了。

而且，他们最终还真的把卢俊义弄上了山。为了把他弄上山，他们把卢俊义害得九死一生。

我们知道，卢俊义长在豪富之家。他除了家产万贯之外，还家传清白，祖宗无犯法之男，亲族无再婚之女，自称："生为大宋人，死为大宋鬼。"

这样一个有家有国之人，日子过得滋润，又满脑子忠臣孝子的观念，要他上梁山，难。

不过，这两点，都难不住梁山。

你有家，让你家破人亡便是。

你爱国，让你有国难奔即是。

心如火炽，气似烟生

那我们就来看看他们是如何把这个北京城中的大财主弄上山的。

第一，吓他。

吴用冒充算命先生，到卢俊义府上，装神弄鬼，说卢俊义不出百日之内，必有血光之灾：家私不能保守，死于刀剑之下。

第二，骗他。

吴用告诉他，只有去东南方一千里之外，方可免此大难。为什么吴用要说这个方向和距离？因为，要到这个地方，必须经过梁山。

第三，陷害他。

吴用还念出四句藏头诗，让卢俊义自己写在壁上。这四句诗是："芦花丛里一扁舟，俊杰俄从此地游。义士若能知此理，反躬逃难可无忧。"

暗藏"卢俊义反"四字，作为将来官府判决卢俊义造反的铁证。

第四，玩他。

如果说吓唬他欺骗他陷害他，已经很恶劣，接下来梁山摆出阵势，玩弄卢俊义于股掌之间，就更加令人反感。

被吓、被骗的卢俊义不顾劝阻，带上管家李固，装十辆山东货物，径往梁山泊来。在梁山脚下，宋江、吴用用车轮战术，把卢俊义玩弄得七窍生烟。

先是林子里一声炮响，李逵托地跳出来，手握双斧，厉声高叫："卢员外，认得哑道童么？"

卢俊义猛省，喝道："我时常有心要来拿你这伙强盗，今日特地到此，快教宋江那厮下山投拜！倘或执迷，我片时间教你人人皆死，个个不留！"

李逵呵呵大笑道："员外，你今日中了俺的军师妙计，快来坐把交椅！"

卢俊义大怒,握着手中朴刀,来斗李逵,李逵抡起双斧来迎。

两个斗不到三合,李逵托地跳出圈子外来,转过身,望林子里便走,没了。

卢俊义却待回身,松林旁边转出一伙人来,一个人高声大叫:"员外不要走,认得俺么?"

卢俊义看时,却是一个胖大和尚,鲁智深大笑道:"洒家是花和尚鲁智深,今奉军师将令,着俺来迎接员外上山。"

卢俊义焦躁,大骂:"秃驴敢如此无礼!"拈手中宝刀,直取那和尚。鲁智深抡起铁禅杖来迎。

两个斗不到三合,鲁智深拨开朴刀,又回身便走,没了。

接下来出来的是武松,抡两口戒刀,直奔将来。卢俊义又来斗武松。

又不到三合,武松又拔步便走。

卢俊义到此时还以为这些人都是斗不过他,跑了,于是哈哈大笑:"我不赶你。你这厮们何足道哉!"

说犹未了,只见山坡下一个人在那里叫道:"卢员外,你如何省得!哥哥定下的计策,你待走那里去!"

卢俊义喝道:"你这厮是谁!"那人笑道:"小可便是赤发鬼刘唐。"卢俊义骂道:"草贼休走!"挺手中朴刀,直取刘唐。

方才斗得三合,刺斜里一个人大叫道:"好汉没遮拦穆弘在此!"刘唐、穆弘,两个两条朴刀,双斗卢俊义。

又不到三合,扑天雕李应又从后面赶来,三个头领,共斗卢俊义。

卢俊义果然英雄,全然不慌,越斗越健。

正斗之间,山顶上一声锣响,三个头领各自卖个破绽,又一齐拔步去了。

卢俊义斗得一身臭汗,回到林子边,来寻车仗人伴时,十辆车子,人伴头口,都不见了。

卢俊义爬上山岗,四下里打一望,只见远远地山坡下,一伙小喽啰,把车仗头口,赶在前面,将李固一干人,连连串串,缚在后面,鸣锣擂鼓,解投松树那边去。

卢俊义望见,心如火炽,气似烟生,提着朴刀,直赶将去。

我们来看看,从李逵到刘唐,他们出来时,和卢俊义打话时,都是笑着。而卢俊义则常常是焦躁,直到此时心如火炽,气似烟生。为什么?因为他们是在玩弄卢俊义,而

牢笼英雄　293

卢俊义则是被他们玩弄。

约莫离山坡不远,只见两拨好汉喝一声道:"那里去!"一个是美髯公朱仝,一个是插翅虎雷横。卢俊义见了,高声骂道:"你这伙草贼,好好把车仗人马还我!"

挺起朴刀,直奔二人,朱仝、雷横各将兵器相迎。双方又斗不到三合,两个回身又走了。

为什么都是三合?就是故意这样,气死你。

到此,卢俊义已经被他们玩弄得筋疲力尽,但是,下面还有更狠的。

生为大宋人,死为大宋鬼

第五:*羞辱他*。

卢俊义舍着性命,赶转山坡,两个好汉,又都不见了。只听得山顶上鼓板吹箫,仰面看时,风刮起那面杏黄旗来,上面绣着"替天行道"四字。转过来一望,望见红罗销金伞下,盖着宋江,左有吴用,右有公孙胜。一行部从二百余人,一齐声喏(nuò)道:"员外,别来无恙!"

你看这是多么气人啊。卢俊义一连斗了五场,交手八人,斗得浑身臭汗,而宋江、吴用却在红罗销金伞下,清风习习,还鼓板吹箫,好不逍遥快活!

卢俊义见了,越怒,指名叫骂山上。吴用劝道:"员外且请息怒。宋公明久慕威名,特令吴某亲诣门墙,迎员外上山,一同替天行道,请休见责。"

卢俊义大骂:"无端草贼,怎敢赚我!"

宋江背后转过小李广花荣,拈弓取箭,看着卢俊义喝道:"卢员外休要逞能,先教你看花荣神箭!"说犹未了,飕地一箭,正中卢俊义头上毡笠儿的红缨。

卢俊义吃了一惊,回身便走。大概到这时,他才领悟到,他的对手是有实力的。

此时,山上鼓声震地,霹雳火秦明、豹子头林冲,引一彪军马,摇旗呐喊,从山东边杀出来。

双鞭将呼延灼、金枪手徐宁,也领一彪军马,摇旗呐喊,从山西边杀出来,吓得卢俊义走投无路。

看看天色将晚,脚又疼,肚又饥,正是慌不择路,望山僻小径只顾走。约莫黄昏时分,走到鸭嘴滩头,只见满目芦花,茫茫烟水。

在水上,卢俊义被阮小二、阮小五、阮小七和李俊又戏弄了一番,最后,被张顺活捉。

于是,进入下一个环节。

第六:哄他。

被活捉的卢俊义被八个小喽啰,用轿子抬上山来。宋江、吴用、公孙胜,带着众头领,二三十对红纱灯笼,动着鼓乐,前来迎接。宋江先跪,后面众头领排排地都跪下。卢俊义亦跪下还礼道:"既被擒捉,愿求早死!"

宋江大笑,说道:"且请员外上轿。"又把卢俊义抬到忠义堂前,请卢俊义到厅上,明晃晃地点着灯烛。宋江和吴用向前陪话,希望卢俊义上山,共聚大义,一同替天行道。而且宋江便请卢员外坐第一把交椅。

卢俊义今天实在是被他们弄糊涂了。他不知道他们到底要干什么。

不过,他对自己要干什么,却非常清楚,一点也不糊涂。

卢俊义回说:"宁就死亡,实难从命。"

次日,宋江杀羊宰马,大排筵宴,请出卢员外来赴席,酒至数巡,宋江起身把盏,陪话道:"夜来甚是冲撞,幸望宽恕。虽然山寨窄小,不堪歇马,员外可看'忠义'二字之面。宋江情愿让位,休得推却。"

又是忠义的招牌,又是梁山第一把交椅的诱惑,但是,这一切,不能打动卢俊义。

因为,第一,卢俊义本来就是忠义的,他无须通过做强盗来行忠义。

第二,他做北京大名府第一财主,比做梁山第一强盗好。

所以,卢俊义答道:"头领差矣!小可身无罪累,颇有些少家私。生为大宋人,死为大宋鬼,宁死实难听从。"

吴用并众头领一个个说,卢俊义越不肯落草。

至此,劝降已经完全无用。

吴用道:"员外既然不肯,难道逼勒?只留得员外身,留不得员外心。只是众弟兄难得员外到此,既然不肯入伙,且请小寨略住数日,却送还宅。"

话说得丝丝入扣,天衣无缝,显得非常体谅卢俊义。但其目的,却是要卢俊义体谅梁山众兄弟:大家都想和员外多相聚几日。

卢俊义无法推辞,说道:"小可在此不妨,只恐家中老小,不知这般的消息。"

没想到这倒正好中了宋江、吴用的计策。吴用道:"这事容易,先教李固送了车仗回去,员外迟去几日,却何妨?"

于是安排李固等人带上车子行李,先回家报告平安。留卢俊义在山上和兄弟们再聚几日。

吴用亲自到金沙滩送李固,对李固说道:"你的主人,已和我们商议定了,今坐第二把交椅。"并且告诉李固,卢俊义未曾上山时,预先写下四句反诗,在家里壁上。这四句诗,包藏"卢俊义反"四字。所以,你们休想望你主人回来!

就这样,轻描淡写的几句,就把卢俊义的后路断了。

而卢俊义还蒙在鼓里。

蒙在鼓里的卢俊义,何时才能醒悟?

醒悟过来以后,他又如何选择?

13. 老大归位

宋江把位子让来让去，一是因为他骨子里的自卑，二是要让众兄弟感到他并不贪恋寨主之位。

鹊巢鸠占

宋江、吴用设计把卢俊义捉上了梁山，然后哄骗他要拉他上山入伙，遭到卢俊义的坚决拒绝。于是，宋江、吴用实行第二套方案，故意放卢俊义的管家李固回去，并且骗李固说卢俊义已经入伙并坐了第二把交椅，绝不会再回去。

李固本来就和卢俊义的娘子有私情，巴不得卢俊义不回来。所以，他回去后,,干了两件事：

一、和原来就有了私情的卢俊义娘子做了一路，半公开地做了夫妻，卢俊义的家没了。

二、这对男女又到官府告发卢俊义造反，藏头诗就是重要物证。卢俊义的国也没了。

而在梁山的卢俊义对此一无所知。接下来，他又要应付一轮车轮大战：为了给李固散布卢俊义造反留够时间，为了让卢俊义上了梁山坐了第二把交椅显得更像，梁山必须给卢俊义留在山上足够的时间。为此，在宋江、吴用的安排之下，山上、山下各寨头领，软磨硬泡，软硬兼施，都来做东，请卢俊义吃酒。宋江请了吴用请，吴用请了公孙胜请。三十余个上厅头领，每日轮一个请，这就消磨了一个多月。

卢俊义度日如年，宋江假意置酒送别，李逵大叫道："我舍着一条性命，直往北京请得你来，却不吃我弟兄们筵席，我和你眉尾相结，性命相扑！"

吴学究大笑道："不曾见这般请客的，甚是粗卤，员外休怪。见他众人薄意，再住几时。"不觉又过了四五日。

卢俊义坚意要行,只见神机军师朱武,将引一班头领直到忠义堂上,开话道:"我等虽是以次弟兄,也曾与哥哥出气力,偏我们酒中藏着毒药?卢员外若是见怪,不肯吃我们的,我自不妨,只怕小兄弟们做出事来,悔之晚矣。"

吴用起身便道:"你们都不要烦恼,我与你央及员外,再住几时,有何不可。常言道:'将酒劝人,终无恶意。'"

吴用这句话几乎是不打自招。劝留卢俊义,拖延时间,总是众头领唱白脸,吴用唱红脸,一硬一软,一吹一拍,一打一拉,所有的请客吃饭,劝酒致敬,全是计谋,全是陷阱,全是恶意。卢俊义在山上被软禁了两个多月(百回本说四个月)。宋江、吴用知道卢俊义已是无家可归,才放他回家。然后,这两个恶人,就等着卢俊义九死一生再回来了。

果然,回家的卢俊义被自己的老婆和李固告发,被官府缉捕归案,在大堂之上,两个人又一口一声地作证卢俊义谋反,并要求卢俊义认罪,公堂之上的那些做公的,全都受了李固的银子,一定要卢俊义死。在严刑拷打之下,卢俊义屈打成招,带上死囚枷,被关进死囚牢。

李固的银子,就是卢俊义的银子啊。

现在,卢俊义的一切,都是李固的了。包括老婆。

出来混,总是要还的

卢俊义为什么弄到这样悲惨的下场?

当然是宋江、吴用害的。但是,他自己也有责任。

他太自信,太自负,太自大,太骄傲,太不知天高地厚了。

当初,吴用用算卦骗他,他决定去东南方。

燕青告诉他,梁山泊有强人,卢俊义豪气冲天。说:"梁山泊那伙贼男女,打甚么紧!我观他如同草芥,兀自要去特地捉他,把日前学成武艺,显扬于天下,也算个男子大丈夫!"

到了离梁山不到二十里路时,卢俊义在一家小酒店,取出四面白绢旗,问小二哥讨了四根竹竿,每一根缚起一面旗来,每面栲栳(kǎo lǎo,俗称笆斗)大小几个字,写道:

慷慨北京卢俊义,远驮货物离乡地。一心只要捉强人,那时方表男儿志。

原来，他是特地要来捉梁山好汉和宋江的！

单枪匹马，要扫荡梁山。并且，此前，会武功的燕青提出要同行，以便保护，他还坚决拒绝，好像不这样就不能显示自己是孤胆英雄似的。

李固和脚夫们都吓呆了，哭着哀求，卢俊义喝道："你省的甚么！这等燕雀，安敢和鸿鹄厮并？我思量平生学的一身本事，不曾逢着买主，今日幸然逢此机会，不就这里发卖，更待何时！我那车子上又袋里，已准备下一袋熟麻绳，倘或这贼们当死合亡，撞在我手里，一朴刀一个砍翻，你们众人，与我便缚在车子上。撒了货物不打紧，且收拾车子捉人，把这贼首解上京师，请功受赏，方表我平生之愿。若你们一个不肯去的，只就这里把你们先杀了。"

你看这番话，把梁山好汉，一起比作燕雀，而把自己比作鸿鹄。而且，他是个生意人，他竟然把到梁山来捉人，当成是来收货的，然后带到京师，卖给朝廷。

那四面旗子上的诗，金圣叹的本子是这样的：

慷慨北京卢俊义，精装玉匣来深地。太平车子不空回，收取此山奇货去。

金圣叹这一改，确实感觉更好一些，更能显示出英雄卢员外此时踌躇满志的样子。

他太自负了！

要知道，梁山此时，有头领八十八个，就算你卢俊义不了解那些来自江湖的高手，但其中像林冲、呼延灼、秦明都是从朝廷中来的一流高手，怎么都成了燕雀了呢？

这卢俊义，太自大！

接下来就更可笑，他带着十辆大车进山了，真的像是收山货的一样。前面摆四辆车子，上插了四把绢旗；后面六辆车子，随从了行。

那李固和众人，哭哭啼啼，行一步，怕一步，卢俊义只顾赶着要行。从清早起来，行到巳牌时分（上午10点钟左右），远远地望见一座大林，有千百株合抱不交的大树。却好行到林子边，只听得一声胡哨响，前面出现四五百小喽啰拦住去路，后面又一声锣鼓响，又出现四五百小喽啰拦住退路，李固和两个车夫都躲在车子底下叫苦。卢俊义喝道："我若搠翻，你们与我便缚！"

几个人，要和上千人对阵，还要捉拿他们回去领赏，这简直是笑话了。

这样的狂妄，也该宋江、吴用玩玩他，戏弄戏弄他，羞辱羞辱他。

可是，即使被梁山活捉，又被软禁了两个多月，他仍然没有一点自惭和收敛。

他在山上待了两个多月，回到北京，尚有一里多路，碰到燕青，此时的燕青头巾破碎，衣裳褴褛，卢俊义差点没认出来。燕青告诉他家中的变故，卢俊义竟然不信，喝道："我的娘子不是这般人，你这厮休来放屁！"燕青又道："主人脑后无眼，怎知就里？主人平昔只顾打熬气力，不亲女色，娘子旧日和李固原有私情，今日推门相就，做了夫妻。主人若去，必遭毒手！"卢俊义大怒，喝骂燕青道："我家五代在北京住，谁不识得？量李固有几颗头，敢做恁般勾当？莫不是你做出歹事来，今日倒来反说！我到家中问出虚实，必不和你干休！"燕青痛哭，拜倒地下，拖住主人衣服。卢俊义一脚踢倒燕青，大踏步便入城来。

正是这最后的傲慢和自信，把他送到了死囚牢里。

卢俊义的前半生，太顺遂了。

太顺遂的人，往往太自信太自负，甚至狂妄自大，不知天高地厚。

卢俊义的后半生，太坎坷了。

这一怪宋江、吴用，二怪自己。

一为他人陷害，一为咎由自取。

前半生太顺遂，如同人生的超支。

超支了，总要还的。

小人不知悔改，《水浒》不怕重复

在死囚牢里，一边是李固给上上下下使银子要卢俊义死，一边是梁山使银子要卢俊义活，李固的银子是五百两，梁山的银子是一千两，一千两超过五百两，结果是判决卢俊义脊杖四十，刺配沙门岛。

讲到这里，有两个小人的下场我们交代一下，以便让人们知道，小人虽然聪明绝顶，虽然看起来处处得手，但最终是难逃身败名裂的下场。

哪两个人呢？董超、薛霸。

他俩曾经在开封府做公人，押解林冲去沧州，路上害不得林冲，回来被高太尉寻事刺配北京。梁中书因见他两个能干，就留在留守司勾当。今日又差他两个监押卢俊义。

当初押解林冲，两人临行前受了陆虞候的银子，路上要害林冲。现在，两人临行前又受了李固的银子，又要在野外杀害卢俊义。整个的过程和当初押解林冲时一样，先是接受银子，接下任务，然后是在路上想方设法折磨卢俊义，是用开水烫伤卢俊义的脚，还是到一个僻静的林子里假装要睡一睡，还是假装怕卢俊义跑了，骗着把卢俊义绑到了树上。然后，对卢俊义说的话和当初对林冲说的都一样，卢俊义的表现也和林冲一样，泪如雨下，低头受死。然后，还是薛霸两手拿起水火棍，望着卢员外脑门上劈将下来。

一切都一样！

为什么《水浒》作者不怕重复？

是《水浒》作者写不出新意吗？

不是，是《水浒》作者要写出小人还是小人，小人不知改悔，小人还是那个样！

小人不知改悔，作者就不必改写。

小人不知改悔，害人手法一点不差；

苍天公道仁慈，因果报应一丝不爽。

《水浒》作者接着这样写着两个小人的下场：

薛霸两只手拿起水火棍，望着卢员外脑门上劈将下来。董超在外面望风，只听得一声扑地响，慌忙走入林子里来看时，卢员外依旧缚在树上，薛霸倒仰卧树下，水火棍撇在一边。董超道："却又作怪！莫不是他使的力猛，倒吃一交？"仰着脸四下里看时，不见动静。再一看，薛霸口里出血，心窝里露出三四寸长一枝小小箭杆。却待要叫，只见东北角树上坐着一个人。还没看清，只听得叫声："着！"撒手响处，董超脖项上早中了一箭，两脚蹬空，扑地也倒了。

前面的文字，和林冲的完全一样。

后面的结局，和林冲的完全不一样。

这次，来救卢俊义的，不是鲁智深，而是燕青。

燕青用的不是重六十二斤的水磨禅杖，而是仅仅三四寸长的一枝小小短箭。

够了，就这样的两支短箭，这样的短箭只要两支，就可以送这两个一生不知良知为何物的人渣上路了。

天意大概是这样安排的：送这样的两个肮脏的人渣上路，用鲁智深的禅杖，太浪费了，太亵渎了。那就用燕青的短箭吧，这是一次性用品，不必珍惜。

见到出身高贵的,就贱骨头发痒

但是,凭燕青一个人是救不走卢俊义的。何况卢俊义杖疮发作,脚皮破损,走不得路,最终,卢俊义再次被抓。最后,是梁山打下北京,救了卢俊义。

这时卢俊义见宋江,再也没有当初的派头和气势,忠义堂上,卢俊义拜谢宋江道:"上托兄长虎威,深感众头领之德,齐心并力,救拔贱体,肝胆涂地,难以报答。"

并且表示:"若得与兄长执鞭坠镫,愿为一卒,报答救命之恩,实为万幸!"

卢俊义只记得是谁救了他。

他忘了是谁害的他。

但是,就算卢俊义很明白谁害了他,他此时还具备和宋江、吴用叫板的实力么?还能鸣冤叫屈么?

他发现,他面对的,是极其黑暗又极其强大的力量,他根本无法与之抗衡。

他只有隐忍屈服。

读《水浒》,我们会发现:

上梁山之前的卢俊义自负自大。

上梁山之后的卢俊义自知自卑。

自知什么? 自知不是宋江的对手。

自卑什么? 自卑自己完全被对方挫败。

上梁山之前,卢俊义龙精虎猛,有精神。

上梁山之后,卢俊义丢魂落魄,一派呆气,无精神。

死里逃生的卢员外上山了,完全没有了第一次上山时的神气。

但宋江又要让位给他,卢俊义当然惶恐不敢当。

宋江对卢俊义,已经多次表达要把山寨之主的位子让给他。这事很蹊跷。

因为,第一,卢俊义对山寨无尺寸之功,让位与他,没有任何道理。

第二,宋江此时也没有资格让位给别人,因为,这个山寨老大的位子,还不是他宋江的,他只是临时代理而已。

在此之前,他甚至也对呼延灼让过位子。

宋江为什么要这样反复让位?

按照他的见识,岂不知呼延灼根本不是领袖之才,卢俊义根本没有群众基础?

那他为什么要反复这样演戏?况且,前人看他给后人演同样的戏,比如呼延灼,看着现在宋江又信誓旦旦地要让位给卢俊义,他心中是何种滋味?

很多人都说这是宋江虚伪,是假惺惺地让,是他的权术。

我觉得,看金圣叹的本子,一定是这样。因为金圣叹极其厌恶宋江,所以,他在很多细节上做了手脚,目的就是要表现宋江的虚伪。

但是,如果看其他的本子,却并不如此,至少并不明显。

我的看法是:宋江把这个位子让来让去,原因大概有两点。

一、宋江骨子里的自卑。他是在官场呆过的,见到比他出身高贵的,自然就贱骨头发痒。呼延灼是开国名将呼延赞的子孙,卢俊义是北京大名府第一等长者,身份都比他高贵。一个反证是:他就不会和其他名声地位较低的人说这样的话。

二、宋江知道别人不可能接受,山寨中的兄弟们也不可能接受一个新来的什么人做山寨之主。既然如此,反正又让不出去,何妨做出一个姿态,既给对方一个很大的面子,以此打动对方,让对方入伙;又可以向众兄弟表明他并不贪恋寨主之位。

果然,这边宋江再三请卢俊义做山寨之主,那边惹恼了李逵。李逵道:"哥哥若让别人做山寨之主,我便杀将起来。"

武松道:"哥哥只管让来让去,让得弟兄们心肠冷了。"

这事还得搁一搁。

吴用失算,聪明反被聪明误

而另一个事却不能再搁了。

那就是打曾头市。

这么长时间过去了,早过了百日,但宋江好像真的把曾头市忘了。

但曾头市又自己找上门来了。

还是那个段景住,又跑来报告,他与杨林、石勇,前往北地买了二百余匹好马,又被曾头市夺去了。

这下,宋江不打也得打了。

宋江要派卢俊义做前部,吴用担心,如果卢俊义捉得史文恭,宋江不负晁盖遗言,会让位与他,因此力主叫卢员外引领五百步军,平川小路听号。没想到聪明反被聪明误,史文恭逃出主战场,恰好撞着卢俊义,真的被卢俊义活捉了!

这就有了大问题,按照晁盖的遗嘱,卢俊义应该而且必须做梁山之主。

在将史文恭剖腹剜心,享祭晁盖以后,宋江就忠义堂上,与众弟兄商议立梁山泊之主。

吴用一定为他自己的失算而很懊恼,他说:"兄长为尊,卢员外为次,其余众弟兄,各依旧位。"

但是,这肯定是不行的。所以,宋江道:"向者晁天王遗言:'但有人捉得史文恭者,不拣是谁,便为梁山泊之主。'今日卢员外生擒此贼,正当为尊,不必多说。"

说到这里,有一个问题,要特别说明一下。

因为金圣叹特别讨厌宋江,所以,在宋江做老大这个问题上,金圣叹可以说是处处埋汰宋江,他按照自己的想法,大肆改动《水浒传》,以至于把宋江的形象丑化得狗彘不食。我以前说过,读《水浒》的前七十一回,金圣叹的本子最好,绝大多数他改动的地方,都更合理,更生动,更形象,更深刻。

但是,在讲宋江的时候,我基本上不采用金圣叹的本子,因为,他的倾向性太明显了,他几乎重新塑造了一个宋江。如果按照金圣叹的本子来讲宋江,那我们讲的就是金圣叹的宋江而不是施耐庵的宋江了。

我认为,宋江不可能不想做老大,这与他的好做主张的性格有关。所以,他几次三番要让出老大的位子,虽然不能说是他虚伪,但是,至少他并非完全真诚。

因为,宋江完全知道以下"四个不可能":

第一,不可能有人比他更适合这个位子;

第二,不可能有人比他更有资格接受这个位子;

第三,不可能有人比他更能代表和维护大家的利益;

第四,不可能有人比他更受到拥戴。

这四个不可能,不仅宋江知道,梁山上的所有人都知道。

梁山五大票仓

在宋江、卢俊义推来推去的时候,一个最关键的人物,梁山三号人物吴用,始终站在宋江这边,吴用劝道:"兄长为尊,卢员外为次,人皆所伏。兄长若如是再三推让,恐冷了众人之心。"

不仅表明了自己的立场,还俨然以民意代表的身份说话。其实,他早已给众人使眼色,要大家表态。

黑旋风李逵大叫道:"我在江州舍身拚命,跟将你来,众人都饶让你一步。我自天也不怕!你只管让来让去,做甚鸟!我便杀将起来,各自散伙!"

武松也发作叫道:"哥哥手下许多军官,受朝廷诰命的,也只是让哥哥,如何肯从别人?"

刘唐便道:"我们起初七个上山,那时便有让哥哥为尊之意,今日却要让别人!"

鲁智深大叫道:"若还兄长推让别人,洒家们各自撒开!"

假如可以投票来解决问题,我们可以简单分析一下梁山上的几大票仓。

第一大票仓:宋江嫡系票仓。包括清风山、对影山那边来的九人,江州来的十六人,郓城县来的朱仝、雷横、宋清。这些毫无疑问都是支持宋江的。

第二大票仓:朝廷降将票仓。代表人物:关胜、呼延灼。这些人,正如武松分析的:"也只是让哥哥,如何肯从别人?"

第三大票仓,各路山头票仓。二龙山来的,鲁智深、武松、杨志为代表,同时,白虎山、桃花山、少华山、芒砀山等等,这些人的态度,从武松、鲁智深的话里,就可以知道,他们完全站在宋江这边。

第四大票仓:梁山元老票仓。包括吴用、林冲、刘唐、三阮以及王伦时期的人员。他们的态度,吴用、刘唐也已经表白。

第五大票仓:零星票仓。主要是一些零星入伙者。他们投奔而来时,就很多人是冲着宋江来的,至少,与卢俊义无关。

卢俊义的票仓在哪里?

他只有一个贴心的人:燕青。

甚至,我们说,连燕青都不会投卢俊义的票,他也不会让卢俊义出来当老大,因为,凭他的聪明,他一定知道,如果那样,他的主人会死得很难看。

当然,卢俊义自己也不会投自己的票。除非他不想活了。

修改宪法，化解危机

宋江见卢俊义不愿接受位子,众人不愿接受卢俊义,又提出一个办法:他和卢俊义分别带兵去打东平府和东昌府。先打破城子的,便做梁山泊主。

宋江果然厉害。

晁盖遗言的难题终于解决了。

这个解决的方法,就是把晁盖的遗言丢弃到一边,另外确立一个合法性程序。

这相当于通过修改宪法,来修改法律程序,实现自己的目的。

到这时,我们说,打下两座州府,可为梁山积累粮草,当然,如果有降将,还可以为梁山积聚人才。

至于梁山泊主的位子,一定与此无关了。

理由太一目了然了:

第一,卢俊义会积极用兵,抢在宋江之前打下州府吗?他没有那么笨。他只会消极怠工,等宋江先打下东平府再说。

第二,跟随卢俊义的那些头领们,会积极帮助卢俊义先打下东昌府吗?他们没有那么笨。他们也一定会消极怠工,等宋江打下东平府再说。

吴用就分配在卢俊义这边,但是,他接到宋江的战况通报信,他就连夜来到宋江处,帮宋江出主意,然后再回卢俊义那里。而在卢俊义那里,根本不见他出过什么主意。

既然如此,结果也就很自然:宋江先打下了东平府,顺天应人般地坐上了老大的位置。

这个晁盖留下的梁山大危机,终于化解。

那么,终于名正言顺做了老大的宋江,会带着梁山走向何方?

14. 大结局

天罡地煞，散了，死了，埋了，都没了；谗臣贼子，一个一个还在朝廷作奸作恶，作威作福。

装神弄鬼，排定座次

宋江历经多次曲折，终于妥善地解决了继位的合法性问题，顺利地登上了老大之位。

但是，此时，梁山大小头领，已有一百零八员，一个很大的问题必须马上解决。

这是一个新问题，也是一个老问题。

更是一个棘手的问题。

那就是，这么多的兄弟，如何排定他们的座次？如何排出来以后，大家都心悦诚服？

一碗水尚难以端平，一百零八碗水，如何端平？

宋江端不平。可以说，没有人能够端平。

没有人能够端平，那就让神来端！

最终，宋江、吴用装神弄鬼，假造一个石碣，偷偷埋在地下，然后再当着大家的面，挖出来，再买通一个装神弄鬼的道士，让他把石碣上的鬼画符般的蝌蚪文字——也就是所谓的代表天意的天文——翻译出来，上面竟然是一百零八人的姓名、星宿名和排行座次。

大家一一心悦诚服。看着这些神秘的蝌蚪文字，众人皆道："天地之意，物理数定，谁敢违拗？"

一个如此棘手的问题，被如此简单地解决了。

宋江再一次显示了他的智慧。

梁山泊忠义堂上，在宋江的带领下，大家一齐跪在堂上，誓曰："但愿共存忠义于心，同著功勋于国，替天行道，保境安民。神天鉴察，报应昭彰。"

再不是什么大碗喝酒大块吃肉了，而是为国立功，保境安民。梁山有了新的宗旨，好汉有了新的境界，人生有了新的目标。

但是，一伙占据山头的草寇强盗，本来就是叛朝廷违国法的。

他们如何去著功勋于国，如何保境安民呢？

这是宋江要解决的又一个问题。

其实，这个问题，他早就有了答案，那就是：招安。

他已经在一些非正规场合表达过这样的思路，但是，他还需要正式提出这样的主张，并争取获得大家的支持。

宋江觉得他应该寻找一个机会，在公开场合提出这个主张，试探试探大家的反应。

人站在哪里不是深渊？

这一年的重阳节来了，宋江觉得这是一个好机会。

宋江叫宋清安排大筵席，会众兄弟同赏菊花，唤作菊花之会。马麟品箫，乐和唱曲，燕青弹筝，众头领语笑喧哗，觥筹交错，开怀痛饮。不觉日暮，宋江大醉，叫取纸笔来，乘着酒兴，作《满江红》一词。写毕，令乐和单唱这首词，道是：

> 喜遇重阳，更佳酿、今朝新熟。见碧水丹山，黄芦苦竹。头上尽教添白发，鬓边不可无黄菊。愿樽前、长叙弟兄情。如金玉。
>
> 统豺虎，御边幅。号令明，军威肃。中心愿，平虏保民安国。日月常悬忠烈胆，风尘障却奸邪目。望天王降诏早招安，心方足。

上阕先写此时此刻的情景，陈述兄弟情谊，这是在表达此时大家的共同情怀。但是，在下阕，宋江就悄悄地加进了自己的私货：

统豺虎，御边幅，是写他的得意与权力；

平虏保民安国，是写他自己的理想；

日月常悬忠烈胆，风尘障却奸邪目，是写他的忠诚不能上达天听，不能让皇帝鉴察的委屈；

最后，望天王降诏早招安，心方足。写他的最大愿望。

我们看,这下阕所表现的,完全是一个忠臣孝子的情怀,而不再是那个啸聚江湖、网罗豪杰、打家劫舍、冲州撞府的江湖叛逆。

孝义黑三郎的孝义思想,在这个时候,抬头了。

他要借这个其乐融融的场合,悄悄地把自己的想法灌输给大家,实现梁山的和平演变。

但是,没想到,当乐和正唱到"望天王降诏早招安",只见武松叫道:"今日也要招安,明日也要招安,却冷了弟兄们的心!"

李逵便睁圆怪眼,大叫道:"招安,招安,招甚鸟安!"只一脚,把桌子踢起,颠做粉碎。

宋江大怒,把李逵关了禁闭。接着问武松:"兄弟,你也是个晓事的人,我主张招安,要改邪归正,为国家臣子,如何便冷了众人的心?"

鲁智深不等武松答复,说道:"只今满朝文武,多是奸邪,蒙蔽圣聪,就比俺的直裰染黑了,洗杀怎得乾净?招安不济事,便拜辞了,明日一个个各去寻趁罢。"

这个认识是非常深刻的,说明他对朝廷根本不报希望。宋江说我们要改邪归正,在鲁智深看来,是朝廷要改邪归正,而且,这个黑暗腐朽的朝廷根本不可能改邪归正。招安以后,梁山好汉包括宋江,在朝廷上根本没有任何力量削弱高俅、童贯、蔡京等奸邪小人的势力,反而在处处委曲求全后,落了个彻底覆灭的下场。这血的事实,证明了鲁智深的远见卓识。

但是,鲁智深也好,李逵也好,武松也好,他们反对宋江的招安路线,却不能提出他自己的主张。

这不是他们的问题,而是,在那样的时代,这些行侠仗义的好汉们,本来就没有一个安身立命的地方。

再扩而大之,人生在世,哪里有这样的地方呢?套用尼采的一句话,人站在哪里不是深渊呢?

不招安,路在何方?

《水浒传》的主题,有人说是"义",有人说是"侠",有人说是农民起义,等等,要我说,就四个字:**安身立命**。

他们以前都没有安身立命之地,于是找到了梁山;但上了梁山之后却发现,这儿还不是最终的安身立命之所。

不招安,梁山一时就没有了方向。梁山就像一艘船,大家都从四面八方汇聚而来,那时,它是大家的方向。

等到大家都上了船,新的问题出现了:这艘船往哪个方向开?

宋江的主意是,往朝廷的方向开,在那儿上岸,带着资本去入股。

李逵也说,往朝廷的方向开,在那儿上岸,但不是去带着资本入股,而是干掉他们,取而代之,开独资公司。

但大多数人的意见是:哪儿也不去,就在这儿,咱就开着梁山公司,大碗喝酒,大块吃肉,论套穿衣服,大秤分金银。与朝廷竞争。

宋江的主意,是做官。

李逵的主意,是做皇帝。

大多数人的主意,还是安心做强盗。

做官安心,做皇帝称心,做强盗开心。

做官,按宋江的一厢情愿的想法,改邪归正,为国家臣子,当然好。但是,有三个问题。

一是,要与那些他们深恶痛绝的奸邪小人同流合污。

二是,如果不同流合污,正邪不两立,必然被小人陷害。

第三,官场之上,黑幕重重,尔虞我诈,互相倾轧,哪有真正的快乐与幸福?

那么,做皇帝,怎样呢?

做皇帝,当然好极了!李逵一想到这一点就热血沸腾,但是粗鲁的他,根本不知道,凭梁山的力量,显然还不能推翻大宋王朝。

而且,这不仅是一个武力的问题,它还涉及道德、道义等问题,将大宋王朝取而代之,梁山还没有足够的道德上的支持。

大宋虽然腐败,但毕竟还不能说是恶贯满盈,它此前积累的政治资源、道德资源等等,还没有用完,用一句俗话说,它的气数还未尽。

那么梁山呢?

首先,我们看看梁山的道德资本。

一个新生力量要攫取国家政权,一定要有道德的积累。

而梁山显然不够。

从个体上说,梁山上的一百零八人,真正具有道德光荣的人不多,他们中有很多是流氓、开黑店的、拦路抢劫的、杀人越货的、地方黑恶势力的,还有朝廷叛将。像鲁智深那样的道德楷模和像林冲那样的完全无辜者,不多。

所以,他们的才具、修养、道德水平都显然不足以做"民之父母",不足以成为新的国家主人。

从集体上说,梁山作为一个集团,在向前面发展壮大的过程中,一方面打家劫舍,一方面招降纳叛,基本上没有道德积累,恰恰相反,是不道德的积累。

其次,我们看看梁山的**政治资本**。

一个新生力量要获得执政权,一定要有政治上的主张和目标。

梁山恰恰没有政治主张,哪怕历来农民起义都有的那些最简陋的政治诉求,比如"均田地"等等,都没有。

梁山也没有组织机构,他们只有座次,但没有行政组织。

第三,我们看看梁山的**文化资本**。

一个新生力量要行使国家权力,一定要有相应的文化能力和文化愿景。

而梁山的整体文化水平太低,大多数是文盲,即便是他们中间的高级知识分子,如吴用、公孙胜,也只有术,只有计谋,没有哲学思想、政治思想;他们只有破坏的能力,却缺乏建设的蓝图。这样的一群人,做一个军事上的反对派还可以,做一个政治上的反对派都还很勉强,更不用说自己去执政了。

结论:梁山不可能管理一个国家,做不成皇帝。

那就继续做强盗,怎么样?

做强盗,也不行。

一、总不能一辈子做强盗,梁山好汉中,起主导作用的那些人,本来就并不甘心做强盗,这种玷污父母遗体、留下骂名、让子孙无路可走的强盗名分,是大多数梁山好汉不愿接受的。做强盗是被逼无奈的一时的选择。

二、任何一个生命,从植物到动物,到社会组织,都不可能在某种不变的状态下长期生存,水放长了会臭,空气隔绝久了会浊,木头放久了会蛀。**万物都只有在变化发展中才能生存下去。**

三、况且，朝廷也不会长期坐视不管，让你梁山强盗店一直开下去。

四、梁山好汉也会英雄老去，这些英雄大多数又都没有妻室后代，否则还可以生下小强盗，到老强盗廉颇老矣时，小强盗接班，养活老强盗。

所以，即使从养老的角度说，做强盗也只能是一时的权宜之计。

花了大价钱，见了名妓李师师

于是，宋江要招安。招安就是退而求其次：不求推翻现政权，自己做主人，只求在现政府中获得一些地位与承认，从而为这帮杀人放火的兄弟们谋一个前程，找一个安身立命之地。

借用犯罪学上"洗钱"的概念，招安就是"洗人"，使强盗变为合法的人。

"要做官，杀人放火受招安"，这是宋人的俗语（"若要官，杀人放火受招安"语出宋代庄绰《鸡肋编》），它说明了"洗人"的过程：杀人放火（做强盗——实际上是积累资本，如同洗钱之前的非法聚财）——招安——做官。从强盗变为官，中间的必要环节就是招安，经过招安这一环节，强盗的污垢洗去了，就可以变成官了。

当然，宋江的招安思想里，还有一层幻想：那就是进入体制以后通过自身的力量改变体制现状，清除小人，这是由体制外的反贪官变为体制内的反贪官。

他对大家说："今皇上至圣至明，只被奸臣闭塞，暂时昏昧，有日云开见日，知我等替天行道，不扰良民，赦罪招安，同心报国，青史留名，有何不美！因此只愿早早招安，别无他意。"

但是，结果呢？"当日饮酒，终不畅怀。席散，各回本寨。"

大家不高兴。

看来，宋江要招安，还有一段路要走。

这段路实际上分两个阶段：

第一，内部统一思想——大家愿意招安。

第二，外部做好工作——朝廷接受招安。

而这两点，条件都还不成熟。

宋江原来的想法，当然是先做好内部工作，但是，重阳节这一幕让他明白，还急不得。连吴用都没有站出来支持他。

但是,宋江明白,现在梁山上的兄弟组成,已经发生了很大的改变。

来自朝廷的降将,和来自官场的官吏,以及来自地主、财主、地方名流占到了一半。问题还不在于数量而在于分量:无论在天罡星中,还是在地煞星中,来自朝廷的降将都占据了较前的名次,也就是成了梁山的实际掌控者。他们一般较有文化,较有见识,较有眼界,所以,他们自然而然,就有了话语权。

而其他文化水平较低的群体,原先社会地位较低的群体,实际上,最终是被形势裹挟的。形势一变,他们会随之而来。

宋江当然明白这一点。

所以,他决定干脆跳讨内部问题,去创造形势:创造出一个招安的外部形势。

做内部工作,他利用重阳节。

做外部工作,他利用元宵节。

他要在元宵节这一天去东京看灯。哪里是看灯?是看机会。

重阳节做兄弟们的工作,他写了一首词。

元宵节做皇帝的工作,他也写了一首词。

到了东京,花了大价钱,见了名妓李师师。为什么要见李师师?倒不是为了风流,而是李师师此时正和当今皇上打得火热,宋江要借李师师的枕头,向皇上吹吹风。

在李师师家,宋江乘着酒兴,索纸笔,磨墨浓,蘸笔饱,拂开花笺,写下一首乐府词:

天南地北,问乾坤何处、可容狂客?借得山东烟水寨,来买凤城春色。翠袖围香,绛绡笼雪,一笑千金值。神仙体态,薄幸如何消得?

> 想芦叶滩头,蓼花汀畔,皓月空凝碧。六六雁行连八九,只等金鸡消息。义胆包天,忠肝盖地,四海无人识。离愁万种,醉乡一夜头白。

通篇都在暗示自己的忠肝义胆,以及不被朝廷赏识的苦闷。正在这时,有人来报,皇帝来了。宋江胆大包天,不仅没有赶紧溜走,反而和柴进、燕青躲在暗处观察,甚至要闯出来,当时就要皇帝一封诏书。三个正在黑影里商量,门外的李逵闹将起来,结果是不仅吓得宋江和柴进、戴宗先赶出城,连本来要到李师师处一夜风流的徽宗皇帝也惊得一道烟走了。

这次行动以失败而告结束。

李逵的行动让宋江认识到,内部问题不解决,还真的不行。

没条件，谁投降啊！

但是，他没有想到的是，这次李逵元夜闹东京，以及他接下来的大闹寿张县，倒真的惊动了朝廷。而朝廷还真的就派了殿前太尉陈宗善来招安了。这真让宋江喜出望外。

但是，这次招安又失败了。

原因有二：

第一，梁山这边反对招安的人太多。李逵、三阮等不用说了，关键人物吴用就暗中反对，并且暗中做了手脚。连朝廷降将都不看好这次招安，都有疑虑。

第二，朝廷那边执掌大权的蔡京、高俅反对招安。朝廷的诏书，一句安慰之言都没有，一点好处也没有，反而是严词斥责，威吓逼迫。最后是阮小七偷喝了御酒，李逵扯碎了诏书。刘唐、鲁智深、武松、史进、穆弘等人一齐发作，四下大小头领，一大半闹将起来，宋江见不是事，赶紧与卢俊义等护送钦差过渡口。

要梁山这一帮豪杰无条件投降，朝廷不了解梁山，也不了解自己。

在此之前，吴用就很冷静地对宋江说："论吴某的意，这番必然招安不成；纵使招安，也看得俺们如草芥。等这厮引将大军来到，教他着些毒手，杀得他人亡马倒，梦里也怕，那时方受招安，才有些气度。"

也就是说，要招安，不是你们朝廷的恩赐，而是我们双方的谈判。

谈什么？谈条件！

用陈佩斯、朱时茂小品中的台词：没条件，谁投降啊？

但是，要让朝廷知道这一点，必须让他们受一点教训。

接下来就是教训朝廷：宋江两赢童贯，三败高俅，甚至直接把高俅活捉上山。

在这样的情形之下，借助李师师的途径，终于达成了朝廷的招安，这次的招安诏书，就有了招降的条件了：

> 切念宋江、卢俊义等，素怀忠义，不施暴虐，归顺之心已久，报效之志凛然。虽犯罪恶，各有所由，察其衷情，深可怜悯。朕今特差殿前太尉宿元景，赍（jī，怀抱）捧诏书，亲到梁山水泊，将宋江等大小人员所犯罪恶，尽行赦免。给降金牌三十六面、红锦三十六匹，赐与宋江等上头领；银牌七十二面、绿锦七十二匹，赐与宋江部下头目。赦书到日，莫负朕心，早早归顺，必当重用。

概括起来说,条件有这么几点:

第一,首先承认了梁山好汉不是暴徒,而是素怀忠义之人。

第二,承认了此前他们所犯一切罪恶,都是被迫的。

第三,赦免他们此前所犯一切罪过。

第四,给予相应的物质奖励。

第五,最最重要的,是答应都要给予重用。这一条,才是最能打动这些人的人心的,那些朝廷降将可以重新做官,那些江湖出身的人,更是由此获得了进身之阶,实现了杀人放火——招安——做官的理想。

有了这一条,宋江做兄弟们的工作就好做了。这次招安,结果是"众人皆拜谢","众皆大喜","满堂欢喜"。

从此,梁山好汉再也不是梁山好汉了,而是朝廷忠臣了。

赴京朝觐以后,宋江与军师吴用、公孙胜、林冲等人又回到梁山泊,祭献晁天王,然后焚化灵牌。山中应有屋宇房舍,任从居民搬拆。三关城垣,忠义堂等屋,尽行拆毁。

梁山没有了。

一场轰轰烈烈,至此冷冷清清。

死了,埋了,散了,都没了

当然,最后的结局还没有到来。

宋江招安以后,为朝廷征大辽,征田虎,征王庆,最后是征方腊。在征方腊时,梁山一百零八位好汉,十去其八。除去旧留在京师的、战死的,病死的,开小差走的,心灰意冷看破世态走的,最后跟着宋江所谓衣锦还乡回到朝廷等待朝廷封官加爵的,只有二十七人。东京百姓看了,皆嗟叹不已。连徽宗皇帝看见宋江等只剩得这些人员,也心中嗟念。

最后,宋江加授武德大夫,楚州(今淮安)安抚使兼兵马都总管。

军师吴用授武胜军(今河南邓县)承宣使。

花荣授应天府(河南商丘)兵马都统制。

李逵授镇江润州都统制。

为什么我特别说明这四位呢?因为其他几位,后来都零落星散,不再相见,这四位,还有一段缘分未尽。

蔡京、童贯、高俅、杨戬四个贼臣，不愿看见宋江等人受封，在皇帝面前搬弄是非，害死卢俊义以后，又给宋江送来毒酒。宋江饮御酒之后，叹曰："我死不争，只有李逵现在润州都统制，他若闻知朝廷行此奸弊，必然再去啸聚山林，把我等一世清名忠义之事坏了。"那怎么办呢？宋江连夜使人往润州唤取李逵星夜到楚州来。

待李逵到来，他竟然也拿毒酒给李逵吃，并在临别之时，直言相告："兄弟，你休怪我！前日朝廷差天使，赐药酒与我服了，死在旦夕。我为人一世，只主张'忠义'二字，不肯半点欺心。今日朝廷赐死无辜，宁可朝廷负我，我忠心不负朝廷。我死之后，恐怕你造反，坏了我梁山泊替天行道忠义之名。因此，昨日酒中，已与了你慢药服了，回至润州必死。你死之后，可来此处楚州南门外，有个蓼儿洼，风景尽与梁山泊无异，和你阴魂相聚。我死之后，尸首定葬于此处，我已看定了也！"言讫，堕泪如雨。

宋江知道，他输了。

他殚精竭虑，要为自己和兄弟们谋一个前程，谋一个出身，谋一个身份。但是，他输了。

现在，他知道，他和他的那些已经死去的众多兄弟一样，只剩下一个虚名。

如果李逵造反，朝廷一定会追夺已经给予兄弟们的那些虚名。那样，他们可真的是输得干干净净了。

他毒死李逵，就是要保住这最后的虚名。

李逵见说，亦垂泪道："罢，罢，罢！生时伏侍哥哥，死了也只是哥哥部下一个小鬼！"言讫泪下，回到润州，果然药发身死。临死之时，嘱咐从人将灵柩运去楚州，葬于宋江墓侧。

吴用到任之后，常常心中不乐，忽一日，梦见宋江、李逵二人，扯住衣服，告知被朝廷毒死一事，吴用醒来，泪如雨下，坐而待旦。次日，便收拾行李，径往楚州来。寻到坟茔(yín)，置祭宋公明、李逵，一番痛哭之后，要自杀以追随兄弟。正欲自缢，只见花荣飞奔到墓前，见了吴用，各吃一惊。原来花荣也做了同样的梦，从应天府赶来。于是两个大哭一场，双双悬于树上，自缢而死。最后，都葬于宋江墓侧，宛然东西四丘。

莫把行藏怨老天，韩彭赤族已堪怜。一心报国摧锋日，百战擒辽破腊年。煞曜罡星今已矣，逸臣贼子尚依然！早知鸩毒埋黄壤，学取鸱夷范蠡船。

天罡地煞，散了，死了，埋了，都没了；逸臣贼子，一个一个还在朝廷作奸作恶，作威作福。

替天行道，替天行道，这样的天，到底有没有道？

图书在版编目(CIP)数据

鲍鹏山新说水浒.2/鲍鹏山著. —上海:复旦大学出版社,2009.7
ISBN 978-7-309-06751-4

Ⅰ.鲍… Ⅱ.鲍… Ⅲ.《水浒》研究 Ⅳ.I207.412

中国版本图书馆 CIP 数据核字(2009)第 113914 号

鲍鹏山新说水浒.2
鲍鹏山 著

出版发行	复旦大学出版社 上海市国权路 579 号 邮编 200433
	86-21-65642857(门市零售)
	86-21-65100562(团体订购) 86-21-65109143(外埠邮购)
	fupnet@fudanpress.com http://www.fudanpress.com
责任编辑	李又顺 宋文涛
出品人	贺圣遂
印刷	上海浦东北联印刷厂
开本	710×1000 1/16
印张	19.75
字数	338 千
版次	2009 年 7 月第一版第一次印刷
书号	ISBN 978-7-309-06751-4/I・506
定价	28.00 元

如有印装质量问题,请向复旦大学出版社发行部调换。
版权所有 侵权必究